"立人"的叩问

黄晓华　著

中国社会科学出版社

图书在版编目（CIP）数据

"立人"的叩问：黄晓华自选集/黄晓华著.—北京：
中国社会科学出版社，2017.2
ISBN 978 - 7 - 5161 - 9713 - 4

Ⅰ.①立…　Ⅱ.①黄…　Ⅲ.①中国文学—当代文学—
文学研究—文集　Ⅳ.①I206.7 - 53

中国版本图书馆 CIP 数据核字（2017）第 010512 号

出 版 人	赵剑英
责任编辑	刘志兵
特约编辑	张翠萍等
责任校对	郝阳洋
责任印制	李寡寡

出　　版	中国社会科学出版社
社　　址	北京鼓楼西大街甲 158 号
邮　　编	100720
网　　址	http://www.csspw.cn
发 行 部	010 - 84083685
门 市 部	010 - 84029450
经　　销	新华书店及其他书店

印　　刷	北京君升印刷有限公司
装　　订	廊坊市广阳区广增装订厂
版　　次	2017 年 2 月第 1 版
印　　次	2017 年 2 月第 1 次印刷

开　　本	710×1000　1/16
印　　张	20.5
插　　页	2
字　　数	336 千字
定　　价	75.00 元

目　　录

第三辑 立人与人立

我的文学梦（代自序）

年轻的时候，也曾做过很多的梦。

其中，做得最久最沉的梦，就是文学梦。

其实自己并不是出身书香世家。虽然作为小学教师的父亲也曾经拥有一些书籍，但大多是当时政府还是什么机构配备的书，如《十万个为什么》《算得快》之类，文学书籍少之又少。记得父亲为我买的第一本与文学相关的书，大概是一本什么诗词选之类，其中有岳飞的《满江红》。这大概也是自己印象最早的宋词，时间大概在小学高年级。

到了初中的时候，我在数学方面就已经可以成为只上过高小的父亲的老师了，但语文还是父亲厉害。他的函授教材上，有《诗经·硕鼠》。这时我也才知道还有这样的东西。但那些诗词并没有引起我太大的兴趣。那只硕大无朋的老鼠，并不能勾起我的文学兴趣。

初一的时候，碰到了一个姓魏的语文老师，将我们讲得神魂颠倒，自己的文章也终于有幸被选作优秀之作，贴到了教室后面的墙上。当时颇有些沾沾自喜，因为自己一直在语文上面与自己最好的朋友相去甚远，文章被贴出来，终究也是一种肯定。

但好景不长。初二时，我们那位魏老师被调到了镇中学，这显然是对他的教学能力的一种肯定，但对于我们这些乡村中学的孩子而言，却是一次重大打击。

更大的打击还在后面。新的语文老师，也是我们的班主任，将我对语文的那点兴趣又强行扼杀了。当他在晚自习时因为我看课外书而用"大力鹰爪功"勾着我的锁骨，拖到讲台上跪着的时候，我已经对语文没有任何兴趣，更不用谈什么文学。虽然我上课还是会偷看《玉娇龙》，看《偏向虎山行》，直到有一次被物理老师抓住。他比我们的语文老师要人道，我去找他要回书的时候，他只是警告我，如果下次再在上课时看小说，要我自己亲手烧掉。

直到我在 14 岁考上中专，情况才得以改变。

尽管自己的父亲是教师，但我对教师行业没有什么好感，因为觉得太累。父亲在一所山村小学任教，整个学校晚上就他一个人留守。可能因为太孤单，便将我也带在身边。结果，我经常在午夜醒来时，发现只剩下昏暗的煤油灯陪伴我。而父亲则趁我熟睡后去家访，深夜还没回来。虽然也有一些美好的记忆，例如有时可以听村子里像唱歌一样的叫骂声，响彻云霄，直到午夜，伴我安眠，但还是觉得做教师这行太累。因此，在填志愿的时候，明确表示，决不报考师范类学校，甚至不愿报考中专。但家里觉得这相当于"跳龙门"，一下子可以农转非，端上铁饭碗，还是替我填了志愿，报了长沙农校，学水产。

1987 年秋天，第一次出远门，来到了长沙。经过了最初的怀乡之后，似乎变得无聊起来。那是一个 60 分万岁的年代，进了学校，一切都有人负责，以后的工作也由国家负责。我们的任务就是考 60 分顺利毕业。于是学习完全成为副业。学校的管理与初中似乎没有多大区别，我们还是有固定的教室、固定的座位、固定的老师，每天也有固定的线路。没有人逃课，但也没有人专心上课。

我不知道干什么好。

将父亲回家时为我买的《三国演义》看完之后，一点儿深刻的印象都没有留下。只是觉得更加无聊。

这时，初中那位语文成绩一直比我好，也一起考上了中专的朋友，忽然给我来信，问我在学校感觉如何。一来二去，他建议我读读书。他说，很多书都非常有意思。

于是按照他开的书目，我一本本读下去。记得最初是《老残游记》。根本没有看出有什么好处。后来是《镜花缘》，这次总算觉得有些意思了，至少比《老残游记》有意思。知道除了《西游记》之外，还有另一些亦幻亦真的故事。

寒假的时候，发现父亲竟然买了一本岳麓书社出版的小字本的《红楼梦》，厚厚的一册。于是看《红楼梦》。以后每个假期，基本都是读《红楼梦》。虽然读了好几遍，但并没有受到它很大的影响。当时最感兴趣的还是中间的诗词，曾经试图将它们都背下来。对后四十回也不太读，当然，不是因为别人说的那样，写得比前八十回差，而是因为后四十回根本就没有诗词了。那些在前八十回才思泉涌的帅哥美女，到了后四十回似乎一下子都现实起来，根本不写诗了，让人觉得兴趣索然。现在想来，近乎买椟还珠。但重复读一本书，终究让自己变得不是只看故事，能够慢读、细读、精读。

当然，更慢的是背书。长的背不了，短的就是诗词。于是背诗词。曾经与朋友比赛，看谁背得多。当时我们都喜欢李白。买了袖珍本《李白集》，放在口袋里，经常拿出来看看，后来似乎也背得不少。

不过，这种背古诗的劲头并没有持续多久，因为朋友的兴趣又转换了。他又向我推荐拜伦、雪莱、莱蒙托夫。于是去看那位很多年后才知道本身也是一位诗人的查良铮翻译的诗歌。最后弄得自己经常很俗气地向人说："冬天来了，春天还会远吗？"

还没等我习惯查良铮的翻译方式，朋友又开始读托尔斯泰。我还是跟在后面，亦步亦趋。16 岁时将四卷本的《战争与和平》啃完，颇震住了班上的几位同学。其实自己也根本不懂。

20 世纪 80 年代，是一个充满激情的年代，我总算抓住了它的尾巴。在图书馆阅览室，看世界的风起云涌，我的灵魂似乎也变得躁动不安。我与班上的几位同学开始编写班报，对班上的种种弊病大加鞭笞。虽然读者只是班级的几十位同学，但这大概也是自己运用文字的开始，当时相信文字可以影响世界，改变世界。

但事实上，世界从来没有因为我的文字改变半分，充其量只是给自己一点陈旧而老套的回忆。

也是在那个时代，开始读尼采与叔本华。结果，尼采的超人思想对我没有产生任何影响，叔本华倒是让我戴上了一副灰色眼镜。当时那本《生存空虚说》被我做了密密麻麻的批注。遗憾的是被同学借走后就此失踪。从图书馆借来了黑格尔的《小逻辑》，读不懂，就抄。抄了一部分，还是不懂，只有放弃。借来黑格尔的《美学》，以为是艺术创作宝典，于是直奔第三卷下册而去，想从中学习写诗，结果发现大谬不然。但从此对所谓艺术理论之类的书籍也兴趣全无。

于是，还是读作品。虽然是农校，但学校图书馆还是收藏了很多文学书籍。除了金庸、古龙等人的作品供不应求之外，《高老头》《简·爱》《傲慢与偏见》《鲁滨孙漂流记》《双城记》《大卫·科波菲尔》这类书籍还是能够随时借到。中专四年最美好的记忆应该就是一个人躺在学校的橘园里，闻着野花，晒着太阳，读一本好书。高度近视可能与那段时间在太阳下读书也有关系。所谓的现代派是在 20 世纪 90 年代才接触。《百年孤独》的开头同样震惊过我们。《酒吧长谈》很早就买了，但从来没有耐心看完。《追忆似水年华》让大家都兴奋了很久。最引为自得的是《尤利西斯》出来之后，曾夸口说不用看萧乾的注释也没有什么理解障碍。实际上当时最喜欢的还是海明威的短篇小说，若有意若无意，似常态似变态。莫泊桑与欧·亨利都太注重故事了，对于没有故事的我，似乎有些隔膜。而海明威则似乎可以成为那个时代没有故事的我的一个模仿对象。再后来才遇到鲁迅。其尖酸刻薄、语带双关、含沙射影甚至影响了我的说话方式，以至于除了真正的朋友，没有人愿意跟我打交道。

在学了四年的水产之后，被分配回老家一个区里的事业单位，负责水产技术推广。在这个年终统计表上有 5000 余亩水库但没有任何河流的地方，每年的夏季，水库面积会骤降到不足 500 亩，而且没有任何人会保证你水库中还要留水养鱼，也就是说，我来到了一个根本不能保证有水的地方，水产技术推广自然也只能是纸上画饼。

在这个地方，我过了几年只需要在年终时填几张报表的日子。时间实在太过奢侈。于是和以前谈文学的朋友串门聊天。在月夜骑着单车，走 20 里山路，到朋友单位聊到天亮，然后又一起骑单车来到我的单位，继续争论所谓的文学问题，在那段日子是常事。没有王子猷"何必见戴"的豁达，但有着同样的月夜出行的随性。以诗会友的范围也经常超出 20 里，甚至 200 里。那些学农而又写诗的朋友，散落在周边的几个县。在那个没有手机、电话需预约、写信要半个月才能送达的时代，通信显然无法跟上我们串门的兴致。有时想到了哪位友人，马上就和另外的友人结伴去找，结果经常是下了汽车，步行几十里来到朋友工作的山乡，结果却被告知其下乡未归。于是找不到住处的我们，又只好步行几十里回到有小旅馆的小镇。那个时代，我们依旧充满激情。在没有复印机的时代，争着传抄所谓的名家名作。没有正式发表过任何作品，却互相恭维对方是个文学天才，似乎未来的诺贝尔文学奖获得者就将在我们这个群体里诞生。

我觉得我的长处不在诗歌，因此经常想着怎么和他们别开路向。于是总想着积累素材。这方面的捷径当然是外出打工。我待的那个单位，见不到几个人，也见不了什么世面，因此也便经常想着出去闯荡。那时我十天半月不在单位出现，也没有任何人关注。于是，我出去"闯荡"甚至都不需要办理什么停薪留职。只是自己的多次"闯荡"，都没有获得站稳脚跟的机会。第一次去广州，走到衡阳，登了一回衡山，看了一回日出，没钱买火车票，只好回来。第二次去广州，在一个苗圃应聘，对方看了我的水产专业毕业证，似乎不太买账；到建筑工地拌了几天水泥，睡了几天的车棚，觉得广州的蚊子实在太厉害，且自己的体力似乎还是大有问题，觉得还是回来领让自己不死不活的工资舒服点。再后来，被一位中专同学忽悠到了云南瑞丽，他说那个地方遍地机遇，只要去了就能发财。而我的确也想发财，便跟着过去了。到了那里，同学要我在一个旅馆等他，他去找他们老乡，再回来接应我。我在小旅馆等了一个星期，中间顺便出了一趟国，花了 12 元的边境签证费，到缅甸打了个转。遗憾的是，那时缅甸的赌场已经撤了，要不我还可能在赌场上"拣"点钱回来，从而印证同学的那句话。顺便说一句，再次见到那位同学已是十多年后的事情了。他似乎也没有在那里发大财，因此我也便没有任何埋怨的理由。因为就算当时他回到旅馆找我，我也未必能够发财。而且他到底让我人生中第一次出国，经历了很多风险，见识了很多人物，如果要写小说的话，也有不少故事。

只是素材的积累，不仅需要闯荡，而且需要毅力与时间。例如，有人曾经说过，要将自己的经历及时记下来。但自己的几次"闯荡"，都没有留下什么文字记录。人累的时候只想睡觉。曾经在上海也干过几天的推销，早上 6 点起床，晚上 10 点回来，训练者还要大家像打了鸡血一样激昂地交流经验，能躺下来睡觉已经是最大的幸福，记录经验也便成为一种遥不可及的奢侈品。这大概也是现在只看到"打工诗人"，而很少看到"打工小说家"的原因吧，因为写小说的时间对于打工者而言，太奢侈了。

由此，终于认识到，我成不了小说家。

但读了那么多书，成不了小说家，似乎还是可以干点儿别的什么。

于是，真的开始读书，自考。汉语言文学专业。专科，本科。然后考研。

在我们那些做文学梦的人眼中，自考是堕落的表现。因为，真正的作家不是从考试中出来的，如沈从文，如高尔基，而是从生活中出来的。我参加自学考试，也就意味着我承认了自己的失败，承认自己文学梦的破碎。

不过，考试倒是极其的简单。那些读过的李白、杜甫、鲁迅、顾城、托尔斯泰、马尔克斯，让文学史鲜活起来。从来不用复习，也从来没有补考。两年考完专科，两年考完本科。后来才知道，专科与本科不用分开考。如果能够早点儿统筹的话，应该三年能够修完全部本科课程的。

然后考研。倒是考了两次。第一次考的时候，没有抱什么希望，考完便去上海"闯荡"，做最后的发财梦。等知道自己过了国家分数线，但在湖南师范大学排名垫底的时候，很多学校都已经复试完毕。但这次上线，倒给了自己很大的压力，似乎有"天命所归""舍我其谁"的意味。在我们那个小镇，考研似乎也很"另类"。如果第二年我没有考上，那可能就更加另类了。

由此在第二次考试前，紧张得有些睡不着。更离谱的是，与我同房的另一位考生比我还紧张。当我迷迷糊糊快睡着的时候，他不停地问："黄晓华，你睡着没有？黄晓华，你睡着没有？"结果我只好陪着他失眠。后来他通过饮酒的方式，终于睡着了，鼾声如雷，而我却再也睡不着。第二天考试时，看那些蟹行文字，很有些蟹行味道。考完下来，自己都不知道能打几分。

运气还好，总算考上了。湖南师范大学中国现当代文学专业。

也是从那时起，文学梦算是彻底醒了。

梦醒了，文学还在。

对曾经的文学梦而言，文学很简单，充沛的情感、深刻的故事、精巧的构思、新奇的修辞、优美的语言就是追求的全部。文学创作的目的，就是要改造人心、改变社会。

但考上研究生之后，却迷惑了。文学研究能做什么呢？

对于这个问题，老师们都没有回答，只是要我们去读书。

第一学期的课，就是扎进故纸堆，读《新青年》。我们几个同学，在文学院的资料室里，将那些发黄发霉的旧杂志搬了出来，每人一本。颜雄老师检查我们读书笔记的方式让人终生难忘。每次他都拿出一个小巧的弹簧秤，掂量我们所做卡片的重量。在他欣慰的笑声中，我们似乎也明白了点什么叫作学问。

也是在《新青年》中，大家像发现新大陆一样，发现了"人"。当时大家颇为激动了一阵，然后老师们叫我们去读相关研究资料。结果发现，早在我开始做文学梦之前，钱理群先生就写了专题论文谈"人的发现"。

于是大家都沮丧了很久，觉得可写的题目早就被别人写过了。

但"人"的发现却从此影响了我的整个研究思路。

高尔基说，"文学是人学"。

这意味着，文学是写人的。

这句话似乎太普通，但对于我这样愚笨的人而言，却花了很长时间去领悟。

人太复杂、太深刻。不同时代对人似乎有不同的理解。文学选什么样的人来写、如何写，似乎大有学问。

五四文学之所以有"人的发现"，是因为以前不被当成人的妇女、儿童、工人、农民，如此等等，都被当成"人"看待了。他们一直存在着，但很少被当成"人"写入文学，由此可以看出，文学的"写人"，并不是字面上那样简单，其中隐含着对"人"的理解的差异性。

由此，我将目光投向了文学中的边缘人——狂人。

这是我硕士学位论文《在文明与理性的边缘》的主题，论现代文学的癫狂意象。

答辩的时候，凌宇老师说了一句话，让当时的我倍感振奋，也倍感压力。他说："希望你以后不要去经商，也不用去从政。"还有一位老师，甚至说要推荐我的论文到《文学评论》去。只是自己当时也觉得这是天方夜谭，并没有就此尝试。等该论文的修改稿真的发表在《文学评论》上的时候，已经是九年后的事情了。

实际上，不用凌老师说，我也已经完全没有从政或经商的念头了。因为我就是在那两条路上没走通，才走到这条路上来的。

博士期间，师从易竹贤老师。拿着硕士论文的一节去请教，被圈圈点点回来。如此经历了四五次之后，似乎终于有点儿开窍，明白论文该怎样写了。投稿，发表于《海南大学学报》。个人认为，这应该算是自己真正的学术道路的始点。

文学不仅写人，而且"立人"。

一时代有一时代之文学，从根本上讲，就是一时代之文学，有一时代之对人的理解，有一时代之不同的"立人"理想。

狂人，关系到对"人"的理解的差异性，但身体，则关系到"立人"的差异性。

在博士阶段，于是探讨"立身"与"立人"的关系。博士学位论文《身体的解放与规训》修改后以《现代人建构的身体维度》为名，由中国社会科学出版社出版。

2009年，我进入华中师范大学文学院的博士后流动站，师从胡亚敏老师从事小说修辞研究。对文学"立人"的理解，似乎又深入了一点，那便是认识到，文学中的"立人"，实际上包含两个层面，一个是"立什么人"，一个则是"人何以立"。文学"立人"的实现，不可能只是依靠作者对读者的单向度的作用，而必须"使人自立"。也就是文学的真正目的，应该是"人立"，也便是让读者自己成长为真正的人。

对于很多人而言，这显然已经是老生常谈，但对于后知后觉的我，却犹如发现了新大陆。我由此切入了小说的修辞系统，切入不同时代作者与读者之间建立有效联系的方式。博士后出站报告《20世纪中国小说修辞流变论》，几番修改后，以《20世纪中国小说修辞史略》为名，由人民出版社出版。其中重点，就在阐释现代小说修辞如何沟通"立什么人"与"人何以立"的两个层面，以实现其修辞目的。

于是自己十多年的研究理路，似乎便明晰起来。

本书的编辑体例，基本按照自己的研究理路安排。第一辑"狂人与病人"，由边缘反观常态，从对边缘人的遮蔽与彰显中考察不同时期文学对"人"的理解的边界。第二辑"立身与立人"，由身体反观社会，从对身体的规训与解放中考察不同时期文学"立人"的意识与无意识。第三辑"立人与人立"，由效果反观策略，从对"立什么人"与"人何以立"的互动与勾连中考察不同时期文学"立人"的方法与机制。

说白了，我研究文学，还是带有功利主义色彩。与20世纪80年代的文学梦相似，文学研究也指向了改变世界。不过，与文学梦最终的破碎一致，我的文学研究也没有改变世界。

不过，可以感到庆幸的是，它至少改变了我。

因为文学研究，我可以发表论文，可以申报课题，可以评定职称，可以养家糊口。虽然现在写出来的东西，甚至不能像以前那样，与朋友一起分享讨论，论文的发表之日经常也就是它的死亡之时，但学术研究至少可以让我不再像在以前那个事业单位那样，整天无所事事。

更重要的是，因为文学研究，我可以有机会跟学生谈文学、谈理想、谈人生。

也就是说，文学研究难以实现"立人"，但课堂教学倒有可能促成"人立"。

这让自己忽然觉得文学研究充满了意义。

而人生似乎又充满了梦想。

曾经对学生们说："作为一个高校教师，我有两个梦想。一是希望自己成为一个学生毕业二十年后还记得的老师；一是希望写一本出版二十年后还有人看的书。"

现在觉得，后一个梦想似乎有些过于奢侈。

不过，如马云所说，梦想还是要有的，万一实现了呢？

当然，我没有他那么乐观。

同时，转念一想，梦想不就是拿来破灭的吗？

所以，为了破灭，梦想也还是要有的。

最后说明，本书中的论文，基本都是"恢复原貌"，与发表时的篇幅有一定差距。像我们这类学界的小字辈，发表文章的艰难，很多人都能理解，删改自然也是常事。能够删改发表，也是求之不得的好事。现在结集，算是可以让它们恢复原貌。

同时，借此机会，对自己十多年来求学与研究之路上诸多曾给予无私帮助的师长亲朋，以及让本书中论文得以面世的诸多编辑表示真诚的感谢。

2016 年 3 月 9 日

第一辑
狂人与病人

传统文化与实用理性的双重解构

——论中国现代文学的癫狂叙事

作为一种"佚智失理"的异常情态，癫狂自文明伊始，就引起医学家与思想家的关注。在任何时代，人们都将无法被大众理解与接受的言行视为"癫狂"。中国古代寓言"狂泉"很早就触及癫狂的这种荒谬性。这种属于个体的癫狂与属于社会的常态之间的对立，决定癫狂具有反公共理性——不能为大众理解与反社会文明——不能为大众接受的双重特性。这一双重特性赋予癫狂以一种含混而丰富的意义空间。这种在思想上的开阔性在文学创作中表现为叙事的多重可能性。癫狂叙事造成了"一个不可弥合的缺口，迫使世界对自己提出质疑"，从而使世界"承担起从非理性中恢复理性、再把理性交还给非理性的任务"。①

中国古代有着丰富的癫狂叙事传统。从《论语·微子篇》中的楚狂接舆到《庄子·人间世》中的楚狂接舆，从《世说新语·任诞》中与猪同饮的阮氏族人到《红楼梦》中"有时似傻如狂"的贾宝玉，从民间传说中的"济颠"（济公和尚）到现实中的"张颠"（张旭）、"米颠"（米芾），癫狂叙事为超稳定的传统文化增添了一丝异类色彩，也为传统文化注入了一些新的活力。然而，由于传统文化中的"互补辩论法"的"重点在揭示对立项双方的补充、渗透和运动推移以取得事物或系统的动态平衡和相对稳定，而不在强调概念或事物的斗争成毁或不可相容"②，癫狂

---

① ［法］米歇尔·福柯：《疯癫与文明》，刘北成、杨远婴译，三联书店 1999 年版，第 269 页。

② 李泽厚：《中国思想史论》上卷，安徽文艺出版社 1999 年版，第 308 页。

因此被纳入"理"的范畴，孔子的"狂者进取，狷者有所不为"① 成为
经典论述，癫狂只是作为"理"的一种附属的补充与点缀而存在，并未
对传统文化以及理性形成正面挑战。这种癫狂叙事在西方文学的冲击下，
获得一种全新的品质。清末民初的大变局，使人逐渐意识到传统文化以及
实用理性的局限，由此逐渐形成一股彻底反传统的思潮，癫狂叙事在这时
获得一种全新的品质。1903 年，匪石的《元》将癫、疯、痴、狂视为
"思想极到"② 的表现。1908 年，鲁迅在《摩罗诗力说》中，盛赞负"狂
人"之名的"精神界之战士"③ 雪莱。1918 年 5 月，鲁迅的《狂人日记》
真正开启现代癫狂叙事的大幕。这一叙事形式从一开始就将矛头指向了传
统文化与实用理性，表现出一种鲜明的现代品质，从而与传统的癫狂叙事
形成一种断裂。中国现代作家通过癫狂中包含的社会—个人的尖锐对立，
反观传统文化与实用理性。他们以一种人文知识分子的责任心，"不停地
对设定为不言自明的公理提出疑问，动摇人们的心理习惯，他们的行为方
式和思维方式"④，使人们对"正常"发出深刻的质疑，从而实现对传统
文化与实用理性的双重解构。癫狂叙事所蕴含的多重意味也引起了众多研
究者的注意。鲁迅的《狂人日记》一直都是众多研究者关注的重心之一。
1990 年，新加坡学者王润华从类型学的角度对五四小说中的"狂"与
"死"进行了具体分析，并简要区分了"狂"的两种类型：一类是被大众
视为疯子，另一类则是被逼成疯子。这种区分实际上指向了癫狂的两个向
度。然而，王润华虽然点出了"狂"的悲剧意味及其现实意义："对中国
文化之反思，对旧传统之攻击，对理想未来之彷徨"⑤，但全文重心还是
史料的梳理，未曾具体展开理论分析。王志祯的《论路翎小说主人公的
"疯狂"》（载《中国现代文学研究丛刊》1996 年第 1 期）与黄晓华的
《常态与癫狂的价值错位——从一个故事的三种讲法看沈从文的深层意识
结构》（载《湖北大学学报（哲学社会版）》2006 年第 1 期）等论文则从
单个作家切入，未曾对现代文学癫狂叙事形成一种整体观照。而从整体上

---

① 《论语正义》，《诸子集成》第 1 卷，上海书店出版社 1986 年版，第 294 页。
② 匪石：《元》，《浙江潮》1903 年第 8 期。
③ 鲁迅：《摩罗诗力说》，《鲁迅全集》第 1 卷，人民文学出版社 2005 年版，第 87 页。
④ 严译：《权力的眼睛——福柯访谈录》，上海人民出版社 1997 年版，第 147 页。
⑤ 王润华：《五四小说人物的"狂"和"死"与反传统主题》，《文学评论》1990 年第 2
期。

把握现代文学的癫狂叙事，可以更清晰地梳理出癫狂叙事所具有的现代特征，挖掘其多重内涵。

一　传统文化的解构

1918 年 5 月，鲁迅的《狂人日记》开启现代癫狂叙事的大幕。这个狂人一方面秉承摩罗精神，带来尼采超人的呐喊，明显有与庸众对立的"佯狂"性质；另一方面则表现出"迫害狂"的深层心理。这一"佯狂"与"真狂"的双重性，使得这一小说成为众多研究者论争的中心，由此也凸显癫狂叙事意蕴的复杂性。从病理学上讲，"狂人"的确有着"迫害狂"的症状。然而，哪怕是在"真"狂的状态中，依旧有着潜在的逻辑，"吃人"是一种历史现实，而"狂人"之所以被视为"狂"，只不过因为他意识到危险的存在："他们会吃人，就未必不会吃我"，而所谓"正常"，则是对这一危机视而不见。他将人们熟视无睹并默认为"正常"的"吃人"无数倍地放大，并且以"迫害狂"的姿态主动承担起灾难的命运，然而这种主动的承担却正是一种"病态"的"狂想"。因此，文化上的清醒成为病理学上的病态，而病理学上的正常却不过是认同自己不会被吃的生存谎言的结果。作者通过揭示文化常态与文化癫狂以及病理常态与病理癫狂之间错综复杂的关系，揭示文化的荒谬本质，直斥写满"仁义道德"的历史本质上就是"吃人"的历史，从而从根本上解构了传统文化的合理性。四川反孔斗士吴虞的《吃人与礼教》（载《新青年》第 6 卷第 6 号）用详尽的资料为《狂人日记》作出注解。

更多的作家则同样选择癫狂叙事继续鲁迅文化解构的创作意图，使得五四出现了一股"狂人热"。署名 K.S 的《狂人话》可以明显看出与《狂人日记》的血缘关系："恶狗村"与"赵家的狗"，"杀人的地方"与"吃人"，"极乐园"与"将来的人"，"小孩子"的"很厉害的眼睛"与"小孩子"的铁青的脸……这位狂人以自己的美梦对抗"沉寂、悽惨、可怨、而又黑暗"① 的夜的侵袭，以疯狂否定麻木。周作人《真的疯人日记》则将矛头直指当时的文化现实，以假托的"德谟德斯坡谛恩"影射当时的中国，对当时文化界的种种荒唐可笑之事极尽讽刺之能事。这个

---

① 　K. S.：《狂人话》，《民国时报·觉悟》1922 年 3 月 2 日。

"世界上最古，而且是，最好的国"里，"各人的祖先差不多都曾经做过一任皇帝"，每个"平民"因此都是"便衣的皇帝"①，都试图行使皇帝的权威，鲜明地刻画出当时某些古国国民的心态。而以"满蕴着温柔，微带着忧愁，欲语又停留"的风格著称的冰心，五四时期也创作出晦涩的《疯人笔记》。这篇犹如梦呓的作品，讲述的不过是一个极为简单的故事：一位在人世间补了五十万年鞋子的"疯人"感悟到，失去爱也就意味着失去生机与生命。小说中"白的他"与"黑的他"，不仅在社会层面形成一种对立，王子一乞丐，高贵一卑微；而且在个体层面象征另一种对立，爱一恨，灵一肉，超我一本我。但他们在这个聪明人占据的尘世上都难以生存，"'黑的他'是被你们逼死的，'白的他'是被你们逼走的"。②而疯人自己，也在这五十万年亘古不变的尘世间，为抗拒世人的同化而陷入绝对的孤独。这种"爱"的缺乏，潜含着冰心对传统文化致命缺陷的认知。

这些癫狂叙事从不同的角度继承并补充了《狂人日记》解构传统文化的本质的意图。而鲁迅《狂人日记》的姊妹篇《长明灯》则由解构传统文化的本质转向解构传统文化的运行机制，从另一角度展现传统文化的荒谬性。《狂人日记》通过狂人的内省视角宣告了传统文化的"吃人"本质，《长明灯》则通过疯子的外在境遇展示传统文化"如何吃人"的过程。在《长明灯》中，鲁迅通过各种话语权力对"疯子"进行的"缺席判决"，深刻揭示了传统文化运行机制的残暴与荒谬。小说中相信"那灯一灭，这里就要变海，我们都要变泥鳅"③的民众明显比"疯子"更为荒诞不经，然而"我们"作为话语权力的拥有者，通过将其缺席界定为"疯子"，也就消解了他言说的权力与意义。"其人既是疯子，议论当然是疯话，没有价值的了。"④ 如果说民众的信仰虽然愚昧但还有着某种真诚的话，那么，在受实用理性支配的绅士阶层那里，就只有利益。在这一文化体制中，绅士为了霸占"疯子"的财产，庸众则为了维护虚幻的"信仰"，实现了某种共谋，共同完成对"疯子"的审判。然而，在这一审判

---

① 周作人：《真的疯人日记》，载钟叔河编《周作人文类编·中国气味》，湖南文艺出版社1998年版，第201页。

② 冰心：《疯人笔记》，《冰心全集》第1卷，海峡文艺出版社1994年版，第410页。

③ 鲁迅：《长明灯》，《鲁迅全集》第2卷，人民文学出版社2005年版，第61页。

④ 鲁迅：《补白》，《鲁迅全集》第3卷，人民文学出版社2005年版，第111页。

过程中，"疯子"始终表现为双重缺席：实体的缺席与意愿的缺席，他的个体意志始终被忽略不计。"疯"的判决取消了思想与言说的合理性，同时取消了个体意志的有效性，从而使四爷可以任意阐释"他者"的意志。为了侵占"疯子"的房产，他以"香火"的美名，将遥遥无期的六顺的第二个儿子过继给"疯子"。"疯子"因无法承继香火而被忽略不计。通过"疯子"的命运，鲁迅不仅揭示了传统文化的"吃人"机制：以"理"杀人，而且揭示了传统文化的内在矛盾：绅士与庸众对"理"的理解貌合神离。当庸众愚昧而真诚地信仰传统的时候，绅士则为了自己的私利利用民众与传统。通过将各种权力迫害"疯子"的场景推上前台，鲁迅不动声色地将传统文化中的荒唐可笑演示给人看，从而从根本上消解了传统文化的内在合理性。

二　实用理性的颠覆

鲁迅等人通过癫狂叙事指向了传统文化的残暴与荒谬。正是这种残暴而荒谬的文化导致了社会的停滞与人格的萎缩。因此，傅斯年在《一段疯话》中迅速对"狂人"做出反应，"中国现在的世界，真是沉闷寂灭到极点了；其原因确是疯子太少。疯子能改换社会，非疯子头脑太清楚了，心里忘不了得失，忘不了能不能，就不免随着社会的潮流，滚来滚去"，因此呼吁"我们带着孩子，跟着疯子走，——走向光明去"。[1] 这里，傅斯年实际上注意到癫狂与人格之间的关系。实用理性与儒家文化的合流导致了整个民族人格的萎缩。"中国文化的等级机制和道德理性的严密控制，使中国人的生命力在人格化方面趋于无限萎缩，这使整个民族的生命态失去了蓬勃的活力和创造力，因而它也就必然造成人格、意志和道德意识的全面萎缩。"[2] 孔颜的安贫乐道蜕变成阿Q的精神胜利，礼教的道德规范蜕变成四爷的唯利是图。实用理性成为生活的主宰。偶尔有一二敢于打破这种常规的人，也必被他们视为"疯子"。《药》中的夏瑜因挨打后还可怜阿义的甘于做奴才而被众人视为"发了疯"。传统的庸俗实用人格正需要这种癫狂来冲击、解构。现代作家中的一部分作家，敏锐地捕捉到

---

①　孟真（傅斯年）：《一段疯话》，《新潮》第 1 卷第 4 号。

②　徐麟：《鲁迅中期思想研究》，湖南师范大学出版社 1997 年版，第 156 页。

这一主题,利用癫狂叙事从不同角度解构传统实用理性,力图实现民族人格的重建。

1920年,郭沫若的《湘累》重塑了屈原形象,这位言语"疯疯识倒""精神太错乱了"的狂人,将怒火投向这个"见了凤凰要说是鸡,见了麒麟要说是驴马"[①]的浊世,力图在创造中实现生命的飞扬,唱出一曲生命力的狂歌。"狂飙"运动的主将高长虹则更为鲜明地张起"狂人"之旗。"庸人于其所不和,则谓之狂,你们真是庸人呵!我最大的希求,便是远离你们而达于狂人之胜境。"[②] 这种狂放人格与庸俗实用人格形成鲜明的对立。凌叔华写于1928年的《疯了的诗人》则塑造了一种狂逸人格。主人公回家看望病中的妻子,却和妻子一起染上了"疯病",在后花园与小狗交朋友,与小猫赏明月,养育蝴蝶来美化生活。尽管世人叹息他们发疯了,而他们却悠然自得,以回归自然的童心、真心来对抗人世间的冷眼、白眼。无论是狂放人格还是狂逸人格,都是对传统实用理性与庸俗人格的一种有力解构。力图成为"人性的治疗者"[③]的沈从文更是明确地将矛头指向这种"阉寺性"人格。在传统儒家文化的熏陶下,整个汉民族的生命力都日渐萎缩,传统实用理性与西方工具理性的合流,更造成了美与爱的极度贫乏。沈从文敏锐地看到这一病态,力图建立一种"美与爱的新的宗教"[④] 以改造国民性。而这种新宗教在世人眼中,却是一种"痴癫":"若有人超出习惯的心与眼,对于美特具敏感,即自然被这个多数人目为'痴汉'。若与多数人庸俗利害观念相冲突,且成为疯狂,为恶徒,为叛逆。"[⑤] 对世俗实用理性的怀疑与批判,使他自然而然地弘扬作为理智对立面的"癫狂"。这种常态与癫狂之间的价值错位,成为他的深层意识结构的核心。

在沈从文的早期作品中,《老实人》中的自宽君就因个性特异而被世人当成疯子,这一命运潜含着沈从文对世俗观念的批判。而《山鬼》则

---

① 郭沫若:《湘累》,《百年中国文学经典》第1卷,北京大学出版社1996年版,第465页。

② 高长虹:《精神的宣言》,《高长虹文集》上卷,中国社会科学出版社1989年版,第1页。

③ 沈从文:《给某教授》,《沈从文全集》第17卷,北岳文艺出版社2002年版,第195页。

④ 沈从文:《美与爱》,《沈从文全集》第17卷,北岳文艺出版社2002年版,第362页。

⑤ 同上书,第360—361页。

直接以追求自然适意的审美生活的"癫子"为主人公。这位在日常生活中和正常人并没有什么两样的人之所以被视为癫子，只不过因为管理地方一切的"神同人，对于癫子可还没能行使其权威"①，他总"比常人要任性一点，要天真一点"②，有着无端而来的哀乐，以及一些"奇怪"的爱好：他"不吃烟，又没同人赌过钱"③，而为了看桃花与好看的牛以及木人戏等美的事物，他却总是不辞劳苦。这种审美人格由于动摇了现实生活的两大支柱——权威与惯例——而成为不安定因素，以至于被众人视为"癫子"。而这种审美人格实际上更为接近人性的本来，癫子因此在童心世界中如鱼得水，成为"代狗王"。④ 这种癫狂叙事隐含着沈从文对出世人眼中"常态"的批判。而在沈从文对同一故事的三次不同叙述中可以清晰地看出癫狂与常态在沈从文心目中的价值错位。

"商会长年纪极轻的女儿，得病死去埋葬后，当夜被卖豆腐的年轻男子从坟墓中挖出，背到山洞中去睡了三天，方又送回坟墓去。到后来这事为人发觉时，这打豆腐的男子，便押解到我们的衙门来，随即就地正法了。"⑤ 这一事件在他1930年8月24日创作的《三个男人和一个女人》（以下简称《三》）、1931年4月24日的《医生》及1931年8月的《清乡所见》中重复出现。从对这一故事的不同讲述，可能清楚地看出沈从文对"癫"与"常"的社会评判与实际价值之间的错位的反思。在《三》中，沈从文通过对故事的改造，使其"离去猥亵转成神奇"⑥，也由于当地的文化宽容，青年并没有被人称为"癫子"。到了《医生》中，相信"吞金死去的人，如果不过七天，只要得到男子的偎抱，便可以重新复活"⑦ 的青年在"理智"的医生眼中则变成了"疯子"。而在《清乡所见》中，沈从文直接表明了自己对"癫子"的价值判断，他不仅从外表上认为"癫子""毫不糊涂"⑧，而且对他的思维方式和行为方式也深

---

① 沈从文：《山鬼》，《沈从文全集》第3卷，北岳文艺出版社2002年版，第345页。

② 同上书，第343页。

③ 同上书，第344页。

④ 同上书，第345页。

⑤ 沈从文：《清乡所见》，《沈从文全集》第13卷，北岳文艺出版社2002年版，第304页。

⑥ 沈从文：《三个男人和一个女人》，《沈从文全集》第8卷，北岳文艺出版社2002年版，第34页。

⑦ 同上书，第33页。

⑧ 沈从文：《清乡所见》，《沈从文全集》第13卷，北岳文艺出版社2002年版，第304页。

表同情，补充了"癫子"沉默背后的话语，而这也正是代表了作者的心声："不知道谁是癫子。"① 在信奉爱与美的"癫"与代表现实功利、唯利是图、人云亦云的"常"之间，沈从文自觉选择了认同"癫"的价值，从而使他的价值体系与世俗的价值体系之间形成某种错位与对立。他清楚地意识到："追究生命'意义'时，即不可免与一切习惯秩序冲突"② 这样的行动可能"被人当作疯子，或被人杀头"③。但是，这又是一个人能真正把握自己的生命，把握自己生存的意义的唯一方式。正是在这一癫狂——常态的价值错位中，他找到了一些颠覆实用理性的因子。④

三　社会认同的拷问

癫狂不仅表现为个体与社会的外在冲突，更表现为个体与社会的内在冲突。当个体的自我认同与社会认同处于极端的冲突状态时，这种人格分裂也就导致癫狂。这种癫狂叙事更深刻地揭示出传统文化以及实用理性对个体生存的制约与影响。一旦它们深入个体的内心，也就成为一种强大的异化力量，左右人们的自我认同，并制造种种人间惨剧。鲁迅《白光》中的陈士成，将获得社会认同当成自己人生的唯一目标，落榜之后，官当不成了，便做着发财的美梦，想躺在祖宗留下的家产上重新出人头地。当这个美梦破灭后，他也就只剩下发疯一条路可走了。他的疯狂打着传统名利思想的深刻烙印。许钦文《疯妇》中的媳妇变疯的导火索是洗米时丢了鋈头与米筲，但其深层原因则是婆婆试图维护自己的绝对权威的传统观念以及物重于人的实用思想。赛先艾《乡间的悲剧》中的祁大娘被丈夫遗弃后精神失常，跳井自尽，她的疯狂折射出传统女性依附观念的深远影响。台静农《新坟》中的四太太经历了女儿被强奸、儿子被杀害等人间惨剧，但使她变疯的最后一根稻草则是受实用理性支配的族人，她在家产被族人骗走后成为疯子。沙汀《兽道》中的魏老婆子，媳妇产后尚未出月便被一群大兵轮奸后上吊自杀，但她并没有因此马上绝望，然而亲家母

① 沈从文：《清乡所见》，《沈从文全集》第13卷，北岳文艺出版社2002年版，第305页。
② 沈从文：《生命》，《沈从文全集》第12卷，北岳文艺出版社2002年版，第42页。
③ 沈从文：《长庚》，《沈从文全集》第12卷，北岳文艺出版社2002年版，第37页。
④ 参见黄晓华《常态与癫狂的价值错位——从一个故事的三种讲法看沈从文的深层意识结构》，《湖北大学学报（哲学社会版）》2006年第1期。

的哭闹、世人的侮辱，以及初生的孙儿的归西，终于使她变疯。在这些癫狂叙事中，不仅有着对社会制度的抗议，更有着对产生这种病态社会的传统文化与实用理性的抗议，癫狂是对这个腐朽社会最强烈的控诉。张爱玲与路翎等则将焦点放在人物的内心世界，展现癫狂中自我认同与社会认同之间无法调和的冲突，由此更深刻地揭示出现代生存意识与传统文化与实用理性之间的深层矛盾。当社会认同作为一种极端的公共理性左右个体生存时，它也就成为一种使人异化的异己力量，癫狂正是这种异化的具体表现。

张爱玲《金锁记》中的曹七巧同样是传统的社会认同的牺牲品。这位在张爱玲自己眼中都是唯一的"极端病态"与彻底"疯狂"①的人物，原本同样有着正常人的欲望与人生理想。在小说最后，她还是流出了一滴人性的眼泪，想到自己以前交往的普通男人，"如果她挑中了他们之中的一个，往后日子久了，生了孩子，男人多少对她有点真心"②。但当她被父母的包办婚姻送进姜府，成为患有骨痨的姜二爷的妻子后，她就被传统观念推动着，一步一步走进"没有光的所在"③。在这个充满各种明争暗斗的封建家族中，当正常的欲望无法得到满足时，她所能做的就是努力抓住自己能够抓住的一切，最终成为黄金的奴隶，披上黄金的枷锁。她以为把握了金钱也就把握了世界，而这种极端的异化观念，不仅害了自己，也害了自己的亲人。"三十年来她戴着黄金的枷。她用那沉重的枷角劈杀了几个人，没死的也送了半条命。"④ 曹七巧成为疯子，展现了社会意识对人的强大的异化力量以及时代的沉重。

"有一个疯子的审慎与机智"⑤ 的曹七巧的内心世界，终究因彻底异化而显得和谐。而被视为"灵魂奥秘的探索者"⑥ 的路翎则以浓厚铺张的笔触，写出了癫狂所展现的个体认同与社会认同的尖锐冲突。《英雄的舞蹈》中的张小赖在充满着"非常古旧的英雄的气氛"的小镇上说了十几

---

① 张爱玲：《自己的文章》，《张爱玲文集》第 4 卷，安徽文艺出版社 1992 年版，第 173 页。

② 张爱玲：《金锁记》，《张爱玲文集》第 2 卷，安徽文艺出版社 1992 年版，第 124 页。

③ 同上书，第 122 页。

④ 同上书，第 124 页。

⑤ 同上书，第 122 页。

⑥ 杨义：《路翎——灵魂奥秘的探索者》，《文学评论》1983 年第 5 期。

年书，在茶馆里生动地演绎着古代的英雄的事迹，培育并维持古镇的英雄气氛。但是这种英雄气氛却敌不过"伤风败俗"的"何日君再来"，他的英雄传奇不再能挽留住顾客，他由此而"愤怒、欢笑而发狂，和这个失望做着殊死的搏斗"①，如堂吉诃德一般和假想的巨人搏斗，最后在疯狂状态中死在台上。他的疯狂与死亡正体现出他寻求社会认同的全面败北。在《财主底儿女们》中，路翎更以他浓墨重彩的油画风格描述了另一个始终处于内心激烈冲突中的疯子——蒋蔚祖。

1945年《财主底儿女们》上卷出版。这部曾被誉为"现代中国的百科全书"②的巨著，细致而真实地刻画了蒋蔚祖疯狂的过程。正如冯雪峰所言："疯子发疯的唯一理由，是以他自己的真实，恰恰碰撞着社会的真实。"③当个体的本真需求与社会的异化力量难以调和时，疯狂也就成为一种必然。这种折射人类生存困境的精神状态的产生与成长必然"和历史的传统、和现实的人生纠结得深"，从而使"整个现在中国历史能够颤动在这部史诗所创造的世界里面"④。《财》中的蒋蔚祖作为一个富足家族中受着父亲宠爱的长子，不用担心物质贫困，传统文化的根基使他善于从平凡的生活中挖掘出诗意，顺天安命的性格使他有一种自得其乐的平和，他似乎具备了一切使幸福成为可能的条件。这种摆脱生存压力后的疯狂更深刻地反映了自我认同与社会认同的尖锐冲突。

无可否认，蒋蔚祖疯狂的根本原因是其独立意志的缺失所导致的不成熟状态，以至于在众人眼中"好像蒋蔚祖是小孩子"⑤。然而，这种独立意志的缺失正是传统父权的结果。他唯有取消自己的独立意志顺应父权，才有可能获得和平与安全。妻子的出现使他意识到爱情这种更为本真的需要，从而使他开始反抗父权。然而，独立意志的缺失使得他无法承担任何一种选择所产生的责任，当他试图倒向爱情的怀抱中时，亲情是一个挥之

---

① 路翎：《英雄的舞蹈》，《百年中国文学经典》第3卷，北京大学出版社1996年版，第400页。

② 《财主底儿女们（广告选登）》，载张环等编《路翎研究资料》，十月文艺出版社1993年版，第74页。

③ 冯雪峰：《发疯》，《雪峰文集》第3卷，人民文学出版社1983年版，第127页。

④ 胡风：《青春的诗》，《胡风选集》第1卷，四川人民出版社1996年版，第184页。

⑤ 路翎：《财主底儿女们》上卷，《路翎文集》第1卷，安徽文艺出版社1995年版，第73页。

不去的阴影，而当他试图与亲情和解时，爱情又促使他逃离。于是，他只能不停地在二者之间奔走逃亡，陷入一种精神分裂的状态。但这种意志发展的滞后并不必然导致疯癫。他的发疯，更主要的还是他沦为一种工具性存在，成为父亲与妻子之间争夺的战利品。在这里，亲情是扭曲了的亲情，爱情是扭曲了的爱情。父亲试图利用父权将儿子束缚在自己的膝下，并且不惜以禁闭的方式来达到这一目的；而妻子更是为了赤裸裸的物质利益利用他的爱情。在其他的人际关系中，这种异化更为严重。在蒋蔚祖的周围，并没有他所渴求的真正的理解与爱，有的只是用温情掩盖的物质利益的争夺。姐妹与妻子为了财产，在父亲尸骨未寒时，以爱情或亲情的名义迫使他们有利于自己的表态，为此不惜给他致命的一击。在这种赤裸裸的实用理性的支配下，人作为主体的意义消弭无形，异化为一种工具性存在。当蒋蔚祖无力顺应这些社会认同中的任何一种时，他也就只剩疯狂一条道路可走。然而，蒋蔚祖也正是以疯狂洞穿着这个世界的虚伪与丑态，在癫狂中无所顾忌地批判这个不将人当成人的社会，否定了现存的理性与道德。正是在疯狂中，蒋蔚祖以自己的本真对抗世界的异化，以情感否定着工具理性与社会认同。路翎以一个灵魂的拷问者的姿态，不仅批判蒋蔚祖的软弱，而且批判了使他疯狂的病态社会。虽然蒋蔚祖的疯狂与自杀并未指示出前进的方向，但他的疯狂与自杀本身就出于对生存意义的严肃思考。"只有一个真正严肃的哲学问题，那就是自杀。判断人值得生存与否，就是回答哲学的基本问题。"① 在整个生存的荒诞处境中，疯狂与自杀一方面说明了生存的失败，另一方面则彰显着生存的意义与激情。

癫狂作为一种边缘生存状态，始终意味着个体与社会之间的调和失败。正是在这种个体与社会之间的尖锐冲突中，折射出文化与理性对个体生存的影响，折射出人类的认同困境。这一叙事方式甚至在革命话语中也曾经昙花一现。草明《疯子同志》写了两个疯了的革命者，尽管草明的目的是凸显他们疯了也不忘革命的精神，李慕梅"神经错乱的脑筋里，永远记得革命，女人，小孩三件事"②，但她因女儿死去而变疯的结果，正凸显革命信念的局限，它并不能完全解决个体的认同危机。中国现代文

---

① ［法］加缪:《西绪福斯神话》,《加缪文集》,郭宏安译,译林出版社1999年版,第624页。

② 草明:《疯子同志》,《解放日报》1942年6月12日。

学中的癫狂叙事，正是从个体的生存境遇出发，从不同的角度对文化与理性进行着双重解构，拓展了现代文学的视野，深化了现代文学的主题。它一方面继承了传统癫狂叙事"特立独行"的审美特性；另一方面吸取了西方文学中癫狂叙事的某些现代品质，如对人物深层病态心理的挖掘，全新的价值观念等。然而，20世纪40年代中后期，人物思想的复杂性受到了一定程度的忽视，癫狂更是由于其涉及人物无意识以至病态心理而被排斥。正是从这种受忽视的命运可以看出历史的浮躁，人们满足于浮光掠影的宣传，而惶恐于鞭辟入里的剖析，追求简单的明朗，而畏惧深晦的丰富。40年代后期以及新中国成立后对胡风、路翎的极不公正的批判就可以看出人们的不安。从某种程度上讲，这种不安表现出现代文学对现代性的拒绝。

　　原载《二十一世纪》网络版2008年11月号，收入《2009海峡两岸华文文学学术研讨会论文选集》，台北：中国现代文学学会2009年版

断裂与错位

——论《长明灯》的空间解构意味

    1925 年，在时隔七年之后，鲁迅创作了《狂人日记》的姊妹篇——《长明灯》。这两篇明显带有文化寓言性质的作品，从不同的向度切入了传统文化。后者不仅深化与拓展了前者的主题，同时折射出这七年中现代与传统争战的艰难历程。诚如伊夫·瓦岱所言："传统社会的……一个带有普遍性的特征，它的影响足以说明传统思想体制特点（我们也可以用神话思想一词来概括它）：这就是既存在于空间也存在于时间中的绝对基准点。"[①] 而现代性作为"个体—群体心性结构及其文化制度之质态和形态"[②] 的现代转变，首先意味着瓦解与颠覆传统的时空观。它不体现于观察对象的变化，而体现为观察对象方式的变化。现代性以一种崭新的时间观，即浓厚的现时感与当下感为起点，唯有对现时的重视，才有可能出现现代性。而传统时间观有着明显的复古倾向，其绝对基准点是属于过去与历史而不是当下，在于永恒而不在变易。《狂人日记》石破天惊地质疑历史的合法性与合理性，将批判的锋芒指向传统的历史观与时间观：当下的意义不可能再由历史与过去赋予，几千年一再轮回的"吃人"与"被吃"必须在对历史进行质疑的当下终止，使现时的意义与传统彻底断裂——不再是依附于过去而获得意义，正好相反，当下只有彻底告别传统，才有可能获得自己存在的独立性。

    如果说《狂人日记》指向了传统时间的绝对基准点，那《长明灯》

---

    ① ［法］伊夫·瓦岱：《文学与现代性》，田庆生译，北京大学出版社 2001 年版，第 25—26 页。

    ② 刘小枫：《现代性社会理论绪论》，上海三联书店 1998 年版，第 3 页。

则指向传统空间的绝对基准点。"传统文化中，方位基点为使人们摆脱混沌无边的现实，生活在一个井然有序的世界提供了一个方位参照体系。"①空间并不是一个纯粹的客观现实，它同时还意味着文化的建构，具有意识形态意味；不仅是一种方位参照体系，还是一种价值参照体系。在传统文化中，空间秩序也是价值秩序。不仅故宫的布局有深刻的文化隐喻意味，就是在民间也照样存在一整套的空间意识形态话语，成为制约人们言说行动以及思想的一种方式。在这种价值体系中，时间也被空间化：《长明灯》中的"祖父"与"梁武帝"虽已逝去，但他们依附于社庙依旧在价值体系中占据高位，笼罩与俯视现实，历时性的时间顺序被置换成共时性的价值结构，成为现时的价值基准点。《长明灯》正是将这种价值结构当成自己的解剖对象，将"吃人"这一历史事件拉到一个空间架构之中，展现传统文化"如何吃人"的立体解剖图，从而揭示传统文化的悖谬之处。

在《长明灯》中，鲁迅构建了一个独特的叙事空间。在这里，空间并不仅仅是人物活动的场所，它同时作为一种文化情境参与了叙事并叙述自身，作者对场景的选择隐含着作者的创作意图。鲁迅选择的四个典型场景：茶馆、社庙前、客厅、社庙，不仅构成人物活动的场所，同时划分了四种话语空间。在这里，文化意味—话语空间—言说主体位置—价值结构等空间问题交织在一起，成为一片混沌，以寓言的形式展现了传统空间模式的等级秩序与文化内涵。通过揭示这个混沌的空间神话中的一系列延异、断裂、置换、错位，《长明灯》解构了传统的空间观。

一 茶馆——附庸的民间

茶馆作为民间公共话语空间，在中国现当代文学中有着特殊的地位，不少的名篇都以茶馆为场景（如沙汀《在其香居茶馆里》、老舍《茶馆》等）。对茶馆的重视不仅由于其结构功能：茶馆使各种矛盾得以集中展现，使尺幅之间有千里之势；更主要的还在于其文化功能：茶馆在现代性与反现代性之间的荒谬处境。茶馆作为一种公共领域的萌芽，应该具有独立、开放、民主等现代品质，但在中国文化这一大语境中，茶馆却也染上

---

① ［法］伊夫·瓦岱：《文学与现代性》，田庆生译，北京大学出版社2001年版，第26页。

僵化、保守的特性，它仅仅作为一种附庸存在，缺乏自身的独立性。

小说中的第一个场景就表现出茶馆的这种荒谬处境：这里也有众声喧嚣，却没有真正意义上的主体存在。然而茶客终究与常人有些不同，"不拘禁忌地坐在茶馆里的不过几个以豁达自居的青年人，但在蛰居人的意中却以为个个都是败家子。"① 这是文中勾勒出的第一组对立：茶客/蛰居者，以及二者对茶客的判断：豁达/败家子之间的对立。茶馆于是出现一种"伪现代性"的品质：相对于蛰居者而言，茶客终究走出了"家"进入一个公共场所，在某些方面真正代表了"民意"，从而有着公共领域的某些特征。但是，这种"民间话语"并未形成自己的独立品格，而仅仅是官方话语的重复与回声及"官方话语"的共谋者。它依附于更高的价值等级并以此作为自身存在意义的根据。

正是在这里出现了第一种言说方式：我们/他，而这也正是典型的传统言说方式："我们"作为一个整体言说与规范着"他"。在这里，就算主语是单数，但作为个体性的"我"并未出场，在价值判断上始终依附于复数的"我们"。这个"我们"由于依附于更高层的价值体系而获得身份的置换："我们"不仅是言说者，还是价值的评判者，到后来更是成为惩罚的执行者。言说主体/精神规训主体/肉身惩罚主体同一，为了不同目的可随时置换。在这种言说方式中，"他"不仅是实体上不在场的他，同时也是价值体系上的"他者"，他由于无法被现存的大家认同的价值体系定位而表现为双重缺席：肉身的缺席与主体性的缺席。在茶馆里，"我们"所言及的"他"并不是由他自身的言行获得身份的确证。在"我们"的眼中，"他"始终是与他祖宗连在一起的。"造庙的时候，他的祖宗就捐过钱，现在他却要来吹熄长明灯。这不是不肖子孙？"不是以现实状态而是以祖先的行为作为"他"的行为合法性的依据，在"我们"的心目中，"他"由于没有按祖先的行为规则行事而犯下了"忤逆"之罪，而在思想层面上，"他"由于对从梁武帝"一直传下来，没有熄过"② 的"长明灯"构成威胁，与"传统"不合而被断言为"疯"。这样，"我们"作为话语权力的拥有者，划定了"理性"的边界，将"疯子"打入另类从而消解其言说的权力与意义。"其人既是疯子，议论当然是疯话，没有价

---

① 鲁迅：《长明灯》，《鲁迅全集》第 2 卷，人民文学出版社 1981 年版，第 56 页。

② 同上书，第 57 页。

值的了。"①

　　然而，"我们"依据的价值体系本身就有着荒谬色彩。

　　《长明灯》中有一个一直被人们视为涉笔成趣的细节，庄七光的"梁武帝"在灰五婶的嘴中变成了"梁五弟"。然而，正是在这一话语变异中隐含着鲁迅对语言问题的深刻思考。无可否认，这两个词读音完全相同，作为一个在场的听众应该无法辨出二者的区别，由此可知，鲁迅选择这一个细节，其意并不在简单的插科打诨，而是蕴含着对一个重大的语言问题的发现：中国语言中能指与所指之间的巨大裂缝。

　　中国文字是表意文字，与西方能指/所指的音/义对应不同，中国语言中处于首要位置的是汉字/意义的对应。但人们并不能仅凭书面语进行交流。于是在日常话语中出现不同于西方语言的二元对应结构的三元结构：汉字/音符/意义。能指与所指之间不呈现为直接对应关系，而隔着一层混沌，真理的传播过程呈现为一个复杂的流变过程：经典：汉字/意义⇒真理阐释者：言说/意义⇒接受者：言说/意义。这不仅突出了中介环节：真理阐释者的重要地位，更重要的是造成了能指与所指之间的多次断裂，使意义处于一种混沌不明的状态：尽管大家言说着同一音符，但大家的所指却并不相同。庄七光的梁武帝衍变成灰五婶的梁五弟的过程也便寓指了中国传统在话语中的延异：中国传统文化的传承，不仅仅是一种时间的延续，同时也是一种空间的置换——名—实的背离。正是这种"实"的置换，使龙种的后代演变成跳蚤。一个历史名词蜕变成一个生活名词，消解了历史与经典的严肃与沉重，而变成生活与现实的荒唐与滑稽，从一个角度解构了历史本体，使人感受到这种文化的荒谬。

二　社庙前——新生的他者

　　小说中，唯一出现不同价值体系之间直接对话的场景就是在社庙前面。在这里，新场景的出现似乎有着某种隐喻意味，陈思和先生所言的庙堂—民间—广场的最初划分在这里初现端倪：这里不仅有各色人等，众声喧哗，更重要的是不同主体与价值体系的出现及其对立。这个传统与现代狭路相逢的场景，对传统的空间等级秩序产生了某种程度的冲击。"疯

---

　　① 　鲁迅：《补白》，《鲁迅全集》第3卷，人民文学出版社1981年版，第103—104页。

子"的孤家寡人与对方的人多势众在物质力量上形成鲜明对比，但在精神方面，"疯子"的言说作为一个独立的价值体系而与众人处于对等的位置，他的独语比对方的喧哗更为有力。这种新生的"广场"在一定程度上意味着消解传统的空间等级秩序的可能，因为新事物的出现潜藏着给传统带来结构性的转变的可能性。

这里出现了第二种言说方式：我/你们。如果说那种"我们/他"的言说方式意味着传统，那么，"我/你们"的言说方式则可以说是现代性的发生。"我们/他"的言说方式意味着前者对后者的排弃与挤压，"他"被消解掉了，而"我/你们"的言说方式则意味着新价值的在场，作为具有主体性的个体的"我"真正出场，这是现代性的基点。

《长明灯》中，疯子勇猛而执着地进行着他的熄灯计划，直指文化意义的本体，在他的顽强的信念面前，任何伦理都归于无用。疯子自己也知道蝗虫、猪嘴瘟等可能在长明灯熄了后还在，但他还是坚持"我只能姑且这么办"①。行动的结果也许并不足以赋予行动以意义，但这意义在行动的过程中得以体现，也在具有主体意识的"我"的顽强信念中得以体现。在他的固执背后是一种个体的自觉：虽然熄了灯后蝗虫与猪嘴瘟是否还在是不可确知的，但一成不变的传统与一潭死水般的现实之间的关系，在疯子眼中是不言自明的，并构成行动的前提：必须改变现状。这时双方在人数上虽然相差极为悬殊，但在合理性论证方面，作为群体的"我们"却并未能占据优势，阔亭的瞒与骗的伎俩在"疯子"闪闪发光的钉一般的眼光下无处容身，方头的聪明与世故也在他的顽强面前衰颓无力。姑且不论"那灯一灭，这里就要变海，我们都要变泥鳅"这一"我们"的信仰与论断的荒谬性——它比疯子的话更为虚幻怪诞，从而显露出民众的愚昧与盲信：他们显然比"疯子"更为偏执疯狂，但当这种偏执、疯狂成为一种群体的共性的时候，疯狂也便成了常态，常态则成了疯狂，如古代寓言"狂泉"中的众臣与国王。就是在疯子的疯言疯语中，也潜隐着巨大的逻辑推论力量，疯子"吹熄，我们就不会有蝗虫，不会有猪嘴瘟"这样一种断言，由于省略了必要的逻辑论证而显得像一种非理性的妄语，为方头的聪明与理性留下质疑的余地。但疯子自己也承认"我知道的，熄了也还在"，证明疯子并没有失去理性的判断力，由此也便可知他的断

---

① 鲁迅：《长明灯》，《鲁迅全集》第 2 卷，人民文学出版社 1981 年版，第 61 页。

言只是一种策略,"然而我只能姑且这么办。我先来这么办,容易些"①。只有打破传统在现实中的一再轮回,才可能使人生摆脱"可以哭,可以歌,也如醒,也如醉,若有知,若无知,也欲死,也欲生"的暧昧状态,达到或者"使人类苏生,或者使人类灭尽"②的目的。

在这种"我/你们"的直接对质中,审判者与被审判者的位置被颠倒了,作为审判主体的群体的"你们"在作为审判对象的个体的"我"的固执面前显出他们的虚弱来。具有主体性的个体的"我"与新的文化空间—广场同时出现,有着明显的文化隐喻意味。

以"天不变,道亦不变"为信条的传统文化,无疑是一种空间文化。鲁迅"铁屋子"的比喻无意中切入了传统文化的要害,在这个"铁屋子"中,每一个人与每一个物都有着与其价值等级相一致的空间位置,人们对越俎代庖的忌讳就表现出对这一价值体系的认同。至20世纪初,种族的存亡已成为首要问题,新的时代命题需要新的价值构建,而这就必须首先解构旧的价值体系,尤其是必须解构价值制高点。《长明灯》中的"疯子"正是对这一价值体系产生怀疑,并试图将其颠覆,才被人当成"疯子"。"熄灯"不仅是对历史的"亵渎",同时也是对空间等级的解构。他的这一努力虽然由于实力相差悬殊而失败,但他的出现终究为旧有的价值体系添加了一些新的元素,意味着解构的可能:"我/你们"的言说方式中有着主体性的"我"的出场打破了传统的"我们"作为传声筒而言说这一大一统的格局,将被置换的言说主体复归于"我";"广场"的出现则在传统的庙堂—民间空间价值格局中加入了一个楔子。

三　士绅的客厅——官—民的中介

士绅的客厅的存在更显出中国传统文化的特殊性。葛兆光、冯友兰等早就指出士绅阶层在中国近代社会中作为官—民之间的中介者的特殊地位:一方面,作为知识阶层,他们以真理阐释者自居,从而左右下层民众的思想;另一方面,他又以"民意"的代言人自居,以民意的名义向权力机构讨价还价,以寻求自身利益最大化。《长明灯》的四爷一方面由于

---

① 鲁迅:《长明灯》,《鲁迅全集》第2卷,人民文学出版社1981年版,第61页。
② 鲁迅:《淡淡的血痕中》,《鲁迅全集》第2卷,人民文学出版社1981年版,第222页。

父亲"捏过印把子"① 而与"官"有着潜在的关系；另一方面，他也生活于"民"间。他的特殊的身份与地位使得他处于事件的枢纽位置。他的客厅处于两种话语：公共话语—私人话语，官方话语—民间话语的交界处。民间话语因四爷与官方话语的联系而试图在那里找到合法性支持，而四爷的私人企图（霸占侄子的家产）也试图借助公共话语权力得到合理性论证，并通过民众得以实现，二者在这里实现权力的共谋。客厅在价值等级秩序中也便处于圣地与民间之间的枢纽位置。

在这一话语空间中，我们看到了"我—们/他"的言说方式的出现，它与第一种言说方式相似，但在实质上，二者并不相同。我们可以看到"我—们"这一外在同一下的巨大裂缝：绅—民尽管有着相同的目的，将疯子关起来以免其闹事，同时有着外表相似的行为依据——传统。然而，在这种外在的相似底下掩藏着深刻的实质差异。当四爷用"有些发抖"的声音讲着继承香火的大道理，以显示自己的清白时，而真实目的却不过要霸占侄儿的房子。四爷与众人在行为上达成一致，但目的却并不相同，更深刻地表现了话语延异的原因。话语延异的根源固然在于汉字的特异性，"不但劳苦大众没有学习与学会的可能，就是有钱有势的特权阶级，费时一二十年，终于学不会的也多得很"②。而最重要的原因是那些自命为真理阐释者的有意无意的误读。经典在他们的误读下丧失了它们的本来意义，成为一个空洞的偶像，其内容被"真理阐释者"随意地断章取义，使之实用化、世俗化。这些人中间不仅有顽固地"大骂其新党"的鲁四老爷（《祝福》），有称"张大帅就是燕人张翼德的后代"的赵七爷（《风波》），更有"严肃而且悲哀地"大谈香火的四爷和鲁四老爷的愚顽、赵七爷的愚昧相比，四爷有意的误读更显出传统文化运行机制的本质特征。在前二者那里，终究尚存一个信仰的本体（对复古的崇信），而在后者那里，这一本体却已消失，传统的"礼"的内核被置换成"利"，在所指被置换后，能指只剩一个神圣的外壳，留给话语接受者顶礼膜拜。这种能指与所指的背离，正显示出传统文化的虚伪。正如鲁迅所言："古书实在太多，倘不是笨牛，读一点就可以知道，怎样敷衍，偷生、献媚、弄权、自

---

① 鲁迅：《长明灯》，《鲁迅全集》第 2 卷，人民文学出版社 1981 年版，第 55 页。

② 鲁迅：《关于新文字——答问》，《鲁迅全集》第 6 卷，人民文学出版社 1981 年版，第 160 页。

私,然而能够假借大义,窃取美名。"①

不仅言说的内容存在名—实置换,而且言说主体的身份也存在置换与错位。在第一种言说方式中,"他"尚只是"我们"话语规训的对象,一个意念建构的他者,在这里,"他"则成为一个被"我—们"审判与惩罚的对象,不仅个体的思想与行为的合法性依据被忽略不计,而且个体的意志——最基本的个体性特征——也被权力话语所剥夺。娶妻生子,成家立业,本是私人的事务,但在"真理阐释者"那里却被冠以香火的美名。"疯"的论断在取消思想与言说的合理性的同时,也取消了个体意志的有效性,从而赋予四爷任意阐释"他者"的意志的便利。为了侵占"他"的屋子,他认同了众人的判断,并做空头的承诺,以"香火"的美名,将意念中遥遥无期的六顺的第二个儿子过继给"他",而置"他"的意志于不顾。"疯子"终于沦为香火承继中的一个环节,因其无效而被忽略不计。作为主体的"他"被"我—们"置换成"我—们"构建的肉体与意志双重缺席的"他者"。

四 社庙——沉默的圣地与监狱

在文本中,尽管社庙始终保持沉默,却是文本中一切话语指向的中心,并由它赋予众话语以意义。它的文化象征意义也许是最为明晰的:由于它供奉着长明灯以及大大小小的偶像,因此成为圣地:意义的本体。它是民、绅与官(疯子的祖父)所共同崇拜的对象和关注的中心,处于价值等级的最高层。正是这一共同崇拜对象的存在,使官—绅—民构成一个三位一体的整体,使民(阔亭、方头)得以有机会进入"绅"的客厅,形成官—绅—民之间的互动以保持社会的稳定。最后,这一"圣地"还行使了监狱的职能,从而凸显了传统文化的两种职能:牧师—刽子手职能的内在一致性。

也正是社庙的沉默与威严描述着另一种历史:被压抑与忽略的历史。"疯子"最后由于祖父"捏过印把子"没被打死,而只是被关起来,从而开始了另一种言说方式:我/……这是一种没有听众的被忽略与被压抑的

---

① 鲁迅:《十四年的"读经"》,《鲁迅全集》第3卷,人民文学出版社1981年版,第129页。

言说。然而，被压抑的存在终究也是一种客观存在，"石在，火种是不会灭的"①。疯子的独白出现于圣地，本身就是对这种威严与沉默的解构，有着某种象征意味。同时，这种飘向旷野的独白也如同撒播在荒漠中的种子，不仅意味着鲁迅对启蒙的绝望，也意味着绝望中的希望。文本最后童谣与"疯子"话语的相互解构，一方面意味传统价值体系对"疯子"价值体系的同化与消解，另一方面也是"疯子"话语对传统价值体系的解构与颠覆。这固然使"疯子"话语失去了自身的尖锐性与纯粹性，同时也使传统话语有获得结构性转变的可能。

时空问题是人类意识的基点，也是文化的基点，它普遍制约人的思维结构，从而普遍制约文化与社会意识的表现形态。从《狂人日记》到《长明灯》，鲁迅从不同的角度切入传统文化与社会心理，揭示其悖谬之处，力图为现代时空意识的诞生清扫出一片开阔的空地，奠定一个合理的基点。只是在这一意义上，《长明灯》解构着传统混沌的空间神话，不仅忠实地记录了现代空间意识萌发与拓展的艰险处境与艰难历程，同时也为一种新的空间观的诞生提供可能。

原载《海南大学学报》（人文社会科学版）2003年第4期

---

① 鲁迅：《"题未定"草（九）》，《鲁迅全集》第6卷，人民文学出版社1981年版，第435页。

常态与癫狂的价值错位

——从一个故事的三种讲法看
沈从文的深层意识结构

在几千年的儒家文化影响下，"中庸之道"日益内化为民族无意识的一部分，影响着国民的性格。"实在说来，这个民族如今就正似乎由于过去文化所拘束，故弄得那么懦弱无力的，这个民族种种的恶德，如自大，骄奢，以及懒惰，私心，浅见，无能等，就似乎莫不因为保有了过去文化遗产过多所致。"① 这种过多的文化遗产"造成人格、意志和道德意识的全面萎缩"②。国民变得蝇营狗苟的悠然自得，夜郎自大的抱残守缺，孔颜的安贫乐道蜕变成阿Q的精神胜利。传统实用理性与西方工具理性的合流，更造成了美与爱的极度贫乏。这不仅造成人性的沉沦，同时也带来意志的缺失，人们不仅不能认识什么是本真的需要，更无勇气与意志去承担自己的选择与自由，而只能随波逐流，人云亦云。当这种生活构成了当时生活的常态时，力图成为"人性的治疗者"的沈从文敏锐地看到这一常态的病态色彩，并由此而思考如何建立一种健全的人性这一命题。"楚人血液给我一种命定的悲剧性"③ 以及"乡下人"的自我定位使他具有一种自觉的边缘意识，并从这一边缘立场反观现实与人生，从而在意识结构中形成一系列二元对立与价值错位：小说世界中城市与乡村的对立，人生

---

① 沈从文：《沈从文文集》第4卷，花城出版社、生活·读书·新知三联书店香港分店1982年版，第302页。

② 徐麟：《鲁迅中期思想研究》，湖南师范大学出版社1997年版，第156页。

③ 沈从文：《沈从文文集》第11卷，花城出版社、生活·读书·新知三联书店香港分店1982年版，第41页。

哲学中生活与生命的矛盾，湘西世界中神未解体与神已解体的冲突，文化立场上原始文化与传统儒家文化的对立……正是在这些价值冲突中，沈从文批判了世人认同的理念，转而在世人否弃的理念中寻找健康的因子，以建构一种新的文化和人格。与这些已被人们注意的二元对立相关的更深层的意识结构则是常态与癫狂的二元对立与价值错位。当他试图建立一种"美与爱的新宗教"① 以改造国民性时，他同时也清醒地意识到这种新宗教在世人眼中，只是一种"痴癫"。"若有人超出习惯的心与眼，对于美特具敏感，自然即被称为痴汉。"② 然而，对世俗实用理性的怀疑与批判，使他不能不弘扬作为理性对立面的"癫狂"。

沈从文在他的湘西世界中，一直试图表现一种"优美，健康，自然而又不悖乎人性的人生形式"③，用文字建造一座供奉人性的希腊小庙。然而，这一世界并非全是和谐，尚存在另一特殊群体——癫子。正是在对这一另类人物形象群体的描写中，沈从文寄寓了自己对常态与癫狂、神未解体与神已解体的反思。《山鬼》这一取名于《楚辞·九歌》的小说浓墨重彩地勾勒出一个与《九歌·山鬼》中的主人公相类似的浪漫形象。然而，这一充满神奇浪漫色彩的人物在现实中却被当成"癫子"。《山鬼》中的癫子在日常生活中和正常人并没有什么两样，其之所以被视为癫子，只不过因为"比常人要任性一点，要天真一点"，有着无端而来的哀乐以及"奇怪"的爱好而已。甚至连他"不抽烟，又没同人赌过钱"④ 也成为人们视他为癫子的理由。这种几乎全属个人事务的生存状态被人视为"癫"的深层原因，在于它动摇了传统生存秩序：首先，癫子否认一切权威，"管理地方一切的，天王菩萨居第一，霄神居第二，保董乡约以及土地菩萨居第三，场上经记居第四，只是这些神同人，对于癫子可还没能行使其权威"⑤。其次，癫子的率意独行，凭着自己本真的欲求行动的审美化处世原则与传统的功利化处世原则格格不入，并对后者产生一种颠覆作

① 沈从文：《沈从文文集》第11卷，花城出版社、生活·读书·新知三联书店香港分店1982年版，第379页。
② 同上书，第33—34页。
③ 同上书，第45页。
④ 沈从文：《沈从文文集》第2卷，花城出版社、生活·读书·新知三联书店香港分店1982年版，第151页。
⑤ 同上书，第152页。

用。欣赏美成为癫子生活中的重要组成部分：为了看桃花，他不惜走上五十里，为了看好看的牛则可以走上七十里。至于追看木人戏，"一天两天的不归，成常事"①。最后，这种以审美为核心的生活方式在成人的功利化的眼光中是无法获得理解的，癫子于是只能与孩童亲近，在尚未被世俗同化的童心世界中如鱼得水，成为"代狗王"②。沈从文正是通过对这种"癫"的境遇的描写隐隐流露出对这种将自然人性视为癫狂的文化的批判。

《山鬼》中的癫子尚处于神未解体的环境中，且由于他的"文癫"，还有他的生存空间。但当这种美与爱的天性处于神逐渐解体的环境中时，他的生存处境也便变得逐渐险恶起来。通过对"癫狂"在不同生存背景中的境遇的反思，沈从文逐渐深化了对常态与癫狂的价值错位的认识。这一过程在沈从文对同一事件的三次不同的讲述中可以清楚地看出。

"在这地方共计四个月，有两件事在我记忆中永远不能忘去。……另外一件是商会长年纪极轻的女儿，得病死去埋葬后，当夜被卖豆腐的年轻男子从坟墓中挖出，背到山洞中去睡了三天，方又送回坟墓去。到后来这事为人发觉时，这打豆腐的男子，便押解到我们的衙门来，随即就地正法了。"③ 这一本属传奇的"奸尸案"在道学家眼中自然是人神共弃的异端行为，在心理学家眼中也不过是"恋尸癖"的表现，在文学贩子笔下则可能演变成桃色猎奇。正是对这一独特题材的处理方式，可以看出沈从文与众不同的意识结构。这一事件在沈从文的记忆中留下如此深刻的印象，以至于在他的创作中反复出现：1930 年 8 月 24 日创作的《三个男人和一个女人》、1931 年 4 月 24 日的《医生》及 1931 年 8 月的《清乡所见》。

在这三篇文章中，作为真正核心的事件一直是作为暗线出现，尽管叙事者都是第一人称，他却并未利用进入人物内心世界这一便利方法去唤起读者对人物的同情与共鸣，而是致力于描述他人对这一核心事件的观感，以表现个与群、癫与常之间的对立。而作者通过控制隐含作者与叙述者，与主人公及其他人物之间的距离，以揭示自己的真正意图。

---

① 沈从文：《沈从文文集》第 2 卷，花城出版社、生活·读书·新知三联书店香港分店 1982 年版，第 152 页。

② 同上书，第 153 页。

③ 沈从文：《沈从文文集》第 9 卷，花城出版社、生活·读书·新知三联书店香港分店 1982 年版，第 160 页。

　　《三个男人和一个女人》讲述了三个男人同时暗恋上一个女人的故事，因其有着对男性心理的细腻描述和传奇色彩而受到广泛关注。但就在欣赏故事时，也常有买椟还珠之憾，如沈从文自己所言"你们欣赏我故事的清新，照例那作品背后蕴藏的热情却忽略了；你们能欣赏我文字的朴实，照例那作品背后隐伏的悲痛也忽略了"①。

　　通过与《清乡所见》的对比可以看出沈从文对故事的改造：首先是结局不同，《清乡所见》中男子被杀头，而《三个男人和一个女人》中则为失踪，由此可以看出沈从文对人物的同情态度。其次，女人由病死改为吞金自杀，且引进了死而复生的原始信仰，再加上其他信息的补充，使这一个案子与整个文化系统联系起来，从而超出猎奇而成为一个文化重构的梦想，在这种文化中尚有着对美与爱的宽容。最重要的是反响不同，转猥亵而成传奇。作品中的叙述者"我"对这一事件虽然保持着价值中立，作品的最后一句话却流露出作者的潜在评价："这个消息加上人类无知的枝节，便离去猥亵转成神奇。"② 无知与神奇连用，便脱去了其贬义色彩，暗含着作者的同情与反讽。同时，这一句话也暗含着一种逻辑上的因果关系：本地人的"无知"成为这一故事由"猥亵转成传奇"的原因，传奇亦即是无知的结果，二者相辅相成。正是在这一结语的关照下，文中的背景信息与细节催化获得新的整合，显示出其文化内涵。小说中年轻老板，强健坚实，沉默少言，脸上永远挂着神秘、无恶意的微笑。他的一切都合乎世人的行为规范，不仅有健康的身体，还有善良的人格，这些都是与世俗理性相契合的一面。但与这种常态相对的另一面，却是对少女的美的迷恋，对死而复生的传说的迷信，对世俗法律与成见的蔑视，以及无畏地实现自己目的的意志的张扬。所有这些都与"无知"联系在一起。在这里，占统治地位的不是世俗实用知识体系，而是与自然及自然人性有着更密切的联系的原始文化。它与现代文化体系形成对立与冲突。这种冲突不仅表现在外部世界，也表现在人物的内心世界：三个人的单相思就明显是现代文化体系对人类天性的压抑，他们因自己地位的卑下而不敢接近少女。高

---

　　①　沈从文：《沈从文文集》第 11 卷，花城出版社、生活·读书·新知三联书店香港分店1982 年版，第 44 页。

　　②　沈从文：《沈从文文集》第 6 卷，花城出版社、生活·读书·新知三联书店香港分店1982 年版，第 48 页。

墙大院不仅是物质的壁垒，更是文化的鸿沟，自然天性的萌芽在门第观念
下被扼杀，他们只能将这种感情埋在心底，为能够和那女孩身边的狗混熟
而感到高兴，使自己的爱的天性得到变相的满足。而少女的死亡则使这种
现代文化观念的统治力量终结，因为它只能管到生而不能统治死，在代表
现存体系的生与代表想象世界的死的对立之中，在死亡的领域，占统治地
位的是原始文化，是种种神奇的传说。在年轻老板的最后行动中（也在
号兵的意念中），代表着死的原始观念终于压倒代表着生的现存秩序，爱
的天性（来自无意识深处的力量）终于战胜自卑情结（来自意识层面的
异化）。他们"用'意志'代替'命运'"①，在以人的天性反抗禁律，于
是在世人的正常与号兵及年轻老板的"发狂"之间便构成一系列语义轴
上的同位结构：

　　　　常态—癫狂
　　　　生—死
　　　　世俗理性—神话思维
　　　　意识—无意识
　　　　命运—意志
　　　　禁律—天性
　　　　文明—野蛮

　　作者的结语"猥亵转为神奇"作为作者的评论，意味着作者的同情；
作为信息载体，则可以看作当地民众对这一行为的宽容。对故事核心的改
造，体现了作者对一种文化宽容的渴求。正是这种文化宽容，使青年并没
有被人称为"癫子"。
　　如果说这种《三个男人和一个女人》中的文化宽容意味着神的残余
的话，《医生》中则神已完全解体了。在《三个男人和一个女人》中，隐
含作者与叙述者及人物在情感、理智、道德方面的距离都相当近，而在
《医生》中，反讽意味明显加强。
　　在《医生》中，核心事件依旧未变，即疯子将一具女尸背到山洞中，

---

① 　沈从文：《沈从文文集》第11卷，花城出版社、生活·读书·新知三联书店香港分店
1982年版，第292页。

期望她的复活，只是在此基础上增加了一个医生的角色，从而引进了不同文化系统的冲突。在《三个男人和一个女人》中作为背景的传说："吞金死去的人，如果不过七天，只要得到男子的偎抱，便可以重新复活。"①在这篇小说中成为支配情节发展的关键：因为这一传说，"疯子"才去掘墓，才去找医生，医生也才因此有这一番奇遇，但是这一传说所处的语境却已经与《三个男人和一个女人》大不一样。

小说有两个叙述层次，超叙述层的叙述者为全知视角，主叙述层则为第一人称限知视角，他以"医生"的口吻说话，叙述他这十来天的奇遇。由于超叙述层的参与，使得小说中出现多重视角：医生看待疯子的眼光，众人看待医生的奇遇的眼光，叙述者的眼光，以及由此推断出的隐含作者的眼光，各种不同的视角产生的不同的声音，形成一种反讽基调。

小说以医生的叙述为主体，通过医生的眼光来描述一个"疯子"的言行。通过医生的眼光，我们看到了一个充满"妄念"的年轻人的形象：他相信吞金自逝的人可以死而复生。这本是属于原始人对超自然力量的一种奇特的信仰："地方既在边区，苗族半原人的神怪观影响到一切人，形成一种绝大力量。"② 沈从文在他的湘西世界中勾画了原始文明的种种信仰、风俗，这种信仰、风俗内化为湘西人们的"神"。"疯子"所信奉的这一传说从文化学意义上讲不过是原始信仰的一种残余，属于一个独立的价值体系，它的存在并不需要现代理性的论证。但是，当这种信仰置身于一个对话语境中时，就显出了它的荒谬，同时也显示出原始文明在时代中的生存困境。作为一种个体信念或一种文化信念，当它处于独立状态时是自足的，而一旦去寻找认同，就必然产生一种文化冲突并可能导致一种认同危机，其结果便可能是优势文化对劣势文化的挤压与排斥，目其为"疯狂"，将其排斥在理性话语圈之外，从而剥夺其话语权。在这里，医生的境遇表现出某种寓意：在山峒中，医生的孱弱与青年的强壮对比，呈现为一种弱者态势，其话语在青年的沉默面前显得软弱无力，但一旦到了山峒外，青年的沉默便成为可以任意曲解的存在。在理性的世界里，话语

---

① 沈从文：《沈从文文集》第 6 卷，花城出版社、生活·读书·新知三联书店香港分店 1982 年版，第 47 页。

② 沈从文：《沈从文文集》第 9 卷，花城出版社、生活·读书·新知三联书店香港分店 1982 年版，第 405 页。

权成了文化斗争的首要争夺目标，谁拥有话语权谁就是"理性"的权威阐释者，青年人的原始信仰于是因文化劣势而成为"疯狂"。他的疯狂也只能从这一点上来解释，因为在医生未得知他是为一位死人治病时，青年的一切行为都可以显得是正常的。

然而，与"癫狂"相对应的"常态"亦即青年的"癫狂"由以产生的语境却是另一种荒谬。在超叙述层中，超故事叙述者对主叙述中的听众进行了一番描画：这些医生的朋友在医生失踪几天后，便匆匆断言他给河伯治病去了，不会再回来，他的这些朋友便"预备为这个人举行一个小小追悼会"。但因为"处置这人的一点遗产，教会中人同地方绅士，发生了一些不同意见，彼此各执一说，无从解决"①。由此可以看出，所谓理性话语世界，在这里只不过是以利益为中心的话语世界，所谓的正常，也便是为如何瓜分"朋友"的财产而"据理力争"而已。这个理性的世界对医生的叙事的反应不过"一个 R 市都知道了医生的事情，都说医生见了鬼"②。在这个世界中，神已完全解体，人们已不再相信奇迹，也不再"无知"。因此不仅"疯子"的事不可信，连医生的话也不可信。在这些"常人"看来，医生的叙事只不过是医生的幻觉，而医生所说的"疯子"，同"鬼"一样是子虚乌有，已根本没有在现实中存在的可能。一切都现世化了，凡未能眼见的与自己切身利益无关的东西便均列为不存在，文化中的超越性层面付诸阙如。常态与癫狂的对立在这里也便表现为执着于眼前利益的现世性与执着于神奇幻想的超越性的对立。如尼采所言，区别真正审美的观众与苏格拉底式批评家的标志在于他们对待舞台上的奇迹的态度，"他是觉得他那要求严格心理因果关系的历史意识受到了侮辱呢，还是以友好的让步态度把奇迹当作孩子可以理解而于他颇为疏远的现象加以容忍。他可以据此衡量，一般来说他有多大能力理解作为浓缩的世界图景的神话，而作为现象的缩写，神话是不能缺少奇迹的。……没有神话，一切文化都会丧失其健康的天然创造力"③。沈从文一直期盼"'人'来重新写作'神话'。这神话不仅是综合过去人类的抒情幻想与梦，加以现世

---

① 沈从文：《沈从文文集》第 4 卷，花城出版社、生活·读书·新知三联书店香港分店 1982 年版，第 176 页。

② 同上书，第 201 页。

③ [德]尼采：《悲剧的诞生》，周国平译，三联书店 1986 年版，第 99—100 页。

成分重新处理，还应当综合过去人类求生的经验，以及人类对于人的知识，为未来有所安排，有个明天威胁他，引诱他"①。一种没有神话，不能容忍奇迹的文化，由于缺乏一个超越性层面，其生命力是极为孱弱的。正是通过对这种对立的两极的反讽式描述，沈从文展开他对世俗文化以及这种文化所滋生出的实用人格这一"常态"的批判。

　　这种在小说叙述中潜隐的主观评价，沈从文在《从文自传》中明确表示了出来。《清乡所见》写作于上面两部作品之后，虽然在逻辑上其中所叙故事应为前两部作品的原型，作者对这一事件的评价却应是在前两部作品的基础上的发展和明确化。这位可靠叙述者在"另一个兵士"与"疯子"之间充当着价值评判者，也便是站在掌握着话语权力者（"另一个兵士"是这一体系中的一个分子）与失去话语权力者之间作价值评判时明确地站在"疯子"一边，不仅从外表上认为"临刑前一时，他头脑还清清楚楚，毫不糊涂"②，而且对他的思维方式和行为方式也深表同情。作者不仅看懂了疯子因对爱与美的执着而克服了对死亡的恐惧，而且从他的沉默与微笑中看出了他对世人的嘲弄，作者为他补充了沉默背后的话语，而这也正是代表了作者的心声："不知是谁是疯子。"③

　　在这种代表接近自然人性、信仰与超越的"癫"与代表现实功利，唯利是图，人云亦云的"常"之间，沈从文自觉选择了与"癫"的价值认同，从而使他的价值体系与世俗的价值体系之间形成某种错位与对立：世俗所肯定的正好是他要否定的，他所认同的也正好是世俗所排斥的。他坦承"一切爱憎皆与人相反"④，同时也清楚地意识到："追究生命意义时，即不可免与一切习惯秩序冲突"⑤这样的行动可能"被人当作疯子，或被人杀头"⑥。但是，这又是一个人能真正把握自己的生命，把握自己

---

　　① 沈从文：《沈从文文集》第 10 卷，花城出版社、生活·读书·新知三联书店香港分店1982 年版，第 130—131 页。

　　② 沈从文：《沈从文文集》第 9 卷，花城出版社、生活·读书·新知三联书店香港分店1982 年版，第 160 页。

　　③ 同上书，第 161 页。

　　④ 沈从文：《沈从文文集》第 11 卷，花城出版社、生活·读书·新知三联书店香港分店1982 年版，第 8 页。

　　⑤ 同上书，第 44 页。

　　⑥ 同上书，第 39 页。

生存的意义的唯一方式。一种新文化的建立是需要一点"疯狂离奇的情感"① 的。这种情感与人的原始生命力直接相关，而"原始生命力是一切生命肯定自身、持存自身和发展自身的内在动力"②。"原始生命力的破坏性活动不过是其建设性动因的反面。正如里尔克正确指出的那样，如果我们抛弃了我们心中的魔鬼，那么我们最好也准备着同我们心中的天使告别，在原始生命力中蕴藏着我们的生气和我们向爱欲开放自身的能力。"③ 正是在这一意义上，沈从文将目光始终专注于原始文明中的"癫狂"。1938 年，在写作《湘西·沅水上游几个县份》时，女尸案再次梦魇般出现，"疯狂离奇的情感"再次与"无个性无特点带点世故与诈气的庸碌人生观"对举，而这种人生观只不过使地主"不至于田园荒芜，收租无着"④ 而已，于民族品格之重建一无用处。在"癫狂"的原始思维与"常态"的现代思维之间，最重要的区别可能就是知、情、意的融合与分离。在原始思维那里，"情感或运动因素乃是表象的组成部分"⑤。认知、情感、意志是一体的。对事物的认识中总是包含着强烈的情感与行动的勇气。然而，在现代人的思维中，三者产生了分化，不仅过多的现实的理性分析可以抑制情感，功利主义的思维使情感本身也庸俗化，同时它还会导致意志的缺失。沈从文正是从癫狂的原始思维那里看到了情感与意志的力量，并试图以此来救治现代人格的贫弱，从而始终在内心将癫狂置于常态之上。正是深层意识结构中这种世俗的常态与反世俗的癫狂二元对立结构中的价值错位，使沈从文具有一种自觉的边缘意识。这种边缘意识使他有意识地在世人拒弃的"癫狂"中寻找文化重建的健康因子，而与"癫狂"的自觉认同，使他在感受到自己的孤独的同时也使他具有一个独特的视角，因此而变得深刻。

原载《湖北大学学报》（哲学社会版）2006 年第 1 期

---

① 沈从文：《沈从文文集》第 9 卷，花城出版社、生活·读书·新知三联书店香港分店 1982 年版，第 399 页。

② ［美］罗洛·梅：《罗洛·梅文集》，冯川译，中国言实出版社 1996 年版，第 42 页。

③ 同上书，第 146 页。

④ 沈从文：《沈从文文集》第 9 卷，花城出版社、生活·读书·新知三联书店香港分店 1982 年版，第 389 页。

⑤ ［法］列维—布留尔：《原始思维》，丁由译，商务印书馆 1981 年版，第 26 页。

前期创造社疾病书写与现代人的建构

　　作为一种与身体及社会有着多重密切关系的现象，疾病在小说创作中一直是一个重要的叙事符码，包含着丰富的伦理与审美意味。对于疾病的书写，不仅受着医学知识的制约，而且受着伦理规范与审美规范的制约。这些制约使得在中国传统叙事中，疾病与"天意"呈隐喻对应关系。《三国演义》与《红楼梦》中的英雄之病与才子佳人之病，风格迥异，但二者之间又有着惊人的一致。王熙凤之病与曹操之病同为"天谴"，而林黛玉之病与诸葛亮之病则同为"天妒"，无论是"天谴"还是"天妒"，疾病与"天意"始终联系在一起。这种"天意"与疾病之间的对应，多向度肯定并强化了传统伦理规范与审美规范。

　　正是因为疾病所具有的多重意味，现代文学的发生与发展，与疾病书写结下了不解之缘。这不仅体现在现代文学开创者的医学经历，如鲁迅、郭沫若、郁达夫等都有着相似的弃医从文的经历；更体现为现代文学从一开始就将文学与身体乃至疾病联系起来，赋予疾病以一种现代化的书写方式与现代性的思想内涵。在某种意义上，现代文学从一开始就关注身体性，而这种身体性又是依赖于疾病得以凸显。因此，在一定程度上，现代文学的现代性也就表现为疾病书写的现代转型。中国现代文学的奠基性作品——鲁迅的《狂人日记》——从一开始就预示着现代文学与身体、疾病之间隐秘而复杂的联系。鲁迅"揭出病苦，引起疗救的注意"① 已经成为现代文学关于疾病的一种经典隐喻表述。不论是所谓人生派还是所谓艺术派，从一开始，他们都不约而同地将目光投向了疾病书写。这种疾病书写的热潮不仅影响了现代文学的整体风貌，而且在一定向度折射出现代文

---

　　① 　鲁迅：《我怎么做起小说来》，《鲁迅全集》第 4 卷，人民文学出版社 2005 年版，第 526 页。

学对现代人建构的深层思考。

在新文学的第一个十年，文学研究会与创造社在风格上表现出鲜明的差异，这同样体现在对疾病的书写方面。将鲁迅"揭出病苦，引起疗救的注意"这一表述中省略了的行为主体进行补全，可以看到二者之间明确的分野。文学研究会是"（作家）揭出（民众的）病苦，（以期）引起（社会改革者）疗救的注意"，而创造社则是"（作家）揭出（自己的）病苦，（以期）引起（同道者）欣赏与疗救的注意"。创造社作家通过对疾病的主观化书写，从一个独特的向度，集中展示了现代人建构的多维空间。在故事层面，疾病的发生与患病者的现代伦理意识密切相关。在叙事层面，叙述者对疾病的阐释，折射出现代审美意识与现代科学意识的深远影响。在叙述层面，作者对疾病的矛盾修辞，折射出作者在身份认同方面的两难。

一　疾病的发生与现代伦理

传统叙事中，疾病主要表现为与"天意"的对应，疾病的发生并不是由于个体生理的原因，而是因为个体偏离了"天意"安排的轨道，因此，疾病的发生有着丰富的伦理意味，意味着代表现实伦理体系的"天意"的惩戒。通过这种隐喻方式，传统疾病叙事肯定并强化了传统伦理规范。现代文学的疾病书写，在伦理意识方面，表现出一种鲜明的否定传统的倾向。然而，与文学研究会等强调写实的作家关注疾病产生的社会根源，并由此表达对患者的同情以及对社会的抗议（如鲁迅的《明天》《孤独者》，王思玷的《偏枯》，孙俍工的《隔绝的世界》等）不同，创造社更关注病者患病的主观原因。在创造社的主观化"抒情主义"[①] 写作中，疾病的发生与患病者的主观意志有着明确的联系，疾病的发生并不仅仅出于社会的压迫，在一定程度上它更出于患病者的自我选择。这种带有明显主观色彩的疾病的发生，凸显病者现代伦理意识与传统伦理体系之间的矛盾与冲突。

郁达夫《沉沦》中的主人公早在出国前，就尝试编织自己的文学世

---

① 郑伯奇：《〈寒灰集〉批评》，载王自立、陈子善编《郁达夫研究资料》下册，天津人民出版社 1982 年版，第 324 页。

界与情感世界，使得"他的幻想愈演愈大了，他的忧郁症的根苗，大概也就在这时候培养成功的"①。出国之后，"感受性非常强烈的他"②，因生理、心理与社会方面的多重因素，忧郁症愈闹愈甚。在生理层面，不能满足的性需求使主人公产生"性的苦闷"，手淫的习惯则使其在心理上产生负罪感。同时，在异国他乡，性需求的满足不仅涉及灵肉关系，而且涉及民族关系，因此，他的忧郁症的发生与发展，有着深广的社会历史内容：一方面，单纯的性欲满足并不能替代对爱情的渴望；另一方面，与异国异性的性交往，必然包含民族内容。这使得他在性关系中，不仅发现了灵肉一致之艰难，而且发现了民族平等的艰难。因此，他在性需求得到满足之后，反而感受到了更大的屈辱感、负罪感与空虚感，最后跳海自杀。他的病与死，无疑是一种基于现代伦理意识的自觉选择，一种对麻木浑噩的生活状态的拒绝。《银灰色的死》没有《沉沦》中那么浓厚的民族内容，也没有那么浓厚的性苦闷色彩，而是增加了纯情的成分。主人公由于妻子的病亡而感到爱情失意，又由于静儿将要结婚而感到友情失意，从而使得他自暴自弃，沉迷酒色，在挥霍金钱的同时挥霍自己的身体，最终引发脑溢血暴毙街头。他的病与死展现了他对爱情与友情的渴求。《南迁》中的伊人则更像一个回头浪子，因为在东京被妇人 M 玩弄，以至于他的脑病与肺病都日渐严重。在他的外国朋友介绍下，他来到房州疗养，试图医好自己的疾病。但房州也没有给他提供一个世外桃源。在那里，一方面他的平等思想受着来自民族歧视与阶级歧视的威胁，另一方面他与 O 之间朦胧而纯洁的感情又受到来自疾病的威胁。最后，经历了爱情、民族、阶级、友情多重失意的他，在一次教义宣讲之后，因伤风而演变成为肺炎，生命垂危。

　　郁达夫通过疾病的发生与发展，凸显现代人在性欲、爱情乃至社会平等方面的要求的合理性，他们的疾病的发生，无疑是他们的这些合理需求在病态社会中得不到满足所引发的矛盾冲突的产物。③ 郁达夫为疾病的发生进行了多向度的开掘，张资平则更集中于疾病与爱情的关系，通过疾病

---

　　① 　郁达夫：《沉沦》，《郁达夫全集》第 1 卷，浙江文艺出版社 1992 年版，第 28 页。
　　② 　同上书，第 33 页。
　　③ 　写实派的疾病书写同样关注社会问题，但他们更主要的是凸显疾病的社会原因，关注由于社会不公所导致的物质匮乏以及由此引发的疾病，而不是关注主体在身心方面的需要。

的发生，张扬一种现代情爱伦理。《约伯之泪》通过疾病塑造了一位现代的纯情种子，而《苔莉》则通过疾病为性解放奏起赞歌。无论是因纯情还是因纵欲导致的疾病与死亡，在张资平看来，只要其是基于现代情爱意识与情爱伦理，都有其合理性。《约伯之泪》中的"我"的疾病无疑处于其自我选择。"我"因为"痴恋着"珤珊而"咯血"，也因为痴恋着她而不愿回乡下休养，因为"失了你的我早无生存的价值了；就死了又何足惜"①！在得知她爱上了别人之后，"我"开始自暴自弃，"想早点结束自己的一身"②。在这种对病与死的自觉选择中，一方面是对传统伦理的抗议，另一方面则是对现代主体意识的张扬。《苔莉》中的苔莉与谢克欧，为了爱情而背叛传统伦理，逃出原有的家庭，同时，也"为爱欲牺牲了健康"③，最后因丧失生趣而一同跳海自杀。张资平通过苔莉的遗书，为这种带有明显肉欲色彩的病与死增加了一些浪漫色彩，同时为其进行合理性辩护："他为我牺牲了青春时代，牺牲了有为的将来，牺牲了他的未婚妻，牺牲了他的性命，跟着也牺牲了他的父母！那么，在这样高贵的代价之下，我也该为他死了！社会对我们若还要加以残酷的恶评，那我们虽死也要咒诅社会的。"④

张资平以爱欲的合理性肯定了主人公对传统家庭伦理的叛离，而滕固的《壁画》与叶灵凤的《女娲氏之遗孽》却凸显出这种现代情爱伦理在传统社会中所面临的困境，疾病的发生正是这种困境的折射。滕固《壁画》中的崔太始虽然在国内已有妻女，但这只是传统伦理的产物，因此，"我最切齿痛恨的，就是说我有了妻女便不该再有别的念头。父母强迫我结婚，这是我有妻室的来历。一时性欲的冲动，这是我有女儿的来历"⑤。尽管他不认同传统伦理，但在现实生活中，别人还是将他视为不道德的典范，从而有意无意地与他疏离。这种处境使得他越来越敏感，越来越孤僻。最后，他在一次宴会上醉酒发疯，用自己的血作了一幅画。他的疯狂饱含着对现实伦理的抗议。叶灵凤《女娲氏之遗孽》以女主角蕙的自白

---

① 张资平：《约伯之泪》，《张资平小说选》（上），花城出版社1994年版，第211页。

② 同上书，第216页。

③ 张资平：《苔莉》，《张资平小说选》（下），花城出版社1994年版，第537、551页。

④ 同上书，第551页。

⑤ 滕固：《壁画》，载郑伯奇编选《中国新文学大系·小说三集》，上海良友图书公司1935年版，第43页。

状写了她在两个男人之间感受到的家庭与爱情的两难。在别人怀着"鄙视之心"谴责她"既在谋一人精神上的恋爱,同时又在享受他人物质上的安乐"① 时,她为自己的爱情辩护,认为"情苗之生,并非人力所能避免"②,爱情的成分"只有痛苦没有羞愧"③,"礼教中的贞操与 Cupid 箭镞上的恋爱果有何关系"④? 但在"这种礼教的积威下,这种社会的组织下"⑤,她虽然认为爱情无罪,但为了护持莓箴,她"不能为爱情的正义而争斗"⑥。在这种漫长的身心交战、爱情与伦理交战的过程中,疾病的发生也就不可避免。

在创造社关注自我、关注性欲的创作潮流中,郭沫若的《落叶》无疑是一个特例。小说中的洪师武,其对疾病的自我选择更是凸显一种现代人格观念。他患上软性下疳,却被医生误诊为梅毒,"他以为自己的血液受了污染不能再受人的纯洁的爱情"⑦,主动与挚爱自己的女友分手。此后,他致力于医学以服务社会,独力护理患肺结核的 C 君,作为"献身精神的报偿"⑧,他也因此感染上肺结核。在学医过程中,他得知自己并未患上梅毒,这时他才意识到医生的欺骗不但毁了自己,也毁了爱自己的人。为了弥补自己的过失,他放弃了自己的学业,去寻找因被自己拒绝而出走的菊子姑娘,直到他因肺结核病重而死去。这种疾病的发生与发展,不仅折射出洪师武对爱情的忠贞,更凸显他那种自觉服务社会的献身意识,体现出一种新的人生观与价值观的萌发。

无论是现代民族意识,还是现代情爱意识,甚至现代社会意识,创造社对疾病发生的书写,都潜在强调了患病者一定程度的主观自觉性。他们的患病,不仅出于社会原因,甚至更主要的是出于自身的原因。他们对自己身体的随意支配甚至故意挥霍,导致了疾病的发生与发展。在这种疾病

---

① 叶灵凤:《女娲氏之遗孽》,载郑伯奇编选《中国新文学大系·小说三集》,上海良友图书公司 1935 年版,第 397 页。

② 同上书,第 404 页。

③ 同上书,第 392 页。

④ 同上书,第 396—397 页。

⑤ 同上书,第 411 页。

⑥ 同上书,第 405 页。

⑦ 郭沫若:《落叶》,《郭沫若全集·文学编》第 9 卷,人民文学出版社 1985 年版,第 70 页。

⑧ 同上。

的发生中，人们不仅可以看到现代伦理意识的觉醒，而且这种身体的自我支配，从根本意义上，就是对传统家族伦理的彻底解构。在传统家族伦理中，个体的身体并不属于个人自身，而是从属于家族乃至国家，而现代个体伦理的建构，首先就是要获得对自己的身体的支配权。创造社对疾病发生的自我选择意向的揭示，不仅在表层上凸显现代伦理与传统伦理的矛盾与冲突，而且在深层体现了对身体的属己性的张扬与肯定。

二　疾病的阐释与现代体验

疾病书写不仅有着伦理意味，而且有着审美意味。患病者对疾病的感受与体验，不仅受到一个时代的知识体系的制约，而且受到一个时代的审美规范的制约。传统叙事中，"凤尾森森，龙吟细细"中飘出的几缕药香，成为一种"风雅"的标签。① 对于创造社作家而言，疾病无疑也是一种审美化的个人"名片"。章克标曾经带有讽刺意味地指出，这也是一种"文坛登龙术"。但就在创造社继承传统疾病书写浪漫化审美化倾向的同时，也对其进行了现代改造。他们对患病者对疾病的感受与体验的书写，带有明显的现代特质。

众多论者都曾关注郁达夫笔下的疾病书写与现代审美主体建构之间的内在联系②，郁达夫自己也明确地为文人的"多愁善病"辩护："文人的多病，是以科学的眼光来看，也可以说得通。他的神经比常人一倍的灵敏，感受力也比常人一倍的强，所以他常常离不了'自觉'（Self-consciousness）的苦责。神经纤弱的人，他的身体方面是不会发达的。中国人每以多愁善病来形容文学家，实在古今中外多是一样的。"③ 这为他的"自叙传"小说中的主人公多是病人做了最有力的辩护与最彻底的说明。

---

① 某种意义上，传统叙事中早就存在对疾病的一种"价值的颠倒"，这一点显示出中国现代文学与日本现代文学发生的差异。这种疾病价值的颠倒并不是现代文学的发明，相反，它是传统文学的一种内在本质。但对于现代文学而言，疾病的价值颠倒，有着其现代元素。这体现在本文中论述的几个方面。

② 参见吴晓东《中国现代审美主体的创生——郁达夫小说再解读》，《中国现代文学研究丛刊》2007年第3期。

③ 郁达夫：《〈小说论〉及其他》，《郁达夫全集》第5卷，浙江文艺出版社1992年版，第190—191页。

疾病打破人的麻木状态，使他的感受变得丰富而敏锐，从而能够在日常生活中发现美，并用美的方法表现出来。因此，郁达夫笔下的病人，都表现出浪漫诗人的气质。

郁达夫通过疾病的审美化揭示了疾病对于日常生活审美化的意义，张资平则试图凸显出疾病对生命的浓缩与升华的意义。在《约伯之泪》中，尽管珊珊促成了"我"的疾病与死亡，使"我的青春期结束得这样快"①，但她也使他的青春期"不至流于凡俗"②，疾病"加速了生命，照亮了生命，使生命超凡脱俗"③。他的病与死使他得以从芸芸众生中脱颖而出。《苔莉》中苔莉与谢克欧的生命就算因为性放纵而缩短，但是这种疾病与死亡也是生命的浓缩，促成了生命的升华。

叶灵凤则在近似传统的疾病体验书写中，揭示了现代人的精神变异。"小窗深锁，长昼沉沉，益以春雨凄凉，倍使我念着久无信息的箴不能自止！我此时虽不能寻出我患病的时期，然得病的来由我则深自明了，我知医我这病的回春妙药，实只有海上的一羽孤鸿；青鸟不来，我的病恐终不能自已！"④ 这种传统风格的书写，其目的却是剖析现代人的精神病态："现代人的悲哀惟在怀疑与苦闷，所以每有反常和变态的举动。"⑤

创造社对疾病体验的审美化的现代书写，不仅指其包含着"世纪病"的因素，而且在其审美感受中，有着丰富的社会内容。在一定程度上，"最正常的人也就是病得最厉害的人，而病得最厉害的人也就是最健康的人"⑥，因为所谓的正常人通常"只知道适应外界的需要，身上连一点自己的东西都没有，异化到变成一件工具，一个机器人的程度"⑦，而病人表现为病态，正好证明他身上"某种属于人性的东西尚没有被压抑到无

---

① 郁达夫：《〈小说论〉及其他》，《郁达夫全集》第 5 卷，浙江文艺出版社 1992 年版，第 199 页。

② 同上。

③ ［美］苏珊·桑塔格：《疾病的隐喻》，程巍译，上海译文出版社 2003 年版，第 14 页。

④ 叶灵凤：《女娲氏之遗孽》，载郑伯奇编选《中国新文学大系·小说三集》，上海良友图书公司 1935 年版，第 397—398 页。

⑤ 同上书，第 410 页。

⑥ 弗洛姆：《病人是最健康的人》，关山译，载冯川主编《弗洛姆文集》，改革出版社 1997 年版，第 567 页。

⑦ 同上书，第 568 页。

法与诸种文化模式相对立的程度"①，因此，病人不仅对美极为敏感，而且对社会不公同样极为敏感。《沉沦》因个体而想到民族与国家，《南迁》因个体想到阶级，劳动者"吃尽了千辛万苦，从幼到长，从生到死，他们的生活没有半点变更。唉，这人生究竟有什么趣味，劳动者吓劳动者，你们何苦要生存在世上？这多是有权势的人的坏处，可恶的这有权势的人，可恶的这有权势的阶级，总要使他们斩草除根的消灭尽了才好"②。《胃病》则更直接地指出，"中年人到了病里，又有许多悲苦，横空的堆上心来"③，家事、国事、天下事都成为疾病的养料。

创造社的疾病体验书写的现代特质，不仅表现在其审美化倾向中，而且表现在其科学化倾向中。作为受过现代教育的知识分子，创造社的疾病书写同样受到了现代知识体系的规约，在患病者的疾病体验中，出现了与传统疾病书写全然不同的科学元素。也正是这种科学元素，使得创造社疾病书写表现出一种写实化倾向。

《沉沦》中主人公的疾病感受，无疑有着现代科学的影响。主人公沉迷于性自慰的同时，又以"科学"的名义诊断自己的"疾病"，因而变得形销骨立："他犯罪之后，每到图书馆里去翻出医书来看，医书上都千篇一律的说，于身体最有害的就是这一种犯罪。从此之后，他的恐惧心也一天一天地增加起来了"④，"他的自责心同恐惧心，竟一日也不使他安闲，他的忧郁症也从此厉害起来了。这样的状态继续了一二个月，他的学校里就放了暑假，暑假的两个月内，他受的苦闷，更甚于平时；到了学校开课的时候，他的两颊的颧骨更高起来，他的青灰色的眼窝更大起来，他的一双灵活的瞳仁，变了同死鱼眼睛一样了"⑤。郭沫若《落叶》中的医学术语，更是凸显出作者的医科专业背景。

这种现代科学意识指导下的疾病体验，在一定程度上消解了对疾病价值的"颠倒"倾向，使得创造社的疾病书写在审美化的同时，具有了极强的写实意味。

① 弗洛姆：《病人是最健康的人》，关山译，载冯川主编《弗洛姆文集》，改革出版社1997年版，第568页。
② 郁达夫：《南迁》，《郁达夫全集》第1卷，浙江文艺出版社1992年版，第76页。
③ 郁达夫：《胃病》，《郁达夫全集》第1卷，浙江文艺出版社1992年版，第57页。
④ 郁达夫：《沉沦》，《郁达夫全集》第1卷，浙江文艺出版社1992年版，第35页。
⑤ 同上书，第36页。

三　疾病的修辞与现代认同

创造社对疾病书写的审美化与写实化的矛盾，从深层折射出作者对疾病进行认同时的两难处境。一方面，疾病是日常生活审美化的一种重要手段。如同成仿吾在《新文学之使命》中所指出的，创造社追求"美的文学"，这样"一种美的文学，纵或他没有什么可以教我们，而它所给我们的美的快感与慰安，这些美的快感与慰安对于我们日常生活的更新的效果，我们是不能不承认的"①。成仿吾在这里指出了文学与生活的审美循环：艺术"最初是以生活为基础来创造的，而最终也借提供快乐而为生活服务"②，通过对"我们日常生活"的审美化表述，创造出"美的文学"，这种"美的文学"给予读者以"美的快感与慰安"，从而实现对"我们日常生活"的更新。这表明创造社所指的"生活"并不是文学研究会所指的那种客观的生活，而是指"透过我们的'情思'所认知的'我们日常生活'"③，无论是作为艺术基础的"生活"还是艺术为之服务的生活，都是主观生活。

在这种主观观照下，带有浓厚"自叙传"色彩的小说创作中的主人公，也便与作者有着更为紧密的联系。这种倾向潜在地制约了小说的修辞风格。在总体上，创造社作家对疾病进行修辞的方式，从根本上改变了传统叙事的隐喻模式（疾病与天意之间形成一种隐喻对应关系），而创建换喻加反喻的现代修辞模式：在将疾病与人格联系起来的同时，对疾病的价值实行一定程度的颠倒。

在创造社的疾病书写中，疾病始终与患病者的人格特征紧密相连。他们的疾病更多地出于一种自我选择而不是一种被动承受。在这种自我选择中包含着对"天意"的反抗，使疾病成为主体自我人格构建的一个重要侧面。同时，疾病也使主体从现实生活中得以凸显，从而获得一种被"颠倒"的价值。④ 在现实生活中，疾病意味着痛苦，而在艺术中，疾病

---

① 成仿吾：《新文学之使命》，《创造周报》1923 年 5 月 20 日第 2 号。
② 李欧梵：《中国现代作家的浪漫一代》，新星出版社 2005 年版，第 23 页。
③ 同上书，第 23 页。
④ 这一点与写实派的疾病书写进行对照，可以得到更清晰的印象。写实派基本上没有所谓的疾病价值的颠倒这一问题，在他们眼中，疾病就是一种人生的磨难，一种社会的不公。

则意味着不同寻常。通过这种换喻加反喻，创造社的疾病修辞表现出自己独特的性质。

然而，由于创造社疾病书写的复杂性，在他们的疾病修辞中，折射出创造社的某种认同危机。

无可否认，创造社作家几乎没有塑造任何理想人物，他们大都是在写自己，因此，人物有着他们的优点，也有着他们的局限。因为对人物的认同，他们对人物的疾病也表现出一定程度的认同。但与他们对自己的反思联系在一起的，他们对自己笔下的疾病，同样也表现出一定程度的反思。

几乎所有创造社作家都承认，他们笔下的病人，都折射出患有"世纪病"的"现代人"的种种情状。在一定意义上，创造社作家是医生与病人的结合体，只不过与文学研究会作家解剖社会不同，他们"所解剖的是自己的精神世界"[1]。疾病无疑是一个极好的解剖对象。郁达夫自述《沉沦》的主题："第一篇《沉沦》是描写着一个病的青年的心理，也可以说是青年忧郁病（Hypochondria）的解剖，里边也带叙着现代人的苦闷……第二篇《南迁》是描写一个无为的理想主义者的没落。"[2] "病的现代人"与"无为的理想主义"这种矛盾的表述，无疑是凸显创造社疾病书写的某种共性。

因此，疾病一方面是一种现代的标志，另一方面则是一种无为与无能的表现，疾病限制与削弱了人的行动能力。对自己的身体的挥霍，一方面是现代主体性的张扬，另一方面也带来严重的后果，疾病正是这种主体性张扬的后果之一。他们这种自恋与自虐倾向，显然是将对社会的愤恨转而施诸自身的产物，而他们的疾病则是他们的无能与犹疑的结果，一种对象缺失之后的虚无与幻灭。"热情的亢进和疯狂的症候，是现代人谁也免不了的，一边我们虽有同木偶那般无感觉的时候，但一边我们的热情若得了对象，就热狂起来，有移山倒海之势。"[3] 疾病无疑正是行动的反面。因此，疾病的发生，一方面体现出主体的自我选择，另一方面还是折射出主

---

① 普实克：《论郁达夫》，载李杭春、陈建新、陈力君主编《中外郁达夫研究文选》（下），浙江大学出版社 2006 年版，第 585 页。

② 郁达夫：《〈沉沦〉自序》，《郁达夫全集》第 5 卷，浙江文艺出版社 1992 年版，第 20 页。

③ 郁达夫：《文艺赏鉴上之偏爱价值》，《郁达夫全集》第 5 卷，浙江文艺出版社 1992 年版，第 89 页。

体在深层的被动反应，在体现主体性张扬的同时，也展现了主体性的
局限。

　　创造社对疾病的认同的矛盾，从深层折射出作者的深度焦虑：他们笔
下的人物是否有能力承担更多的社会责任，是否配得上一种更好的结局。
在一个转型社会中，疾病无疑也是一种掩饰，一种推脱。它使主体成为一
种有局限的主体，从而也使得他具有更少的责任。① 这种责任与行动的缺
失，使得创造社中的主人公，更多地感受到自己是一个"零余者"而不
是一个改革者。

　　因此，在创造社的小说中，疾病实际上充当了两种角色，一是审美对
象，二是解剖对象。这两种不相容的性质，构成了创造社疾病修辞的深层
矛盾。这实际上反映了创造社在身份认同上的一种现代困境。一方面，他
们通过疾病以及由此而生对艺术与社会的敏感，打破了传统的麻木状态，
通过激发读者的认同而改善读者的感受力，增进其对人生的洞察力。如同
席勒所言，"感受能力的培养是时代最急迫的需要，这不仅因为它是一种
改善对人生洞察力的手段，而且因为它本身就会唤起洞察力的改善"②。
另一方面，他们在觉醒之后同时感觉到"无路可以走"③ 的苦痛与悲哀，
因而产生一种"时代病""世纪病"。疾病正是这种时代病、世纪病在身
体层面的自然表现。④

　　与鲁迅将"立人"视为新文学的宗旨一样，创造社同样关心文学的
现代转型中的核心命题：现代人的建构。⑤ 正是这种自觉的"现代人"建
构意识，使得创造社表现出鲜明的现代色彩。而其对"现代人"的独特
理解以及刻画方式，则构成了创造社与其他流派不同的特性。郁达夫在

---

　　① 这一点可以与革命文学中的疾病书写进行对照。在创造社以疾病作为行动局限性的借口
时，革命文学以疾病作为行动的激发剂。而这种区别的深层原因，则是二者对人的理解的不同。
创造社强调主体的审美属性，因此，行动从属于审美；而革命文学强调主体的行为属性，强调献
身精神，行动从属于革命。

　　② ［德］席勒：《美育书简》，徐恒醇译，中国文联出版公司1984年版，第60—61页。

　　③ 鲁迅：《娜拉走后怎样》，《鲁迅全集》第5卷，人民文学出版社2005年版，第166页。

　　④ 从这一角度来看，创造社的转向实际上也是一种顺理成章的事情。在没有找到方向前的
颓废与找到方向后的激进，都是同样一种热情的体现。

　　⑤ 王德威先生将现代文学的发生上溯到晚清，认为无论是在题材还是技巧方面，晚清比五
四具有更多的可能性，这实际上忽视了现代文学之所以"现代"的核心问题，即文学中"人"
的现代性的问题。参见王德威《想像中国的方法》，生活·读书·新知三联书店2003年版。

《〈沉沦〉自序》中开宗明义地点出，其"带叙着现代人的苦闷"，周作人则为这种"现代人的苦闷"做了更明确的阐释："这集内所描写是青年的现代的苦闷，似乎更为确实。生的意志与现实之冲突是这一切苦闷的基本；人不满足于现实，而复不肯逃于空虚，仍就在这坚冷的现实之中，寻求其不可得的快乐和幸福。现代人的悲哀与传奇时代的不同者即在于此"①。"现代"与"苦闷"的结合，构成了创造社小说叙事的深层矛盾，而疾病书写则集中体现了创造社的这种矛盾。在故事层面，疾病的发生与主体的现代伦理意识密切相关，但他们在现实生活中，碰到传统伦理的威压，找不到出路，因此，其疾病的发生一方面是主体的自我选择，另一方面则是一种无力反抗的表现。在叙事层面，叙述者对疾病的阐释，一方面表现出欣赏与同情，从而对其进行审美化表述；另一方面则由于现代科学知识与现代社会意识的影响，对疾病本身的危害同样有着清醒的认识，因而具有写实化倾向；审美与写实的矛盾，一方面是理想主义的碰壁，另一方面则是对现实问题的某种回避。在叙述层面，作者对疾病进行的修辞方式，折射出作者在身份认同方面的现代困境。他们对疾病的传统隐喻模式进行彻底颠覆，凸显了"现代人"的主体意识与个人意识；但其转喻加反喻的修辞模式，在唤醒人们的感受力方面，无疑起到了巨大作用，但同时也存在着混淆价值体系的可能。

　　然而，作为时代的产儿，创造社的疾病书写，不仅丰富了现代文学的审美风格，而且从多向度多层面丰富与深化了现代文学对现代人的理解，忠实记录了现代人建构的艰难轨迹。

原载《中国现代文学研究丛刊》2010 年第 3 期

---

① 周作人（仲密）：《〈沉沦〉》，载王自立、陈子善编《郁达夫研究资料》下册，天津人民出版社 1982 年版，第 307 页。

疾病的意义生成与价值转换

——论革命恋爱题材小说中的疾病书写

在中国现代文学史上，革命恋爱题材小说创作曾经风行一时，产生了较大的历史影响。这种风行无疑有着深刻的社会历史原因。大革命失败后，"许多作家兼革命者都试图以小说叙述为媒介，追怀他们一度参与的政治活动，并思考随之而来的得失"①。在这一社会背景下，本来就是文学永恒命题的两性关系，在革命语境中被赋予一种全新的合法性："在全世界的封建制度和资本主义统治行近终局的现代，才子佳人式的销魂主义，资产阶级的淫乐主义，小资产阶级的恋爱至上主义，这些都已失掉了做题材的资格，而代兴的主要题材却是从革命动力所唤起的广大自由的新性关系，它们得以'无尽的无限的'正确的发展表现出性爱与两性社会生活之联系，繁茁起强健而美丽的性爱之花，供作认识时代的作家之描写对象"②。"革命 + 恋爱"模式因此在大革命失败后风行文坛。然而，由于"革命 + 恋爱"创作模式的"公式化""概念化"倾向，1932 年，左翼文学内部借华汉（阳翰笙）《地泉》重版的机会，对这一模式进行了清算。但这种清算并没有导致革命恋爱题材小说创作的消亡。"革命大众之作家"巴金继承并发展了革命恋爱题材小说创作，他的小说与蒋光慈的一样，"几乎可以说全以革命与恋爱为经纬"③。

由于性爱具有生理—社会—文化—政治等多重内涵，近年来，众多研究者都将目光专注于革命与性之间的关系。黄子平先生指出"性"在革

---

① 王德威：《现代中国小说十讲》，复旦大学出版社 2003 年版，第 54 页。

② 桀犬：《怎样认识性爱的题材》，《现代》第 5 卷第 3 期，第 432—439 页。

③ 施蛰存：《大家丛书·施蛰存卷》，刘屏编，华文出版社 1999 年版，第 319 页。

命中"成为'革命'所要解放或压抑或牺牲的能量"①。南帆先生更明白地指出在中国现代革命语境中，性"是革命之中的一个拥有某种爆发力的主动因素"②。贺桂梅则较深入地论述了"革命+恋爱"小说模式中革命与性之间的内在张力，指出"性/政治的转换与张力，事实上也是'革命+恋爱'小说建立起知识分子与革命关系的一种历史修辞"③。然而，这些研究大多忽视了革命恋爱题材小说中的另一隐形结构。正如王德威先生在《革命加恋爱——茅盾，蒋光慈，白薇》一文中指出的那样，在这一小说模式中，不仅有着革命加恋爱，"还有中间不时发作的大小疾病"④。当王德威先生独具慧眼地指出"革命+恋爱"结构中隐性的"革命+疾病"结构时，他却热衷于分析革命文学与疾病的外在联系，忽视"革命+疾病"模式所具有的内在隐喻意味。尽管作者的疾病影响了文本的写作，但作者的疾病却很少在作品中留下印痕。茅盾在病中写出了《蚀》，但文中并没有他自身疾病的投影。蒋光慈更是回避自己身患肺结核的事实，就是在日本养病时写的日记——《异邦与故国》中，也宣称自己养的是胃病。巴金明确否认陈真就是他自己的写照这种说法。这种现实疾病与疾病书写的分离，凸显作品中的疾病书写的隐喻意味。姜彩燕的《疾病的隐喻与中国现代文学》注意到革命文学中的梅毒所具有的隐喻意味，然而，她认为梅毒在这里只是一种"功能有限"的"道德的劝谕"⑤，只注意其道德功能，未曾深入分析革命文学中疾病的隐喻意义生成与价值转换机制。在茅盾、蒋光慈与巴金的作品中，疾病从来都不是一种单纯的生理现象，而是一种精神现象，带有浓厚的隐喻意味，有着丰富的政治—道德—心理内涵。由茅盾的《蚀》三部曲到蒋光慈的《冲出云围的月亮》再到巴金的《爱情的三部曲》，疾病的出现打破了革命恋爱题材小说中"革命与恋爱"的两极模式，形成革命—恋爱—疾病的三角结

---

① 黄子平：《革命·性·长篇小说——以茅盾的创作为例》，《文艺理论研究》1996年第3期，第40—49页。

② 南帆：《文学、革命与性》，《文艺争鸣》2000年第5期，第22—33页。

③ 贺桂梅：《性/政治的转换与张力——早期普罗小说中的"革命+恋爱"模式解析》，《中国现代文学研究丛刊》2006年第5期，第69—92页。

④ 王德威：《现代中国小说十讲》，复旦大学出版社2003年版，第53页。

⑤ 姜彩燕：《疾病的隐喻与中国现代文学》，《西北大学学报》（哲学社会版）2007年第4期，第81—85页。

构，从而使革命恋爱题材小说具备更丰富的解读可能。通过对这一现代革命恋爱题材三部曲的分析，不仅可以看到革命与恋爱之间的相互关系，而且可以看到革命与恋爱"为何"以及"如何"发生相互关系，梳理革命话语中疾病的意义生成与价值转换的轨迹。

一　《蚀》：疾病的感染与信仰迷失

作为大革命高潮与失败的亲历者，茅盾对革命的理解有着超乎常人的深刻性与复杂性，《蚀》三部曲是他对革命的一种深刻反思。尽管茅盾自己宣称，《蚀》"只是时代的描写，是自己想能够如何忠实便如何忠实的时代描写"①，然而这种"忠实的时代描写"背后潜含着茅盾解释历史的欲望。"茅盾的写作目的是要解释他所经受的灾难，如果可能，还要在革命的前景中重塑自己的信念。"② 在这种解释历史的过程中，他"将爱情当作革命的象征"③，人物之间的三角关系因此具有双重内涵："无论我们是否直接将三部曲读作政治寓言，在《蚀》中，茅盾显然从头至尾都将三角关系中的人物放在浪漫的与政治的双重层面。"④《幻灭》"对人物的隐喻性命名"⑤ 就已经暗示出人物之间的关系，静女士与抱素及强惟力之间的爱情三角，带有较明显的政治选择意味，静女士的自然主义在抱素的投机主义与强惟力的未来主义之间的选择以及最后结局，暗示出政治对于恋爱的影响。《动摇》中的方罗兰与孙舞阳及方太太的三角关系，同样有着政治意味："描写《动摇》中的代表的方罗兰之无往而不动摇，那么，他和孙舞阳恋爱这一段描写大概不是闲文了。"⑥ 爱情观的动摇与"革命观念革命政策之动摇"⑦ 形成一种对应。《追求》中史循—章秋柳—周女士的三角关系，由于疾病的感染与传播，从而具有更为丰富的隐喻意味。

① 茅盾：《茅盾全集》第 19 卷，人民文学出版社 1991 年版，第 181 页。
② ［美］安敏成：《现实主义的限制——革命时代的中国小说》，姜涛译，江苏人民出版社 2001 年版，第 126 页。
③ 王德威：《现代中国小说十讲》，复旦大学出版社 2003 年版，第 57 页。
④ ［美］安敏成：《现实主义的限制——革命时代的中国小说》，姜涛译，江苏人民出版社 2001 年版，第 141 页。
⑤ 同上书，第 135 页。
⑥ 茅盾：《茅盾全集》第 19 卷，人民文学出版社 1991 年版，第 184 页。
⑦ 同上书，第 183 页。

《追求》中从未出场的周女士明显象征革命事业：史循与周女士的"恋爱"被作者描述为"曾经沧海"的"艰苦的经历"①，但是这一经历"并不能磨炼出他一副坚硬的骨头，反把他青春的热血都煎干"②，自从"失去了周女士以后"，史循便"坠入了极顶的怀疑与悲观"③。正是因为这种怀疑是对革命的怀疑，使其表现得"比反革命还要坏些"④。与此同时，精神上的怀疑也导致了肉体上的病痛，最终使史循追求的只是自杀："对于世事的悲观，只使我消沉颓唐，不能使我自杀；假使我的身体是健康的，消沉时我还能颓废，兴奋时我愿意革命，愤激到不能自遣时，我会做暗杀党。但是病把我的生活力全都剥夺完了。我只是一个活的死人。"⑤精神的病态与肉体的疾病对应互动，互为因果。精神上的病态消磨了他革命的勇气，肉体的疾病则进一步消磨了他生存的勇气，他由此坠入怀疑与绝望的深渊。

如果说史循的疾病喻示精神的绝望与信仰的虚无的话，那么章秋柳的患病则喻示着这种精神病态的传染。"性病，是小说最为有效的隐喻，表明了幻灭的传染作用。一旦秋柳被感染，它的破坏性便全部展现，至少在比喻的层面，她是所有人心中最后的希望。"⑥ 因史循的疾病而感悟"应该好生使用你这身体"⑦ 的章秋柳，希望借"身体"的有效利用走向"光明"，因此试图以自己的性与爱激发史循的生存意志与人生信念。然而，她这种身体使用的结果与她自己的愿望正好相反。她与史循的性爱，不仅促成了史循的死亡，而且使自己也感染上性病。正如黄子平先生指出的，"时代女性"的"身体在'革命'中得到解放，也可能被'革命'所伤害，她们的放浪形骸既是对旧道德的一种'革命'，亦可能危害'革命'本身"⑧。性在革命中是一把双刃剑。身体是革命的资源，但身体也需要合法而有效的运用。一旦它成为个人主义的利用对象，它也就可能成

---

① 茅盾：《茅盾全集》第 1 卷，人民文学出版社 1984 年版，第 318 页。

② 同上。

③ 同上书，第 311 页。

④ 同上书，第 276 页。

⑤ 同上书，第 315 页。

⑥ ［美］安敏成：《现实主义的限制——革命时代的中国小说》，姜涛译，江苏人民出版社 2001 年版，第 148 页。

⑦ 茅盾：《茅盾全集》第 1 卷，人民文学出版社 1984 年版，第 319 页。

⑧ 黄子平：《"灰阑"中的叙述》，上海文艺出版社 2001 年版，第 55 页。

为革命的腐蚀物。在这里，性爱不是刺激革命的因素，而是散播病菌的途径，它不仅损害了革命，也损害了革命的追求者。茅盾由此对革命与性爱以及疾病的关系进行了深层反思，并赋予疾病以一种革命的隐喻意义。对革命的怀疑与绝望可以导致疾病，而不正确的信念则可以传播疾病。章秋柳的患病，在某种意义上正是她精神病态的表现。她的人生信念就是"不要平凡！"①，她追求光明只是因为"不甘寂寞无聊地了此一生"②，所以"时时刻刻在追求着热烈的痛快的"③。这种极端的"个人本位主义"④，使得她将使用自己的身体来改造史循"这位固执的悲观怀疑派"当成"痛快的事"⑤，当成寻找"生存的意义"⑥ 的手段。这种个人主义倾向明显与革命精神南辕北辙，因此，她的患病也便不可避免。在这里，茅盾以身体为轴心，深层次地思考了性—病—革命的复杂关系，建立了革命话语中疾病隐喻的意义体系。一方面，身体是个体的所有物，个体有绝对的支配权；另一方面，这种对身体的支配如果与革命不协调，则不仅可能伤害个体自己，更可能伤害革命本身。单纯的个人主义的性爱，最终可能造成对革命与个体的双重伤害。疾病感染与传播成为个体沉沦的显性标志。

二 《冲出云围的月亮》：疾病的痊愈与精神自赎

由《幻灭》中的"病态心理"⑦ 到《动摇》中的全面动摇，再到《追求》中的全面病态："病态的人物，病态的思想，病态的行动，一切都是病态，一切都是不健全"⑧，经历了大革命失败的茅盾在作品中"对

---

① 茅盾：《茅盾全集》第 1 卷，人民文学出版社 1984 年版，第 419 页。
② 同上书，第 320 页。
③ 同上书，第 326 页。
④ 同上书，第 320 页。
⑤ 同上书，第 332 页。
⑥ 同上书，第 326 页。
⑦ 钱杏邨：《茅盾与现实》，载孙中田、查国华编《茅盾研究资料》（中），中国社会科学出版社 1983 年版，第 106 页。
⑧ 同上书，第 116 页。

于革命只把握得幻灭与动摇"①，疾病就是导向"悲观""幻灭"与"死亡"② 之路。无论是史循还是章秋柳的患病，都是精神病态的结果。在精神病态没有得到治疗之前，肉体疾病同样无药可治。史循在绝望中病死，章秋柳同样看不到未来。这种不可治愈的疾病，正凸显茅盾"极端的悲观"③。对革命的展望容不得茅盾式悲观的蔓延。出于"文学不仅要表现生活，也还有创造生活的意义存在，表现生活以外，也得有 propaganda 的作用"④ 的认识，钱杏邨将茅盾列为批判的对象。而认为"革命就是艺术"⑤ 的蒋光慈，以昂扬的浪漫主义激情鼓吹革命。他不仅看到了疾病的感染，同时看到了疾病的痊愈；不仅看到了个体的沉沦，也看到了个体的救赎，从而探讨革命中疾病意义转换的可能。

蒋光慈《冲出云围的月亮》中的王曼英，可以说是章秋柳的孪生姐妹。"这部书的题材，谁都知道，是写的是一九二七年大革命失败后，幻灭了的小资产阶级的转变，这种题材，分明是给茅盾的三部曲一种答复的，在茅盾的眼中，中国的革命是完了，所以，在目前只有幻灭，只有动摇，只有由幻灭动摇而生的变相的自杀！革命复兴的微光，在茅盾的眼中是半点儿影子都看不见的，然而，光慈，他却与茅盾大不相同，在他的眼中看来，大革命失败后走到虚无主义的路上去了的小资产阶级却已经开始得转变，开始得走回革命的战线上来了。"⑥ 这部书描写王曼英的浪漫故事的"大半部，都只是茅盾的《追求》的公开的翻版"⑦。大革命失败后，王曼英思想走上歧途，试图以自己的身体为武器对整个资产阶级实行报复，这种身体观与章秋柳一脉相承；但是这种报复实际上不过是一种阿Q式的精神胜利，并不能对资产阶级产生任何实质性的损害，而她却由此堕入了欲望的深渊。她以玩弄男性来满足自己的欲望，革命成为一个美丽

---

① 钱杏邨：《茅盾与现实》，载孙中田、查国华编《茅盾研究资料》（中），中国社会科学出版社 1983 年版，第 119 页。

② 同上书，第 121 页。

③ 茅盾：《茅盾全集》第 19 卷，人民文学出版社 1991 年版，第 180 页。

④ 钱杏邨：《茅盾与现实》，载孙中田、查国华编《茅盾研究资料》（中），中国社会科学出版社 1983 年版，第 116 页。

⑤ 蒋光慈：《十月革命与俄罗斯文学（续）》，《创造月刊》第 1 卷第 3 期，第 82—90 页。

⑥ 华汉：《读了冯宪章的批评以后》，载方铭编《蒋光慈研究资料》，宁夏人民出版社 1983 年版，第 349 页。

⑦ 同上书，第 350 页。

的托词。在与李尚志重逢后，他指出她"沉入了小资产阶级的幻灭"①。李尚志的提醒动摇了她此前的信念，使她意识到自己精神上的病态；也正在这时，她发现自己身体上也有了疾病。但她此时还没有从根本上转变自己的观念，反而试图以"她的病"作为"向社会报复的工具"，利用"自己的病向着社会进攻"②。与这种更严重的思想错误相对应，她的疾病也变得更严重，她认定自己患上了梅毒。在她对自己的肉体完全绝望的时候，她才真正意识到"我完完全全是失败了！我曾幻想着破坏这世界，消灭这人类……但是到头来我做了些什么呢？可以说一点什么都没有做！我以为我可以尽我的力量积极地向社会报复，因之我糟蹋了我的身体，以至于得了这种羞辱的病症……但是效果在什么地方呢？万恶的社会依然，敌人仍高歌着胜利……"③ 这种肉体的疾病与信仰的幻灭，使得她试图投海自杀，但大海给了她生命的感悟："过去的曼英是可以复生的呵！"④ 精神上的再生马上带来了肉体上的再生：所谓梅毒不过是自己的一种误判，她所患的不过是普通的妇科病，并不是不可治愈的。几个月后，当她与李尚志在工人运动中重逢时，一个精神上和肉体上都再生了的王曼英出现了，"亲爱的，我不但要洗净了身体来见你，我并且要将自己的内心，角角落落，好好地翻造一下才来见你呢。所以我进了工厂，所以我……呵，你的话真是不错的！群众的奋斗的生活，现在完全把我的身心改造了。哥哥，我现在可以爱你了……"⑤

在这部作品中，同样存在着"浪漫的与政治的"双重意味的三角结构。在王曼英与李尚志以及柳遇秋的三角关系中，不仅有阶级对立、情感对立，还有生理对立。通过这种三角关系，蒋光慈重设了疾病的隐喻关系。"蒋光慈把革命的失败与性欲的堕落、思想的缺陷与爱情的'疾病'相提并论，构成强烈的对比。"⑥ 然而，与茅盾将疾病之源设置于革命内部不同，蒋光慈将疾病之源设置于革命的对立面，由此，凸显革命的合理性与纯洁性。章秋柳与史循的病与死都源于对革命的怀疑与绝望，由此凸

① 蒋光慈：《蒋光慈文集》第 2 卷，上海文艺出版社 1983 年版，第 127 页。
② 同上书，第 135 页。
③ 同上书，第 146 页。
④ 同上书，第 149 页。
⑤ 同上书，第 151 页。
⑥ 王德威：《现代中国小说十讲》，复旦大学出版社 2003 年版，第 74 页。

显茅盾对革命的内在危机的清醒认识。而王曼英尽管也因大革命的失败而
消沉，但她并没有停止反抗，只是在反抗的方法上误入了歧途。正是在这
里，蒋光慈为王曼英预先设置了一种转变的可能，同时也为革命设置了一
道防火墙。虽然与章秋柳相似，王曼英患病同样与她的思想意识有关。
"王曼英之所以会感染上梅毒，与其说是她在情感上的放浪无羁的下场，
更不如说是她在意识形态上的缺陷。"① 疾病的感染不仅由于身体欲望的
放纵，而且因为对革命的怀疑；但归根到底，疾病之源来自革命的对立
面——资产阶级：王曼英欲望的放纵是一种资产阶级的享乐情绪，同时，
疾病本身同样由资产阶级的男性传染给王曼英。至于革命，则是治病之良
药。一旦王曼英重新回到正确的意识形态，回到了无产阶级之中，她的精
神与肉体就都获得了重生。经过身体欲望的净化与思想意识的改造，回到
了革命的正途，疾病马上可以痊愈，王曼英马上成为一个新人。在蒋光慈
这种疾病书写中，由此呈现出感染—痊愈、歧途—正道、沉沦—纯洁、纵
欲—禁欲、个人主义—集体主义之间的同位对应关系。最后，肉体之性让
位于精神之爱，集体主义取代个人主义，思想上的转变促成了肉体上的治
疗。性爱与信仰的纯洁化，使肉体与精神获得双重再生，个体因此实现自
我救赎。

三 《爱情的三部曲》：疾病的超越与精神传承

蒋光慈以欲望的净化来实现精神的救赎，而在巴金眼中，性欲从来就
不是不净的。相反，他认为革命者对性的态度，折射出革命者的革命意
识。"一个人常常在'公'的方面作伪，而在'私'的方面却往往露出真
面目来。所以我们要了解一个人的真面目，也可以从他的爱情事件上面下
手。"② 因此，他在《雾》中写出了一个在爱情上优柔寡断的周如水，这
位一直以"良心"为借口的旧道德遵循者，最终只配投海自杀，不可能
成为一个真正的革命者。而《雷》中"性的观念是解放了的"慧，则是
作者"很喜欢"③ 的人物之一。《雨》中的吴仁民为了爱情忘了革命，因

① 王德威：《现代中国小说十讲》，复旦大学出版社 2003 年版，第 74 页。
② 巴金：《巴金全集》第 6 卷，人民文学出版社 1988 年版，第 16 页。
③ 同上书，第 39 页。

此还只是一种"粗暴的、浮躁的性格"。而《电》中的吴仁民与李佩珠因革命而产生爱情，因爱情而更坚定地献身革命，由此产生一种"近乎健全的性格"①。这种性格逐渐"健全"的过程，也就是革命者逐渐能够正确处理革命与爱情的关系的过程。这一思路凸显巴金对于性道德与革命关系的思考。

然而，这种性格逐渐健全的过程与疾病的关系极为密切。茅盾与蒋光慈将由性而病视为一种政治与道德双重病态的隐喻，巴金则将疾病置于性爱之上，凸显出无性之病的残酷性与高尚性，由此凸显革命者在"私"生活——道德方面的纯洁性与"公"生活——革命方面的纯洁性之间的对应关系，从而实现疾病由沉沦到圣洁的价值转换。一个能够彻底放弃私人幸福的人，肯定是一个能够彻底献身革命的人。因此，残酷的无性之病成为一种革命人格的反衬。

与史循相似，《爱情的三部曲》中年仅 23 岁的陈真也身患严重的肺病。然而，陈真没有像史循那样悲观绝望，而是因死亡的临近更为努力地工作。"巴金先生有的是悲哀，他的人物有的是悲哀，但是光明亮在他们的眼前，火把燃在他们的心底，他们从不绝望。"② 陈真在《雾》中一出场就给人深刻印象，他"牺牲了自己的青春和幸福，却不是为了少数人，是为了大众。而且更超过他的是这个人整日劳苦地工作，从事社会运动，以致得了肺病，病虽然轻，但是他在得了病以后反而工作得更勤苦。别人劝他休息，他却只说：'因为我活着的时间不久了，所以不得不加劲地工作'"③。他因勤苦而患病，又因患病而更勤苦，疾病的发生与发展成为革命者献身精神的反衬。"我现在虽然得了不治的病，也许很快地就逼近生命的终局，但是我已经把我的爱和恨放在工作里面、文章里面，散布在人间了。我的种子会发起芽来，它会长成，开花结果。那时候会有人受到我的爱和我的恨……"④ 肉体可能死亡，精神却可不朽，"个人死了，人类却要长久地活下去"⑤，他因此努力播撒革命的种子。

这些种子，在后面的《雨》与《电》中的确开始发芽。"《雨》第一

① 巴金：《巴金全集》第 6 卷，人民文学出版社 1988 年版，第 16 页。

② 刘西渭（李健吾）：《咀华集》，人民文学出版社 2001 年版，第 7 页。

③ 巴金：《巴金全集》第 6 卷，人民文学出版社 1988 年版，第 43—44 页。

④ 同上书，第 64—65 页。

⑤ 同上书，第 33 页。

章陈真的横死，在我们是意外，在作者是讽谕，实际死者的影响追随全
书，始终未曾间歇：我们处处感动他人格的高大。唯其如此，作者不能不
开首就叫汽车和碾死一条狗一样地碾死他：《雨》的主角是吴仁民，《电》
的主角是李佩珠，所以作者把他化成一种空气，作为二者精神的呼吸。"①
正是由于陈真，使吴仁民与李佩珠将个人的爱情与革命的信仰结合起来，
获得一种"近乎健全的性格"②。在《雨》中，陈真的存在如同一根鞭
子，最终使一再强调"我有爱情的权利"③ 的吴仁民意识到为了"把整个
黑暗社会打得粉碎"需要"牺牲个人的一切享受，就像陈真所做过的那
样"。④ 因此，尽管陈真的禁欲主义不能得到大家的认同，但他的献身精
神始终是一种促使革命者进行自我改造的压力，成为"精神的呼吸"。
《电》中收获了爱情的吴仁民依旧没有忘记陈真："陈真为着理想牺牲了
一切，他永远那样过度地工作，让肺病摧毁了身体。他这个二十几岁的人
却担心着中华民族太衰老，担心着中国青年太脆弱。一直到他死，我没有
看见他快乐过。"⑤ 正是这种身患疾病依旧执着于革命的献身精神，使疾
病成为巴金表现革命者人格的一个重要手段。"疾病给人带来尊严，那是
因为它展现了人的精神品质；它使人庄重、使人威严、使人崇高。"⑥ 肺
病凸显革命者克服肉体病痛的意志与勇气，更凸显他对革命的热情与忠
诚。肉体上的病痛正是精神上的伟岸的反衬，道德的圣洁也是革命的圣洁
的一种说明。正是在这一意义上，巴金赋予了疾病以一种全新的隐喻意
义：无性之病是凸显革命的正当性与纯洁性的一种手段。敌对势力的压迫
与革命工作的艰辛对革命者而言是一种现实的生存困境。在这种现实困境
中，疾病不可能像蒋光慈笔下描写得那样浪漫，而是一种实实在在的死亡
威胁。然而，对真正的革命者而言，这种死亡威胁不是像对史循那样成为
消沉的理由，而是一种奋起的激素。由此凸显革命者的道德示范力量。

　　疾病作为一种生理现象，是生命过程中不可避免的存在。然而，在整

---

① 刘西渭（李健吾）：《咀华集》，人民文学出版社 2001 年版，第 10 页。

② 巴金：《巴金全集》第 6 卷，人民文学出版社 1988 年版，第 16 页。

③ 同上书，第 205 页。

④ 同上书，第 228 页。

⑤ 同上书，第 337 页。

⑥ ［美］杰弗里·梅耶斯：《疾病与艺术》，顾闻译，《文艺理论研究》1995 年第 6 期，第
86—94 页。

个社会的阐释系统中，它被编织进文化的网络，成为一种身份的标识。如苏珊·桑塔格所言："疾病是生命的阴面，是一重更麻烦的公民身份。"① 它不仅属于事实世界，同时也属于意义世界。正是这一意义世界的存在，使得疾病超出了单纯的生理范畴，进入文化隐喻体系之中。在革命恋爱题材小说中，疾病因为与革命与性爱相关而获得更为丰富的解读可能性。它使"革命 + 恋爱"的两极模式转化为"革命—恋爱—疾病"的三角结构，从而使其突破了概念化的樊篱。从内容选择上讲，这三部小说同样可以纳入茅盾所区分的"革命 + 恋爱"的模式。《蚀》写"'恋爱'会妨碍'革命'"，《冲出云围的月亮》是写"革命决定了恋爱"，而《爱情的三部曲》则写出了"革命产生了恋爱"。② 然而，这三部曲取得成功在于它们不仅写出了革命与恋爱的相互影响，而且写出了"为何"与"如何"发生影响。《蚀》三部曲中的性别关系明显存在着一种政治意味。男性更多地象征革命事业，而女性则更多地喻示革命的追求者。《幻灭》中健康强壮的强惟力明显与革命高潮对应；《动摇》中处于爱情弱势的方罗兰，则明显与政治动摇的革命形式相关；到了《追求》中的全然被动而且病态的史循，则暗示着革命的退潮。在不同的革命形式下，性爱与革命的关系也有着不同的表现。《幻灭》中的静女士因妨碍革命被男性遗弃；《动摇》中的孙舞阳因革命的动摇被反革命反扑；《追求》中的章秋柳的个人主义的性爱则损人害己。通过《追求》中的疾病书写，茅盾探讨了革命与性爱相互妨碍的原因：已经患上了疾病的革命事业对于革命追求者而言，带来的可能是危险与伤害；而革命追求者的个人主义倾向，同样也会损害革命本身。带有个人主义色彩的性爱，因此成为革命的陷阱与疾病的传播途径。在这里，茅盾深刻而真实地写出了革命的困境与自己的困惑。然而，这种深刻的认识无疑却使人悲观绝望。③ 与茅盾相反，蒋光慈通过重设男性—女性的关系来重设革命追求者与革命事业之间的关系。在《冲出云围的月亮》中，王曼英因为思想走上歧途，因此，在资产阶级那里感染上了疾病，而李尚志则作为一位拯救者，无论在精神上还是在肉体上都非

---

① ［美］苏珊·桑塔格：《疾病的隐喻》，程巍译，上海译文出版社 2003 年版，第 5 页。
② 茅盾：《茅盾全集》第 20 卷，人民文学出版社 1990 年版，第 337—338 页。
③ 茅盾的《自杀》是一篇更为明显地表现出对革命的质疑的小说，其中的男女关系同样可以做双重解读。

常健康。正是他的存在，使得王曼英最终认识到自己的错误，禁绝了放荡的性生活，投身于实际的工人运动，从而获得了肉体与精神上的双重再生。茅盾是女性试图拯救男性获得失败，而蒋光慈则是男性拯救女性获得成功。但这种双重再生，首先是以性爱与信仰的纯洁化为前提，由此才可能治愈肉体与精神的疾病。而在巴金眼中，性本来就是健康的。它对于革命而言并不一定就是一种威胁，一种堕落，反而可能是一种革命的热情。但健康的性也需要超越精神层面的指引。因此，无性之病成为精神的圣洁的象征，成为献身精神的外在表现形态。性病是一种"堕落"的疾病，患者的疾病都带有"咎由自取"的味道；而肺病则是一种"高尚"的疾病，它对生命的切实威胁一方面凸显革命的严峻性与艰巨性，另一方面，正是这种严峻性与艰巨性以及威胁性凸显革命者的精神品格。无性的疾病是有性的健康必须具备的一个超越层面。《爱情的三部曲》中的陈真通过道德上的净化与精神上的升华将疾病的困扰与威胁转化为革命的动力。疾病由此获得了一种特异的精神品质，凸显出革命者的高尚与纯洁。正是在这种圣洁的疾病的观照之下，性爱才成为可以为革命接受的性爱，革命者也才成为有着"健全的人格"的革命者。巴金以自己的方式处理了革命—性爱—死亡—道德之间的矛盾关系，以信仰疏导热情，以信仰征服死亡，从而化解革命与性爱的冲突。由茅盾的《蚀》中疾病的感染到蒋光慈《冲出云围的月亮》中疾病的痊愈，再到巴金的《爱情的三部曲》中疾病的超越，这一现代革命恋爱题材小说三部曲完成了现代作家对于革命与恋爱关系的探讨，清晰地勾勒出疾病隐喻的意义生成机制以及价值转换的轨迹。

原载《江汉大学学报》（人文版）2009 年第 1 期

解放区文学中的疾病书写

"解放区的天是明朗的天",然而,由于历史与现实原因,无论在农村还是军队,疾病一直是困扰解放区的一个大问题。1941年的八路军干部健康检查,据有检查记录的192人初步分析,"完全健康的51人,患一种病的50人,患两种病的68人,患三种病的2人,患三种以上病的2人"[①]。在广大农村,各种疫病更为严重。仅1941年夏,感染白喉、麻疹、赤痢、伤寒等疫病的,"甘泉三区患者876人,死亡186人,小孩占三分之二。所到区域,男女有性病及妇女月经不调者占百分之七十以上"[②]。与疾病高发的现实并存的则是巫神与迷信,"由于边区缺乏医生,缺乏药品,老百姓养成了有病不求医的习惯。而是烧香、求神或者是叫魂,不卫生和迷信结合在一起"[③]。在这种现实语境中,疾病治理不仅是一项以科学来战胜迷信的启蒙任务,而且是一项改善民众生活争取民众认同的政治任务。正是因为疾病对解放区政治与生活的重大影响,《解放日报》于1941年11月24日开辟"卫生"专刊,李富春在《"卫生"发刊词》中明确指出,讲求卫生的"严重的政治意义"与"严重的军事意义"以及"积极的经济意义"[④]。面对这种启蒙与政治的双重需要,解放区文

---

① 马荔:《从干部健康检查说起》,《八路军军政杂志》第4卷第1期,1942年1月25日。统计数据只有173人,原文如此。

② 通讯:《边区半年来 卫生工作展开 防疫队深入农村工作》,《解放日报》1941年10月4日。

③ 泉生:《边区的青年卫生员》,《解放日报》1941年10月20日。

④ 李富春:《"卫生"发刊词》,《解放日报》1941年11月24日。对卫生工作的重视是《解放日报》一以贯之的主题之一,在"卫生"专刊创刊前,《解放日报》就有相当篇幅报道解放区卫生工作。从1941年11月24日"卫生"专刊创刊到1945年1月20日《卫生》专刊改版,共出版62期,基本每月一期,每期一整版。此后改为专栏,每十天左右出版三分之一版。

学陷入了一种两难处境：面对迷信落后、疾病高发的社会现实，解放区文学应该承担起以科学战胜迷信的启蒙使命，然而，在解放区"明朗的天"底下，疾病就像太阳的黑子，不应被过分关注。五四以来的启蒙文学传统始终将疾病与社会抗议联系在一起，疾病的发生与旧社会黑暗现实密切相关，因此，疾病书写包含了多重社会意蕴。如鲁迅的《药》《孤独者》，王思玷的《偏枯》，巴金的《寒夜》等都潜含着对社会的抗议与国民性的批判。而在解放区，随着新社会的诞生，疾病不能再被当成抗议题材，甚至疾病本身也应该被消灭。在这一语境中，任何对解放区某一方面的质疑都可能被视为对解放区本身的质疑而遭到批判。丁玲《在医院中》正是启蒙与科学在政治与习惯面前全面败北的真实记录，这一作品后来的遭遇，更凸显革命语境中启蒙立场与科学精神的困窘。①

为了调和这种两难处境，解放区文学构建了一种新的疾病话语生产与分配方式。疾病是一种生理现实，医学则是一种话语生产。"在每个社会，话语的制造是同时受一定数量程序的控制、选择、组织和重新分配的，这些程序的作用在于消灭话语的力量和危险，控制其偶发事件，避开其沉重而可怕的物质性。"② 通过控制医学话语的生产，解放区文学消解了疾病的危险性，构建了一种现代医学神话。

一　疾病发生的政治区隔

要消解疾病的危险性，首先就必须消解疾病发生的社会抗议性质。"疾病的最大原因"就是"社会经济基础"③，为了凸显解放区革命的正确性与纯洁性，也就需要对疾病的发生进行政治上的区分与隔离，以免其对解放区的社会经济基础发生"污染"。

丁玲《我在霞村的时候》中的疾病是一个关键能指，它在作品中起

---

① 黄子平在《病的隐喻和文学生产》中通过对《在医院中》等文章的分析，对解放区的"社会卫生学"有着比较深入的引申与论述。但该文论述的基点在于对"疾病"的引申，由身体的疾病引申到精神的疾病。本文则关注生理疾病，由此切入解放区文学的身体建构与神话思维。参见黄子平《"灰阑"中的叙述》（上海文艺出版社2001年版）。

② [法]米歇尔·福柯：《话语的秩序》，肖涛译，载许宝强、袁伟选编《语言与翻译的政治》，中央编译出版社2001年版，第3页。

③ 鲁之俊：《疾病的最大原因——社会经济基础》，《解放日报》1942年5月18日。

着重要的结构作用，贞贞与霞村之间"离去—归来—离去"结构背后的叙述动力就是"疾病"：她因离开霞村而患"病"，因患"病"而回到霞村，最后又因治"病"而离开霞村。在这里，丁玲对贞贞的患病—治病在空间上进行了区分与隔离。对贞贞而言，敌占区是疾病之源，而解放区则是治病之所。然而，丁玲通过贞贞疾病的恶化，继承了鲁迅国民性批判主题，解放区人们的闲言碎语正是导致贞贞疾病恶化的因素。在"我"眼中，贞贞很"健康"，她的眼睛"像两扇在夏天的野外屋宇里的洞开的窗子，是那么坦白，没有尘垢"①，从外表看来"一点有病的样子也没有，她的脸色红润，声音清晰"②。这个与"我"相处时的"健康"人，与家人相处时却表现出明显的病态，而且病得越来越重。"我"临行前与贞贞最后一次见面时，她的病情严重恶化，"我看见贞贞脸上稍稍有点浮肿，我去握着那只伸在火上的手，那种特别使我感觉刺激的烫热又使我不安了，我意识到她有着不轻的病症"③。在这种对比中，"我"明显意识到"她现在所担受的烦扰，决不只是肉体上的"④，贞贞周围的"健康"人对贞贞的"关心"，实际上充当了疾病恶化的催化剂。小说中病—非病之间的对立形成独特的叙述张力，肉体上的病与精神上的病在文中形成一种对立与错位：一方面是贞贞肉体上的疾病与精神上的健康，另一方面则是群众肉体上的健康与精神上的病态，正是后者精神上的病态激化了前者肉体上的疾病。最后，贞贞希望借"治病"远离家乡人的"关注"，到一个精神健康的天地里去"学习"与工作，以获得新生："我想，到了延安，还另有一番新的气象。我还可以再重新作一个人，人也不一定就只是爹娘的，或自己的。"⑤ 通过投身革命，不仅可以脱离爹娘，也可以脱离自己的过去，获得"新生"，革命也就成为治疗疾病的最好"良药"，通过这种治疗，身体也可以成为属于"革命"的身体。这一"离去—归来—离去"结构，隐含着丁玲对疾病的双重区隔：一方面是日占区与解放区的区隔，贞贞的病是在日占区感染的，那里正是万恶之源；另一方面则是乡

---

① 丁玲：《我在霞村的时候》，《丁玲全集》第 4 卷，河北人民出版社 2001 年版，第 223 页。

② 同上书，第 224 页。

③ 同上书，第 231 页。

④ 同上书，第 226 页。

⑤ 同上书，第 232 页。

下与延安的区隔，在乡下，解放区民众的一些劣根性是激发贞贞病态的诱因，而延安则是治病之所，是新生的希望所在。通过这种疾病感染与治疗的空间区隔，保证了延安与革命的"洁净"。①

丁玲对疾病的发生进行了空间区隔，而孔厥则对疾病进行了时间区隔，从而避免解放区被疾病"污染"。当新时代的疾病无法医治时，也有必要将疾病的根源追溯到旧社会。孔厥《一个女人翻身的故事》中的折聚英在1940年冬参加文化学习班时忽然发病。此时离她翻身已有两年，但医生确定她的病因时，还是追溯到"过去"，断定"这女子，生理上，心理上，一定都受过大打击，大摧残"②，而她疾病的先天因素与现实原因则被忽略不计。折聚英在参加文化学习班时积极向上，尽管加班加点，她还是跟不上学习的进度，这种力不从心的处境对这个追求"革命进步"的大龄农村妇女而言无疑是沉重的打击，无疑也是疾病突然爆发的一个重要诱因。然而，在医生与作者那里，这种现实原因被轻描淡写地忽略过去。通过"过去"这一界定，疾病的发生被归结为旧社会，从而与解放区绝缘。

疾病不仅可以成为对新旧社会进行对比与区隔的一种手段，而且可以成为对解放区内部正确与错误思想进行区隔的手段，由此具有明显的价值意味。欧阳山《高干大》中的任常有与高生亮不仅在思想上有着尖锐的对立，在身体方面也有着明显的不同。任常有常年脸上、身上都有病，疾病成为他回避矛盾、逃避斗争的手段，最后，作者让他在任桂花的婚宴上一死了之。而高生亮尽管身体也不是很好，在合作社发展的过程中，也曾经因操劳过度而晕死过去，但对党的信仰，使他内心始终充满生命活力，一再渡过难关。这种身体的健康—病态、生命力的旺盛—衰弱，与他们思想和政治上的正确—错误正相对应，高生亮的疾病本身与他思想上尚存的缺点也正相对应。欧阳山写出了疾病与思想的对应，赵树理则发现疾病的发生与痊愈和政策的失误与正确之间的对应。《邪不压正》中聚财的疾病是政治的"晴雨表"："聚财本来从刘家强要娶软英那一年就气下了病，

---

① 如同部分研究者指出的，这篇小说包含着一种反讽意味："我"本来是为了养病而离开延安来到霞村，这就说明延安本身也可能产生疾病。由此可以看出，作者对贞贞"一厢情愿"的"新生"构想，包含着怀疑。

② 孔厥：《一个女人翻身的故事——记边区女参议员折聚英同志（续完）》，《解放日报》1943年3月31日。

三天两天不断肚疼，被斗以后这年把工夫，因为又生了点气，伙食也不好，犯的次数更多一点，到了这年（一九四七）十一月，政府公布了土地法，村里来了工作团，他摸不着底，只说又要斗争他，就又加了病——除肚疼以外，常半夜半夜睡不着觉，十来天就没有起床，赶到划过阶级，把他划成中农，整党时候干部们又明明白白说是斗错了他，他的病又一天一天好起来。赶到腊月实行抽补时候又赔补了他十亩好地，他就又好得和平常差不多了。"① 小舅子安发打趣他时，他说得很明白："只要不把咱算成'封建'，咱就没有病了！"② 只要政治清明，疾病也自然可以痊愈，身体与政治在疾病的发生与痊愈中形成直接对应。通过将疾病进行空间—时间—价值方面的区隔，解放区不仅保证了自身的纯洁性，而且使疾病本身就成为解放区的正确性与纯洁性的一种有效证明。

二　疾病治疗的神话阐释

尽管可以通过时间、空间与价值等手段将疾病与解放区区隔开来，从而避免解放区的被"污染"，但疾病这一沉重的历史课题依旧是解放区必须要面对并予以解决的重大问题。疾病的治疗不仅是科学问题，也是经济问题，更是政治问题。"现在边区的群众，是要迫切解决'财旺人不旺'的问题的。从延安市第二次卫生委员会上各区长的报告中，知道今年一月到四月中旬，共死去市民一百零八人。""这些病与死，当然耽误了生产。"③ 疾病的治理不仅关系到个体的生存与发展，而且关系到解放区的生存与发展。与疾病高发密切相关的，是农村中普遍存在的迷信问题。因此，疾病的治疗不仅有着启蒙意味，而且有着政治意味。一方面，现代医学与巫神对疾病治理权的争夺，意味着科学与迷信的交锋；另一方面，推广医学也是争取民心、改善民生的重要手段。在这一背景下，丁玲描写与巫神斗法的《田保霖》获得了毛泽东的赞赏：田保霖"想出了一个治巫神的办法，他找了一个医生来，开一个药铺，四处替人灌羊治病，三个月

---

① 赵树理：《邪不压正》，《赵树理文集》第 1 卷，中国工人出版社 2000 年版，第 260—261 页。

② 同上书，第 262 页。

③ 傅连暲：《群众卫生工作的一些初步材料》，《解放日报》1944 年 4 月 30 日。

中治了三百个人，灌羊三千，有病的人都找到合作社来。关巫神说：'田
保霖本领大，神神也不敢来了。'"① 葛洛的《卫生组长》同样以凸显医
学相对于迷信的有效性来消解巫神存在的合理性，从而将民众引导到信奉
医学的道路上来。"我"婆姨害了病一直不好，"我妈"与丈母娘都认为
她是害了"邪病"，要求请巫神为她驱邪，被作为卫生组长的"我"明确
拒绝，因为"改造巫神，也是我们卫生公约上订的一条"②。"我"及时
请来的医生将感染上疫病的婆姨抢救了过来，与之形成鲜明对比的则是另
一户不相信医生而相信巫神的人家，由于耽搁病情，最后导致病人年纪轻
轻就殁了。通过这种对比，使"我妈"与丈母娘的思想转到相信医学上
来了，消灭了巫神的市场与生存空间。

尽管这种对医学有效性的书写有着明显的简化倾向，但丁玲与葛洛还
是凸显改造巫神的过程中医学与科学启蒙的重要性。1944 年 11 月陕甘宁
边区二届二次参议会批准的《陕甘宁边区文教大会关于开展群众卫生医
药工作的决议》对此有清楚深刻的认识："边区的大量巫神，主要是边区
文化落后以及医药缺乏和卫生教育不足的产物。因此，要消灭巫神的势
力，首先要普及卫生运动和加强医药工作，否则就是主观的空想。采取脱
离实际、强迫命令的单纯行政手段，是无济于事的。"③ 然而在《高干大》
中，这种启蒙意识全面退场，科学与迷信的斗争演化为革命与反革命的
斗争。

小说第一章"人民的要求"就写出了解放区缺医少药，儿童死亡率
较高的现实。基于这一现实的"人民的要求"包含三个层面：首先是科
学要求，农村中儿童的高死亡率，使得人民迫切需要现代医学；其次是经
济要求，正是这种需求，刺激了医药合作社的产生与发展；最后是政治要
求，顺应民意是党的力量之源。这一"人民的要求"，本来应该包含并基
于用科学击退迷信的启蒙要求，因为"要真正打败巫神，不是单靠政治
工作所能完成任务的事，更不是一个合作社主任所能完成任务的事"，然
而"在本书里，合作社医生李向华只象影子一样一晃不见了。反巫神的

① 丁玲：《田保霖》，《解放日报》1944 年 6 月 30 日。

② 葛洛：《卫生组长》，《解放日报》1945 年 5 月 12 日。

③ 《陕甘宁边区文教大会关于开展群众卫生医药工作的决议》，《陕甘宁边区抗日民主根据
地·文献卷》下卷，中共党史资料出版社 1990 年版，第 481 页。

担子放在高干大肩上，但是高干大只能把巫神翻到深沟里去跌死罢了，而且差点儿自己也死在一起"①。本身还有着迷信思想残余的高干大与巫神郝四儿的斗争，并没有多少"科学"色彩。尽管作者通过郝四儿虐待罗志旺老婆致死的场景渲染了巫医的残暴与愚昧，但作者并没有把对巫神的批判提升到科学的高度。病人死后，巫神倒打一耙，说病人是被供销社的医生李向华治死的。高生亮对这种说法根本无法有力回击，他所能做的仅仅是试图以武力使郝四儿屈服，他最后的"胜利"只是肉体上的消灭而不是精神上的胜利。诚然如冯雪峰所言："共产党人的思想、坚信和品质，是完全得到胜利了。"② 然而，这种胜利并不是依据科学自身的内在逻辑力量，而是依据思想信念与政治权威。③ 高生亮凭借对党的信念克服了对鬼神的恐惧，凭借政府的支持最终从肉体上消灭的郝四儿，科学与迷信的斗争最终成为政治斗争的一部分。"一切服从于政治"④，医药工作由科学工作变成经济工作，最终变成政治工作，科学本身因此被忽略。

　　只写出了一个"影子一样"的医生的《高干大》，强调了政治在改造巫神反对迷信方面的重要性与有效性，赵文节的《肉体治疗和精神治疗——一个医生讲的故事》则凸显医生治病时，政治工作在身体治疗方面的必要性与优先性，由此，"医学"成为"政治的医学"。25 岁的二流子王四在旧社会沾染上一身坏习气，吃喝嫖赌，敲诈偷骗，样样都来。他爹王老汉嫌他二流子名头臭，也是被他给偷怕了，不让他回家。翻身后，他爹勉强收留了他，但他还是拒绝劳动改造。他爹拿刀给他切洋芋种子，他却试图拿刀剖腹自杀。被送到医院抢救后，他一心求死，不愿配合医生的治疗。医生"我"意识到："事实告诉我：病人不仅是有着肉体的痛苦，更重要的，还是精神上的痛苦；医药的治疗在这种情形下是不能完全起作用的。"于是"我"对他进行精神开导，做他的思想政治工作，使他

---

　　① 竹可羽：《评欧阳山的"高干大"》，《论文学与现实的关系》，作家出版社 1957 年版，第 42 页。

　　② 冯雪峰：《欧阳山的〈高干大〉》，《论文集》中卷，人民文学出版社 1981 年版，第 211—212 页。

　　③ 在书中，没有任何人把握到郝四儿治病与患病的内在矛盾：他在拒绝开荒时，举出的理由一是要为病人治病，二是自己有病，然而，他自己作为一个治病的人，却治不好自己的病，由此可以凸显出他为人治病的荒谬。

　　④ 欧阳山：《高干大》，人民文学出版社，1949 年北京新华书店初版，1952 年 9 月重印第一版，第 99 页。

配合治疗，从而获得肉体与精神上的双重"再生"。由此"我"得出结论："一个革命的医生，他不但要能够解除和治疗病人肉体上的痛苦，而且还要能够解除和治疗病人精神上的痛苦。所以在我们那里提出的口号，就是：'一个医务工作人员，同时必须是一个政治工作人员。'"① 政治工作在疾病治疗中的优先性与有效性，使政治超越"世界医学"，获得"'生死人，肉白骨'的功效"②。思想改造不仅对落后人物具有"治疗"作用，而且对先进人物有更强烈的"治疗"作用。丁玲笔下的陈满，思想混乱时连续几天卧床不起，而只要自己思想一通，马上就好了："咱头上一清醒，想通了道理，就没病啦。"③ 政治取代医学成为疾病治疗中的首要因素，疾病的痊愈则是政治的有效性与优先性的最好证明。马烽的《金宝娘》虽然提到了金宝娘的性病是因为"打了两针六〇六"才"好光了"，但作品的重心在于疾病的痊愈与政治的联系：只有翻身后金宝娘才有可能不卖淫，才有可能获得"六〇六"，因此金宝娘"含着两眼热泪，激动地说：'感谢毛主席救了我们一家！'"④ 政治上的翻身使生理上的疾病得以痊愈，而疾病的痊愈又凸显政治的"救世良药"性质。人的生理身体的复杂性被简约成翻身过程中的一个符号，翻身成为包治百病的万灵药。

　　米歇尔·福柯在分析法国大革命时期的医学时，曾指出："大革命前后的数年间，先后出现了两种有影响的神话。它们的说法和指向都完全相反。一种是医学职业国有化的神话，主张把医生像教士那样组织起来，对人的身体健康行使类似于教士对人的灵魂的那种权力。另一种神话认为，清静无为的社会回归到原初的健康状态，一切疾病都会无影无踪。但是，我们不应该被这两种说法的表面矛盾所迷惑：这两个梦想是同构的。"⑤

---

　　① 赵文节：《肉体治疗和精神治疗——一个医生讲的故事》，《解放日报》1945 年 2 月 17 日。

　　② 吴伯箫：《出发点》，《中国解放区文学书系·散文杂文编》第 1 册，重庆出版社 1992 年版，第 576 页。

　　③ 丁玲：《永远活在我心中的人们——关于陈满的记载》，《丁玲全集》第 7 卷，河北人民出版社 2001 年版，第 274 页。

　　④ 马烽：《金宝娘》，《中国解放区文学书系·小说编》第 1 册，重庆出版社 1992 年版，第 122 页。

　　⑤ ［法］米歇尔·福柯（Michel Foucault）：《临床医学的诞生》，刘北成译，译林出版社 2001 年版，第 35 页。

它们都表现出政治相对于医学的优先性。前一种神话凸显政治革命的有效性，革命完全可以有效地解决生理问题；后一种神话则凸显政治革命的纯洁性，在这个纯洁的社会，疾病最终将销声匿迹。无论是凸显革命的有效性还是革命的纯洁性，这种医学神话都将身体简化为一个政治符号，生理身体的复杂性被忽略不计，医学因此成为政治的附庸。强调"文艺服从于政治"①的解放区文学，为了凸显政治的有效性与纯洁性，同样构建了一种现代医学神话。它通过疾病发生的政治区隔，保证了解放区革命的纯洁性，而通过疾病治疗的神话阐释，凸显了解放区政治的有效性。这种医学神话消解了解放区迫切需要科学启蒙的现实阴影，构建出一片"明朗的天"。在这种神话的建构过程中，解放区文学与五四启蒙文学传统分道扬镳，不仅在写作内容方面，解放区文学忽视了医学本身应该具有的科学意识，消解了生理身体的复杂性，将其转化为一种纯粹的政治身体，使其成为一种宣讲政治的正确与有效的工具；而且在思维方式上，背离了科学思维的理性意识与实证精神，将政治视为解决一切问题的万灵药。它中断了五四以来的"祛魅"进程②，开启一种"政治万灵"的神话书写。正如周作人所言，"像这最能实证的生理及病理的学术方面还容留得下迷信，别的方面可想而知"③。在这种神话书写中，疾病终究是太阳上的"黑子"，最终退出文学书写的视野，直到"文化大革命""高大全"的身体神话全面登场，人被压缩成没有生理身体属性的单一平面。

原载（香港）《二十一世纪》2008 年 12 月号

---

① 毛泽东：《在延安文艺座谈会上的讲话》，《毛泽东选集》第 3 卷，人民出版社 1991 年版，第 867 页。

② 有论者将解放区文学的《白毛女》视为解放区文学以科学进行"祛魅"的代表作，这只是看到了表象，在这种书写中很难看到"科学精神"。科学对现代文学的影响应该从写作内容与思维方式两个层面谈，而就思维方式言，解放区文学极少"科学"色彩，反而呈现出浓厚的"神话"意味。《白毛女》"将鬼变成人"这一说法本身就是一种"神话"表述。本文就是一次从医学角度切入其"神话"思维模式的尝试。

③ 周作人：《〈医学周刊集〉序》，《周作人文类编·人与虫》，湖南文艺出版社 1998 年版，第 540 页。

第二辑

立身与立人

小说叙事的身体符号学构想

身体不仅是一种生理生成，更是一种文化建构。20 世纪以来，西方哲学以尼采的意志哲学与弗洛伊德的精神分析学说为基点，开始身体转向，身体作为文化符码的多重甚至矛盾的意义被陆续深入阐发。梅洛—庞蒂等凸显身体的主体地位，拓展与丰富了身体哲学；福柯等则致力于揭示权力—知识网格对身体的制约与规训，从而创建身体社会学；舒斯特曼等则关注身体本能及其丰富的感性对社会成规的巨大解构力量，由此发展了身体美学。西学东渐，这些身体研究路向对我国的研究也产生巨大影响。中国台湾学者杨儒宾《儒家身体观》开辟了用西方理论解读中国哲学中的身体问题的先河；中国大陆青年学者周与沉的《身体：思想与修行》在对中国传统身体观进行系统深入探讨的同时，对当代身体观的建构提出了一些设想，深化了身体哲学研究。中国台湾学者黄金麟的《历史·身体·国家——近代中国的身体形成（1895—1937）》则从身体社会学的角度解读中国近代身体的建构过程。美学家陈望衡先生、彭富春先生、杨春时先生等对身体美学问题进行了较深入而持久的探讨。刘成纪先生的《形而下的不朽——汉代身体美学考论》从身体切入美学史研究，对于开拓身体美学研究有着重要启迪。

海内外身体研究的演进也推动了境内外文学研究中的身体研究热潮。海外学者刘小枫、黄子平、王德威、刘禾等人率先关注了身体的种种文化意味。在世纪之交的中国当代文化语境中，由于消费主义的兴起以及世纪之交的身体写作热潮的突然涌现，使得身体研究也成为众多研究者关注的焦点。杨经建的《"身体叙事"：一种存在主义的文学创作症候》、黄晓华的《现代人建构的身体维度》等著述从身体哲学的角度阐释了小说叙事中"立身"与"立人"的关系；陶东风的《中国当代文学中身体叙事的变迁及其文化意味》，南帆的《身体的叙事》，葛红兵、宋耕的《身体政治》等论述则主要从身体社会学的角度解读小说叙事中身体与政治、文化以及社会心理等方面的关系；谢有顺的《身体修辞》等则关注身体美学中对感性的张扬所具有的解构力量。

然而，目前汗牛充栋的身体研究大都还是将文学视为文化文本，将小说中的身体书写作为一种社会学材料进行研究，侧重挖掘小说叙事中身体的多重思想文化内涵，不仅或多或少地忽视了小说叙事的文学与审美价值评判，而且忽视身体在小说叙事中所具有的层次性。对于这一现象，也有学者进行了反思。李蓉的《现当代文学"身体"研究的问题及其反思》（《文艺争鸣》2007 年第 11 期）注意到既有研究忽视身体研究的审美性的偏颇，提出要进行具有文学特点的身体研究，即关注身体与作家创作、语言与文体以及叙事功能等文学本体问题之间的关系的研究。这一倡导无疑有着较大的理论启示意义，但作者对如何进行具体研究仍然语焉不详。同时，作者同样未曾意识到身体在不同叙事层所具有的不同功能与意义，将身体的主题功能、结构功能与审美功能混为一谈。

率先将身体视为一种叙事符号进行研究的是罗兰·巴特的《S/Z》（1970）。在此书中，罗兰·巴特从符号学角度对小说叙事中的身体进行了多重解读。该书不仅阐释了身体作为叙事动力的作用，而且阐释了身体作为象征符号所具有的多重意味，明确提出，所有的象征都基于身体："一个独特的客体占据了象征领域，象征领域据此客体形成自身的整体……此客体即人的身体"[1]。在萨拉辛具有双重特征的身体之上，巴特不仅发现了身体的修辞学意义、性别—色情意义，而且发现了其经济象征意义，甚至政治象征意义。这种多维度的身体观，无疑为分析叙事中的身体的多重意义提供了重要思路，尽管巴特并没有试图建构一种系统的身体符号学的意图，但其分析已揭示出身体作为符号在叙事中的修辞作用与文化象征功能。

明确提出叙事的"身体符号学"这一术语并进行初步构建的应该是美国学者彼得·布鲁克斯，他在《身体活——现代叙述中的欲望对象》（2003）中从叙述动力学的角度分析了作为文化符号的身体如何进入叙事，并由此推导出"叙述寻求建立这样一种身体符号学，把身体标记或

---

[1] ［法］罗兰·巴特：《S/Z》，屠友祥译，上海人民出版社 2000 年版，第 336—337 页。

者铭刻为一个语言学的、叙述的符号"①。这样一种身体符号学的倡导，无疑为解读叙事提供了一个新的视角，但该著作并没有就建构系统的叙事"身体符号学"展开论证。

小说叙事对身体的书写，无疑是对身体这一符号的再符号化。其不仅指向身体作为一种社会文化符号的意义，而且指向作者对这一社会文化符号进行再符号化时赋予的意义，由此形成小说叙事身体符号学的多重架构。

热奈特在《叙事话语》中，明确提出叙事学研究的三个层面：故事（叙述内容）、叙事（叙述文本）、叙述（叙述行为与情境）。②里蒙-凯南在《叙事虚构作品》中仿效热奈特，将小说叙事区分为故事、本文、叙述三个层面。③二者之间有着明显的血缘关系。大体而言，故事层面指的是素材。尽管内部研究者总是试图否定素材的现实因素，但素材无疑与现实世界总是存在多重联系。叙事层面指的则是叙事文本。这一层面无疑是结构主义关注的重点，也就是所谓内部研究的中心。叙述层面，则将小说的内部研究与外部研究沟通了起来，将作者与文本、读者联系起来，突破了结构主义叙事学的局限，为叙事学理论的发展提供了更广阔的空间。尽管热奈特的分层理论，本意是为了凸显结构主义叙事学的研究中心，实际上却为叙事学的发展提供了丰富可能。尤其是后经典叙事学的发展，凸显小说叙事的修辞层面。相对于常见的"故事—话语"二分法，故事—素材、叙事—文本、叙述—修辞三个层面的区分，对于理解小说叙事，应该具有更广阔的操作空间。因此，后经典叙事学家，经常在无意中从"三分法"中吸取不少营养。如费伦在《解读人物，解读情节》中提出的"三维度"人物观，认为小说叙事中的人物具有模仿功能、虚构功能与主题功能④，在一定程度上，与热奈特的叙事分层理论相对应。人物的模仿性可以大致对应于故事层，人物的虚构性大致对应于叙事层，而人物的主

---

① ［美］彼得·布鲁克斯：《身体活：现代叙述中的欲望对象》，朱生坚译，新星出版社2005年版，第10页。

② 参见［法］热奈特《叙事话语·新叙事话语》，王文融译，中国社会科学出版社1990年版，第6—11页。

③ ［以］里蒙-凯南：《叙事虚构作品》，姚锦清等译，生活·读书·新知三联书店1989年版，第5页。

④ 参见申丹等《英美小说叙事理论研究》，北京大学出版社2005年版，第243—250页。

题性则对应于叙述层。

借鉴整合热奈特的分层理论以及费伦的人物理论，可以发现，在小说叙事的故事—素材层、叙事—文本层与叙述—修辞层，身体所处的地位与意义并不相同。在故事—素材层面，身体作为人物的物质存在，总是具有模仿—主题功能，打着一定时代的文化与权力烙印，表现为一种社会文化符号；在叙事—文本层面，身体总是具有结构功能，一方面是推动故事情节的"功能"，另一方面则是一种展现小说叙事对于人物以及人性的理解的"指号"①，是一种重要的叙事符号；在叙述层面，身体则具有美学功能，是一个重要的修辞对象，与小说叙事的思想价值与审美价值密切相关。小说叙事正是通过对身体的符号化，完成对人类经验的记述，以及对民族文化以及人自身的无意识的发现，从而成为真正意义上的"秘史"。

一 故事—素材层面：身体作为文化符号及其主题功能

作为人物存在的先决条件，"虽然清晰程度千差万别，个人的身体必定会在故事里出现"②。故事层面的身体，必然具有一定的模仿性，打上时代身体意识的鲜明烙印。哪怕是幻想型的故事，同样不过是现实生活的折射。《西游记》中变形的身体与《巨人传》中庞大的身体，虽然超出了现实的疆域，却与《三国演义》以及《堂吉诃德》中的身体一样，是一定时代政治文化观念的产物。

故事层面的模仿性身体，与现实生活中的身体一样，具有生理生成与文化建构的双重特性，打着一定时代民族的文化与权力的烙印。由故事中的模仿性身体，可以探讨小说叙事中文化身体的多重内涵，并由此可以剖析不同民族不同时代身体观的差异成因以及演变轨迹。

在身体与政治的关系方面，"肉体乃是统治的产物"③，如福柯所致力指出的，身体从来就不是一种生理生成，而是一种政治建构。在福柯的

---

① 参见 ［法］罗兰－巴尔特《符号学历险》，李幼蒸译，中国人民大学出版社 2008 年版，第 114 页。

② ［美］彼得·布鲁克斯：《身体活：现代叙述中的欲望对象》，朱生坚译，新星出版社 2005 年版，第 4 页。

③ ［德］弗里德里希·尼采：《权力意志》，张念东、凌素心译，商务印书馆 1991 年版，第 215 页。着重号为原文所有。

"微观政治学"中，身体正是权力生产与运作的基点。在与政治必然存在或明或暗的联系的小说叙事中，其故事层面的身体必然与政治产生种种纠结。在人类文明史上，国家、民族等宏大命题相较于身体，无疑具有巨大的优势，并对后者产生了巨大的压力。然而，政治与身体的关系并不是单向度的，而是相互的。在关于身体的政治叙事中，身体与政治的多重关系得以在小说中集中展现。同时，故事中不同身体观也正折射出不同时代身体观的演变历程。

在政治话语中，身体首先是被规训的对象。从中国的历史演义到英国的骑士传奇，在封建时代，无论中西，"忠"无疑都是一个极高的价值判断标准。而"忠"首先就意味着"献身"。尽管这种对君主个人的忠诚随后发展为对民族（托尔斯泰《战争与和平》）、阶级（雨果《九三年》）以及主义（周立波《暴风骤雨》）的忠诚，但个体自觉将身体置于政治话语之下，则一脉相承。个体自觉"献身"自然体现了政治对身体的控制力，个体被卷入政治旋涡后的身不由己，更凸显了政治对身体的重大影响。狄更斯《双城记》中的达内西虽然一心摆脱自己家族的影响，放弃了自己继承的庄园，但由于他的姓氏"埃佛瑞蒙德"而被巴黎公社审判，并因其家族的罪恶而被判处死刑。在政治面前，个体显得极其脆弱。昆德拉《玩笑》中的路德维克由于一个小小的玩笑而被荒谬地卷入了政治旋涡。"文化大革命"中的众多人物更是身不由己，一步步走向政治的深渊。

政治虽然对身体具有巨大的规训力量，但在另一方面，身体同样具有巨大的解构力量。一旦民不畏死，身体就成为一种解构政治的资源。莫言的《檀香刑》一定程度上阐释了身体与政治的这种双重关系：一方面政治通过身体得以展现其统治力；另一方面身体同样可以实现对政治权力的解构与颠覆。孙丙经受酷刑的身体，成为一个双重符号。而在真正的革命中，身体的解构力量更是关注的重心。几乎所有的革命都包含着以身体去碰撞意识形态这一过程。从《牛虻》到《铁流》，从《灭亡》到《白鹿原》，身体都是解构意识形态的重要工具。然而，这种解构本身也还是意识形态的，依旧是一种对"主义"的献身与忠诚。狄更斯的《双城记》试图以人性与爱情实现对政治的解构，但这种意图正凸显他对于政治的某种想象。

与身体与政治之间的紧张关系相比，身体与伦理之间的关系似乎显得充满了温情。然而，正是在这种温情的面纱之下，身体受到了更广泛、更严密，同时也更隐秘的规训。在一定意义上，"我们成为我们现在的样子靠的是人体之间的相互关系"①。在故事层面，模仿性身体必然带有现实伦理对身体进行规训的痕迹。由此，小说叙事成为人类"伦理身体史"的另类记载。

在中国封建时代，身体从属于宗法体系而存在。所谓"三纲五常"，无一不是为了划定身体的伦理归属。从《搜神记》到唐传奇再到《阅微草堂笔记》，从"三言""二拍"到《金瓶梅》再到《红楼梦》，身体与宗法伦理之间的关系一直被有意无意地强化。这些故事一方面传承传统身体观，另一方面由于时代的影响，对这种身体观进行着某种改造。时至现代，由于西方现代观念的输入，身体的法权化倾向也渐渐成为主流，《伤逝》中子君说的"我是我自己的，他们谁也没有干涉我的权力"② 成为时代强音。尽管实现这一目标的历程充满荆棘，而且存在着落入国家、民族这类伟词的陷阱的可能，但个体由此从宗法家族中获得对自己身体的相对支配权，却是不争的事实。新中国成立后，从宗法家族中得到解放的身体，掉入国家化的陷阱中。《山乡巨变》《欧阳海之歌》以及《金光大道》等作品虽然程度各异，思路却趋同，那就是个体身体的价值附属于阶级集体的价值，甚至个体的身体感受也从属于集体感受。身体的私密性与属己性在故事中缺席。新时期的思想再解放，也促成了身体的再解放。个体身体终于实现了法权—人格化，而不再是宗法家族或阶级大家庭的所属物，使身体成为个体的支配品。莫言的《红高粱》中，身体虽然还是与民族、国家相关，这种身体对民族的"献身"却更多地基于个体的自我选择，而不是意识形态的灌输。然而，随着消费社会的兴起，身体也逐渐成为消费品。《我爱美元》与《上海宝贝》中，"快感本位"成为新的信念。这种对消费身体或身体的消费主义化，无疑凸显商业社会中身体伦理的最新景象。

西方小说的故事同样折射出伦理身体的演变历程。《汤姆·琼斯》结尾弃儿汤姆因其是贵族私生子而发生的身份大逆转，无疑凸显封建时代贵

---

① ［英］特里·伊格尔顿：《当代西方文学理论》，王逢振译，中国社会科学出版社1988年版，第235页。

② 鲁迅：《鲁迅全集》第2卷，人民文学出版社2005年版，第112页。

族血统的重要性。《红与黑》中于连试图变成贵族身份的功败垂成，则透露出过渡时期的信息。到了《呼啸山庄》，身体的特征不再由血统判定，而是由财富判定。原来的弃儿希思克利夫成了主人，而原来的贵族哈里顿则成了奴仆；然而，身体的归属却依旧存在着伦理化倾向，家长对身体的控制依旧具有主导地位。而到了《简·爱》《傲慢与偏见》中，身体的法权化则成为主导，个体对自己的身体具有了支配权，尽管在这种法权化趋向背后，依旧可以看到传统的影子。不过，这种身体的法权化在一定程度上只是一种人文主义的神话。《变形记》在一定程度上颠覆了一种神话，那就是在没有足够的经济支持的情况下，所谓的身体自主，依旧是一个可望而不可即的梦想。由于资本对身体的异化与挤压，西方也出现了身体的反抗。《北回归线》等作品，试图通过对身体感受的凸显实现身体的还原。而在其背后同样潜含着一种理想：对身体属己性的肯定与张扬。他们试图以自己的方式，重构一种身体的神话。

如果说身体总是处于一定的政治权力与伦理权力之中，并且与政治—伦理形成了一定的互动关系的话，那么在经济领域，身体则显得更为被动。身体的生产与再生产是人类社会得以承续的基础。但身体在这一过程中，却没有主体性与主动性可言。在经济领域，身体几乎是一种全然的工具。在这种对身体的工具化利用中，也出现了性别的分野。

女性身体的使用价值通常以性买卖的方式出现，从冯梦龙的《杜十娘怒沉百宝箱》到韩邦庆的《海上花列传》再到苏童的《妻妾成群》，从小仲马的《茶花女》到陀思妥耶夫斯基的《罪与罚》再到杜拉斯的《情人》，尽管这些性买卖在封建时代与资本时代所折射出的经济关系以及社会关系并不相同，在这种关系中女性身体沦为一种工具化存在却是不争的事实。

而男性（工人）身体的使用价值的凸显，则与资本主义的兴起有着直接因果关系。笛福的《鲁滨孙漂流记》无意中写出了身体在资本主义社会的双重性。一方面，鲁滨孙的身体凸显了身体巨大的创造能力与经济价值，由此也使个体得以独立自主。然而，星期五的身体却使得人看到了所谓个体独立的背后一面，即对他人的控制与奴役。鲁滨孙与星期五似乎预示着现代社会中的身体分裂与对立。斯托夫人的《汤姆大伯的小屋》续写了星期五的命运。而卡夫卡的《变形记》则解构了鲁滨孙的神话。在没有星期五存在的情况下，身体越被视为财富之源，身体就越来越对立于人类自身。在这种工具化的存在中，劳动意味着人"自身的丧失"。卡夫卡的《变形记》可以说是马克思异化理论的一种文学注解。"人（工人）只有在运用自己的动物机能——吃、喝、生殖，至多还有居住、修饰等等——的时候，才觉得自己在自由活动，而在运用人的机能的时候，觉得自己只不过是动物。"[1] 格力高尔变成甲虫，这一表现主义情节，从深层揭示了身体在资本主义社会的困境：尽管他还拥有人的思维、人的理想，还能够运用甚至更好地运用"人的机能"，然而，只要他的身体的有用性一丧失，马上就会被社会以及家庭抛弃。

这种对身体的使用价值的注重，随着西方思潮的涌入，也出现在中国文学作品中。《骆驼祥子》中的"'经济人'祥子知道怎样照看自己的身体，也晓得如何把身体投资到自己的梦想中"[2]。这种对身体使用价值的自我设计或社会设计，在社会主义时期得到了改造与发展。孙犁的《山里的春天》无意中凸显身体资源的补偿对社会稳定的重要性，柳青的《创业史》更是将身体资源作为创业的基石。梁生宝带人进山割竹收获了创社的基本资金，而随后的劳动力互补，更是创社的原则与理想目标。周立波《山乡巨变》中，身体的组织化运用，更成为集体生产对个体生产的一种优势的显现。与此同时，女性身体也由于其劳动有效性而获得了一定程度的社会平等。

一个时代身体的形态，不仅与政治、伦理、经济有关，而且与知识体系有关。知识从更为内在的角度对身体进行规训。

鲁迅在《魏晋风度及其文章与药及酒之关系》中就谈到了魏晋风度与当时的知识形态的关系。在魏晋的审美化身体背后，起支撑作用的实际上是一整套关于身体的知识。因为相信服用"五石散"能转弱为强，很多人也就跟风服用这样的毒药，由此也出现了《世说新语》中如此之多的特立独行之辈。这种以道教学说为基础的关于身体修炼的"知识"体系，在中国整个传统叙事中总是若隐若现。《东游记》等神魔小说，无疑是道教思想的一种大展示，而《西游记》这类游戏之作，同样有着道教身体观的深远影响。至于从《金瓶梅》到《红楼梦》之类的世情小说，

---

① ［德］马克思：《1844年经济学哲学手稿》，人民出版社2000年版，第55页。

② 刘禾：《跨语际实践——文学》，宋伟杰等译，《民族文化与被译介的现代性（中国，1900—1937）》，生活·读书·新知三联书店2002年版，第166页。

背后同样有着道教身体"知识"的潜在支配。

这种身体观到了近代，有了一次明显的转型。尤其是从五四开始的唯科学主义，使身体也成为现代科学的寄主。以鲁迅为代表的现代作家，在小说叙事中也不忘将矛头对准传统关于身体的迷信意识。无论是鲁迅的《药》《明天》，还是郁达夫的《沉沦》，郭沫若的《落叶》，都试图明确地用科学去阐释身体。由此促成了现代小说的唯科学倾向。

这种倾向到 20 世纪 80 年代，随着寻根文学的兴起，出现了一次反拨，身体重新变得神秘。此后虽然寻根文学退潮，但受拉美魔幻现实主义的影响而追求神秘的倾向一直保存了下来。从陈忠实的《白鹿原》、阿来的《尘埃落定》到贾平凹的《秦腔》、迟子建的《额尔古纳河右岸》，身体的神秘化已经成为增加小说魅力的一种重要手段。

与中国叙事漫长的身体神秘化传统相对照，西方叙事中的身体则与近代科学的兴起密切相关，从而对小说故事中的身体阐释产生了巨大的影响。拉伯雷《巨人传》与斯威夫特的《格列佛游记》中的巨人与矮人虽然荒诞不经，却没有半点神秘色彩，巨人与矮人不过是人的人格大小的一种隐喻与转换。而以左拉为代表的自然主义的身体描写，更是受到科学的直接影响。意识流小说也与心理学的发展一脉相承。而拉美的魔幻现实主义无疑是对身体的科学化的一种反拨，关于身体的神秘想象成为小说叙事的主题之一。

无论是身体的神秘化还是身体的科学化，小说故事中的身体，与一个时代一个民族的知识体系存在着千丝万缕的关系。

小说叙事中文化身体的民族差异性与时代差异性，其深层制约因素实际上是不同时代不同民族关于人的理解的差异性，因此，这一模仿性身体实际上负有主题功能。这一文化身体，折射着"人"的历史。

二　叙事—文本层面：身体作为叙事符号及其结构功能

在故事层面，模仿性身体与现实生活中的身体一样具有多重意味。然而，由故事层面的文化符号转换为叙事层面的叙事符号，却必须经过符号的"再符号化"。布鲁克斯将这种"再符号化"视为"身体符号学"的首要任务："给身体打上意义的标记，使它进入符号学化的过程，这是我所考察的所有文本的中心议题。"① 尽管身体的存在对于人物存在的意义是一个不言自明的问题，但小说讲述身体的什么方面，以及如何叙述身体，则是一个非常重要的符号学问题。在这种对身体的选择性表述中，可以看到不同时代对于身体"再符号化"的差异。

在叙事—文本层面，身体作为重要的叙事符号，具有重要的结构功能。一方面，身体的种种标记，不仅可以作为人物识别的"指号"，充当叙事的线索，而且可以赋予身体"意义"；另一方面，身体与身体及其他事物之间的冲突，通常是故事发展的基本动力。

如卡勒所言，叙事必须依赖一定的成规，才可能得以展开。而身体这一"似乎直接来自世界的结构"② 正是叙事得以展开的前提成规之一。身体标志无疑是小说叙事人物具象化与个性化的基本手段，由此，使得小说人物能够展开活动。这种标记在不同叙事中可能有详有略。然而，哪怕就是在最简单的叙事中，都必然包含着某种关于身体的叙事成规。简单的人称标记"他"或"她"已经潜含着丰富的叙事成规：关于性别以及年龄等身体信息，以及由此附带的文化信息。白小易的微型小说《客厅里的爆炸》中只有三个人物：主人、客人、客人的女儿。作者基本上没有对人物进行任何肖像描写。然而，这一故事的发生却不可能离开人称背后的身体信息与文化信息：10 岁的女儿，少不更事，才会有那样的提问；女孩的父亲，自然具有较丰富的人生阅历；主人李叔叔，一个比较豁达的男性。（试想一下，如果此事发生在两个注重实利的女性中，是否会有这样的结果。）这种潜藏在故事背后的身体成规，成为叙事的基本前提。

身体标志不仅是人物具象化的前提，同时也是人物性格化的重要手段。《水浒传》《三国演义》中的人物，几乎都有着外在的身体特征将其与其他人物区分开来。黑旋风李逵、赤膊许褚等，几百年来一直是人们调侃的资料。这种身体标志，虽然在不同的读者中可能会唤起不同的想象与重构，但"泪光点点，娇喘微微"的林黛玉始终与体态丰腴的薛宝钗不同；赤面关公与黑脸张飞不同；及时雨宋江与黑旋风李逵不同；堂·吉诃

① ［美］彼得·布鲁克斯：《身体活：现代叙述中的欲望对象》，朱生坚译，新星出版社 2005 年版，第 105 页。

② ［美］乔纳森·卡勒：《结构主义诗学》，盛宁译，中国社会科学出版社 1991 年版，第 211 页。

德与桑丘·潘萨不同。更重要的是，这种身体的外在标志同时也是一种性格标志，甚至身份标志。尧眉舜目，刘备的"两耳垂肩，双手过膝"等，更是与人物的天生异禀及非凡命运直接相关。

这种身体标记不仅可以标示人物，而且可以构成叙事的线索。小说叙事中的众多伏笔通常都与身体标志有关。《三国演义》中的魏延谋反，虽然发生在诸葛亮死后，但早在魏延向刘备献城的时候，诸葛亮就根据其后脑的"反骨"断定他会谋反。《水浒传》中，众多素昧平生的英雄人物，因种种身体标识而认出对方，由此成为情节发展的纽结。《孽海花》中傅彩云的颈中红线，成就了傅彩云与金雯青的再世姻缘。《创业史》中刘淑良长满老茧的大手，与《故里三陈》中陈小手的小手，粗细不同，性别各异，但在故事中都充当着重要的结构线索。雨果的《巴黎圣母院》对身体的线索功能，无疑发挥到了极致。夸张的身体对比、巧合的身体细节，使小说构成一个严密的统一体。爱斯梅拉达与其母亲得以相认，凭借的就是绣花鞋以及脖子上的小黑痣。而最后人们得以辨认加西莫多的遗体，同样只能根据身体标志。

身体不仅可以以其在场成为叙事线索，同样可能以其缺席成为叙事线索。梅尔维尔的《白鲸》中埃哈伯船长被白鲸莫比·迪克咬掉的大腿，在故事中一直是一种"缺席的在场"，构成小说叙事的矛盾焦点以及主要线索。马尔克斯的《百年孤独》中长猪尾巴的小孩，尽管到小说结尾才出场，但其作为一种梦魇在小说最开始就已经存在，笼罩着整个故事。

尽管身体标志总会在叙事中或隐或现地出现，并承当一种叙事线索，但不同时期对身体指号功能的关注，却有着明显差异，由此也可以看出小说叙事的演变轨迹。整体上看，从古典主义、现实主义到现代主义、后现代主义，越到后来，身体信息越趋于简单、抽象，而这一趋向无疑与不同时期对于人的理解与认识密切相关。古典时期，从《三国演义》到《西游记》，从《巨人传》到《堂吉诃德》，都对身体有着比较详尽的描写。但这种描写无疑有着模式化的倾向。现实主义的兴起，使身体描写也由模式化向性格化转型。《高老头》与《孔乙己》无疑代表了现实主义身体描写的新趋向。现代主义无疑更关注非理性的心灵世界，因此，身体的重要性似乎有所下降，然而，在现代主义那里，身体的变形同样承担了重要的符号功能，《变形记》与《一九八六年》中的身体，同样承载着意识形态使命。后现代叙事中的身体更为弱化，《窥视者》与《红拂夜奔》中，身体几乎成为影子，但他们依旧必须利用身体是人物行动的前提这一叙事成规，在人物的面孔变得模糊不清的时候，更广泛地勾勒出了"人"的共性。也正是在这一层面上，后现代主义的人物依旧具有"典型"意味。

身体标志是人物具象化的前提以及个性化的重要手段，而身体本能与文化规训之间的永恒冲突，则可以说是叙事的基本动力。身体的生理生成与文化建构的双重性，实际上已经包含着一个命题，那就是试图冲破一切束缚的身体本能与试图将人纳入社会规范的文化在身体上的同时存在。这种并存也就导致了二者之间的永恒冲突。这种冲突可以说是潜在支持叙事的一种原始动力：具有多重文化意味的身体，在社会生活的各个层面的冲突中，都充当着直接或间接的制造者与承受者的角色。在社会政治生活层面，占主导地位的是个人身体与政治权力之间的冲突；在家庭生活层面，起主导作用的是身体属己性与现实伦理的冲突；而在情爱生活层面，则凸显身体原欲与人类文明之间的冲突。这些冲突形成各种叙事的情节动力。

在历代的"革命"叙事中，身体的本能需要无疑是造反的基本动力。从《水浒传》到《暴风骤雨》，从《李自成》到《斯巴达克斯》，"官逼民反"是历代造反叙事的基本情节结构，而背后隐含的无疑就是身体的基本欲望。如同谢觉哉所言，"革命就是为着吃饱穿暖，几曾见过面团团的富翁来干革命？"革命的原初动力无疑就是身体的基本欲望，这种欲望的满足不仅包括温饱，也包括性欲，"人不是饱暖就够了的，还有性欲，要求传种"①。然而，《阿Q正传》中"我要什么就是什么，我喜欢谁就是谁"② 这种利己主义"革命"心理，对革命却是一种严重的腐蚀剂。因为革命虽然以身体欲望的满足为动力，但这种身体欲望的满足，并不与革命者自身形成对应，而是与阶级整体对应。就革命者自身而言，要求的是"献身"，而不是"娱身"。因此，《牛虻》《母亲》等作品才成为真正的"革命"叙事的主流。由此，革命叙事中也就潜含着多重悖论：它以身体的属己性为前提（从传统家族伦理中解放出来，才有可能加入革命队伍），却又以身体的属他性为归宿（革命要求革命者的献身精神）；它以个体的身体激情为动力（为了满足个体欲望），却又以集体的身体规训为旨归（服从组织需要）；它以个人的身体解放为起点，却又以阶级的身体

---

① 焕南（谢觉哉）：《炉边闲话·九》，《解放日报》1942年3月22日。
② 鲁迅：《鲁迅全集》第1卷，人民文学出版社2005年版，第539页。

安定为目标。正是这些关于身体的悖论，构成了政治与革命叙事的深层动力。

而在维护现存秩序的政治叙事中，身体无疑要驯服得多。肯定了"献身"的合理性之后，身体被标上了"忠臣""烈士""英雄"等徽号，天下也便由此变得太平。在这里，身体成为一种意识形态标示。所谓"良臣择主而事"或"学成文武艺，卖与帝王家"，身体因为被降格为一种工具性存在，而与意识形态显得和谐。在这样的小说叙事中，献"身"的过程取代了身体本身，获得了首要地位。无论是《三国演义》还是《战争与和平》，身体被如何打上英雄的标记，成为叙事的主要动力之一。

而在伦理叙事中，身体与现实伦理规范的冲突显得更为深远持久。身体属己性与属他性之间的冲突，构成了伦理叙事的深层动力。在宗法社会，个体的身体并不属于个体自身，而是从属于家庭或血统存在。尽管由于作者的时代局限，不可能提出超出时代局限的命题，但在有意无意间，透出了身体的永恒悖论。《乔太守乱点鸳鸯谱》与《汤姆·琼斯》，虽然主人公的命运具有极大的偶然性，但身体的主宰与归属却是决定命运的关键因素。

在现代法权化身体的形成过程中，身体的自主性与宗法伦理的冲突成为主要命题。这种身体的属己性与传统的家族伦理之间的博弈，成为伦理叙事的主要动力。巴金"激流三部曲"中觉民与觉新对自己身体归属的认识差异，体现了二者的性格差异，最后甚至导致生与死的命运差异。张爱玲《金锁记》中的曹七巧，身受长辈的包办之害，但在她自己成为长辈之后又不遗余力地戕害自己的孩子，由此凸显传统家族伦理的强大惯性。陈忠实《白鹿原》中白嘉轩的开明与专制的双重性，无疑折射出世纪末对传统家族伦理进行反思时的两难。司汤达《红与黑》以及巴尔扎克的《高老头》中的双重性，也折射凸显现代身体转型的两难。

至于情爱叙事与身体的关系，则更为直接。身体是人类情爱生活的基点，这不仅因为身体自身的欲望是情爱发生的原初动力，而且，因为身体之间的交往是情爱发展与转变的重要原因。从丁玲的《莎菲女士的日记》到沈从文的《画虹录》再到卫慧的《上海宝贝》，从小仲马的《茶花女》到杜拉斯的《情人》，性与爱的冲突及两难始终是情爱叙事的基本动力。

不同时代、不同作家对于身体有着不同的关注点，使得身体在小说结构中起作用的重心并不相同。传统小说精雕细刻的人物与后现代小说面目模糊的人物，神话叙事中的身体与写实叙事中的身体，其发挥结构功能的侧重点与方式不一样。这种叙事层面身体结构功能的演变，同样折射出小说叙事文本组织技巧的发展演变历程。

三 叙述—修辞层面：身体作为修辞符号及其美学功能

无论是作为叙事线索还是叙事动力，身体在叙事中的结构作用不容忽视。然而身体的哪些标识将进入叙事，不仅是一种结构选择，更是一种修辞选择。在叙述层面，叙事者对于身体的描述，必然包含着一定的叙事目的与美学目的。小说叙事中总潜含着对身体的某种修辞，尽管这种修辞常常被读者甚至作者忽视。身体这一重要的能指，"永远具有隐含的所指"[1]。虽然不同时代运用不同创作方法的作家，由于他们对于身体的理解与把握不同，因此，他们在对隐含作者—叙述者—人物—受述者—隐含读者与身体之间关系的宏观修辞调控方面，必然表现出较大差异；但作者对"欲—情—理"的态度与距离的调节，却始终潜含在小说叙事之中。这种宏观修辞调控，影响了小说的修辞效果。至于小说对身体的微观修辞，则可以从身体与空间的关系进行梳理。作者对不同空间中身体的关注，制约了小说叙事对身体的理解，同时也制约了小说叙事对身体进行修辞的方式。

"身体的存在必然包含空间的相对存在"[2]，人总是在一定空间中存在的，因此，"身体的存在深受到空间区隔的影响"[3]。然而，"我们周围的身体以及我们与它们的关系总是社会化的具体的东西"[4]，现代社会学研究表明，"空间并不是一个中立、无关权力与知识运作、堆垒的场域。……空间是一种权力展现于外的过程和结果，是一种知识和论述生产

---

[1] ［法］罗兰-巴尔特：《符号学历险》，李幼蒸译，中国人民大学出版社 2008 年版，第118 页。

[2] 黄金麟：《历史、身体、国家——近代中国的身体形成（1895—1937）》，新星出版社2006 年版，第 194 页。

[3] 同上书，第 191 页。

[4] ［英］特里·伊格尔顿：《当代西方文学理论》，王逢振译，中国社会科学出版社 1988 年版，第 236 页。

的过程"①。医院、监狱、学校等空间自然带有知识与权力的影子，而家庭、卧室等空间同样也难以摆脱伦理道德规范的束缚。因此在不同的空间，身体有着不同的表现形态。在"身体的日常践行和活动与一些特定空间之间"② 存在着某种相对一致的对应关系。

这些身体存在的空间，大体可以区分出公共（仪式化）空间、日常空间以及私密空间。尽管身体从来就不会只存在于一种空间之中，而是不停地穿梭于各种空间，因此，仪式身体、日常身体与私密身体同时存在。然而，任何作者都不可能均等地书写不同空间中的身体。这种对于不同空间中身体的侧重，不仅反映出作者的叙事修辞意图，而且反映出作者的身体修辞策略。

仪式空间并不是一种单纯的物理空间，而是一种由仪式生产出来的空间。"空间的建构并不单单由地理位置、都市建筑和其他物理条件来决定，身体的集聚和展演，以及它所表现出来的威力，同样也可以对空间的建构与维护产生关键性的影响作用。"③ 也就是说，空间的性质不存在于其物理形态，而存在于空间与身体的关系。在私密空间中，由于特定的身体权力关系，可以迅速转换成仪式空间。《许三观卖血记》中的家庭批斗会，就将政治斗争延伸到家庭之中。《牛虻》中向神甫忏悔的私密空间，在特定的政治环境中，也成为政治空间。这种政治权力的扩张，使所有空间都有可能变成仪式空间。因此，所谓仪式空间即指承载着一定仪式的文化信息与公共权力的空间。在这一空间中，身体与空间之间的关系明显带有公共权力对身体的种种程式化规定。从上金銮殿的种种规矩，到排八仙桌座次的种种讲究，身体在仪式空间中，标示的不仅是个体自身，而是指向了个体背后隐含的权力。因此，对仪式空间中的身体的关注，必然带有意识形态意味。由此形成了身体—政治的隐喻修辞。

《世说新语》不仅是中国最早的一本身体美学教科书，而且，可以说是中国最早的一本关于身体政治的"教科书"。东床坦腹、扪虱而谈等故事潜含着一种身体的悖论：一方面是私密身体对仪式的抗拒；另一方面这

---

① 黄金麟：《历史、身体、国家——近代中国的身体形成（1895—1937）》，新星出版社2006年版，第190页。
② 同上书，第194—195页。
③ 同上书，第193页。

种抗拒反而带来了被仪式承认的结果。这种悖论无疑凸显身体美学与身体政治的冲突。而这种身体美学，在随后的古典叙事中，已逐渐淡化，而仪式化的政治身体，则越来越得到凸显。《三国演义》中的刘关张虽然号称君臣如兄弟，但在仪式空间中，从来就没有突破过传统君臣之大防。《水浒传》中宣称"四海之内皆兄弟"，却不妨碍英雄为了"排座次"而机关算尽、兄弟相残（林冲杀王伦、吴用陷晁盖、宋江防卢俊义）。

在这种仪式化空间中，身体的日常性与私密性被极大压缩。因此，无论《三国演义》还是《水浒传》，身体的社会性与公共性始终是作者关注的重点，而身体的私密性则付诸阙如。作者关注的是身体的社会效应，而不是身体的生理效应。这种对身体日常性与私密性的压缩，不仅体现在书写篇幅的挤压，更体现在意识形态对身体的生理性的收编与改造。《青春之歌》中，随着林道静思想上日渐向组织靠拢，她选择爱人的标准也逐渐向组织靠拢，最后更是以向组织"献身"的精神，将自己的身体献给了组织的代言人，政治观念的一致取代了爱情观念的一致，成为婚姻的基础，因此，私密空间也转换成仪式空间。在她的恋人江华因同居后没有多少时间陪她而感到内疚时，她反而教训起江华，他们应该将更多的时间放在事业上。身体由此直接成为意识形态的符号。

对仪式身体的强调，不仅可以强化意识形态，而且可以解构意识形态。在《巴黎圣母院》《双城记》等作品中，身体在私密空间与公共空间中的巨大反差，在凸显仪式空间对身体的异化及其顽强的控制力的同时，也对这种仪式背后的意识形态提出了强烈的控诉。克罗德神父不仅是悲剧的制造者，同时也是禁欲主义的牺牲品。在一定程度上，克罗德神父的私密身体对仪式身体的反抗，制造了爱斯梅拉达的悲剧，也导致了他自身的毁灭。而在巴黎公社的大审判中，身体的私密性或个体性已经全然让位给身体的公共性。达尔内与曼内特代表的都不是他们自身，而是整个阶级。因此，善良的达尔内必须为自己的家族承担罪责，而曼内特却不能撤回自己的指控。这种对身体的个体性的全然剥夺，无疑凸显作者对这一政治机器的判断与情感。

仪式化空间强调身体的公共性，由此凸显身体的意识形态意味。而身体更多地存在于日常生活空间中。在这一介于仪式化与私密化之间的日常化空间中，身体表现得更为随意，也更为真实，由此与主体的生成建构形成较直接的对应关系。如何看待日常生活中的身体，在一定程度上可以说是一个时代关于人的建构的基石。因此，对日常空间中的身体的关注，必然引发出对现实主体的关注，由此形成身体—主体的换喻修辞。

在中国传统叙事中，女性通常只是作为客体存在，不论这位女性是红粉知己（《虬髯客传》）还是红颜祸水（《长恨歌传》），她们都未曾获得独立的社会地位与文学地位。因此，她们更多表现为一种身体性存在。沈既济《任氏传》中的任氏的双重标准与矛盾行为从根本上显示出女性作为客体的地位：她一方面力保自己的贞洁；另一方面为了报自己没有受辱之"恩"而不惜为试图强暴自己的男性提供其他女性的身体。然而，无论是她的贞洁意识还是报恩意识，都没有表现出女性的主体意识。鲁迅的《祝福》以极为简略的叙述书写了中国千百年来女性的身体境遇。这种身体境遇无疑也是中国传统女性宗法身体的浓缩与折射。

相对于女性的身体化存在，男性在传统叙事中一直占据中心位置。而男性的主体化建构同样与身体直接相关。在中国传统的理欲之辩中，身体实际上是论争的基石。无论是从《搜神记》到《聊斋志异》一脉的神神鬼鬼，还是从《任氏传》到《金瓶梅》一脉的男男女女，只要男性动了"欲心"，就可能成为妖狐的"猎物"；而以"礼"相待，则可以得到善报。这种因果报应的情节结构，背后潜含着的实际上是理欲之辩的逻辑设置，即只有克制身体之欲望，才可能获得身体之善报，由此强化传统身体观，建构一时代之"人"之理想。要想实现"立人"的转型，同样需要"立身"的转型，中国现代文学的身体意识由此表现出鲜明的现代特色。①

西方文学对日常身体的书写同样凸显人的建构的理念。中世纪圣化的仪式身体背后潜含的是上帝意旨的无所不在与无所不能，文艺复兴后，普通人日常身体的出场也意味着"人"的价值获得了正视与尊重。《巨人传》与《格列佛游记》虽然人物、情节均荒诞不经，但所谓巨人或矮人，都不过是人格的换喻。身体之大凸显文艺复兴以后大写的人的一种具象化。而身体之小自然也就成为人格上的卑微的具象化。正是这种巨人，凸显西方文艺复兴时期对主体的自信。同时，女性作家的出现，也使女性身体在一定程度上获得了平等对待与平等书写。奥斯汀的《傲慢与偏见》与勃朗特的《简·爱》中的伊丽莎白与简·爱以对自己身体的自主支配，

---

① 参见黄晓华《现代人建构的身体维度——中国现代文学身体意识论》，中国社会科学出版社 2008 年版。

获得了与男性平等的地位以及男性的尊重，由此，凸显身体自主对于人格独立的重要作用。

这种大写的"身体"与平等的"身体"在中国新时期小说叙事中也得到了回应。张贤亮的《绿化树》与莫言的《红高粱》等小说中雄强野性的身体，无疑也与主体神话遥相呼应。

然而，一旦身体面临生存压力，所谓主体神话也就岌岌可危。卡夫卡的《变形记》中身体的变形也就喻示着主体神话的破灭。在这一情境中，个体的价值由其使用价值确定，而身体的价值却并不是个体所能决定的，更多的是由偶然决定的。从《烦恼人生》中疲惫的身体，到底层叙事中无奈的身体，身体的自主权的丧失，也暗示着个体的主体性的丧失。

作为人类最强大的本能，性一直是人类文明严加控制的对象，始终与权力的运作密切相关。然而，这种社会对性的严密控制，从反面凸显性的巨大解构力量。如福柯所指出的，权力对于性并不是简单单向的压抑，而是具有压抑与解放的双重性，权力一方面控制性快感，另一方面"权力是作为一种召唤的机制发挥作用的，它吸引、取出它所关注的这些稀奇古怪的东西"①，发明一种"有关快感真相的快感"②，从而激发性话语的生产。人类文明关于性经验的"话语生产"③以及由话语节制的各种沉默的演变史，勾勒出人类的"性经验史"。然而，尽管性话语可以进入公共领域，但性行为本身始终难以进入公共空间。在某种程度上，关于性行为的"羞耻感"是构建人类文明乃至人类自身的一块重要基石。这种私密空间中的性行为与试图进入公共空间中的性话语之间的矛盾，使得小说（公共言说）对性（私密空间）的叙述始终具有一定程度的悖论性质，由此也产生人类文明史上的种种禁书。从李渔的《肉蒲团》到萨德的《闺房哲学》，尽管李渔的因果报应与劝惩意图与萨德的无神论与唯乐原则相距甚远，但二者对性行为的露骨的书写以及性行为相对于人的支配性地位的重视，却遥相呼应，成为人类文明史上的一个异数。兰陵笑笑生的《金瓶梅》、劳伦斯的《查泰莱夫人的情人》、米勒的《北回归线》、乔伊斯的《尤利西斯》等作品虽然一再被"正名"，但小说对性行为的公开描写，

---

① ［法］米歇尔·福柯：《性经验史》，余碧平译，上海人民出版社2002年版，第33页。
② 同上书，第53页。
③ 同上书，第10页。

似乎总是社会的大忌。

正是注意到身体—性中潜含的巨大能量，西方女性主义提倡"身体写作"，试图以"身体—性"颠覆主要由男性构建的社会秩序、文化秩序以及话语等级秩序，女性的身体与性由此成为一种解构符号。从西苏到陈染，女性身体获得了极大的关注。然而，尽管她们试图解构男性的宏大叙事，而她们自身的出发点却依旧是宏大叙事的思路，试图由此凸显女性的主体地位。

而在后现代消费语境中，身体被抽空成一种单一的感觉载体。在这种消费语境中，人类的主体性神话破灭，人们发现人在庞大的社会机器面前，根本就没有所谓的主体性，而只是一个被动的构成物。在宏大叙事与宏大命题被解构后，只剩下身体的碎片可以让人感觉到自身还是真实的存在。一旦主体性的"人"成为神话，物质性的"人"必然成为中心，因为这是无可解构的存在。由此，生理性的身体获得了重新评价，性成为人存在的无可解构的基石。因此，私密身体不仅成为言说的中心，而且被压缩成消费的碎片。无论是性行为还是性话语，都成为消费品。前者是对感觉的消费，一次性的性快感取代所谓的"羞耻感"成为人的本体感受，后者则是对读者的消费，阅读的意淫快感取代审美快感成为阅读的本体感受。从卫慧的《上海宝贝》到木子美的《遗情书》，没有最暴露，只有更暴露；没有不敢讲的，只有不会讲的（由于表达能力问题而讲不出来的），去深度的后现代思维模式，在后现代关于性的消费叙事中，得到了最鲜明的表现。

无论是试图以性去解构文化、解构男权，还是解构人性，这种对私密空间中的身体的关注，无疑都存在一种凸显性本能的倾向，甚至将性视为人的本体性的存在，由此，形成私密空间身体叙事的身体—性的提喻修辞。

然而，性与文明的张力结构也只存在于文明的压力之中。一旦失去了文明的压力，性的膨胀最后也只能有一个结果，那就是泡沫的破裂。同时，正如身体不可能只存在于私密空间中，关于人性的定义也不可能仅仅由性进行界定。因此，尽管身体—性的提喻修辞对人类文明产生了巨大冲击，但其激情与能量也会因张力结构的消解而迅速消散。《遗情书》从洛阳纸贵到无人问津的转化过程之迅速，无疑预示了消费时代的消费身体话语的某种命运。

身体修辞不仅与空间有关，而且与作者的叙述姿态有关。就作者的叙述姿态而言，大体存在三种类型，即政治化写作、社会化写作与个人化写作。政治化写作与主流意识形态直接相关，社会化写作与作者的使命意识直接相关，个人化写作则与作者的个人意愿以及利益直接相关。在一定程度上，这三种叙述姿态与三种空间形成了一定的对应关系。政治化写作与仪式空间对应，社会化写作与日常空间对应，个人化写作与私密空间对应。如高尔基、周立波、丁玲、杨沫等人的政治叙事对仪式身体的强调，巴尔扎克、张贤亮、莫言、张承志等人的社会叙事对日常身体的关注，以及西苏、陈染、卫慧等人的私人叙事对私密身体的凸显。这种对应构成了身体隐喻、换喻、提喻修辞的典型形态。

而当作者的叙述姿态与身体空间之间出现错位时，也就出现了身体的反讽修辞。这种反讽增强了身体的张力，暴露出身体的内在悖论。余华在《许三观卖血记》中，将仪式化的批斗场景移到了家庭这一日常生活空间中，这种位移不仅透露出政治对日常空间的改造，同时也可以看到日常空间对政治的解构。与杨沫《青春之歌》中林道静对江华的安慰不同，许三观对儿子的教训，展示了政治对日常生活收编的失败，由此凸显日常身体的不可规约性。王朔在《千万别把我当人》中，以个人化姿态对仪式空间中的仪式身体的戏拟，具有巨大的解构力量。而昆德拉从《玩笑》到《不能承受的生命之轻》对身体的书写，揭示出身体对历史与意识形态的跨越。在《玩笑》中，私密空间的政治化，导致了身体的悲剧，而随后则是政治空间的日常化，则使得身体的受难也成为一种玩笑，身体成为一种荒谬的载体。而《不能承受的生命之轻》则揭示出另一个极端。私密身体的张扬，同样带来了生命本身的难以承受的"轻"。在生命的重与轻背后，隐含着身体的重（政治化）与轻（私密化）的悖论。

小说作者对隐喻、换喻、提喻以及反讽等具体修辞手法的运用，表现出明显的时代与民族差异性。在这些差异性背后，潜含着一个时代的叙事成规与受众的审美趣味，甚至一个民族深层的思维结构与价值体系。

如陶东风先生所言："身体问题在学术后台一跃进入前台，这其中有深刻的社会文化原因，而后现代主义与消费文化的兴起则是最重要的原因。可以略为夸张地说，消费社会中的文化就是身体文化，消费文化中的经济是身体经济，而消费社会中的美学是身体美学。"[①] "身体叙事" 无疑

---

① 陶东风：《消费文化语境中的身体研究热》，《当代文坛》2007 年第 5 期。

也与消费文化直接相关。然而，文学的身体研究，却不应也不能仅仅是步身体哲学研究或身体社会学之后尘，不能仅用身体哲学的观点或身体社会学的观点去阐释文学作品，或以文学作品作为身体哲学与身体社会学的注脚，而应关注文学自身的独特性。而这种文学身体学的独特性首先就在于，文学中的身体是身体这一社会符号的再符号化，其不仅有着社会符号的功能，更有着文学符号的功能。

在这一历史文化语境中，身体符号学的提出具有重要意义。

首先，身体符号学可以矫正当下文学研究中身体研究的某些偏颇之处。身体符号学关注文学中身体符号的多层次性，一方面避免将文学中的身体符号等同于现实中的身体符号的倾向；另一方面则避免了将小说叙事中各个层面的身体混为一谈的弊端，沟通身体研究的文化研究与文学研究，使文学回归文学。

其次，身体符号学的提出，也为重新审视小说史与小说文本提供了一种新的方法。故事层面的模仿性身体，具有重要的史学价值，从这种史学解读可以看到不同时代文化身体的演变。叙事层面的结构性身体，具有重要的结构价值，由此可以考察小说文本的逻辑脉络，同时可以从不同时代不同表现手法对于身体的选择性表述，考察文学思潮的演变。叙述层面的修辞性身体，具有重要的审美价值。对身体采用不同的修辞策略可以获得不同的审美效果。根据修辞手法与修辞目的之间的契合度、创新性以及多义性（张力）等价值命题，可以对具体的修辞策略进行审美价值判断，分析其对叙事风格与叙事效果的影响。

再次，身体符号学的提出，为作为"人学"的"文学"提供了一种新的观照角度，具有重要的伦理价值。"文学是人学"，任何时代的小说叙事都潜含着对"人"的理解以及"立人"的理想。小说叙事的身体符号学研究，可以更准确地把握各时代小说叙事对身体与心灵关系的理解。

最后，身体符号学对符号学本身也是一种拓展与完善。当人类将所有的文化行为都视为符号行为时，身体的符号性却没有得到充分的关注与研究，小说叙事对身体符号的再符号化更是少有注意。因此，小说叙事的身体符号学对于符号学的发展也有一定的启示作用。

原载《湖北大学学报》（哲学社会科学版）2012 年第 2 期

"看—被看"暴力结构的解构与颠覆

——论中国现当代文学中的示众母题

　　作为人类认识与把握世界的最基本的手段，看不仅是一种生理行为，更是一种文化行为。无论是在个体的成长过程还是人类的发展过程中，看都起到了重要的作用。如马克思所言："眼睛成为人的眼睛，正像眼睛的对象成为社会的、人的、由人并为人创造出来的对象一样。因此，感觉在自己的实践中直接成为理论家。"① 个体与人类意识的发展，不仅体现于客观世界的改变，而且更深刻地体现于观看世界方式的改变。作为人类最普通的一种境遇，被看更是一个社会化的过程。个体的发展过程，始终处于他人目光的注视下，不论是顺从还是反抗，他人的目光都在我们身上打下了或深或浅的烙印。而一个时代对被看的理解，更是体现出一种时代氛围、一种社会心理。

　　作为典型的看—被看结构，示众最大限度地激起观众看的热情，也最大限度地激起被示众者的被看意识。在示众所构成的看—被看结构中，不仅包含着日常生活中看的意向性与被看的自觉性，同时由于政权的介入，从而有着更为丰富的政治、文化与心理内涵。由政权主导制造的示众中的看—被看，有着双重暴力特征。它不仅有着政权对被看者与看者的暴力，而且有着看者对被看者的看的暴力。由于对这一暴力特征的敏感，中国现当代作家对这一现象表现出特殊的关注。从五四文学对示众的戏剧结构的解构，到解放区文学对示众的权力结构的颠覆，再到新时期文学对示众的价值结构的重建，中国现当代作家从不同向度揭示了示众的政治—文化内

---

　　① ［德］马克思：《1844 年经济学哲学手稿》，中共中央马克思恩格斯列宁斯大林著作编译局译，人民出版社 2000 年版，第 86 页。

涵，解构了示众中看—被看的暴力结构。

一　示众—戏剧：看客的批判

中国新文学从诞生开始，就与示众有着不解之缘。1906 年，鲁迅在日本看到一张砍头示众的幻灯片，由此意识到 "凡是愚弱的国民，即使体格如何健全，如何茁壮，也只能做毫无意义的示众的材料和看客"①。从那时起，示众就成为鲁迅一个挥之不去的梦魇，在他的意识中一再出现。正是由示众的 "看—被看" 反观民族群体心态，鲁迅展开了对看客的批判，由此深化国民性批判主题。"群众，尤其是中国的，永远是戏剧的看客。牺牲上场，如果显得慷慨，他们就看了悲壮剧；如果显得觳觫，他们就看了滑稽剧。"② 在这里，鲁迅揭示了一个极为深刻的看的意向性转化过程。作为现实生活中两种最为典型的看—被看结构—示众与戏剧，虽然有着相似的外在结构与显在目的，实际上有着本质的不同：示众是一个现实权力的运作过程，当局将某人拉出来示众，包含着对观众的现实威胁；而看戏则是一个审美的过程，观众与戏剧始终存在距离。国人将示众当成了戏剧，消解了示众的威胁因素，使看客获得了一个安全的掩体，可以 "拿'残酷'做娱乐，拿'他人的苦'做赏玩，做慰安"③，从而怯弱而残忍地实现与政权的共谋。

为了解构这种将示众当成戏剧的看客意识，鲁迅笔下虽然描写了很多示众场景，但真正被示众的却是观众。从《药》中捏着脖子的鸭到《阿Q 正传》中 "又凶又怯" 的狼，鲁迅勾勒出了中国看客群体传神的剪影。而作为鲁迅笔下唯一一篇完全写示众的作品，《示众》不仅通过让看客扑空，实现了对看客的报复；而且通过看—被看的互动，揭示出示众的动力机制，解构看客将示众当成戏剧时的安全感，从而使看客们 "又凶又怯" 的本性得到更充分的暴露。示众的运作前提无疑就是 "看" 的暴力性。正是在看客 "看" 的逼视下，"罪犯" 才被构建起来。阿Q 由此顿悟出了

---

① 鲁迅：《自序》，《鲁迅全集》第 1 卷，人民文学出版社 2005 年版，第 439 页。
② 鲁迅：《娜拉走后怎样》，《鲁迅全集》第 1 卷，人民文学出版社 2005 年版，第 170 页。
③ 鲁迅：《暴君的臣民》，《鲁迅全集》第 1 卷，人民文学出版社 2005 年版，第 384 页。

观众的看的吃人本性,它们"似乎连成一气,已经在那里咬他的灵魂"①。看客正是通过这种"赏玩"成为"无主名无意识杀人团"② 中的一员,成为权力体系的共谋。然而,一旦看—被看的位置发生变化,这种看戏的安全感也就荡然无存。作为群体的看客可能很凶残,而作为个体的看客却极为怯弱。因此,胖小孩与胖大汉在看被示众的白背心时,也被白背心的眼光逼得局促不安。通过看者与被看者的位置置换,鲁迅不仅揭示了示众的暴力机制,解构了看客意识中虚幻的示众—戏剧同一结构,而且将看客拉出来进行示众。因此,《复仇》中裸者以"看者"的身份"鉴赏这路人们的干枯"③,而《复仇(其二)》中的耶稣"不肯喝那用没药调和的酒,要分明地玩味以色列人怎样对付他们的神之子,而且较永久地悲悯他们的前途,然而仇恨他们的现在"④。最后,通过消解示众的戏剧性场景,鲁迅让看客们"居然觉得干枯到失了生趣"⑤,从而实现了他对看客的复仇,以及对期待出现戏剧性场景的读者的复仇。

与鲁迅相似,沈从文对示众也情有独钟。在其笔下,有着许多如《黄昏》式的"超现实主义"般的砍头示众场景。如同许多研究者所指出的,沈从文没有鲁迅式的愤激,然而在《新与旧》中,沈从文流露出对示众与人性的关系的深层思考。青年杨金标自觉地将砍头示众当成一出演给神与人共同观看的戏。当他以"独传拐子刀法"赢得了围观者的喝彩后,必须逃到城隍庙去接受神与人联合进行的象征性惩罚。三十年后,成为看守城门老兵的杨金标,砍了犯人的头之后逃到城隍庙里,等待神与人的惩罚,却被当成疯子,差点被乱枪打死。在这一示众场景中,沈从文发现了示众与戏剧的错位。对戏剧的理解需要特殊的文化背景,而对示众的观看则可以是一种直接的"赏玩"。由能够欣赏并参与示众戏剧化过程的观众到纯粹"赏玩"示众的血腥与暴力的看客,沈从文揭示了人性与文化的堕落。沈从文在刽子手被象征性惩罚这一旧的仪式中,发现了内在的权力机制与文化内涵:"边疆僻地的统治,本由人神合作,必在合作情形下方能统治下去。……统治者必使市民得一印象,即是官家服务的刽子

① 鲁迅:《阿Q正传》,《鲁迅全集》第1卷,人民文学出版社2005年版,第552页。
② 鲁迅:《我之节烈观》,《鲁迅全集》第1卷,人民文学出版社2005年版,第129页。
③ 鲁迅:《复仇》,《鲁迅全集》第2卷,人民文学出版社2005年版,第177页。
④ 鲁迅:《复仇(其二)》,《鲁迅全集》第2卷,人民文学出版社2005年版,第178页。
⑤ 鲁迅:《复仇》,《鲁迅全集》第2卷,人民文学出版社2005年版,第177页。

手，杀人也有罪过，对死者负了点责任。然而这罪过却由神作证，用棍责可以禳除。"① 这种戏剧化的仪式不仅是一种权力的伪装，更是一种对神与生命的尊重。而新刑罚不再需要神的掩饰与合作，剩下的只是赤裸裸的暴力。这时，尽管杨金标还记得古老的仪式，但不再有协助他完成向神赎罪仪式的官府与观众，有的只是将他当成疯子的官兵与往他身上泼脏水驱邪的群众。他们不再对神负责，更不可能对其他人的生命负责。因此，神之死也就意味着人之死。在神已死去的时代，杨金标作为最后一个人，可以说的确是"痰迷心窍白日见鬼吓死的"②，而这鬼就是看客群体："你们就是一群鬼。还有什么鬼？"③ 在这个鬼影憧憧的世界，真正的人无法存活。

鲁迅在将示众当成戏剧的看客身上发现了"狼"性，沈从文则在不能理解示众的戏剧化意味的看客身上发现了"鬼"气。正是通过"看"的暴力，看客与政权形成一种合谋，将无辜者"看"成罪犯或"疯子"。要解构示众的暴力结构，首先就需要解构这种看客与政权的合谋。正是从这一角度出发，现代作家们将躲在看戏的安全感背后的看客拉了出来进行示众，从而解构看者意识中示众—戏剧的同一结构。王鲁彦的《柚子》、老舍的《骆驼祥子》等作品，延续并深化对看客的批判。王鲁彦的《柚子》对被示众者的命运有着沈从文的冷静与超然，但对观众的"热情"的描写却充满反讽。老舍《骆驼祥子》中枪毙阮明前的游街示众，几乎就是《阿Q正传》的再版，但老舍更明确地将观众拉出来示众："这些人的心中没有好歹，不懂得善恶，辨不清是非，他们死攥着一些礼教，愿被称为文明人，他们却爱看千刀万剐他们的同类，像小儿割宰一只小狗那么残忍与痛快。"④

二 示众—判决：权力的颠覆

鲁迅等在看客身上，发现了一种深层错位：意识与现实的错位。在现

---

① 沈从文：《新与旧》，《沈从文全集》第8卷，北岳文艺出版社2002年版，第290页。
② 同上书，第298页。
③ 同上。
④ 老舍：《骆驼祥子》，《老舍文集》第3卷，人民文学出版社1982年版，第222—223页。

实生活中，看者与被看者本来是同类，如魏金枝分析《示众》时早就指出的那样，"在示众这场面里，那些看客们，却为了无知，就真的不认得他们的同胞，他们的兄弟。……不知道他们原是同类，而且都是被害的一群"①。其他如夏瑜、阿 Q、阮明、《新与旧》中的被杀者，不是群众中普通的一员，就是试图为群众谋福祉的革命者（阮明也是因革命的罪名被杀）。但由于看客的"无知"，他们对被示众者不仅没有同情，反而成为压迫者的帮凶。出于对看客在无意识中与权力实现合谋、成为"无主名无意识杀人团"中一分子的清醒认识，鲁迅等进行釜底抽薪，解构示众中的戏剧性，将看客拉出来示众，不时猛喝一声："你们笑自己"②。

与鲁迅等批判"又凶又怯"看客的无知不同，解放区的作家致力于表现由无知到觉醒的民众的力量。这种力量正是通过对压迫者的示众得到体现与确认。在这种新型示众中，群众在新政权的支持下，不再是麻木的看客与被威胁的对象，而是行动的主体，以前的压迫者则成为被示众者。这种模式彻底颠覆了传统示众的权力结构，看者通过自己的行动，参与甚至主宰了示众的过程，由此凸显群众的主体性与力量。

在解放区土改文学中，工作组的到来—发动群众—挫折—批斗地主—新的动员（参军）成为一个模式，公审地主恶霸的示众是运动最重要的一环，它是运动的高潮，也是运动成功的标志。对压迫者的示众，彻底颠覆了传统权力结构：它不仅意味着传统的威权被解构；意味着新政权通过激励群众的阶级意识与参与意识，获得了稳固的群众基础；而且意味着人民的主体地位通过示众得到了肯定与确立。丁玲的《太阳照在桑干河上》、周立波的《暴风骤雨》与赵树理的《李家庄的变迁》等作品，非常真实而细致地刻画了乡土中国的农民们翻身的沉重历程。他们身上也有着鲁迅等人批判的麻木、自私、猥琐等劣根性，但经过阶级意识的启发，他们终于成为行动者，成为新政权的拥护者与保卫者。而这种阶级身份的确认，正是通过示众这一仪式，才得以实现与完成，新政权由此获得坚实的群众基础。《太阳照在桑干河上》中的批斗钱文贵，《暴风骤雨》中的枪

---

①　魏金枝：《读〈示众〉》，中国社会科学院文学研究所鲁迅研究室编《1913—1983 鲁迅研究学术论著资料汇编》第 4 卷，中国文联出版公司 1987 年版，第 75 页。

②　鲁迅：《答〈戏〉周刊编者信》，《鲁迅全集》第 6 卷，人民文学出版社 2005 年版，第 149 页。

决韩老六，《李家庄的变迁》中的公审李如珍，不仅是整个运动的高潮，而且是运动成功的标志。在这一新型示众场景中，群众的地位得以凸显，他们不仅是示众的观看者，而且是审判的决策者，甚至是判决的执行者。钱文贵被群众戴高帽下跪，并遭受群众的肉刑，最后是在张裕民的拼命保护下，才免除了被群众当场打死的命运。韩老六则在村民们的坚决要求下，被当场枪决。而公审李如珍时，群众干脆自己执行了对李如珍的死刑，将他活生生撕裂。

在特定的历史语境中，群众对压迫者的报复，有着历史必然性与历史合理性。只有通过对专政者的专政，人民才可能翻身成为社会的主人。然而，示众中观看者、决策者、执行者的混同，却也可能带来了严重的人性危机与社会危机。

经过五四思潮的丁玲，在《太阳照在桑干河上》中难能可贵地显出启蒙者的批判意识，深刻地认识到群众心理的阴暗面。农民的心理是，"要末不斗争，要斗就往死里斗。他们不愿经过法律的手续"①。她意识到群众怨恨的力量的强大，同时意识到这种力量的愚昧与可怕。在这种意识的指导下，文本没有渲染其他作品中经常出现的斗死人的场面，而是更着重对群众斗争的度的把握，显示出对法律与人权的珍重。周立波的《暴风骤雨》则肯定甚至鼓励群众的报复欲望。当韩老六跑了又被抓回的时候，全屯震动了。"报仇的火焰燃烧起来了，烧得冲天似的高，烧毁几千年来阻碍中国进步的封建，新的社会将从这火里产生，农民们成年溜辈的冤屈，是这场大火的柴火。"② 枪决韩老六终究经过了政府同意这一程序，赵树理的《李家庄的变迁》则完全由群众"越俎代庖"，在公审李如珍的大会上，否决了作为政府的代言人"县长"的决定，李如珍被参加示众的群众从台上拖下来活生生地撕裂。

土改文学中带有狂欢意味的示众，有着历史必然性与合理性，群众直接参与新社会的示众与审判是他们主体地位的展现，然而，赵树理等人指出了目的的合理性，却忽视了程序的合法性，似乎只有由被压迫群众对压迫者实行最直接的复仇，才是最彻底的公正。这种复仇的"合理性"，使

---

① 丁玲：《太阳照在桑干河上》，《丁玲文集》第 1 卷，湖南人民出版社 1983 年版，第 513 页。

② 周立波：《暴风骤雨》，《周立波文集》第 1 卷，上海文艺出版社 1981 年版，第 181 页。

人们忽略了"合理"背后的"合法",《长明灯》中构想的"大家一齐动手,分不出打第一下的是谁,后来什么事也没有"① 的场景,在文本中一再得到复制,在以后的现实中一再重现。

三 示众—展览:价值的重建

无论是鲁迅等人对看客的批判还是丁玲等对观众的重构,示众暴力的真正承受者的感受,却被作家们有意无意地忽视了。然而,只有当被示众者的感受被凸显时,示众的暴力本质才可能真正得到揭示。尤其是当观看者、审判者与执行者三种角色合一时,群众可以凭借数量和话语权上的优势,将常人看成疯子,将公民看成罪犯。这种示众的荒谬性只有从被看者的角度才可能得以呈现。新时期的作家正是从被看者的角度颠覆示众的价值结构,揭示示众本身的荒谬性,探讨解构示众暴力结构的可能。

在当代中国,曾经有一大段历史与示众联系在一起,土改文学中的示众场景在现实中一再被复制。老舍以自己的亲身经历验证了他对观众的断言,宗璞的《我是谁》则以梦魇般的语言描写了一个梦魇时代的一种梦魇体验。知识分子夫妻韦弥与孟文起两人在"文化大革命"中被剃成阴阳头示众,这个"耻辱的标记"② 使他们觉得失去了做"人"的尊严,选择了自杀来抗拒示众的暴力。宗璞描写了死,古华则描写了生。在秦癫子与胡玉音身上,古华发掘出对抗示众的民间真情与"性灵的火花"③。秦书田与同样经历多次"挨斗挨打、游街示众"的胡玉音的真诚相爱,使得他们渡过了生命难关。无论是宗璞描写的死,还是古华宣扬的生,都以被示众者的悲惨遭遇控诉那段历史,从而凸显权力与群众合谋制造的示众的荒谬与恐怖。在这种合谋面前,被示众者显得非常软弱无奈。作者更多地将悲剧的原因归结于社会与历史,没有更深入地切入示众的暴力机制本身。正是这一领域,后来者做出了更多的探索。他们从被示众者的主体意识出发,消解示众的看的暴力。

王小波的《黄金时代》与《芙蓉镇》一样,涉及爱情与示众。故事

---

① 鲁迅:《长明灯》,《鲁迅全集》第2卷,人民文学出版社2005年版,第65页。
② 宗璞:《我是谁》,《宗璞文集》第2卷,华艺出版社1996年版,第121页。
③ 古华:《芙蓉镇》,人民文学出版社1981年版,第151页。

以王二与陈清扬对"破鞋"的讨论开始，以承认"搞破鞋"结束。而"斗破鞋"的"斗争差"则是故事的高潮。通过示众，王小波探索了人性的本然对看的暴力的解构与颠覆。陈清扬将搞破鞋示众当成展览自己的美丽与清白无辜的平台。在她的无辜面前，倒是观众显出了他们的邪恶。在这里，王小波对示众中的价值结构进行了颠覆：当看者进行道德评判的时候，他们实际上并没有进行评判的资格。王小波由此解构示众的价值结构——不是看者而是被看者才是真正的价值评判者，进而解构示众的暴力结构。王小波曾深刻地指出看的暴力的根源，就在于他人的目光所形成的耻感："假如你不觉得有好多人在盯着你，耻感何来呢？"①示众的目的就是强制被看者产生耻感。然而，无论对个体还是对社会而言，耻感并不总是有利的。在《黄金时代》中，王小波正是以对耻感的拒绝实现对示众中看的暴力的消解。陈清扬的罪孽是一种人性的罪孽，她所做的只是顺应自己的天性，与人相爱，并享受性的快感。如果这种爱与性真的有罪的话，那么，其罪孽的承担者应该是上帝，而不是个人。因此，"虽然被人称做破鞋，但是她清白无辜"，"她对这罪恶一无所知"②，也对示众的惩罚意味一无所知。她以自己的清白无辜，拒绝了被看的耻感，也以自己的纯洁，展现了人性的本然。

陈清扬在示众台上展示了自己的清白无辜，以拒绝示众的道德审判；孙丙则在示众台展现了自己的英雄气概，以颠覆示众的政治威权。

2001年，莫言的《檀香刑》一书出版，马上吸引了广大读者与评论家的关注。在众声喧哗的评论中，大家似乎更多地关注了莫言的自然主义描写，而对小说中的示众结构有些视而不见。在这篇以示众为中心的小说中，莫言重构了一种看—被看的关系。其中不仅有着对鲁迅国民性批判主题的继承，更有着对传统示众威权的颠覆。孙丙以一种强烈而自觉的被看意识，解构了看的暴力，将自己写入了历史。在这一小说中，各种疹刑相继登场，示众中的看—被看的暴力结构得以集中体现。无可否认，莫言对示众的描写有着唯美主义与自然主义倾向，冲击着读者的感官神经与道德底线。然而，诚如米兰·昆德拉所言："说一个血淋淋的仪式具有一种

① 王小波、李银河：《生育与中国村落文化》，《王小波文集》第4卷，中国青年出版社1999年版，第265页。

② 王小波：《黄金时代》，《王小波文集》第1卷，中国青年出版社1999年版，第48页。

美，这便是丑闻，无法忍受，无法接受。然而，不理解这个丑闻，不去走
到这丑闻的尽头，对于人我们便理解不了什么"①。在这种血淋淋的示众
场景中，莫言揭示了人性的各种可能：美与丑、善与恶、高贵与卑微、懦
弱与雄强，多向度分析了看—被看的复杂性与深刻性。在小说中，莫言不
仅刻画了决策者与看客的残忍，同时刻画了一种新型的观众——由旁观者
转向行动者的观众。然而，这一切都以被示众者——孙丙为中心。正是通
过这一人物形象，莫言真正解构了示众的权力威吓。孙丙跳出阿Q与阮
明那种对空洞的演戏的拒绝，将示众作为一个展示自己的舞台，从而实现
对示众的双重解构：以艺术解构政治，以英雄气概解构权力恐吓。因此，
在朱八等人试图以偷梁换柱的方式营救他出去时，他自觉选择了留下来受
刑，"俺盼望着五丈高台上显威风，俺要让父老乡亲全觉醒，俺要让洋鬼
子胆战心又惊"②。他以刑台为戏台，唱一出猫腔的广陵绝响，以展现他
对统治者的蔑视。在他自觉的主体意识那里，示众不再是一种耻辱、一种
罪行，而是一项未竟的事业、一曲英雄的绝唱，从而彻底颠覆示众的威胁
机制。

　　沿着王小波与莫言的道路，2005年出版的余华的《兄弟》描写了一
种后现代的示众图景。《兄弟》浓墨重彩地描写了一个有深远意味的场
景：李光头在14岁时，因为在公共厕所偷看女人的屁股而被赵诗人与刘
作家押着游街示众。与王小波凸显被示众者的无辜形成鲜明对照，李光头
用以对抗示众的却是"我是流氓我怕谁"的无耻。他甚至发现了示众的
商业价值，他利用自己看过的屁股，换得了56碗三鲜面。在这一过程中，
偷窥导致示众，示众又激发偷窥，道德转换为暴力，最后又转换为利益。
正是利用看者的偷窥欲，被看者李光头获得了商业上的成功。在这一示众
描写中，莫言等人的道德意识与暴力机制让位于生活中的偷窥意识与商业
机制，人性理想让位于功利现实。这种对示众更彻底的颠覆，明显带有后
现代的影子，余华以一种戏谑的笔法揭示出时代的荒谬与人性的阴暗。

　　由政权—群众—个体构成的示众，其产生虽然涉及政权的暴力，但其
实现有赖于看的暴力。正是从这一角度出发，中国现当代作家将目光投向

---

　　① ［捷］米兰·昆德拉：《被背叛的遗嘱》，孟湄译，牛津大学出版社、上海人民出版社
1995年版，第85页。

　　② 莫言：《檀香刑》，作家出版社2001年版，第419页。

了示众中看—被看结构，深入分析了这一结构的文化与人性意味，并由此探索解构示众的暴力结构的可能途径。五四时期，鲁迅等人揭示出了看客"审美心态"背后的暴力本质。出于对看客意识的批判，鲁迅等解构了示众—戏剧同一的假象，将看客拉出来示众，由此，展开国民性批判。解放区文学则重构了一种新型的观众。受着几千年奴役的农民，通过新型示众实现了对传统示众权力模式的彻底颠覆。然而，这种参与者—决策者—执行者同一的示众模式，在颠覆了传统示众的权力结构的同时，也继承了传统示众的暴力倾向，从而包含着严重的社会危机与人性危机。新时期文学由对当代中国那段与示众密切相关的历史的反思，深入揭示了示众的暴力及其对人性的戕害。出于对人的关注，新时期文学将重心转移到作为个体的被示众者，颠覆群体界定的价值观，凸显作为个体的人的主体性与价值的不可抹杀，从根本上颠覆了示众的暴力威胁：当被示众者不再将示众作为一种惩罚而是作为一种自我展览时，示众还有什么意义呢？由鲁迅等解构示众的戏剧结构，到解放区文学颠覆示众的权力结构，再到新时期文学重构示众的价值结构，中国现当代作家从不同向度揭示了示众的政治—文化意义，解构了示众的暴力机制。

原载《海南大学学报》（人文社会科学版）2008 年第 5 期

革命与启蒙的互动与背离

——论解放区文学的婚恋书写

作为解放区的"新文化运动"与"新的启蒙运动"①的重要组成部分，解放区文学与五四文学在主题与精神内涵上有着一脉相承之处。前者不仅继承了后者的启蒙理想，而且将其推向了一个更深入更广泛的层面。"过去'五四'后的新文化运动，一般来说，还只在中国知识分子中尽了启蒙的作用，但今天我们就不只要在知识分子中进行启蒙运动，而且主要的是要在一般的人民中，特别是劳动人民中，农夫农妇中，进行启蒙运动。"②与青年命运直接相关的婚恋问题，是启蒙思想与传统礼教短兵相接的战场。它不仅包含着父子代际问题，而且包含着男女性别问题，集中体现了传统父权和夫权与个体自由的冲突。正是因为这一问题的重要性以及青年感受的真切性，使得五四启蒙文学中"描写男女恋爱的创作独多"③，占压倒优势。解放区的"新的启蒙运动"不仅继承了这一主题，而且凭借革命力量的介入，使这一理想在民间得以普及与实现，解放区文学也因此一改五四文学中的悲剧色调，充满欢快明朗的喜剧情调。

毫无疑问，在贫穷落后的解放区，传统思想的影响更为深远，反封建礼教的启蒙任务也更为艰巨。作为传统社会秩序的支柱，父权与夫权在农村占有很大势力。传统婚姻制度，以父权与夫权为依据，反过来又强化了父权与夫权。对它的改造，也就必然和父权与夫权意识短兵相接。婚恋自

---

① 刘少奇：《苏北文化协会的任务》，《中国解放区文学书系·文学运动·理论卷》第1册，重庆出版社1992年版，第63页。

② 同上。

③ 茅盾：《评四五六月的创作》，《茅盾全集》第18卷，人民文学出版社1989年版，第132页。

由，不仅是一种思想启蒙，更是一场社会革命，直接重构社会中的父辈与子辈、男人与女人的关系，以及人们对这种关系的认识。通过政治力量的介入，解放区超越了五四时期"婚恋自由"的启蒙理念，普及并实现了先驱者们鼓吹的理想。然而，在众多研究者关注解放区文学与政治的关系、关注知识分子由"化大众"到"大众化"的同时，对革命与启蒙之间关系的梳理却并没有深入。尽管众多研究者早已对李泽厚提出的"救亡压倒启蒙说"提出了质疑，但依旧在革命与救亡非此即彼的圈子里打转。通过对解放区文学中婚恋书写这一最具启蒙色彩的主题进行分析，可以清晰地看到革命与启蒙二者之间错综复杂的关系。在革命向民间渗透的过程中，革命与启蒙实现了互利互动，革命凭借启蒙确立了自己的合理性，启蒙则依托革命确立了自己的合法性。然而，随着革命的终极话语权的确立，政府成功地将私人事务与家庭事务等民间事务转化为政府事务，解放区文学也就逐渐背离启蒙精神，甚至走向启蒙的反面。由最初对婚恋自由的反思，到对婚恋自由的讴歌，再到最后对婚恋自由的否定，由解放区文学对婚恋自由的价值判断，可以清晰地看到革命与启蒙由互动到背离的轨迹。

一　启蒙对革命的质疑

作为深受五四启蒙精神影响的一代，丁玲在进入解放区之初，依旧以启蒙知识分子的眼光，对解放区的系列问题进行着反思。顺着五四启蒙的理性怀疑精神，丁玲对解放区的婚恋问题进行了深层思考。她不仅意识到封建意识对女性的压迫，而且意识到革命话语对女性的制约。《我在霞村的时候》（1940 年底）中的贞贞，开始时没有选择结婚对象的自由，因抗议父母包办而落入虎口；从日占区回来后，她同样没有选择"不结婚"的自由，因拒绝夏大宝的求婚而引起公愤。这种"自由"的缺失，正凸显封建意识的强大，它不可能因革命的到来而马上得以改变，由此，凸显启蒙的必要性与艰巨性。与《我在霞村的时候》同时发表的《夜》（1941年 6 月），虽然采用男性视角，但它同样关注女性命运。它表面上描写了革命对于家庭与情欲两方面的胜利，深层则是革命时代传统女性的悲剧。何华明老婆不仅受到传统男权的压迫，在家中只是一个"把饭烧好了拿上来"① 的角色，没有任何发言权，更谈不上决策权；而且受到革命话语的压迫，她希望丈夫能够帮助家里改善生活的合理欲望被丈夫视为落后，从而使丈夫产生离婚的念头。在这样的家庭环境中，她的物质需要和精神需要全都被忽略不计，她希望丈夫与她说说话的愿望也难以得到满足。在小说中，丁玲不仅写出了革命的"进步"表象，而且写出了男性的深层阴暗心理：何华明对老婆的嫌弃，并不仅仅因为老婆的不进步，还有着更现实的原因：老婆的年老色衰与丧失生育能力，因此不再是"物质基础"②，在他心目中地位比牛还低。《夜》写出了革命话语在农村的局限，《"三八"节有感》（1942年3月）则明确指出，只有以启蒙来补救革命，才可能使女性获得真正的解放。在《"三八"节有感》中，丁玲直率地批判了以革命为遮羞布来掩盖私欲的男性中心主义。在这种革命话语中，女性往往成为婚恋"自由"的牺牲品。"离婚的口实，一定是女同志的落后"③。然而，已婚女性的落后并不是出于她们自身的主观原因。由于等级制度的存在，有些女性不得不回到家中从事与政治无关的事务。她们却必须为这种并非因为她们主观原因导致的"落后"承担后果，被男性以"革命"的原因遗弃。这种"落后"表象下隐藏的实际是她们的"年老色衰"：这时"她们的皮肤在开始有褶皱，头发在稀少，生活的疲惫夺取她们最后的一点爱娇。她们处于这样的悲运，似乎是很自然的"④。革命话语的优先权使女性在因"落后"而被遗弃后获得同情的权利也不复存在。因此，在此文中，丁玲提出了自己正面的启蒙命题，作为"首先取得我们的政权"之类的革命话语的补充："女人要取得平等，得首先强己。"⑤

　　与《夜》中的何华明相似，庄启东《夫妇》（1941年7月）中参加革命的丈夫同样有着严重的男权主义思想。革命并没有改变他对妻子的绝对支配权，妻子不仅得随时忍受他的拳脚，而且不能有任何不平的表示。经过延安的"大学"教育，夫妇二人接受了男女平等的现代启

---

① 丁玲：《夜》，《丁玲全集》第4卷，河北人民出版社2001年版，第259页。

② 同上书，第258页。

③ 丁玲：《"三八"节有感》，《丁玲全集》第7卷，河北人民出版社2001年版，第61—62页。

④ 同上书，第62页。

⑤ 同上书，第63页。

蒙观念，丈夫不再"有支配她的野心了，他永远找寻着替她和替孩子服务的机会"①。虽然婚姻形式并没有改变，但内涵却已经发生质变，丈夫甚至发出"有爱情的确比没有爱情有意思"②的感慨。在这里，庄启东一改丁玲《夜》的沉闷，通过启蒙，传统婚姻实现了向现代婚姻的转变。

整风前的丁玲以启蒙的理性反思精神质疑了革命话语的不合理之处，庄启东则从正面展现了启蒙对革命的重要补充作用，而孔厥的《受苦人》（1942年8月）则以悲剧的形式质疑了革命的万能。这篇小说延续了启蒙话语中新旧道德的对立与冲突这一主题，这种对立冲突不是凭借革命就能够简单解决的。民国十八年，贵女儿她爹的主家收留了一对逃荒的母子，主家将母亲配给她爹，同时"将老换小"，将三岁的贵女儿顶了儿子"丑相儿"的媳妇。十三年过去了，"丑相儿"由十七变成三十，贵女儿也已十六岁。翻身后的"丑相儿"努力劳动，一心想着和贵女儿成亲后的幸福生活。但贵女儿认为双方年龄相差太大，而且"丑相儿"的长相太让人反感，不愿圆房。在"丑相儿"的强烈要求下，他们终于成了亲，但贵女儿拒绝履行妻子的义务，并且在争抢中撕毁了当初写的"以老换小"的文书，"丑相儿"气急败坏下用斧头砍伤了贵女儿。虽然作者将悲剧的根源归结为"旧根儿作下"的"大孽"③，但这一悲剧同样质疑了革命的万能。在这里，孔厥无意中凸显了启蒙的必要性与深刻性。所谓旧根儿，不仅指旧政权，而且指旧道德。二者的包办婚姻是由"主家"做主的，翻身后，主家可以被打倒，而当时立下的文书却不能被打倒，由此，凸显传统道德影响的深远。在"丑相儿"信奉的包办与贵女儿追求的自由之间，是新旧伦理之间难以调和的冲突。这种冲突不是仅仅凭借革命与翻身就能够解决的，因此，新时期也有发生悲剧的可能。正是对这种悲剧的真实书写，凸显通过启蒙改造旧道德的必要性。

---

① 庄启东：《夫妇》，载《中国解放区文学书系·小说编》第2册，重庆出版社1992年版，第702页。

② 同上。

③ 孔厥：《受苦人》，载《中国解放区文学书系·小说编》第1册，重庆出版社1992年版，第325页。

二 革命与启蒙的互动

　　丁玲与孔厥等看到了革命的某些不足，并由此展开启蒙对革命的质疑。而随着整风运动的展开，这种质疑声逐渐沉寂，但启蒙并没有因此退出作家们的视野。相反，他们注意到革命与启蒙的相互推进作用。凭借政治力量的支持，男女平等与婚恋自由等启蒙理念逐渐被解放区广大普通百姓接受，婚恋自由成为一种广泛的社会实践，解放区文学作品也一改以往的悲剧色彩，转而变成充满喜剧情调。在这一启蒙过程中，觉醒了的青年男女凭借政权的支持，从"父为子纲"与"夫为妻纲"中解放了出来，获得了婚恋自由。也正是通过对传统父权与夫权的解构，政治力量实现了自己向民间的渗透，使其成功地介入家庭事务与私人事务。启蒙与革命在这里相互促进，相得益彰。革命凭借启蒙确立自己的合理性，而启蒙凭借革命确立自己的合法性。

　　在这一历史语境中，赵树理《小二黑结婚》（1943年5月）对故事原型的改写，有特别的意义。小说故事原型是比《受苦人》更为惨烈的悲剧，小二黑的原型岳冬至，因与智英祥自由恋爱，被几个想打智英祥主意的村干部开斗争会打死。从这一现实悲剧可以看出，婚恋自由这一启蒙理念在农村中贯彻的迫切性以及面临的矛盾斗争的尖锐性。赵树理将这一悲剧改写成喜剧，凭借上级革命政权的大力支持，小二黑与小芹的自由婚恋得以实现，由此凸显革命对于启蒙的主导作用。在小说中，赵树理展现了农村婚恋自由所面对的种种阻力：父权（二诸葛与三仙姑），神权——迷信（二诸葛），政权——混进革命队伍的恶势力（金旺），经济利益——买卖婚姻（三仙姑），这些都是启蒙所面对的现实问题。在年轻一辈的自觉抗争与上级政权的大力支持下，所有这些问题都迎刃而解，启蒙与革命实现了对封建意识的共赢。《邪不压正》（1948年10月）虽然把重点"放在不正确的干部和流氓上"①，总结土改经验教训，但故事却还是围绕自由婚恋问题展开。1942年，小宝委托人向王聚财家提亲，却因家穷被拒。1943年，与日本人勾搭的刘锡元强行为儿子刘贵找软英做续弦，王聚财因为害怕刘家势力，不得不答应。八路军赶跑日本人之后，群

---

　　① 赵树理：《邪不压正》，《赵树理文集》第4卷，工人出版社2000年版，第1648页。

众斗争刘锡元，王聚财却因为担心变天，没有解除和刘家的婚约。1946年，农会主任小昌利用"挤封建"的机会，通过流氓小旦，威逼利诱，软硬兼施，要求20岁的软英嫁给他家14岁的儿子小贵。最后，在1947年的整党会议上，软英与小宝才在区长与高工作员的支持下，获得"自由"。在这一模式中，启蒙理念通过革命政权获得了合法性，而革命话语则通过启蒙理念获得了百姓的认同，凸显革命的合理性。

与未婚女性的婚恋问题相比，寡妇的自由因为涉及财产问题与宗族意识而更为复杂。在封建礼教中，寡妇只有守节才可能获得宗族的认可，而改嫁则使这一宗族的外来者失去了在宗族中存在的合法性，其财产作为宗族的所有物，不能落入外姓人的手中。因此，试图再嫁的寡妇面对的是广大有着宗族意识的百姓，这时政府的支持显得更为关键。菡子的《纠纷》（1945年12月）将目光投向了传统的族权。楼港的小顺子他爹在小顺子3岁时死了，他妈为了一家人的生活，找了个长工刘二照顾家里的农活儿，时间一久，二人开始同居，但一直不敢公开，为此，不惜一次次将他们刚出生的孩子扼死以遮人耳目。该地解放后，两人看到政策有所不同，于是胆子也大了一些，不愿再扼死孩子。但在他们准备公开关系的时候，楼家家族势力跳了出来。楼志清觊觎来顺妈家的田产，试图借此机会将他们从楼家撵出去，因此，联合一部分楼家人到政府"告状"，表达"民意"，试图以开宗族会议的形式剥夺他们的财产。在政府的疏导下，宗族纠纷被成功地转换为阶级纠纷，婚姻纠纷被转换为政治纠纷，最终阶级意识战胜宗族意识，来顺妈获得了大多数人的同情，顺利与刘二结合，个体的权利得到了保护。通过处理婚恋问题，政府成功地将阶级意识渗透到农村，瓦解并改造了传统的宗族意识。

与赵树理等人强调农村婚恋自由涉及的矛盾的尖锐性以及政权在解决问题时的关键性不同，康濯的《我的两家房东》（1946年5月）没有那种剑拔弩张的紧张，更多的是和风细雨的温情。这篇作品以清新的笔调，细腻地刻画了男女主人公在追求自由过程中的心理。但在它清新的背后，同样潜隐着政府力量的支持与渗透。拴柱与金凤经过多年来往，有了深厚的感情基础，但他们的自由恋爱要想修成正果，同样有着重重障碍：首先，金凤已有婚约在身；其次，双方家长都有着封建意识的残余；最后，普通民众对婚恋自由还是不太习惯。在解决这些问题时，"我"充当了一个特殊而关键的角色。首先，"我"代表政府向他们宣传政策，使金凤得以退婚,她和拴柱的"自由"因此获得合法的前提。其次,"我"充当了传统的"媒妁"角色,使他们的婚恋获得了传统的形式,更容易得到群众的认同。再次,"我"的政府工作人员的身份,意味着"我"具有相应的权威,双方家长也便更容易接受两人的"自由"。最后,在拴柱与金凤的定情物中,"我"买的小字典占据了关键地位,这一新鲜事物不仅是他们追求进步的表征,同时也是作为政府力量的代表的"我"在民间仪式中取得合法地位的表征。

"革命就是解放"①,这句话可以说是解放区文学对于启蒙与革命的关系最简单、最直接的表述。虽然解放区文学对"解放"的理解包含着两个层面:阶级层面与个体层面,但在婚恋自由这个问题上,却更多地涉及个体的解放与自由。正是在这一角度,解放区文学沟通了启蒙与革命的内在联系。由于政府的支持,农村青年男女实现了婚恋自由,给解放区带来一种全新的气象。与此同时,革命话语借着启蒙的合理性,在民间确立自己的主导地位,使更多获得解放的年轻人靠拢和投身革命。众多的解放区文学作品在婚恋书写中揭示了革命与启蒙的互利互动。仓夷的《新式的婚礼》(1943年春),葛文的《新娘》(1946年6月),西戎的《喜事》(1948年正月),克明的《二妞结婚》(1948年夏),李季的《王贵与李香香》(1946年9月),阮章竞的《漳河水》(1949年3月)等作品如出一辙,讴歌婚姻自主、同时"饮水思源",宣扬革命政权的合理性与合法性。革命依托启蒙向民间渗透,启蒙则凭借革命在民间生根。

三 革命对启蒙的背离

在某种意义上,启蒙与革命从来就不是对立的:启蒙唤起人们维护自己正当权利的自觉,而革命的目的就是实现并保障人们行使自己的正当权利。1789年的法国大革命可以说是启蒙运动孕育的一枚硕果。虽然启蒙与革命有着不协调的一面,启蒙的基石是个体自由,而革命的目标则是阶级翻身,然而,只有当革命以启蒙为助力,以民众的合理欲求为旨归的时候,才可能顺利发展。一旦革命要求人们放弃自己的正当权利,它也就必

---

① 马烽:《一个女人翻身的故事——记陕甘宁边区女参议员折聚英同志》,载《中国解放区文学书系·小说编》第1册,重庆出版社1992年版,第336页。

然走向启蒙的反面，走向新的愚民政策，最终也必然消解革命自身的合理性。

　　解放区文学中，虽然有着对于启蒙与革命的关系的辩证思考，然而，随着革命话语在民间的主导地位的确定，农村社会以上级安排的"中心工作"① 为核心，就必然导致革命对启蒙的压制甚至背离。婚恋问题可能因"中心工作"而被忽视，个体的自由更可能因"中心工作"而被压制。

　　在一切围绕"中心工作"的革命语境中，婚恋自由本身并不必然具有合理性，只有服从革命需要的自由，才值得肯定与鼓励。孙犁的《钟》（1946 年 3 月） 明确地用革命为自由划定价值等级。18 岁的尼姑慧秀勇敢地突破传统戒律，与大秋真心相爱，"并且立时就怀上了身孕"②。然而，她这种对自由的追求，被参加革命的大秋自我否定，婚恋自由的合理性与合法性都受到了质疑。经过革命的洗礼与定性，自由才可能获得合法性证明。因护钟而受到敌人迫害的慧秀获得了大家的认同，从而被革命大众与大秋接受。相对而言，孙犁的《光荣》（1948 年 7 月） 同样存在着政治区分，小五与秀梅都追求自由，但二者的自由却有着不同的价值。原生的媳妇小五是他爹打牌时一副天罡赢的，双方根本没有什么感情基础，更说不上婚姻自主。在原生一去几年无消息的情况下，小五离婚的要求受到重重阻挠，最后才得到组织的同意。然而，在与原生离婚后，小五却一直没有结婚，她的离婚似乎只是为了给原生与秀梅的结合腾出位置，以见证原生与秀梅的完满爱情。在对革命女性进行讴歌时，普通女性的合理需求悄悄地退出作者的视野。同样的婚姻自主的诉求，在政治视野中被等级化，甚至被对立化了。

　　这种婚恋自由的等级化，实际上掏空了婚恋自由所包含的个体自决的启蒙内涵，蒙昧主义与专制主义，因此可能借着革命的幌子，悄悄还魂。包办婚姻在"革命"名义下得到肯定。周立波《暴风骤雨》 （1947—1948） 中的富农老李怕斗，将女儿许配给贫农老王太太老实巴交的大儿子，明白政府对待富农的政策后，希望借刁难彩礼实现悔婚。萧队长和郭全海为了争取老王太太对革命的支持，极力促成这门婚事，利用土改果实满足老王太太的心愿。正是通过帮助老王太太实现这门包办婚姻，使老王

---

① 孙犁：《婚姻》，《孙犁文集》第 1 卷，百花文艺出版社 1982 年版，第 313 页。
② 孙犁：《钟》，《孙犁文集》第 1 卷，百花文艺出版社 1982 年版，第 132—133 页。

太太对革命的态度有了极大的改变，在该书结尾的时候，她鼓励结婚不久的大儿子参军。"革命"的包办婚姻在这里唤起了普通百姓感恩戴德的心理，强化了革命意识，但婚恋自由的价值理想却被忽略不计。

《暴风骤雨》通过包办促进革命，曾克的《战地婚筵》（1949 年 8 月）则明确指出，包办就是革命。任成柱与玉鹅从未谋面，根本不可能有所谓的情感基础。然而，他们还是在战地举办了婚筵，结成革命夫妻。在这里，他们的婚姻基础就是任成柱所提出的三个条件："一、地主的女儿，坚决不要……二、一定要能出力下苦能劳动的。三、要大脚的。"①革命情怀与阶级情感代替个体情感成为连接双方的纽带与婚姻的基石。以普适性的革命情感代替私密性的个体情感，婚姻也就具有革命的"普适性"：只要双方都是心系革命的，他们就可以结成美满的夫妻，至于包办与否无关紧要。个体的意志与情感在革命话语中变得沉默。

在这种沉默中，婚姻本身也可能成为革命的工具。马烽《一个女人翻身的故事》（1943 年 3 月）中的童养媳折兰英，自己参加革命后，为了改造无恶不作的丈夫，她没有解除婚约，甚至在丈夫参加红军负伤回来后，与其圆房。只有等到丈夫背叛革命，参加民团之后，她才正式与其离婚。袁静、孔厥《新儿女英雄传》（1949）中的杨小梅，同样将婚姻作为促使丈夫张金龙参加革命的手段。直到她觉得张金龙不可能转变，才正式提出离婚。折兰英与杨小梅利用婚姻改造丈夫终究是出于"革命"自觉，而欧阳山《高干大》（1949 年 5 月）中的任桂花，则完全为"革命"所迫，成为改造丈夫的工具。尽管她与郝四儿没有任何感情基础，而且丈夫一直不务正业，但在群众大会上，由于郝四儿忽然宣布参加开荒生产，任桂花的离婚要求便不再获得群众的支持："他一答应了开荒生产，众人就掉过头去劝任桂花暂时不要离婚，说他既然有了改正的决心，那些吃喝嫖赌，偷抢殴打的情形，慢慢都会改正。说任桂花应该劝他，帮助他改正；倘若一定要离，那就是打击了他，使他改正不过来。"②婚姻的合法性的基石不是感情，而是"生产"，女性与婚姻则是一种"改造"二流子的工具。

---

① 曾克：《战地婚筵》，载《中国解放区文学书系·小说编》第 4 册，重庆出版社 1992 年版，第 2625 页。

② 欧阳山：《高干大》，人民文学出版社 1949 年初版，1952 年 9 月重印第 1 版，第 254 页。

　　为了配合革命的"中心工作"，不仅可能没有离婚的自由，甚至可能没有结婚的自由。孙犁的《婚姻》（1950）以接近原生态的方式，揭示了农村婚恋自由与"中心工作"的深层矛盾。抗日战争时期，"爱情在一种特殊残酷的环境里，以一种非常热烈的状态形成了。打走鬼子做夫妻，这好像是不成问题的"①。然而，打走鬼子后，"做夫妻"成为大问题。宝年与如意因为触及了当权者的利益，他们的恋爱成为他们"淫乱"的表现。在如意声明自己有恋爱的权利时，区干部恼羞成怒："'有什么权利？'区干部从炕上坐起来，'我是上级，你破坏了党在群众中的威信，你的错误大多着呢，你好好反省吧！''大街影壁上的双十纲领，不是明明写着男女婚姻自由自主吗？'如意问。'那是去年的皇历，现在的中心工作是反淫乱！'村长拍着桌子说。"② 在这些官长眼中，一切围绕"中心工作"，凡是已经不再被上级强调的东西，都是"老皇历"，于是婚恋自由终于转换为"淫乱"。③ 解放与启蒙的联姻被政治与封建的联姻取代。

　　康德曾经为启蒙运动下了一个得到较广泛认同的定义："启蒙运动就是人类脱离自己所加之于自己的不成熟状态"，启蒙运动的口号就是"要有勇气运用你自己的理智"④！实现启蒙的要诀就是"允许他们自由"⑤，尤其是"公开运用自己理性的自由"⑥。这一界定包含两个层面的意思，在个体层面，要求个体有运用自己理性的勇气，因为成熟也意味着面对危险与承担责任；在社会层面则要求政权有允许个体公开运用自己的理性的自由。尽管启蒙理性受到现代主义与后现代主义的质疑与批判，但其用理性主义反抗宗教蒙昧主义，用民主主义反抗封建专制主义，却有着历史合理性与历史必然性。五四先行者们高举"科学"与"民主"两面大旗，掀起了中国的启蒙运动。在这一运动过程中，婚恋自由问题因为其涉及的

---

　　① 孙犁：《婚姻》，《孙犁文集》第1卷，百花文艺出版社1982年版，第310页。
　　② 同上书，第313页。
　　③ 这在无意中透露出农村观念难以改变的一个原因。基层政策的善变，一切围着"中心工作"转，没有一贯的理念支撑，不仅可能导致人们思想混乱，同时也容易使政策被利用与置换，成为封建意识滋生繁殖的土壤。
　　④ 康德：《答复这个问题："什么是启蒙运动？"》，《历史理性批判文集》，何兆武译，商务印书馆1990年版，第22页。
　　⑤ 同上书，第23页。
　　⑥ 同上书，第24页。

问题的广泛，成为一个焦点。然而，由于时代与个体的局限，五四文学中的婚恋书写，不论自由还是不自由，结果都是"悲剧居多"①，带着历史的暗色调。

解放区的"新的启蒙运动"则有着越来越强大的革命政权作为依托，在婚恋自由理念与传统思维方式斗争的时候，政权"使每个人在任何有关良心的事务上都能自由地运用自身所固有的理性"②，使婚恋自由这一启蒙理想获得合法性。同时，"按照人的尊严——人并不仅仅是机器而已——去看待人，也是有利于政权本身的"③，凭借启蒙，革命政权也确立自己在民间的合理性。启蒙与革命在向民间渗透的过程中，实现了相互促进。启蒙唤醒了民众对自身权益的认识，使其从传统礼教中得以解放。革命在支持民众解放的同时，也吸引了更多的人投身革命。在某种意义上，启蒙为革命提供了人力保证。在二者相协调一致的地方，解放区文学超越了五四启蒙，使其深入了农村民众。然而，革命的目标终究不是个体，而是阶级，它不仅要求民众对传统权威的反抗，同时，要求对革命权威的服从。这实际上也就限制了个体运用自己的理性的自由程度。五四启蒙精神认为婚恋应该完全属于个体的私人事务，"照理说来，结婚这事，只是当事者两人的事情，第三者没有干涉的权利，所以抗争的曲直，十分明显。在个人方面应该竭力抵抗，在家庭或社会方面，应该竭力退让，在人类的道德上，这正是'天经地义'，更不必多费说话了"④。然而，解放区在将婚恋问题从传统的家庭与礼教中解放出来的同时，却为婚恋加上了一个革命的金箍。因此，解放区的启蒙运动在让民众质疑并反抗传统的权威的时候，最终却树立了一个新的、以革命命名的甚至不允许质疑的权威。当革命要求个体将自己对婚恋事务的处理权与伦理判断权全部交给了政权，婚恋由个体事务变成一种政治事务，自由也便成为一种奢望。一旦婚恋中的启蒙内涵被置

---

① 茅盾：《评四五六月的创作》，《茅盾全集》第 18 卷，人民文学出版社 1989 年版，第 133 页。

② 康德：《答复这个问题："什么是启蒙运动？"》，《历史理性批判文集》，何兆武译，商务印书馆 1990 年版，第 29 页。

③ 同上书，第 31 页。

④ 周作人：《中国小说里的男女问题》，《周作人文类编·上下身》，湖南文艺出版社 1998 年版，第 434 页。

换为革命，在革命的要求下，个体的婚恋可能不自由甚至不准自由。解放
区文学由此最终背离五四文学的启蒙主题。

原载《湖北社会科学》2008 年第 4 期

革命的出场与反思的缺席
——论解放区文学的示众描写

中国现代文学从诞生开始，就与示众有着不解之缘。1906 年，鲁迅在日本看到一张砍头示众的幻灯片，由此意识到"凡是愚弱的国民，即使体格如何健全，如何茁壮，也只能做毫无意义的示众的材料和看客"①。从那时起，示众就成为鲁迅一个挥之不去的梦魇。在鲁迅看来，示众包含着政治—社会—文化—心理等多重内涵。一方面，示众是暴政的产物，是对普通民众的威吓；另一方面，麻木的被示众者与看客，不仅是暴政威胁的对象，而且是暴政的合谋者。"暴君的臣民，只愿暴政暴在他人的头上，他却看得高兴，拿'残酷'做娱乐，拿'他人的苦'做赏玩，做慰安。自己的本领只是'幸免'。从'幸免'里又选出牺牲，供给暴君治下的臣民的喝血的欲望，但谁也不明白。死的说'阿呀'，活的高兴着。"②正是由于这种麻木而残忍的看客的存在，使暴政得以存在与延续。基于对示众的多层内涵的深刻认识，鲁迅开启了现代文学借示众描写进行社会批判与文化批判这一路向，《药》《阿 Q 正传》《示众》与《复仇（其二）》等作品中的示众描写，都对政权的残暴荒唐与看客的麻木残忍予以深刻的揭示与批判。沈从文③的《新与旧》、王鲁彦的《柚子》、老舍的《骆驼

---

① 鲁迅：《鲁迅全集》第 1 卷，人民文学出版社 2005 年版，第 439 页。

② 同上书，第 366 页。

③ 王德威先生的《从"头"谈起——鲁迅、沈从文与砍头》一文中对鲁迅与沈从文笔下的示众场景的文化内涵有着独特的比较分析，并由此切入了二者之间关于"美学及道德尺度的对话"。但文章作者对沈从文的示众描写偏重"文字寓言"与"文采想象"，与沈从文的实情似有隔膜。在沈从文的《新与旧》一文中，明显有着与鲁迅相似的社会与人性关怀。参见王德威《想象中国的方法》，生活·读书·新知三联书店 2003 年版，以及黄晓华《"看"的形而上学——从〈示众〉到〈檀香刑〉》，载《武汉理工大学学报（社会科学版）》2004 年第 4 期。

祥子》等作品沿着鲁迅开辟的道路，继续通过示众展开政治与人性的双重批判。然而，旧政权固然可以利用示众维护自己的权威与社会的稳定，革命同样也可以利用示众颠覆旧威权；民众不仅可以是示众中被威胁的对象，也可以成为历史的主体，示众的主角。作为翻身过程中的一个重要环节，解放区民众对压迫者的示众包含着丰富的社会历史文化内涵，它不仅是对旧的权力结构的颠覆，也是对社会关系的重构。正是因为对压迫者的示众所蕴含的革命意味，它获得了解放区作家的充分肯定，解放区文学的示众描写由此表现出与鲁迅等人完全不同的色彩。

一　威权的颠覆

早在 1927 年，毛泽东在《湖南农民运动考察报告》中就肯定了游乡示众作为一种革命手段对于土豪劣绅的巨大威胁作用：把土豪劣绅戴上一顶纸扎的高帽子，在那帽子上面写上土豪某某或劣绅某某字样。用绳子牵着，前后簇拥着一大群人。也有敲打铜锣，高举旗帜，引人注目的。这种处罚，最使土豪劣绅颤栗。戴过一次高帽子的，从此颜面扫地，做不起人。① 解放区继承并推广了这一革命手段。在解放区文学中，公审地主恶霸的示众是民众翻身过程中最重要的一环。它是翻身运动的高潮，也是翻身运动成功的标志。这一新型示众彻底颠覆了鲁迅等人笔下示众的权力结构。在鲁迅等描写的示众中，压迫者一直处于主导地位，被示众者与围观者都是被压迫与被威胁的对象。解放区的示众中，以前的压迫者则成为被示众者，民众不再是麻木的看客，而是积极的参与者与行动者。通过对压迫者的示众，解放区民众打倒了传统的威权，颠覆了传统的权力结构，真正实现了翻身，成为江山的主人。

"几千年的恶霸威风，曾经压迫了世世代代的农民，农民在这种力量底下一贯是低头的。"② 因此，在斗争之初，民众对压迫者还是存在着恐惧。正是这种恐惧，维持了传统的威权的统治。要使老百姓能够"坐江山"，首先就需要颠覆旧的威权，让老百姓"有江山"之后敢"坐江山"。这不仅需要政治上的斗争、经济上的斗争，也需要人格上的斗争。示众则

---

① 参见《毛泽东选集》第 1 卷，人民出版社 1991 年版，第 25 页。
② 丁玲：《丁玲文集》第 1 卷，湖南人民出版社 1983 年版，第 527 页。

是所有这些斗争的集中体现。它不仅是对压迫者政治上的清算、经济上的清算，也是对压迫者人格上的清算。正是通过示众斗争，民众打掉了地主的威风与威权。马加《江山村十日》中的百姓在贫雇农委员会主任吴万申的组织与主持下，对高福彬进行了示众清算。曾经十分威风的高福彬"白眼狼"①样的凶眼在台上"鼠匿"②了，乖乖地按照民众的意思坦白。《太阳照在桑干河上》中的钱文贵不仅积累了更多的财富与仇恨，而且有着更广泛的社会关系与更复杂的社会背景，对民众的欺压也更为久远与隐蔽，民众对他的恐惧也更为根深蒂固。但在支书张裕民与农会主任程仁的细致发动与认真组织下，他们终于斗垮了钱文贵，颠覆了传统的威权。在斗争之初，钱文贵虽然被押在台上，但他的眼神还是让民众害怕。这种淫威不仅需要政治上的斗争与经济上的斗争，同样也需要人格上的斗争。通过下跪与戴高帽，"钱文贵的头完全低下去了，他的阴狠的眼光已经不能再在人头上扫荡了。高的纸帽子把他丑角化了，他卑微的弯着腰，曲着腿，他已经不再有权威，他成了老百姓的俘虏，老百姓的囚犯"③，最后为保性命不得不向"翻身大爷"要求"恩典"④。《暴风骤雨》中的韩老六凭借日军、土匪、国民党等反对势力的支持，横行乡里，鱼肉百姓，以至于百姓"走到半道，远远看见韩老六他来了，都要趁早拐到岔道去，躲不及的，就恭恭敬敬站在道沿，等他过去，才敢动弹"⑤。在新政权的支持下，觉醒的民众终于克服了对旧威权的恐惧，在示众大会上彻底清算了他的罪恶："韩老六亲手整死的人命，共十七条。全屯被韩老六和他儿子韩世元强奸、霸占、玩弄够了又扔掉或卖掉的妇女，有四十三名。"⑥最后，在参与示众的民众的坚决要求下，韩老六被从肉体上消灭，从而从根本上消灭了压迫者的威权，建立了革命的新秩序，使百姓真正成为土地与社会的主人。《李家庄的变迁》一开始就是讲述李如珍欺压百姓的故事，为了维护自己的威权，操纵议事、敲诈勒索、栽赃诬陷、私设公堂，无所不用其极，使百姓既不敢怒更不敢言。他不仅与日本人狼狈为奸，而

---

① 马加：《江山村十日》，群益出版社1950年版，第175页。
② 同上书，第172页。
③ 丁玲：《丁玲文集》第1卷，湖南人民出版社1983年版，第528—529页。
④ 同上书，第534页。
⑤ 周立波：《周立波文集》第1卷，上海文艺出版社1981年版，第40页。
⑥ 同上书，第188页。

且借中央军清除异己。然而，压迫越凶，反抗越烈，最后，李如珍被参加示众斗争的民众活生生撕裂，彻底消解了他的威权。正是通过这一新型示众，民众颠覆了旧威权，拥有了江山。《江山村十日》中民众翻身后将村庄由原来的"高家村"改为"江山村"，表现出"老百姓坐江山"① 的喜悦。《李家庄的变迁》中白狗在决定小毛命运时"咱的江山咱的世界"这一表述，更是凸显翻身后的民众的自信："就叫县长把他带走吧！只要他还有一点改过的心，咱们何必要多杀他一个人啦？他要没有真心改过，咱的江山咱的世界，几时还杀不了个他？"② 在翻身后的百姓眼中，传统威权不再有任何地位。

二 社会的重构

民众翻身不仅是一次政治革命，也是一次社会革命。解放区的示众不仅是一种政治权力结构的颠覆，也是一种社会人际关系的改造。对政治权力结构的颠覆需要以社会人际关系的改造为前提与基础。翻身运动中"发动群众"一环是决定示众成功与否的关键因素，而所谓"发动"首先就要求民众克服"人情面子"观念，以阶级情感改造传统社会的血缘—人情关系。乡土中国是"一个'熟悉'的社会，没有陌生人的社会"③，这个以血缘为基础的"亲密社团"，其"团结性就依赖于各分子间都相互的拖欠着未了的人情"④。在这种人情网络中，人们的阶级意识十分薄弱，使阶级斗争工作难以展开。《太阳照在桑干河上》中，"大家都是一个村子长大的，不是亲戚就是邻居"⑤，就是村干部与地主们也有各种人情上的藤藤绊绊，治安员张正典是地主钱文贵的女婿，农会主任程仁又与钱文贵的侄女相好，老村长赵得禄借了地主江世荣两石粮食，因此也就硬不起来，"所以斗哪一个，也有人不愿意！"⑥《暴风骤雨》中萧祥等初到元茂屯时，同样在人情面前碰了壁。开发动会时大家都同意斗大肚子，但都不

---

① 马加：《江山村十日》，群益出版社 1950 年版，第 288 页。

② 赵树理：《赵树理文集》第 1 卷，中国工人出版社 2000 年版，第 179 页。

③ 费孝通：《乡土中国 生育制度》，北京大学出版社 1998 年版，第 9 页。

④ 同上书，第 73 页。

⑤ 丁玲：《丁玲文集》第 1 卷，湖南人民出版社 1983 年版，第 363 页。

⑥ 同上书，第 366 页。

愿斗本屯的，而是希望斗外屯的。"这屯没有，去斗外屯呗，外屯大肚子有的是。"① 白胡子老头的话潜含着民众的人情顾虑。前几次斗争韩老六的失败，也是由于乡土社会中的人情网络，大家都"不敢撕破脸，去得罪他们"②，因此被他避重就轻地躲了过去。《江山村十日》中的高福彬利用小恩小惠与亲属关系拉拢刁金贵、孙老粘、陈二端子、高老太太等人，从而削弱反对自己的力量；他甚至通过刁金贵组织与把持第二任"小组会"，将贫雇农引入歧途，使他们将矛头对准民选村长邓守桂，而不是地主高福彬。

要想彻底打倒统治者，不仅需要使民众克服对地主传统淫威的恐惧，同时也需要使民众打破传统的人情面子观念，解构传统的人情网络，这样才可能真正以阶级意识对地主进行彻底"清算"。《太阳照在桑干河上》中的农会主任程仁在示众带头清算钱文贵时，说出了斗争地主的两大关键因素：清算不仅需要政治上的勇气，"咱们再不要怕他了，今天已经是咱们穷人翻身的时候"，而且需要人情上的勇气，"咱们再不要讲情面"，只有这样，才能"同吃人的猪狗算帐到底"③！这种"不讲情面"的"算帐"要求民众以阶级—怨恨克服传统的血缘—人情，将地主阶级对民众的阶级压迫一一罗列出来，从而论证革命的合理性与公正性。正是凭借阶级—怨恨，翻身过程中的民众克服了政治与人情的双重障碍，主动与地主进行阶级清算。《太阳照在桑干河上》中的民众在"不要私情"的程仁这个"咱们的好榜样"④ 的带动下，争先恐后地与钱文贵进行阶级清算，要求钱文贵"有钱还债，有命还人"⑤。《暴风骤雨》中斗争韩老六的示众"是咱穷人报仇说话的时候"⑥，无论是老实巴交的老孙头，孤家寡人的张寡妇，还是年老体迈的老田太太，都不再"讲情面"，积极站出来盘点韩老六的罪恶。

为了使百姓真正得到土地，不仅罪大恶极的大地主、恶霸可以是示众清算的对象，小地主甚至富农同样可以成为示众清算的对象。马加《江

① 周立波：《周立波文集》第 1 卷，上海文艺出版社 1981 年版，第 29 页。
② 同上书，第 125 页。
③ 丁玲：《丁玲文集》第 1 卷，湖南人民出版社 1983 年版，第 529 页。
④ 同上书，第 530 页。
⑤ 同上。
⑥ 周立波：《周立波文集》第 1 卷，上海文艺出版社 1981 年版，第 186 页。

山村十日》中的阶级矛盾明显不如《暴风骤雨》与《太阳照在桑干河上》等作品那样尖锐、激烈、集中，高福彬的政治地位、经济地位以及社会地位都不如钱文贵、韩老六。然而，在这一更接近农村原生态的作品中，可以更加清晰地看到阶级—怨恨对血缘—人情的颠覆。在这个由各种干亲、姻亲、血亲、故旧组织起来的人情社会中，高福彬的最大罪恶就是借出官车霸占了金永生的几垧地。通过"划阶级"，民众树立了自觉的阶级意识，通过阶级而不再是通过人情确定人际关系。高福彬的干亲孙老粘，带头清算高福彬，由此确立了自己的阶级身份，获得了大家的认同。金永生则打断高福彬"咱们都是开荒占草的老户"① 这种人情诉求，坚决清算他的阶级压迫。高老太太最终与高福彬家悔婚，加入贫雇农大会。

正是通过"说道理，算细帐，吐苦水"②，解放区完成了对传统社会人际关系的改造与重构。"亲密社群中既无法不互欠人情，也最怕'算帐'。'算帐''清算'等于绝交之谓，因为，如果相互不欠人情，也就无需往来了。"③ 通过示众的公开清算与公开斗争，民众与地主不仅划清了政治界线，摆脱了对压迫者的心理恐惧，而且划清了情感界线，割断了传统的人情关系，使社会人际关系由传统的血缘—人情主导变成阶级—怨恨主导，产生自觉的阶级意识。"天下农民是一家"④，"咱只有一条心，咱是穷人，咱跟着穷人，跟着毛主席走到头！"⑤ "穷人"成为民众确定人际关系的主要标志，民众由"诸亲好友"变成"翻身大爷"⑥，自觉"拥护民主政府"⑦，与革命政权结成巩固的同盟。

三 暴力的张扬

阶级清算唤醒了民众的阶级怨恨，也激发了民众的阶级报复与革命热情。"革命往往是由怨恨培育出来的，革命可以激怒并动员群众，并使革

---

① 马加：《江山村十日》，群益出版社 1950 年版，第 175 页。
② 周立波：《周立波文集》第 1 卷，上海文艺出版社 1981 年版，第 182 页。
③ 费孝通：《乡土中国 生育制度》，北京大学出版社 1998 年版，第 73 页。
④ 丁玲：《丁玲文集》第 1 卷，湖南人民出版社 1983 年版，第 530 页。
⑤ 同上书，第 529 页。
⑥ 同上书，第 534 页。
⑦ 周立波：《周立波文集》第 1 卷，上海文艺出版社 1981 年版，第 190 页。

命的激进行为在理念上获得正当性。"① 正是这种阶级怨恨赋予民众以革命动力与激情。在获得阶级意识之前，民众虽然也有怨恨，但这种怨恨指向的是他们自己，"他们比牛马还压抑得可怜，比牛马还驯服，虽说他们心里燃着暴烈的火，但这些火只会烧死他们自己"②。杨白劳没有和地主拼命而是喝卤水自杀就是旧时代民众命运与心理的一个缩影。而通过阶级清算，民众的阶级怨恨找到了合法的发泄口，对压迫者的阶级暴力也因此获得作家们的肯定与张扬。"人们只有一个感情——报复！他们要报仇！他们要泄恨，从祖宗起就被压迫的苦痛，这几千年来的深仇大恨，所有的怨苦都集中到他一个人身上了。他们恨不能吃了他。"③ 因为阶级报复的合理性，民众的阶级暴力得到无条件的肯定与张扬，被示众者则成为一种治疗民众生理以及心理创伤的"良药"。

丁玲的《太阳照在桑干河上》中，区工会主任老董看到民众自发地将台上的钱文贵拖下来打时，特别兴奋。"他是一个长工出身，他一看到同他一样的人，敢说话，敢做人，他就禁止不住心跳，为愉快所激动。"④ 暴力成为民众"敢做人"的表现。周立波的《暴风骤雨》中，民众自发的革命暴力更是得到了肯定与鼓励。白玉山问赵玉林斗争韩老六可不可以打，赵玉林鼓励白玉山跟韩老六学学，"用大棒子来审韩大棒子"，这就叫"一报还一报"⑤。"不知道用什么法子才解恨"的张寡妇，甚至"用牙齿去咬他的肩膀和胳膊"⑥，被示众者在这里成了疗治群众的怨恨与痛苦的"良药"，阶级暴力在革命中被圣化。"报仇的火焰燃烧起来了，烧得冲天似的高，烧毁几千年来阻碍中国进步的封建，新的社会将从这火里产生，农民们成年溜辈的冤屈，是这场大火的柴火。"⑦ 阶级暴力被作者圣化为催生新社会的激素。

在赵树理的《李家庄的变迁》中，革命暴力得到最"充分"的展现与最"合理"的说明，"以血还血，以牙还牙"的原则在细节上都

① 刘小枫：《现代性社会理论绪论》，上海三联书店1998年版，第383页。
② 丁玲：《丁玲文集》第3卷，湖南人民出版社1983年版，第140页。
③ 丁玲：《丁玲文集》第1卷，湖南人民出版社1983年版，第531页。
④ 同上书，第532页。
⑤ 周立波：《周立波文集》第1卷，上海文艺出版社1981年版，第183页。
⑥ 同上书，第187页。
⑦ 同上书，第181页。

得到落实。当从老根据地来的县长希望李如珍"悔过"时，民众坚决地否定了县长的决定，要求立即枪毙。在县长以手枪没有子弹进行推脱后，民众自行执行李如珍的死刑。"有人喊：'只要说他该死不该，该死没有枪还弄不死他？'县长道：'该死吧是早就该着了……'还没有等县长往下说，又有人喊：'该死拖下来打不死他？'大家喊：'拖下来！'说着一轰上去把李如珍拖下当院里来。县长和堂上的人见这情形都离了座到拜亭前边来看。只见已把李如珍拖倒，人挤成一团，也看不清怎么处理。听有的说'拉住那条腿'，有的说'脚蹬住胸口'。县长、铁锁、冷元，都说'这样不好这样不好'。说着挤到当院里拦住众人，看了看地上已经把李如珍一条胳膊连衣服袖子撕下来，把脸扭得朝了脊背后，腿虽没有撕掉，裤裆子已撕破了。"① 县长认为这种场面太血腥，"把个院子弄得血淋淋的"，白狗马上为群众的行为的合理性进行辩护："这还算血淋淋的？人家杀我们那时候，庙里的血都跟水道流出去了！"② 虽然县长认为这种行为"太不文明"③，却也无可奈何，只能补写判决书结案。

马加的《江山村十日》中没有你死我活的阶级斗争，但同样有着对暴力的肯定与推崇。孙老粘清算高福彬时，其他民众高呼："老粘，你打他的嘴巴子！"④ 与高福彬没有直接冤仇的李大嘴，在金永生与高福彬进行清算的时候，以武斗配合文斗，"不打他不输嘴"，他"一出了场，愣头愣脑的就给高福彬打了一巴掌，有些小伙子叫起好来，拍着巴掌。李大嘴更来劲了"⑤，由此成为风云人物。正是在他的带动下，村里的小伙子与小媳妇"一股脑的涌上来"⑥，参与对高福彬的痛打与审问。民众对压迫者的暴力不仅意味着民众阶级意识的觉醒，而且意味着他们主体意识的加强，因此，成为示众的必然环节。

---

① 赵树理：《赵树理文集》第 1 卷，中国工人出版社 2000 年版，第 177 页。
② 同上书，第 178 页。
③ 同上。
④ 马加：《江山村十日》，群益出版社 1950 年版，第 174 页。
⑤ 同上书，第 178 页。
⑥ 马加：《江山村十日》，群益出版社 1950 年版，第 179 页。

四 程序的缺席

对地主恶霸的示众斗争乃至肉体上的消灭，有着历史必然性与合理性。极少数真正罪大恶极分子经过人民法庭认真审讯判决，并经一定政府机关（县级或分区一级所组织的委员会）批准枪决予以公布，这是完全必要的革命秩序。① 然而，正如毛泽东所指出的，我们的任务是消灭封建制度，消灭地主之为阶级，而不是消灭地主个人。② 更重要的是，杀人必须经过一定的法律程序：那些真正罪大恶极的大反革命分子，大恶霸分子，国人皆曰可杀的这类分子，经过人民法庭判处死刑，并经过一定政府机关（县级或分区一级或更高的政府所组织的委员会）批准，执行枪决，并公布其罪状（杀人必须公布罪状，不得秘密杀人），那是完全必要的，不如此不能建立革命秩序。但是，不能随便加人罪名而去处人以死罪。"毛泽东在这里凸显了政府与法律的主导地位，肯定了独立的审判程序与执行程序的重要性。然而，这一程序在大多数解放区作家那里却付诸阙如。他们肯定了阶级报复的合理性，却忽视了不讲程序的非法性；肯定了阶级怨恨的革命性，却忽视了群体暴力的愚昧性。为了使"被吃"的人获得安全感而消灭"吃人"的人，在革命看来理所当然。然而，是否应该以"吃"掉"吃人的人"的方式来完成这一过程，则是一个问题。鲁迅《狂人日记》中的狂人，由己及人，由自己可能被吃而想到自己也可能吃过人，从而产生一种负罪感，并因此希望有一个不再有人吃人也不再有人被吃的世界诞生。但在解放区的示众书写中，"吃"掉"吃人的人"因阶级怨恨的合理性及群体行为的革命性而成为革命正义与历史正义的体现。在示众过程中，民众的阶级仇恨与革命暴力获得了无条件的肯定，但民众的暴虐根性却未能获得充分的关注与适当的批判，由此表现出作家们反思意识的缺席。在解放区的示众描写中，由于民众阶级意识的觉醒与社会地位的提升，他们在对压迫者进行的示众过程中，不仅是示众的观看者，而且可以是审判的决策者，甚至是刑罚的执行者。民众这种观看者、决策者与执行者身份的混同，一方面固然凸显民众力量的强大与主体地位的提升，

---

① 参见《毛泽东选集》第 4 卷，人民出版社 1991 年版，第 1271 页。

② 同上。

另一方面却也表现出民众对程序正义的忽视以及对暴力的推崇，从而潜含着巨大的人性与社会危机。

深受五四思潮影响的丁玲，在《太阳照在桑干河上》中难能可贵地表现出反思意识，深刻认识到群众心理的阴暗面。农民的心理是："要么不斗争，要斗就往死里斗。他们不愿经过法律的手续。"① 她不仅意识到群众怨恨力量的强大，同时也意识到这种力量的愚昧与可怕。在这种意识的指导下，文本没有渲染其他作品中经常出现的斗死人的场面，而是更着重对群众斗争的度的把握，显示出对法律与人权的珍重。章品在临走前一再叮嘱张裕民，"咱们今天斗争是在政治上打垮他，要他向人民低头，还不一定要消灭他的肉体"，因此，对阶级敌人"要往死里斗，却把人留着；要在斗争里看出人民团结的力量，要在斗争里消灭变天思想"②。在最后的示众斗争中，张裕民一再强调，"杀人总得经过县上批准"③，群众的暴力被控制在一定程度以内，对钱文贵的示众斗争的仪式意义大于现实意义，程序正义在这里得到尊重。

尽管丁玲尚对程序正义表现出一定的尊重，但她同样肯定了民众的暴力倾向，表现出对民众的观看者与行动者身份混同的认同。而在周立波的《暴风骤雨》中，民众不仅是示众的观看者，而且是审判的决策者。当试图逃跑又被抓回的恶霸地主韩老六被示众的时候，尽管斗争大会由政府派来的萧祥等人主持，但在群众"不整死他，今儿大伙都不散，都不回去吃饭"④ 的坚决要求下，工作队最终同意民众意见，当场决定对韩老六执行死刑，民众成为审判的决策者。韩老六的死刑终究经过政府的审判与执行，《李家庄的变迁》中的民众则不仅是审判的决策者，而且是刑罚的执行者。斗争李如珍的大会虽然由县长主持，但由于李如珍对民众犯下的血债，民众自发地否决了县长试图"挽救"李如珍的决定，坚决要求从肉体上消灭敌人。当县长一再寻找理由，试图拖延死刑的执行时，民众将其活生生撕裂。民众在这里不仅是示众的观看者，而且是审判的决策者，最后还是判决的执行者——程序正义完全被忽视。

---

① 丁玲：《丁玲文集》第 1 卷，湖南人民出版社 1983 年版，第 513 页。
② 同上书，第 514 页。
③ 同上书，第 532 页。
④ 周立波：《周立波文集》第 1 卷，上海文艺出版社 1981 年版，第 189 页。

　　在鲁迅等人眼中，示众不仅有着政权的暴力，而且有着观众"看"的暴力，正是这种"看"的暴力使观众成为暴政的同谋。出于对看客意识的深刻了解，鲁迅等人对围观示众的民众始终保持警惕，阿Q临终前看到的"又凶又怯"的狼眼，正是鲁迅对看客阴暗心理的一种生动写照。老舍则更明确地揭示出看客的"怯"与"凶"："这些人的心中没有好歹，不懂得善恶，辨不清是非，他们死攥着一些礼教，愿被称为文明人，他们却爱看千刀万剐他们的同类，像小儿割宰一只小狗那么残忍与痛快。一朝权到手，他们之中的任何人也会去屠城，把妇人的乳与脚割下堆成小山，这是他们的快举。"① 解放区民众同样存在着"凶"与"怯"的双重性。然而，为了革命的需要，作家们都极力鼓动"凶"，丑化甚至批判"怯"。《江山村十日》中的孙老粘、《太阳照在桑干河上》中的侯忠全、《暴风骤雨》中的老孙头等老实巴交的落后分子，成为大家调笑的对象；而对斗争对象"凶"的积极分子则获得了无条件的肯定，近乎二流子的李大嘴因"凶"而被选为贫雇农委员会武装委员，程仁因能割断私情而获得大家的肯定，赵玉林、铁锁、冷元等"死也不怕"② 的坚定分子，更是革命的主力和讴歌的对象；示众斗争中民众对被示众者的群体的"凶"，同样获得了肯定与鼓励。阶级报复与阶级暴力有着历史合理性与历史必然性，但这种对敌人的"凶"同样需要政策的引导，遵循一定的法律程序。一旦这种"凶"不受限制，也就必然导致人性与社会危机。

　　在解放区特定的历史语境中，示众曾经起到了巨大的历史作用。对压迫者的示众颠覆了传统的政治权力结构，使民众翻身成为社会的主人；与此同时，对压迫者的示众也改造了传统的社会关系结构，使农村社会由传统的人情社会转化为阶级社会，从而为以阶级意识为基石的新政权在乡土中国扎根提供了基础。这无疑是对鲁迅等人政治—人性批判主题的一种回应。然而，解放区作家在描写这种新型示众时，由于反思意识的缺席，过分肯定了民众的阶级怨恨与自发的革命暴力，忽视了对民众劣根性的警惕与批判，从而使这种示众描写潜含着人性与社会危机。以民众的名义进行示众甚至判决固然有着历史的必要性与合理性，但对程序正义的忽视也使民众的暴虐天性难以控制。民众由示众的观看者到审判的决策者甚至是判

---

　　①　老舍：《老舍文集》第3卷，人民文学出版社1982年版，第222—223页。
　　②　周立波：《周立波文集》第1卷，上海文艺出版社1981年版，第41页。

决的执行者这种转变，一方面固然凸显民众主体地位的提升与阶级意识的觉醒；另一方面则肯定甚至鼓励群体暴力，使其获得合法表现。正是在这一意义上，解放区的示众描写走到了鲁迅等人的反面。阶级复仇是阶级翻身的主要动力，也是建立与保卫新政权的主要动力。然而，解放区作家们鼓吹阶级复仇的合理性时，程序正义被弃之如敝屣，似乎只有被压迫的群众对压迫者实行最直接的复仇，才是最为公正合理的。民众的暴虐倾向，在没有了压制的情况下，赤裸裸地展现出来。"他们要求报复，要求痛快。有些村的农民常常会不管三七二十一，一阵子拳头先打死再说。区村干部都往老百姓身上推，老百姓人多着呢，也不知是谁。"① 这种对程序正义的忽视，使以群体名义进行的暴力获得天然的合理性。《长明灯》中"大家一齐动手，分不出打第一下的是谁，后来什么事也没有"② 的场景，在文本中一再得到复制，在以后的现实中也一再重现。解放区文学的示众描写中，只认阶级不认血缘，只讲仇恨不讲人情的情感模式，与只认民意不认法律，只讲结果不讲程序的组织模式，无疑值得后来者进行深刻的反思。

原载《湖南大学学报》（社会科学版）2008 年第 5 期，第一作者

---

① 丁玲：《丁玲文集》第 1 卷，湖南人民出版社 1983 年版，第 514 页。
② 鲁迅：《鲁迅全集》第 2 卷，人民文学出版社 2005 年版，第 65 页。

身体与权力的博弈

——论解放区文学的身体修辞

身体作为"我们拥有一个世界的一般方式"①，从来就不是一种单纯的生理事实，"总打着历史的印记"②。任何时代的统治都必然以身体为基点，从而在身体上打下一定时代的政治、伦理、道德乃至知识等权力的深深烙印。社会转型在一定程度上也就是身体权力的转型。作为中国现代社会一个大转型时期的书写与记忆，解放区文学对身体的阐释与修辞，自然折射出身体与种种权力的博弈过程。解放区民众对身体自主的自发要求，与解放区政府对身体资源的自觉调控，在翻身这一共同目标下，找到了共鸣点。革命与启蒙通过解放身体，在一定程度上实现了互利互动，"革命凭借启蒙确立了自己的合理性，启蒙则依托革命确立了自己的合法性"③。由于新型政治力量介入，传统的身体权力被不断解构，身体被从传统桎梏中解放出来；与此同时，新的政治意志也被植入了身体，身体被纳入政治阐释的轨道，新政权由此为自己的权力运作找到最坚实的基点。在这一过程中，伦理身体凭借边区政府的支持，获得了有限自主；性别身体凭借新型道德的扩张，获得了有力辩诬；医学身体凭借现代医学的普及，获得了有效救治。然而，这种身体的解放，在解放区的特殊语境中，都以革命为前提与归宿，以至于"解放区文学逐渐背离启蒙精神，甚至走向启蒙的

---

① ［法］莫里斯·梅洛—庞蒂：《知觉现象学》，姜志辉译，商务印书馆2003年版，第194页。

② ［法］米歇尔·福柯：《尼采·谱系学·历史》，王简译，载杜小真编选《福柯集》，上海远东出版社2003年版，第153页。

③ 黄晓华：《革命与启蒙的互动与背离》，《湖北社会科学》2008年第4期。

反面"①。然而作为一种"本能",身体对各种权力与约束都具有一种"造反"的"冲动"②,因此,解放区文学对身体的阐释与修辞,不仅折射出种种权力对身体的渗透与支配,而且折射出身体对权力的反抗与质疑。

一　身体处分与伦理解构

作为一场"新的启蒙运动"③,解放区文学对身体的阐释与修辞自然包含着启蒙意味,在伦理身体方面更是如此。对传统家族制度的解构,无疑是解放区文化运动最大的历史功绩之一。然而,对传统伦理的解构与身体自主权的获得,并不是一蹴而就的。解放区文学在这里继承并深化了五四时期关于身体自主的启蒙话题,展现了身体与伦理的博弈过程。丁玲在《我在霞村的时候》中通过贞贞的命运,揭示了身体自主的伦理困境。不论是开始时她父亲"希望她嫁个好人家"的强迫还是后面母爱"为娘老子着想"④ 的恳求,其实质都是要求她放弃对身体的自主权,父权与母爱正是传统家族制度中剥夺青年身体自主的两大工具。贞贞对父母进行了两次自发反抗,结果都不尽如人意。开始是落入火坑,后来则招来白眼。最后在政府的支持下,她才获得重生的机会与身体的自主。赵树理的《小二黑结婚》《邪不压正》等作品,同样揭示出身体处分中的权力博弈。在赵树理笔下,身体处分与各种权力的关系更为复杂。不仅有父权(二诸葛、聚财)、母爱(三仙姑、软英妈),还有迷信(二诸葛)、实利(三仙姑、聚财)以及政治(金旺、刘锡元、小昌)等因素。然而,青年对身体自主的自发要求,在新政权的支持下,成为一种自觉形态,并最终得以实现。启蒙话语在这里凭借政治权力实现了对传统家族制度的解构。解放区更多以身体处分为题材的作品,如康濯的《我的两家房东》、李季的《王贵与李香香》与阮章竞的《漳河水》等,则凸显一种伦理身体获得解

① 黄晓华:《革命与启蒙的互动与背离》,《湖北社会科学》2008 年第 4 期。
② 刘小枫:《现代性社会理论绪论》,上海三联书店 1998 年版,第 23 页。
③ 刘少奇:《苏北文化协会的任务》,载《中国解放区文学书系·文学运动·理论卷》第 1 册,重庆出版社 1992 年版,第 63 页。
④ 丁玲:《我在霞村的时候》,《丁玲文集》第 3 卷,湖南人民出版社 1983 年版,第 237 页。

放后的欢快气象。在伦理身体的解放上，解放区文学继承、普及并实现了五四文学的启蒙主题，将五四时期的理想变成了现实。

二　身体价值与道德重建

在解放区的斗争环境中，身体的自主不仅受到家庭的干涉，而且受到外部的战争环境的影响。贞贞的悲剧命运无疑与日军的侵略直接相关。在这种外部环境中，民众的生命与身体受着严重的威胁。因为性别差异，这种外在威胁对女性而言显得更为残酷。丁玲在《新的信念》中以近乎自然主义的手法，描写了被日军蹂躏的青年女性的悲惨遭遇。然而，解放区女性不仅要面对这种外在的威胁，而且得面对内部的议论。身体价值的评判由此成为一个重要命题。身体在这里以自己的生存本能，肉搏传统道德最为顽固的堡垒。丁玲《我在霞村的时候》中的贞贞，作为身受外在与内在双重伤害的女性，揭示了性别身体的多重困境与多重意味。

作为被日军掠走的青年女性，贞贞不仅遭受着外部的戕害，而且从日占区回来之后，她还必须面对内部的非议。在封建道德观念中，女性从来就与贞洁联系在一起。在围观者那里，失贞后的贞贞，身体价值自然下降。她们不仅没有看到贞贞个人境遇所意味着的女性的共同苦难，反而"因为有了她才发生对自己的崇敬，才看出自己的圣洁来，因为自己没有被人强奸而骄傲了"[1]。因此，当贞贞拒绝她们的同情与怜悯之后，她们本相毕露，直接污蔑贞贞是"破铜烂铁"。[2] 就是在她自己的父母那里，这种身体"贬值"也是理所当然，由此才同意贞贞与夏大宝的婚姻，"要不是这孩子，谁肯来要呢?"[3] 宣传科的阿桂"做了女人真倒霉"[4] 的说法，显然将贞贞的命运当成了整个女性的命运来体验，并由此表示自己的同情，但这种同情也是隔膜的。在这里，贞贞基于生存本能的生命意志，

---

① 丁玲:《我在霞村的时候》，《丁玲文集》第 3 卷，湖南人民出版社 1983 年版，第 234 页。

② 同上书，第 238 页。

③ 同上书，第 230 页。

④ 同上书，第 232 页。

超越了众人的污蔑与同情："我总得找活路，还要活得有意思"①。这无疑比孙犁《荷花淀》中"含泪"答应水生要求"不要叫汉奸捉活的。捉住了要和他拼命"②的水生嫂更有勇气，也更为可取。这种基于生存意志的生命伦理是对鲁迅"一要生存"③的主张的遥远回应，也是对传统"饿死事小，失节事大"的贞洁观的最根本的颠覆。

贞贞以自己的生命意志肉搏传统的贞洁观念，慧秀则以自己的本能欲望反抗传统的禁欲要求。孙犁的《钟》将尼姑的性解放、个体解放以及民族解放近乎完美地结合了起来。尼姑慧秀出于本能突破了传统的禁律，与大秋走到了一起，后来又因共同抗日获得了大家的认同。伟强的《尼姑庵的春天》同样从本能的角度强调了尼姑还俗的合理性，"女大当嫁，为什么要逼着人家守活寡？明明是个女的，非叫装个男的不行。现在的世道不兴那个了！"④菡子的《纠纷》则关注了寡妇再嫁的合理性与合法性。解放区的尼姑还俗与寡妇再嫁，在政治的支持下成为现实，这无疑也是人性解放一个重要的里程碑。身体通过与传统性道德的肉搏，促进了新型道德的建构。

三　身体治理与医学诊治

对于比较贫穷落后的解放区而言，民众的身体不仅必须面对战争威胁、家庭约束、道德评议，而且经常受到疾病的侵袭与迷信的戕害。如何利用现代医学去有效地救治身体，无疑是解放区极为重要的科学使命与政治使命。作为身体必须承担的一种宿命，疾病"是一重更麻烦的公民身份"⑤。"作为生理现象，疾病是一个自然过程，对疾病的诊断与阐释，却是一个社会文化过程，文学对疾病的描述，更是包含着民族文化心理内

---

① 丁玲：《我在霞村的时候》，《丁玲文集》第 3 卷，湖南人民出版社 1983 年版，第 233 页。

② 孙犁：《荷花淀》，《解放日报》1945 年 5 月 15 日。

③ 鲁迅：《鲁迅全集》第 3 卷，人民文学出版社 2005 年版，第 54 页。

④ 伟强：《尼姑庵的春天》，载《中国解放区文学书系·小说编》第 2 册，重庆出版社 1992 年版，第 772 页。

⑤ ［美］苏珊·桑塔格：《疾病的隐喻》，程巍译，上海译文出版社 2003 年版，第 5 页。

容。"① 解放区文学对疾病的阐释与修辞，有着丰富的政治文化内涵。正是因为符合政治与科学的双重需要，丁玲写的与巫神斗争的报告文学《田保霖》获得了毛泽东的赞赏与肯定。欧阳山的《高干大》通过描写高生亮创办医药合作社的历程，更为详尽地指出了现代医学与迷信斗争的政治内涵。葛洛的《卫生组长》等作品大力宣扬现代医学相对于迷信的优越性。

医学与迷信的斗争凸显了身体治理中的科学因素；而身体治理不仅是一个科学命题，也是一个政治命题。丁玲《我在霞村的时候》更为深刻地描写了身体—政治—医学之间这种错综复杂的关系，揭示出疾病的多重内涵。因献身而致病的贞贞在回到解放区之后，必须经受政治与医学的双重诊断。在小说中，关于贞贞的病存在多种声音。村里人与贞贞自己，都认为她有着严重的疾病。然而，"我"在与贞贞谈话时，却觉得她"一点点有病的样子也没有"②。这种关于疾病—健康判断的混淆，显示出"我"对疾病的特殊内涵的发掘。对于"我"而言，重要的是贞贞精神的健康。这种精神的健康，不仅可以使她的身体显得没病，而且可以使她获得政治的认可，从而获得治疗身体的机会。

医学相对于迷信而言，是一种知识权力；而决定谁能够获得救治，以及如何才能实现救治的，则是一种政治权力。这种双重权力使医生必须承担科学与政治的双重使命。如赵文节（闻捷）所说："一个革命的医生，他不但要能够解除和治疗病人肉体上的痛苦，而且还要能够解除和治疗病人精神上的痛苦。所以在我们那里提出的口号，就是：'一个医务工作人员，同时必须是一个政治工作人员。'"③ 对于患者，同样需要身体与心灵的双重治疗。马烽的《金宝娘》正是将精神上的洗心革面与肉体上的治病救人结合起来，将政治翻身与医学治疗结合起来，从而凸显民众得到身心的双重治疗之后的欢快感。通过医学，身体不仅被纳入科学的轨道，同时也被纳入政治的轨道。

---

① 黄晓华：《现代人建构的身体维度——中国现代文学身体意识论》，中国社会科学出版社2008年版，第100—101页。

② 丁玲：《我在霞村的时候》，《丁玲文集》第3卷，湖南人民出版社1983年版，第233页。

③ 赵文节：《肉体治疗和精神治疗——一个医生讲的故事》，载《中国解放区文学书系·小说编》第3册，重庆出版社1992年版，第1529页。

四　身体调控与政治渗透

　　当疾病身体都可能被纳入政治轨道的时候，身体的其他方面自然也会受到政治或明或暗的支配。无论是身体自主的获取，还是身体价值的重估，抑或是身体治理的普及，这些目标的实现，在解放区的特殊语境中，必须依靠革命话语的支撑，因此，这些目标的实现，也必然符合革命的需要。将解放区的青年从旧的小家中解放出来，目的就是希望他们能够融入革命的大家庭；新的性道德的建构，无疑也必须以革命为前提与归宿；至于解放区有限的医学资源，更是要服从革命的政治需要。在解放区文学的身体阐释中，无论是外在层面还是内在层面，革命话语都处于潜在的决定与支配地位。

　　就外在层面而言，身体自由与自主要服从革命的需要。获得身体处分自主的青年，"在村里要积极参加抗日工作，服从上级的领导"①。丁玲《我在霞村的时候》中的贞贞，更是以自己的命运诠释革命对身体的支配地位。尽管小说中作为政府代言人的"他们"从未出场，却是"他们"规定了贞贞身体的行动。最初是"他们""派"贞贞到日占区从事情报工作；最后还是"他们叫我回……去治病"②。无论是"派"，还是"治"，政治话语都表现出对身体的终极决定权。也因为这种服从，贞贞最后获得了救治与重生的机会。如果不服从革命的安排，身体自主也就不可能获得革命的支持。《高干大》中的任桂花与高栓儿的自由恋爱，就因与革命需要不协调而被一再否定。

　　就内在层面而言，身体价值的评判同样需要革命话语的支持。孙犁《钟》中慧秀的性解放，最后正是通过革命话语的认定才获得正名。贞贞在与传统贞洁观对抗时，不仅依靠生命意志，而且潜在地依靠政治话语的支持。"所谓生存，并不是苟活"③。"后来我是被派去的，也是没有办法"这一陈述中虽然包含着种种欲语还休的无奈，但她的"献身"因此

---

　　① 仓夷：《新式的婚礼》，载《中国解放区文学书系·散文·杂文编》第1册，重庆出版社1992年版。

　　② 丁玲：《我在霞村的时候》，《丁玲文集》第3卷，湖南人民出版社1983年版，第240页。

　　③ 鲁迅：《鲁迅全集》第3卷，人民文学出版社2005年版，第54—55页。

也获得了意义。"我看见日本鬼子吃败仗，游击队四处活动，人心一天天好起来，我想我吃点苦，也划得来。"① 这种"献身"行为，使她成为革命认同与肯定的对象。马同志与村里的"活动分子""都对她很好"。这实际上也是她能够对抗传统贞洁观，"欢天喜地"地生活下去的精神支柱。最后，还是政治给了贞贞一个"新生"的梦想，"而且我想，到了延安，还另有一番新的气象。我还可以再重新作一个人，人也不一定就只是爹娘的，或自己的。"② 在贞贞看来，只要将身体交给政治与革命就可能获得"新生"，革命成为脱胎换骨的神药。

通过这种对身体的外在的宏观调控，以及对身体的内在的微观调控，解放区的政治权力对传统身体权力进行了解构，同时也使自己的力量渗入社会的各个层面。尤其是通过基于身体的微观的伦理解构、道德重建乃至医学普及，新的政权将自己的意志植入了身体，从而使政治获得权力运作最坚实的基点，实现社会与政治的转型。

解放区文学对身体的阐释与修辞，不仅忠实地记录了时代转型过程中身体与权力的博弈过程，从而揭示出身体被解放与规训的双重境遇；而且揭示出身体在革命语境中的终极悖论。革命话语要求"献身"，因此，婚姻与性等，与身体直接相关的属性都可能成为革命的工具。孔厥的《一个女人翻身的故事》中的折兰英为改造无恶不作的丈夫而与其圆房，袁静、孔厥的《新儿女英雄传》中的杨小梅同样将婚姻作为促使丈夫张金龙参加革命的手段。而欧阳山的《高干大》中的任桂花则完全为"革命"所迫而成为改造丈夫的工具。在这种革命话语中，身体自主不再是一种无条件的伦理价值。为了争取老王太太对革命的支持，周立波的《暴风骤雨》中的萧队长和郭全海利用土改果实促成了她老实巴交的大儿子与富农老李女儿的包办婚姻。曾克的《战地婚筵》则以革命情怀与阶级情感代替个体情感，因此，只要双方都认同革命，那么包办也可获得肯定。不仅婚姻可以成为革命的工具，性同样也可以成为革命的工具。贞贞无疑是特殊时代中特殊命运的代表，她的革命行为正是以献"性"为前提。然而，革命要求的这种工具化的"献身"，必然带来一些革命所不愿或不能

① 丁玲：《我在霞村的时候》，《丁玲文集》第3卷，湖南人民出版社1983年版，第233页。

② 同上书，第241页。

承担的后果。对婚姻与性的工具化利用，无疑会使革命陷入一种道德上的被动与政治上的两难。这或许就是《我在霞村的时候》问世后一再受到批判的根本原因。疾病同样具有一种双重价值。它一方面可以证明政治在"治病救人"方面的有效性，另一方面，疾病本身就是一种社会的阴暗面。尤其是对身体的工具化运用导致的疾病，革命不仅要承担医治的责任，而且得面对由此产生的后果。尽管丁玲在《我在霞村的时候》中，为贞贞描绘了一个美好的未来，但字里行间流露出对疗效的质疑。通过"性"与"病"这种不可通约的身体属性，身体在这里以它的本原存在对革命提出质疑，解放区文学因此也潜在地揭示了身体的属己与属他之间的终极悖论，以及身体作为本体与作为工具在革命时代的两难。

原载《湖北社会科学》2009 年第 2 期

话语分配与身体调控

——论解放区文学中的性话语

"在每个社会，话语的制造是同时受一定数量程序的控制、选择、组织和重新分配的，这些程序的作用在于消灭话语的力量和危险，控制其偶发事件，避开其沉重而可怕的物质性。"① 对于一个社会而言，控制话语的生产与分配，是维护其社会正常运转的重要手段，也是其对主体进行调控的重要手段，在性话语方面更是如此。性从来就不是单纯的生理现实，而是"通过功能与本能、合乎目的性与意义的交织来定义的"②。每个时代每个社会都有着自己对性进行定义的话语方式，通过这种性话语的生产与分配，实现对人的控制。儒家"存天理，灭人欲"的宣教就是传统社会对性这一最基本最强大的本能的一种调控，无欲或有欲被相对应地分配给人与非人。这种对性本能过度压抑的性话语生产与分配机制，其结果不过是"造出中国独特的假道学，一个戴着古衣冠的淫逸本体"③。由"立人"④ 这一主题出发，五四文学建构了一套肯定正常性欲的话语体系，在五四文学中，性话语成为五四个性解放大合唱中一种独特而不可或缺的音调。不论是郁达夫的直率呼喊，还是冯沅君的欲说还休，抑或是丁玲在性与爱之间的苦痛挣扎，性从来就不是一个让人忌讳的话题，而是作为五四

---

① ［法］米歇尔·福柯：《话语的秩序》，肖涛译，载许宝强、袁伟选编《语言与翻译的政治》，中央编译出版社 2001 年版，第 3 页。

② ［法］米歇尔·福柯：《性经验史》，佘碧平译，上海世纪出版集团、上海人民出版社2002 年版，第 115 页。

③ 周作人：《关于假道学》，《周作人文类编·上下身》，湖南文艺出版社 1998 年版，第87—88 页。

④ 鲁迅：《文化偏至论》，《鲁迅全集》第 1 卷，人民文学出版社 1981 年版，第 57 页。

启蒙主题的一个重要侧面，直接参与了五四文学的"立人"命题。

　　作为解放区的"新文化运动"与"新的启蒙运动"① 的重要组成部分，解放区文学与五四文学在主题与价值方面有着一脉相承之处，尤其是在婚恋自由方面，解放区从根本上颠覆了传统的"父母之命，媒妁之言"，使身体成为受个体自主支配的所有物，使五四启蒙精神得以深入与普及。然而，为了使身体符合革命需要，解放区文学在大肆宣扬婚恋自由的同时，却遮蔽了与婚恋密切相关的性。这种将婚恋与性切割开来的话语生产与分配机制，包含着解放区文学主体建构的深层密码，革命需要个体从传统的小家中解放出来，但其最终目的是使个体融入革命的大家庭，因此，与小家关系密切的婚恋自由被大肆宣扬，而与革命的献身需要冲突的性则成为被规训的对象。然而，众多研究者却忽视了这一话语生产与分配的重要意义，虽然有论者指出"文化大革命"中"无性"的英雄形象诞生的深层原因，却很少指出"文化大革命"语言与解放区话语生产的关系，更没注意到解放区话语内部的这种分配机制的影响。正是通过性话语的改造，解放区文学完成了身体的净化，使其符合阶级革命的需要，然而，与此同时也使得封建意识借革命的幌子沉渣泛起，最终成为一种对身体的桎梏。

　　无可否认，革命以满足人的基本欲求为起点，以欲望的释放为动力。过上好日子的渴望给了广大人民群众革命的激情与勇气：没有翻身的人们渴望翻身，已经翻身的人们要求保卫自己的果实，使自己的权益不会受到损害，因此他们都需要革命。"革命就是为着吃饱穿暖，几曾见过面团团的富翁来干革命？"这种欲望的满足不仅包括温饱，也包括性欲，"人不是饱暖就够了的，还有性欲，要求传种"②。谢觉哉在这里肯定了革命者性欲的合理性。而深受五四启蒙精神影响的萧军，则直接肯定了"性"在主体建构与社会建构中的重要地位："'性'能不好，这不独对于传种有碍，对于发展、自由以至于男女的终身'愉快'也是有碍的"③。作为一种正常的本能，性与革命并不是必然处于冲突位置，欲望与革命因此建

---

　　① 刘少奇：《苏北文化协会的任务》，载《中国解放区文学书系·文学运动·理论卷》，重庆出版社 1992 年版，第 63 页。

　　② 焕南（谢觉哉）：《炉边闲话·九》，《解放日报》1942 年 3 月 22 日。

　　③ 萧军：《论"终身大事"》，《解放日报》1942 年 3 月 25 日。

立了直接联系。

然而，欲望不仅能够激发革命，也能够腐蚀革命。欲望的满足必须被限定在革命能够容许的范围内，关于欲望话语的生产，同样也必须限定在革命话语能够允许的范围内。谢觉哉在肯定性欲的同时，将性欲无法得到满足的原因归结为法西斯，"现全世界闹战争，闹得怨女遍闺中，旷男盈野外，此法西斯之所以很可恨也"①，以避免革命者因过于关注自身性欲而放弃革命目标。而王实味的"衣分三色，食分五等"②虽然谈的还是"温饱"问题，却因触犯了革命的禁忌而被打成"托派"。

出于对性与革命的复杂关系的重视，革命话语重构了性话语的生产与分配方式。在性话语领域，政府与民间、革命与启蒙展开了一系列相互对抗而又相互利用的错综复杂的角力，最终，性—无性与反革命（不革命）—革命对应的话语模式的建立，不仅标志着政府对身体的性净化的完成，也标志着性启蒙③的失败，封建意识借革命的幌子乘机泛起。

一　性的革命化

解放区虽然有着萧军对性的直接肯定，但这终究是整风前的个案，而且，作为党外友人的萧军有着稍多一点的自由。对于其他作家而言，性显然必须服从革命的需要，性话语也必须服从革命话语的需要。只有作为阶级之性、群体之性存在从而与阶级解放联系在一起时，性才有可能是合法的表现对象，而个体之性则可能是革命的毒药，从而与反革命联系在一起。解放区文学的性话语由此将性革命化。

作为一个特殊的群体，以禁欲为首要戒律的尼姑也是需要革命来解放与改造的对象。尽管在解放区这一大语境中，尼姑的解放也被纳入了阶级解放的轨道，尼姑中也存在阶级等级，老尼姑是压迫者，小尼姑则是被压

---

① 焕南（谢觉哉）：《炉边闲话·九》，《解放日报》1942年3月22日。
② 王实味：《野百合花》，《解放日报》1942年3月23日。
③ 解放区的性启蒙，不仅包括萧军等对性欲的正当性的鼓吹，在《解放日报·卫生》栏中，也有一些性知识的介绍，如金茂岳讲《节育问题》（载《解放日报》1942年3月31日），王大可《是节育还是节欲？》（载《解放日报》1942年4月19日），《解放日报·卫生》1942年6月14日"问答"中对"节育（即避孕）是否能引起神经的变态？"的回复，郭涛《羞坏了兰英——月经的故事》（载《解放日报》1942年9月15日）等。

迫者，但在这种阶级意识背后，依旧饱含着民间的人性关怀与对性欲的肯定。伟强的《尼姑庵的春天》中，虽然也强调了老尼姑对小尼姑的剥削与压迫，但在解放小尼姑的时候，大家提出的理由却不是阶级问题，而是人性问题，强调的是尼姑的禁欲生活对人性的摧残。这里不仅有尼姑们自身欲望的觉醒："另一个圆脸细眉的尼姑说：'呆在这里真是受够了。……外边像我这么大年纪的，谁不都……'说到这里，羞怯得脸都红了，'谁不都……都出嫁了，俺一辈子也老不着和男人啦啦呱。'"① 就是村里的妇女们在和老尼姑论理时，也是以对人欲的肯定为前提："女大当嫁，为什么要逼着人家守活寡？明明是个女的，非叫装个男的不行。现在的世道不兴那个了！"② 性的解放在这里因为与革命一致而获得了肯定。孙犁的《钟》更是将尼姑的性解放、个体解放以及民族解放近乎完美地结合了起来。十八岁的尼姑慧秀，和大秋相爱后马上有了性关系，人性的本能战胜了佛门的清规戒律。这一在五四可能获得肯定的行为，却被大秋自我否定了。参加革命后的大秋，认为这种性关系是"不正确的，不要再做这些混帐事"③，因此故意疏远了慧秀，力图通过"净化"自己的性欲使自己更符合革命的需要。在这里，性解放本身并不能因其打破了封建意识的束缚而证明其合理性，只有在获得革命的肯定后才可能正当存在。作者最后为他们设计了一个完美的结局：他们因为护钟实现革命的同志关系，他们的性关系也因此获得了革命的认同，最终结成革命的夫妻。通过革命，越轨的性被纳入合法的性的轨道，革命就是定"性"的依据：只有经过革命的洗礼，"性"才可能获得组织与老百姓的认可，被革命宣告为"合法"。这种合法"性"不仅体现于革命生活中，也体现于家庭生活中，革命是夫妻性生活和谐的基石。洪林笔下的李秀兰与王从文虽然已经成亲，但由于她的"二流子"思想没有改造好，双方根本就没有性生活。王从文在婚床上试图行使丈夫的权力，"一只大手向着秀兰的胸前伸过来，秀兰一声惊叫，连鞋子也没穿，开了门就跑到院子里"④。而在李秀

---

① 伟强：《尼姑庵的春天》，载《中国解放区文学书系·小说编》第 2 册，重庆出版社 1992 年版，第 769 页。

② 同上书，第 772 页。

③ 孙犁：《钟》，《孙犁文集》第 1 卷，百花文艺出版社 1981 年版，第 141 页。

④ 洪林：《李秀兰》，载《中国解放区文学书系·小说编》第 3 册，重庆出版社 1992 年版，第 1973 页。

兰思想改造后，双方的性生活马上变得和谐，让听墙角的老母亲放心地睡觉去了。在这个有着民间情趣的场景里，潜含着性的革命化的要求。

　　作为身体最强大的本能，性不可能时时与革命保持一致。对于那些与革命相冲突的性，革命话语需要用更彻底的手段予以规训，由此才可能消解性对于革命的危害。在这一规训过程中，性被逐渐妖魔化，被置于革命的对立面，成为革命者必须克服的欲望。丁玲的《夜》中，何华明在面对比自己的老婆年轻得多的妇联会委员侯桂英的诱惑时，他感觉到自己体内的欲望："心不觉的跳得快了起来"，"恨不得抓过来把她撕开，把她压碎"①。但这种潜意识中欲望的觉醒马上被"另一个东西"压抑了下去："他感到一个可怕的东西在自己身上生长出来了，他几乎要去做一件吓人的事，他可以什么都不怕的。但忽然另一个东西压住了他，他截断了她说道：'不行的，侯桂英，你快要做议员了，咱们都是干部，要受批评的。'于是推开了她，头也不回的走进自己的窑里去。"② 他意识到这个"可怕的东西"对革命事业与革命声望的危害，因此坚决地压抑了自己的性欲。何华明为了革命拒绝了婚外的性诱惑，而洪流的《乡长夫妇》中的乡长冯春生则为了革命拒绝了婚内的性诱惑。"很有魅力"的妻子因与"另一种力量——革命"③ 冲突而被他视为"脏东西"④。这种"脏"的描述，不仅意味着肉体的不洁，也意味着精神的不洁，性因此成为与革命的"圣洁"水火不容的诱惑。因此，乡长想到了与妻子离婚，通过与"脏东西"隔离，实现自己的"净化"，以满足"圣洁"的革命需要。

　　这种将"脏东西"与革命隔离的"净化"，潜含着一种新的性话语分配方式：只有反革命或不革命才可能拥有性欲，甚至成为性欲的奴隶，对于真正的革命者，则不关注甚至拒绝性欲。解放区文学因此也建立了一种潜在的性话语生产方式：无性＝革命，性＝反革命。在解放区文学为数极少的直接进行性描写的场面中，可以看到一种极为明显的写作模式：敌人以美人计将立场不稳的积极分子拖下水，使之背叛革命。在这种模式中，性作为一种邪恶的欲望，成为腐化堕落的代名词，变成革命的对立面。周

---

① 丁玲：《夜》，《解放日报》1941年6月10日。
② 同上。
③ 洪流：《乡长夫妇》，《解放日报》1941年10月3日。
④ 同上。

立波《暴风骤雨》中的分地委员杨老疙瘩，中了韩老六的美人计，他与韩老六的女儿韩爱贞的调情场面，也就是他赤裸裸展示自己的欲望的场面，这种欲望证明了他的阶级立场不坚定，从而被革命抛弃。柯蓝《洋铁桶的故事》中的白士正，与乔芝芳勾搭成奸，最后竟然堕落到为敌人暗杀洋铁桶，完全背叛了革命。袁静、孔厥的《血尸案》中的刘在本，被钱坑人的侄女小凤勾引上后，背叛了自己的阶级立场，变成了"刘忘本"。在这种潜在的性话语生产与分配机制中，"性"成为革命的陷阱，是对革命者意志坚定与否的重要考验。

二　性的封建化

在性的革命化中，实际上潜含着一种"圣洁"要求，因此传统的贞节观也就可能借着革命的幌子沉渣泛起。在丁玲的《我在霞村的时候》中，沦为慰安妇的女性被命名为"贞贞"，明显有着对传统贞节观的颠覆意图①，而在普通民众意识中，传统贞节观依旧占有主导地位。《我在霞村的时候》中，没有人，包括她的家人，把被日本人强奸后的贞贞"当原来的贞贞看"②，"尤其那一些妇女们，因为有了她才发生对自己的崇敬，才看出自己的圣洁来，因为自己没有被人强奸而骄傲"③，在她们眼中，贞贞不过是"破铜烂铁"④。在这里丁玲表现出对传统贞节观的强烈批判意识。然而，致力于表现女性美的孙犁，却在歌颂女性美的同时，无意识地肯定与认同了传统的贞节观。《荷花淀》中的水生在参军前，明确要求妻子"不要叫汉奸捉活的。捉住了要和他拼命"⑤。李古北的《未婚夫妻》中的张来水，因为忙于抗日工作，一直没能娶未婚妻艾艾过门。在艾艾表现出对日本人的担心时，张来水以"和鬼子一堆死"的"咱婶

---

① 也因为这一命名，丁玲在后来饱受批判。由此更可以证明"贞贞"这一名字的特殊意味。

② 丁玲：《我在霞村的时候》，《丁玲全集》第 4 卷，河北人民出版社 2001 年版，第 224 页。

③ 同上书，第 226 页。

④ 同上书，第 29 页。

⑤ 孙犁：《荷花淀》，《解放日报》1945 年 5 月 15 日。

子姐妹" 做榜样教育艾艾: "你不敢那样?"① 尽管这些女性最后都有惊无险地脱离了日本人的虎口,但这种书写还是折射出一种男权意识与传统贞节观念,回到了鲁迅等批判的原点: "国民将到被征服的地位,守节盛了;烈女也从此着重。因为女子既是男子所有,自己死了,不该嫁人,自己活着,自然更不许被夺。"② 虽然孙犁等强调的妇女"反抗"与鲁迅所批判的"鼓励自杀"有着内在区别,但作家们对将贞节置于生命之上这一民间观念无意识的认同与欣赏,正说明传统封建意识影响的强大。

与传统贞节观念紧密相连的,是传统对自由恋爱的保守观念。革命对性话语的净化,要求性成为"合法"的与"私人"(不能进入公共话语领域)的。婚姻是"性"的合法化的手段,但婚前的"恋爱"却可能因为进入了公共话语领域而成为问题。虽然自由恋爱可以通过婚姻获得"合法"性,但这种"合法"通常是一种事后追认,而在事中,自由恋爱使"性"进入了公共话语领域,因此也就可能因为与传统观念冲突而成为问题,这才会有《小二黑结婚》中金旺的荒唐言论: "有便宜大家讨开点,没事;要正经除非自己锅底没有黑!"③ 在金旺看来,公开恋爱就是不正经,因此,"大家"都可以"利益均沾",染指公开恋爱者的身体。更重要的是,认定恋爱是否合法的权力完全在政府,一旦深受封建意识影响的"上级"成为性是否"合法"的宣判者,封建意识也就可能借"革命"的幌子"还魂"。在"革命"的封建意识看来,自由恋爱不是"奸情"就是"淫乱",是革命必须整治的对象。《小二黑结婚》通过改写故事为这种"奸情"提供了一个光明的结局,孙犁的《婚姻》则以更接近农村现实的原生态书写,揭示了性话语分配中的深层问题。

抗日战争"使人们忘记了祖宗的封建礼法","无论在河滩上,高粱地里,都有不少的安慰,鼓励,相互仗胆和相互救护。爱情在一种特殊残酷的环境里,以一种非常热烈的状态形成了。打走鬼子做夫妻,这好像是不成问题的"④。然而,打走鬼子后,"做夫妻"反而成了大问题。抗日中相恋的宝年与如意因为触及了当权者的利益,成为"淫乱"的典型。"不

---

① 李古北:《未婚夫妻》,《解放日报》1945 年 9 月 15 日。
② 鲁迅:《我之节烈观》,《鲁迅全集》第 1 卷,人民文学出版社 1981 年版,第 121 页。
③ 赵树理:《小二黑结婚》,《赵树理文集》第 1 卷,中国工人出版社 2000 年版,第 4 页。
④ 孙犁:《婚姻》,《孙犁文集》第 1 卷,百花文艺出版社 1981 年版,第 310 页。

知怎么一下子就反对淫乱来，先撤销了宝年的民兵，下了枪。晚上，村长站在新房顶上，用大喇叭向西头宣布了戒严，就去传如意"，区干部对如意说："有点事，群众反映，你和宝年有男女关系！同志，你老老实实坦白一下吧。"① 当如意申明自己有恋爱的权利时，区干部恼羞成怒："'有什么权利？'区干部从炕上坐起来，'我是上级，你破坏了党在群众中的威信，你的错误大多着呢，你好好反省吧！''大街影壁上的双是纲领，不是明明写着男女婚姻自由自主吗？'如意问。'那是去年的皇历，现在的中心工作是反淫乱！'村长拍着桌子说。"② 在这里，解放区性话语的分配原则得到了进一步的确立，性的本来面目及其合理性完全被忽略不计，个体的欲望必须完全服从于"革命"的"中心工作"需要，于是婚恋自由最终变成了"淫乱"。③ 性启蒙在政治与封建联姻面前彻底败北，性也逐渐退出作家们的视野。

对性的规训实际上是对人的意志的规训，只有在消灭性的危险性之后，人才可能被纳入一个既定的管理框架中。消灭了本能冲动，身体才可能成为驯服的身体，人才可能成为一种工具性的存在。革命需要丰富的人力资源，这就要求个体从传统的小家庭中争取到身体自主权，"献身"于革命的大家庭。而没有性欲的身体，才是符合革命的"圣洁"需要的身体。为实现革命对身体的调控，解放区文学建构了一套话语生产与分配机制，在这一机制中，性话语被逐渐边缘化与净化。首先，解放区文学将主要的话语权交给政治话语，只有少量分配给个体性—爱话语，而性—爱话语中，又将主要的话语权分配给婚恋话语，只有极少部分分配给性话语，在性话语内部，则将性分配给反革命，将无性分配给革命。通过这一整套话语分配方式，解放区文学不仅以革命为"性本能"定"性"，划定了合法"性"的疆域，并逐步实现了性话语的净化，最终实现对身体的调控。

革命话语不仅需要精英话语的净化，更需要民间话语的净化。在这方面，革命话语体现出它的巨大改造力量。旧秧歌这种"农村中，容人最

---

① 孙犁：《婚姻》，《孙犁文集》第 1 卷，百花文艺出版社 1981 年版，第 312 页。

② 同上书，第 313 页。

③ 这在无意中透露出农村观念难以彻底改变的一个原因。基层政策的善变，一切围着"中心工作"转，没有一贯的理念支撑，不仅可能导致人们思想混乱，同时也容易使政策被利用与置换，成为封建意识滋生繁殖的土壤。

多的集体娱乐"①，在解放区农村影响力最大，包含传统的性话语也最多。"恋爱是旧的秧歌最普遍的主题，调情几乎是它本质的特色。恋爱的鼓吹，色情露骨的描写，在爱情得不到正当满足的封建社会里，往往达到对于封建秩序、封建道德的猛烈的抗议和破坏。在民间戏剧中，这方面产生了非常优美的文学。"② 然而，1944 这一年尚被周扬肯定的"恋爱"与"色情"，到 1946 年就变成必须禁绝的"骚情"。张庚写于 1946 年的《谈秧歌运动的概括》全盘否定旧秧歌中的性话语：要求"坚决扫除秧歌中丑角的胡闹，如男女'骚情'的东西，因为秧歌也就是具有一种适于胡闹和'骚情'的特别形式，形成一部分特有的技术"③。这种理论主张落实到了政治决策层面，则变成了反淫荡。1946 年 1 月《冀鲁豫区党委宣传部关于春节文化娱乐工作的指示》明确要求："在内容方面……不要单纯娱乐，更不要带有封建迷信、淫荡落后的旧内容。"④ 作为与百姓联系最紧密的文艺形式，秧歌的改造是解放区性话语改造最前沿的阵地，新秧歌根本看不到传统的"色情"，凸显革命话语的巨大威力。

　　尽管对性话语的净化成为解放区文学的一种集体意识，但在革命话语与民间话语接壤的地方，民间的风趣与猥亵依旧存在。无伤大雅的猥亵性话语在革命话语中，是革命话语的点缀，也是民间话语对革命话语认同与臣服的体现。《暴风骤雨》中，旧秧歌在庆功会上被拿了出来用于娱乐群众。《太阳照在桑干河上》中，翻了身的李宝堂忽然成了爱说话的老头，希望革命能够使他过上有"性"的生活："要是再分给一个老婆，叫咱也受受女人的罪才更好呢。"⑤ 然而，这种民间性话语同样存在着革命的分配方式，性戏谑也是进行阶级管理的一种手段。巫神白银儿因"性"行为较滥而"不准翻身"，并成为大家调笑的对象。在地主被斗倒后，她也到农会来控告地主江世荣对她的压迫，"农会的人忙得要死，大家懒得理

---

　　① 赵树理：《艺术与农村》，《赵树理文集》第 4 卷，中国工人出版社 2000 年版，第 1552 页。

　　② 周扬：《表现新的群众的时代——看了春节秧歌以后》，《解放日报》1944 年 3 月 21 日。

　　③ 张庚：《谈秧歌运动的概括》，载《中国解放区文学书系·文学运动·理论编》，重庆出版社 1992 年版，第 555 页。

　　④ 《冀鲁豫区党委宣传部关于春节文化娱乐工作的指示》，载《中国解放区文学书系·文学运动·理论编》，重庆出版社 1992 年版，第 43 页。

　　⑤ 丁玲：《太阳照在桑干河上》，《丁玲全集》第 2 卷，河北人民出版社 2001 年版，第 187 页。

她，看热闹的人也说：'回去吧，你们的账可多着呢，还是在炕头去算吧。'"① 性话语的分配，成为革命的特权之一。

如王德威先生所指出的，"道德、政治与性"② 之间存在着错综复杂的关系，"女性身体除了在礼教上显现模棱意义，在政治上也往往兼具正邪两极的潜能"③。在解放区的性问题上，革命话语、启蒙话语以及民间话语之间呈现出错综复杂的关系。无疑，解放区的启蒙话语在革命话语的支持下，对民间话语中的贞洁观念构成了一定程度的解构。无论如何，尼姑的性解放都可以说是一种社会的巨大进步。而《我在霞村的时候》中的马同志对贞贞"想不到她才英雄"的评价，更是对村妇们"破铜烂铁"最直接的反驳，也是对传统"失节事大"最彻底的颠覆。然而，这种启蒙话语却可能与革命的要求相冲突而被否定。性欲作为身体最为强大的本能与最为私密的欲望，一旦放松控制，就可能对革命所要求的"献身"构成威胁。无论是《夜》中的何华明与《乡长夫妇》中的冯春生因意识到性欲对革命的可能危害而拒绝诱惑，还是《暴风骤雨》中的杨老疙瘩与《血尸案》中的刘在本因中了美人计而背叛革命，抑或是秧歌剧中的"反淫乱"，作者的目的无疑都是强调性欲对革命或明或暗的威胁。正是在革命要求的"圣洁"面前，民间话语中贞洁观念通过"革命"的幌子得以还魂，性因此也被逐渐排除在革命话语之外。通过消解启蒙话语，驯化民间话语，解放区的革命话语建构了一套符合自己利益的性话语生产与分配方式，从而实现对身体的规训与调控。

原载《湖北大学学报》（哲学社会版）2009 年第 1 期

---

① 丁玲：《太阳照在桑干河上》，《丁玲全集》第 2 卷，河北人民出版社 2001 年版，第 207 页。

② 王德威：《想像中国的方法》，生活·读书·新知三联书店 2003 年版，第 174 页。

③ 同上书，第 175 页。

话语的博弈与整合

——论《我在霞村的时候》中的多重话语

　　作为丁玲在延安整风前的代表作之一,《我在霞村的时候》因其多重话语之间的对话与潜对话而构建成一个具有多重意蕴的文本,被众多研究者一再解读。整风运动时期,它就因为女主人公贞贞与作者丁玲的某种相似性而成为批判的靶子。十七年时期,它更因为作者"把一个被日本侵略者抢去作随营娼妓的女子,当作女神一般加以美化"[①] 而受到更严厉的再批判。新时期的研究者重新发现并肯定了它的启蒙内涵,唐克龙从主题学的角度认为它"延续了'五四'运动的启蒙主义传统,提出了个人自由、婚姻自主的重大命题"[②]。更多的人则从女性主义的视角切入了性别、政治、道德之间错综复杂的关系。海外学者王德威的《做了女人真倒楣?——丁玲的"霞村"经验》一文中由贞贞的命运切入了"(女)性与政治"[③] 的关系,较深入地剖析了作品对传统"女性神话"的解构意味,揭示出"女性身体除了在礼教上显现模棱意义,在政治上也往往兼具正邪两极的潜能"[④] 的复杂内涵。这种分析思路同样也是国内学者关注的重心之一。叶立文的《重读〈我在霞村的时候〉》(载《中国现代文学研究丛刊》2000 年第 3 期)分析了小说中女性文本与政治文本之间的矛盾冲突及其相互解构意味。喻见的《女性书写与男性写作的两种意义

[①]　周扬:《文艺战线上的一场大辩论(节录)》,载袁良骏编《丁玲研究资料》,天津人民出版社 1982 年版,第 415 页。

[②]　唐克龙:《未完成的启蒙——丁玲〈我在霞村的时候〉新解》,《天津大学学报(社会科学版)》2003 年第 4 期。

[③]　王德威:《想像中国的方法》,生活·读书·新知三联书店 2003 年版,第 172 页。

[④]　同上书,第 175 页。

场——〈我在霞村的时候〉与〈荷花淀〉的比较阅读》（《文学评论》
2005 年第 5 期）分析了这一女性书写文本的独特意义。董炳月的《贞贞
是个"慰安妇"——丁玲〈我在霞村的时候〉解析》"还原"了贞贞的
"慰安妇"身份，认为这是一篇"表现女性之孤独与女性之困境的小
说"①。孙红霞的《指向崇高意旨的身体献呈——〈我在霞村的时候〉革
命伦理解读》（《名作欣赏·文学研究版》2007 年第 11 期）则分析了女
性身体中潜含的革命伦理。这些分析从不同侧面挖掘出了小说的多重意
味。然而，这些解读却对构成小说多重意蕴以及多重解读空间的根本原
因，即文本中潜含的多重话语之间的对话与潜对话，没有给予必要的关注
与系统的分析。这篇包含强烈启蒙意向的小说，真实记录了解放区民间话
语、启蒙话语、女性话语、政治话语之间的多重对话与潜对话。这种对话
与潜对话，使《我在霞村的时候》成为一个具有精神分裂性质的文本，
从中可以看到深广的文化内涵。由小说中启蒙话语在分化的民间话语前的
沉默，以及女性话语与启蒙话语对政治话语的无意识的认同，可以看到解
放区多种话语之间的博弈，以及政治话语对其他话语的终极整合，由此凸
显丁玲乃至解放区的启蒙话语在解放区文化语境中所具有的个体局限以及
所面临的时代困境。

一 分化的民间话语

无可否认，作为一个具有启蒙意味的文本，小说不仅注意到贞贞受到
了来自敌人的伤害，而且注意到了来自自己人的伤害。作为一个"双重
失节者"②，她所面对的民间话语在某种意义上是她的苦难与折磨的一个
重要来源。深受五四启蒙思想影响的丁玲由此将批判的锋芒指向了愚昧封
建的群众。

在小说开头，丁玲就描出了一幅"看客"的群像，他们为了"看"
从敌占区回来的贞贞，使热闹的村子变得冷清。随后，丁玲进行了对看客
个体的素描。首先进入她视野的是杂货店的老板，这位并没有看到贞贞的

---

① 董炳月：《贞贞是个"慰安妇"——丁玲〈我在霞村的时候〉解析》，《中国现代文学研
究丛刊》2005 年第 2 期。

② 同上。

男性先是制造并散布"听说病得连鼻子也没有了"的谣言，随后就是"亏她有脸回家来"①的批判。这种谣言与批判凸显解放区落后男性的看客心态与传统贞节观的影响。而随后的打水妇女的议论，让丁玲感到更为寒心。她们没有看到贞贞的个人境遇所意味的女性的苦难，反而"因为有了她才发生对自己的崇敬，才看出自己的圣洁来，因为自己没有被人强奸而骄傲了"。这种将他人的苦"做赏玩，做慰安"②的态度，无疑正是看客意识的表现。因此，她们的同情不过是一种显示自己高人一等的怜悯与俯视。当贞贞拒绝她们这种假意的同情与怜悯之后，她们本相毕露，继续将污水往贞贞身上泼："这种破铜烂铁还搭臭架子"。

在旁人将贞贞视为异类的眼光中，丁玲发现了传统贞节观的深远影响与民众的看客意识，而在她的家人"没有人把我当原来的贞贞看了"的眼光中，丁玲不仅发现了传统贞节观的影响，而且发现了传统家族伦理的残酷与虚伪。开始是父权的包办，坚决否定了贞贞与夏大宝的自由婚恋，从而间接导致贞贞落入火坑的悲剧，由此看出传统伦理的残酷性。而在贞贞"失节"之后，家人觉得她掉了价，为了避免她嫁不出去的命运，他们一心想促成她与夏大宝的婚姻，因此，她母亲向贞贞哭着恳求她"为娘老子着想"，以补偿"这一年多来我为你受的罪"。这种观念凸显传统伦理的虚伪性。他们并不是真正为孩子着想，而只是为自己或为家庭的"脸面"着想。从开始否定到最后肯定贞贞与夏大宝的婚恋，家族伦理的表现，表面上看起来相互矛盾，实质上却极为一致，那就是女儿只是父母一个待价而沽的"货物"，是他们"脸面"的装饰，而子辈的意志则被忽略不计。所谓父权与母爱正是传统家族伦理的两翼，共同实现对子辈自由意志的剥夺。

然而，解放区的民间并不只存在着愚昧封建的看客与保守固执的长辈，同时也存在着追求进步充满希望的青年。革命伦理与优良传统造成了民间的分化，正是这种分化孕育着民间新生的可能。马同志与"我"一见面，就对贞贞作出"想不到她才英雄"的高度评价，村里的"活动分子"也"都对她很好"。这种积极地肯定与认同显示出革命伦理对传统伦

① 丁玲：《我在霞村的时候》，《中国文化》第3卷第1号。本文中引文，如无特别标注，均为出自此一版本。

② 鲁迅：《鲁迅全集》第1卷，人民文学出版社2005年版，第384页。

理的巨大解构力量。虽然这种解构主要还是停留在政治层面，甚至带有性别意味——他们大都是男性——但这种对传统贞节观的否定，无疑具有重大的现代意味与进步意义，暗示着民间由传统向现代转型的可能。而在夏大宝身上，则体现出民间优秀传统的深远影响。这位"有良心的孩子"甘愿被人说成"傻子"，在贞贞患病后还是不断向贞贞家求婚，表现出反抗传统偏见的巨大勇气。他的善良、真诚以及责任意识，使得他在贞贞患病之后，还是不离不弃，希望"能使她快乐"。这种朴实的情感，使"我"都对他表示认同，觉得他能够给贞贞幸福。

二 沉默的启蒙话语

无疑，解放区这种民间话语的分化意味着进行启蒙的可能。然而，在这种可能面前，所谓启蒙话语却陷入沉默，从未与民间话语进行对话。小说中的"我"始终以种种理由对民众进行回避，保持沉默。这种与群众保持距离的态度，并不仅仅是一个叙事视角与叙事距离的问题①，而是一个文化与现实问题，从中折射出作者的态度。在小说中，"我"始终自命为一个外来的休养者，而不是一个试图将自己融入民众的启蒙者。由于"我"与民众之间没有那种血肉相连的感受，这使得"我"的保持距离成为一种置身事外的超然，"我"的批判则成为一种自命高深的俯视。这种超然与俯视显示出所谓启蒙话语中的个人主义局限。

在最初面对杂货店老板以及打水妇女的谣言时，"我"还是一个不了解真相的外来者，因此，"我忍住了气，因为不愿同他吵，就走出来了"的退让尚且有一定的道理。但熟悉了贞贞以后，"我"还是无论对谁都"愿意保持住我的沉默"。刘二妈等人试图与"我"谈贞贞，"我总不给她们说话的机会"，这在"我"看来是对贞贞隐私的一种尊重，但这种沉默同时也是对改变民众观念的机会的放弃。最后，在面对贞贞母亲的时候，"我"同样只有鄙视而不是开导："我以为一个女人当失去了自尊心，一任她的性情疯狂下去的时候，真是可怕，我很想告诉她，你这样哭嚷是没

①　参见张新煜《文学批评·性别民主·视角主义的话语生产——以丁玲〈我在霞村的时候〉为例》，《阴山学刊》2007年第5期。该文作者认为丁玲采用这种"有意识保持距离"的叙事方式有利于作者表达一种对女性更为积极的看法。

有用的，同时我也明白在这时是无论什么话都不生效果的。"因为首先就有 "不生效果" 的预期，所以 "我" 干脆保持沉默。

"我" 刻意与落后群众保持的距离，人为地在 "我" 与群众之间划上了一道鸿沟，潜含着知识分子自命清高的意识。而 "我" 刻意与积极分子保持的距离，则直接证明了 "我" 的个人主义的冷漠。"我" 初见到马同志时，就已经流露出这种疏远意识："像这样的青年人我在前方看了很多很多，当刚刚接触他们的时候常常感到惊讶，觉得这些同自己有一个距离的青年们都实在变得很快，不过一多了，也就失去了追求了解他们的热心了。" "我" 对夏大宝同样没有深入了解的热情。小说中唯一与 "我" 关系亲密的人就是贞贞，双方好得 "谁都不能缺少谁似的"。然而，这种亲密的友谊还是以个人主义功利目的为底子："我们的闲谈常常占去了我很多时间，我却总以为那些谈天，于我的学习和休养，都是非常有帮助的。" 贞贞成为 "我" 在霞村休养时的一种慰藉与帮助，至于贞贞所面临的问题，"我也不愿问她"，更谈不上帮助她解决了。

小说中 "我" 这种知识分子个人主义倾向表现出启蒙意向的沉默，而小说中对疾病的政治化书写则显示出科学意识与现实主义精神的缺席。丁玲在小说中，以精神的圣洁遮蔽肉体的疾病，从而建立了一种疾病的政治隐喻方式：重要的是精神的健康而不是肉体的健康，只要精神上是圣洁的，肉体的疾病也就无关紧要。小说中包括贞贞自己在内的所有人都意识到她的疾病的严重性，独独 "我" 强调她 "一点点有病的象征也没有"，这种描写 "当然暗示其人的精神高贵，以及共产主义的护身符法力无边"[1]。只有当贞贞受到民众的闲言碎语与父母的软磨硬泡的困扰时，她的病症才变得明显起来，让 "我意识到她是有着不轻的病症"。丁玲借此凸显肉体健康而精神病态的民众才是使贞贞病症加重的根本原因，要想真正治好疾病，首先就需要离开这种精神上的困扰，获得精神上的再生。因此，在贞贞自己都因病而 "不想再有福气" 的时候，"我" 却许诺她，只要离开霞村就会有 "光明的前途"。在这里，问题的症结不仅在于 "政治部" 的 "嘈杂" 可能成为贞贞的另一威胁，而且在于贞贞的这种 "表里

---

① 王德威：《想像中国的方法》，生活・读书・新知三联书店 2003 年版，第 177 页。

不一"是否能够在"就医兼学习"① 中得到彻底的治疗。小说中对疾病以及疾病的治疗的书写，严重低估了疾病对贞贞的肉体与心灵造成的不可逆转的影响，这不仅意味着科学意识的缺席，更意味着"直面惨淡的人生""正视淋漓的鲜血"② 的现实主义精神的退场。

三　矛盾的女性话语

　　因为启蒙话语的沉默，小说中的贞贞必须独自面对喧嚣的民间话语。也正因为这种孤独而勇敢的话语方式，使得贞贞这一形象成为现代文学史上的一个经典，引起了众多研究者的关注。

　　从某种意义上讲，贞贞就是莎菲的延安版。在贞贞身上，有着五四个性解放的强烈回声。无疑，贞贞形象最为光辉的一面就是对传统贞节观的否定。尽管她面对的几乎是所有人的冷眼，但她"昨天回来哭了一场，今天又欢天喜地到会上去了"。然而，她借以反抗传统贞节观的并不是所谓的革命伦理——她从这里获得的支持实际上非常有限，包括"我"在内的革命的代言人，都未曾为她作出什么明确的宣示——而是一种简单的生存意志与生命伦理。她到底"才十八岁"，生命的道路正长。这种基于生存意志的生命伦理是对传统伦理与革命伦理的最彻底的颠覆，也是最具女性主义意味的描写。"人大约总是这样，那怕到了更坏的地方，还不是只得这样，硬着头皮挺着腰肢过下去，难道死了不成？现在呢，我再也不那么想了，我说人还是得找活路，除非万不得已。"这是对鲁迅"一要生存"③ 的主张的遥远回应，也是对传统"饿死事小，失节事大"的最根本的颠覆。不论是肉体的被迫"失节"，还是精神的无意"失节"，都不应该成为剥夺个体生命的理由。然而，"所谓生存，并不是苟活"④，也正是在这里，贞贞表现出一种超越简单的生命伦理的价值观。她出于生存本能跑回解放区后，同意再被派到敌占区去，这种自觉行为表现出她超越苟活的献身意识。"后来我是被派去的，也是没有办法"这一陈述中虽然包含

---

①　王德威：《想像中国的方法》，生活·读书·新知三联书店 2003 年版，第 177 页。

②　鲁迅：《鲁迅全集》第 3 卷，人民文学出版社 2005 年版，第 290 页。

③　同上书，第 54 页。

④　同上书，第 54—55 页。

着种种欲语还休的无奈①，但其坚强的行为无疑实现了生命价值的提升。这种提升是她能够"欢天喜地"地生活下去的精神支柱。

这位女性之所以光彩照人，不仅因为她的顽强的生命意志与自发的革命献身意识，更因为她自觉的女性独立意识。也正是这种自觉的女性独立意识使她成为所有人的对立面。当她的"失节"使她成为愚昧民众的话柄时，她的革命则使她获得了积极分子的敬佩，这使她能够获得某种心理平衡。但她最后的拒婚，则几乎使她失去了所有人的同情。也正是这时，贞贞表现出她的真正的独立意识。当"我"都劝她"你能听你娘"的话与夏大宝结婚时，她还是坚持"不要任何人对她的可怜，也不可怜任何人"的自觉态度，对家庭的软磨硬泡，民众的怜悯以及恋人的同情等包含不平等意味的情感采取明确的拒绝态度，表现出自觉的现代女性独立意识。

然而，她这种反抗还是带有传统伦理价值观的烙印。"我总觉得我已经是一个有病的人了，我的确被很多鬼子糟踏过，到底是多少，我也记不清了，总之，是一个不干净的人，既然已经有了缺憾，就不想再有福气，我觉得活在不认识的人面前，忙忙碌碌的，比活在家里，比活在有亲人的地方好些。"在这里，在她的坚强外表下面，实际上还是包含着一种深层的恐惧。如果说"有病"还只是一种事实判断的话，那"不干净"则是一种价值判断。在这种价值判断中，实际上潜含着对传统贞节观的认同，以至于她丧失了对个体幸福的信念，而将生命的意义归结于"忙碌"的工作。这种传统与现代的冲突，使贞贞的女性话语潜含着难以调和的矛盾。她强调女性的生存权，但这种生存权的价值依据却还是必须依托于革命伦理：她追求女性的独立与自由，但这种独立与自由的最终指向却不是个体幸福，而是革命工作的"忙碌"。这种矛盾从根本上也就消解了这一女性话语的自洽性，最终指向政治话语。

---

① 同样，文集版也对这一陈述进行了更为政治化的补充："我在那里熟，工作重要，一时又找不到别的人。"（《丁玲文集》第 3 卷，湖南人民出版社 1983 年版，第 232 页。）工作重要，包含着贞贞对革命的自觉意识，而找不到别的人，则是为边区的潜在辩护。众多研究者曾经根据贞贞对日本兵的暧昧态度，批判贞贞对敌人的仇恨意识不强，而这正凸显贞贞参加革命的自发性质。她的献身意识并不一定出自明确的革命伦理，而更可能出自一种朴素的民族意识。

四　终极的政治话语

在小说中间，政治话语的代言人从未出场，但这一未曾出场的话语方式却决定了"我"与贞贞等人的最终命运，表现出其终极话语权与决定权。对于"我"而言，是政治部的"莫俞"主任"决定"着"我"来到与离开霞村的行程。对于贞贞而言，则是"他们"决定她离开或是回到解放区。开始是"他们"将她派到敌占区进行情报工作，后来还是"他们""不再派我去了，听说要替我治病"。这种由"派"到"不派"，显示出政治话语的终极话语权与决定权。① 它不仅决定了人物的显在行为与命运，而且制约了人物的深层思维模式。正是这种终极话语权凸显启蒙话语的深层困境。

首先，无论是"我"还是贞贞，对命运的解读始终受到政治话语的潜在制约。"他们"派贞贞去敌占区进行情报工作，显然是一种对人的工具化利用。女性的身体在这里成为一种革命的"资源"，一种获取情报的"工具"，而个人的主体性以及由此可能带来的伤害则被忽略不计。这明显与启蒙精神所宣扬的主体意识与个性解放背道而驰。"我"在这里陷入了一种价值的两难，一方面肯定了贞贞个性解放话语的合理性；另一方面同样肯定了"他们""利用"贞贞的合理性，并以此来论证贞贞是精神上的"英雄"。在小说中，贞贞的个性解放并不具备天然合理性，而是必须首先认同政治相对于启蒙、革命献身相对于个性解放的优先权才可能被肯

---

① 然而，这种终极话语权与决定权，并不像某些论者所说的那样是一种无限制的。董炳月解读《我在霞村的时候》时，将"他们叫我回××去治病"中的"××"认为是"回日军炮楼"，无疑是一种新颖但过于大胆的解读，与文本存在距离。首先，"我"认为"我们也许要同道的"，显示"我"心目中的"××"也就是前面"我"讲到的要"我已准备回政治部去，并且回到××去"中的"××"，而不是暗指"日军炮楼"。其次，董炳月谈到的"由于某种担心，她才中途改变了话题"的说法，显然也是作者建构出来的，而不是文本中存在的。在文本中是"我"改变了话题，而不是贞贞。最后，作者认为贞贞从未去过"延安"，因此，从一个"回"字推断出暗指"日军炮楼"，却忽略了前面"有一个消息要立刻送回来"，显然，这个"回来"并不是指回霞村，而是另有所指。在当时特殊的语境中，用××代指延安，已是惯例，似乎不应过度阐释。当然，董炳月在论文中对"他们"对贞贞的利用的分析非常深刻。参见董炳月《贞贞是个"慰安妇"——丁玲〈我在霞村的时候〉解析》，《中国现代文学研究丛刊》2005年第2期。

定。而在政治话语中，却没有个性解放的空间，革命要求女性完全"献身"，但不能给予其个体幸福，因此，文本中表现出启蒙话语与政治话语相互背离、相互解构的精神分裂症状。

其次，无论是贞贞还是"我"，都将解决问题的希望寄托于政治而不是启蒙。贞贞将"新生"的希望寄托在"他们"身上。在这里，她没有表现出对自己的父母以及其他人的那种绝决的自主意识与反思意识，而是对"他们"言听计从。"他们"要她去敌占区就去敌占区，要她去"××"治病就去治病。她的个人愿望不过是"他们既然答应送我到××去治病，那我就想留在那里学习，听说那里是大地方，学校多，什么人都可以学习的"。"我"同样认为这就是贞贞的"光明的前途"。然而，这种光明前途不过是贞贞凭借政治力量逃离霞村，获得个体政治上的新生，而不是凭借启蒙改造民众，建构一种新的社会。然而，当贞贞在"××"待的时间长了，想象中的"不认识的人"成了认识的人，非亲人成了"亲人"，一切又该如何？是否会和在政治部待久了的"我"一样觉得"嘈杂"，希望重新躲到一个陌生的地方去？这种认为单凭政治力量就可以使个体获得新生，解决启蒙所面临的问题的思路，无疑是一种政治乌托邦设想，是对启蒙使命的放弃。小说由此表现出表层的启蒙意向与深层的放弃启蒙的精神分裂症状。

从丁玲后来对《我在霞村的时候》的修改，可以更清晰地看出这种启蒙困境。在文集版中，丁玲更明确地凸显贞贞自觉的政治意识，表现出对政治话语的终极认同。贞贞在最初的杂志发表版中谈到从日占区逃回的经历时，强调的只是一种生存本能与生存意志，而在文集版中，则增加了政治解释："后来我同咱们自己人有了联系，就更不怕了。我看见日本鬼子吃败仗，游击队四处活动，人心一天天好起来，我想我吃点苦，也划得来。"① 个人的吃苦因为与抗日战争联系在一起而获得价值与意义。在小说的最后，贞贞的认识同样上升了一个层次，由最初自发的个体"自立"意识——"我这样打算是为了我自己，也为了旁人，所以我并不觉得有什么对不住人的地方，也没有什么快乐的地方"——上升到了自觉的政治"献身"意识："而且我想，到了延安，还另有一番新的气象。我还可

---

① 丁玲：《我在霞村的时候》，《丁玲文集》第3卷，湖南人民出版社1983年版，第233页。

以再重新作一个人，人也不一定就只是爹娘的，或自己的"①。这种对身体的归属的重新阐释，明显肯定了身体的"非属己性"，从而为肯定革命的"献身"留下了伏笔。似乎只要将身体交给政治与革命就可能获得"新生"，政治成为脱胎换骨的神药。

小说中民间话语、启蒙话语、女性话语与政治话语之间的对话与潜对话，原生态地展现出解放区多种话语之间的博弈过程，从而构建出小说的多重意味，从不同的角度切入，可以读出不同的内涵。然而，由于政治话语的终极整合作用，使得这篇主观上带有明确启蒙意向的小说，客观上凸显启蒙话语在解放区语境中所具有的个体局限以及其所面临的时代困境。

一方面，解放区的启蒙存在着启蒙者的个体局限。无论是在小说内还是在小说外，所谓的启蒙者都未曾真正面对需要启蒙的对象。在小说内，启蒙者与被启蒙者从来未曾发生对话，甚至根本没有想过要和被启蒙者进行对话。作者为贞贞设计的出路，还是逃离乡土，而不是改造大众，甚至这种出路也不是倚靠启蒙，而是倚靠政治。这实际上也就是放弃了启蒙真正的历史使命。在小说外，它所批判的民众可能永远也不可能看到作者的著作。小说中的积极分子马同志都不能看到"我"的书，更何论其他人。于是，作者的所谓启蒙只是知识分子之间的一种话语的内部消费，而不能真正承担启蒙的使命。

另一方面，启蒙也面临着时代困境。在战争时期，几乎所有人都身不由己。在这种时代氛围中，个体的意志自决似乎只是一种奢望。"我"的行程不能由自己安排，贞贞的失节更不是出于她自身的意志。在战争中，个体并不必然就是自己的，正是这种"身不由己"，最深刻地展现出启蒙的困境。这种时代语境要求启蒙话语调整其与政治话语之间的关系。然而，小说对启蒙与政治的关系的思考，却陷入一种精神分裂之中。首先是启蒙与政治的割裂与对立。小说中贞贞的性格实际上是分裂的，她对传统伦理表现出自觉的反抗意识与反思色彩，对革命伦理却表现出无条件的认同，没有一点反思与反抗的影子（相对而言，《在医院中》的陆萍的性格比较统一，在她身上，启蒙与政治的关系处理得比较协调）。与这种思想上启蒙与政治非此即彼的对立相对应的，是地域上霞村与延安之间非此即

① 丁玲：《我在霞村的时候》，《丁玲文集》第 3 卷，湖南人民出版社 1983 年版，第 241 页。

彼的对立：霞村是致病之所，延安是治病之地，霞村是需要逃离的场所，延安则是应该投奔的圣地。作者似乎并没有意识到启蒙与政治之间相互包容、相互协调与相互促进的一面，如马同志等的革命伦理，无疑就是对传统伦理的一种解构，而政治部的"嘈杂"，可能也需要启蒙。这种对立最终结果可能就是以政治代替启蒙。小说中，不仅默认了"他们"安排贞贞去敌占区做情报工作的合理性，并且以此作为评价贞贞的依据。在"我"看来，阿桂的"做了女人真倒霉"的评价包含了对女性的歧视，与其相反，"我"则认为女性同样可以很伟大地承担历史与民族的使命。这种对"革命话语"的认同，忽视了女性自身的独特性，明显包含着对政治话语的臣服（与另一个女作家萧红的《生死场》对读，可以更清晰地看出这一点）。而"我"最后设想的贞贞的光明前途，更是试图以政治代替启蒙。然而，无论是将启蒙与政治对立，还是以政治代替启蒙，都是对真正的启蒙精神的背离。要实现"普遍的深入的新的启蒙运动"①，启蒙必须直面这种个体局限与时代困境，重新梳理政治话语与启蒙话语之间的关系。丁玲《我在霞村的时候》，作为中国现代文学史中的一个重要文本，值得人们不断进行反思。

原载《理论界》2008 年第 11 期

---

① 刘少奇：《苏北文化协会的任务》，载《中国解放区文学书系·文学运动·理论卷》第 1 册，重庆出版社 1992 年版，第 63 页。

政治·道德·现代性

——论十七年农村小说中的婚变

家庭是社会的分子，婚姻是家庭的基石。作为个体与社会交接的一个枢纽，婚姻不仅关系到个体（的）不可替代性的需要，同时也关系到社会的价值体系，有着丰富的理论内涵。而作为（对立）双方矛盾的最高点与总爆发的婚变，一方面体现了主体对自身需求与存在状态的判断；另一方面则折射出社会价值体系的变化，成为个体欲求与社会道德的交战场。它不仅是一个"打破旧道德，建立新道德"的基点，同时也是一个切入个体建构的基点。正是因为这种枢纽位置，在文学中，婚变成为一个古老而又常新的母题。然而，在不同时代，这一母题有着不同的表现形态。新中国成立以前，婚变更多地属于道德范畴，而1950年的《中华人民共和国婚姻法》的问世，意味着意识形态对这一在传统中属于道德范畴的婚姻问题的强势介入，使婚变中传统的"道德—个体"二重奏演变成"政治—道德—个体"三重奏。虽然在任何一个时代，人们都不可能摆脱意识形态的影响，但现代政治与法律的出现终究是一个现代性命题，它必然给婚变母题增添一些现代性因素。十七年时期意识形态的强势介入，虽然存在着种种局限，但在当时，却是对传统的全面颠覆，尤其是在农村婚姻问题上，新的意识形态在消解传统封建意识上有着极其明显的合理性，标志现代性的萌发与拓展。正是通过描写农村婚变的现代转型，作者切入了"政治规范—道德评价—主体建构"三者之间错综复杂的关系，揭示这一潜隐的现代性命题的丰富内涵。

仔细阅读，我们可以看到十七年的农村题材小说存在着一个关于婚变的隐形结构。在《铁木前传》《三里湾》《山乡巨变》《创业史》中，在以时代大事为主线的同时，都存在着一根以主人公的情感历程为中心的副线。然而，这一副线与以恋爱为中心传统的情感历程不同，它以婚变为中心：

《铁木前传》：九儿—六儿—小满儿—小满儿的丈夫

《三里湾》：灵芝—玉生—小俊—满喜

《山乡巨变》：盛佳秀—刘雨生—张桂贞—符贱庚

《创业史》①：改霞—梁生宝—刘淑良—范洪信

从这种文本潜结构的一致中，可以看出婚变在十七年农村小说中的地位。这种模式化一方面说明了作品风格的单一；另一方面也正是从这种模式化中，我们可以看到它在时代中的重要性。婚变的矛盾冲突本身就是一种叙述的动力，使主人公的性格得以展开，从而成为一个表现人物性格的便利工具；同时，作为一个具有自身独立价值与复杂性的社会现象，对婚变的描述必然寄寓着作者的价值评判与理论探索。无可否认，十七年农村小说受到意识形态的影响，但就是在这种意识形态的影响中潜隐着现代性因素，提出了一些现代性命题。而十七年农村小说的作者们，正是在无意中以历史见证人的身份，记录下这些潜隐的现代性命题在压抑中展开的历史进程。

一 女性的自决与启蒙的延续

五四时期，婚姻自由作为建立新道德的一个重要组成部分，在文学中得到了充分的展现，成为中国启蒙运动的一个重要组成部分。而个体自决是启蒙的首要目标。康德说过，所谓"启蒙就是人从他自己造就的不成熟状态中挣脱出来。所谓不成熟状态就是如果没有别人的指引，他就不能利用自己的悟性"②。启蒙的目的就是让人运用自己的理性，自我决策，自我承担。然而，作为一种社会运动，启蒙目的的实现受到外在社会环境的制约。在整个五四的启蒙语境中，先觉者，尤其是女性，不得不承受太多的外在压力，以至于先进者如子君（鲁迅《伤逝》）最终还是回到了自

---

① 本文将《创业史》第二部也列入论述范围，虽然此书初版是在"文化大革命"之后，但主要部分写于1966年之前，且从思路上也与十七年更为接近，因此，本文将它也算作十七年的小说，一并进行分析。

② ［德］康德：《什么是启蒙》，盛志德译，《哲学译丛》1991年第4期，第32页。

己的老家郁郁而终。这不得不说是启蒙的局限。然而，在新中国成立后的农村，启蒙所追求的女性自决在政治的保障下成为一种现实。

新中国成立后，由于婚姻法的颁布，婚姻自主有了法律的保障，以婚姻自由为口号的婚变明显增加。然而，在这里，我们可以看到两种形成鲜明对照的创作倾向。一种是男主角占据主导地位，主要表现在知识分子与农村妇女的婚变（包括婚姻危机）中。这种创作倾向以萧也牧的《我们夫妇之间》为滥觞，包括后来秦兆阳的《归来》、布文的《离婚》，以及孙谦的《奇异的离婚故事》等。在这些作品中，男主人公感受到双方感情的不协调，首先提出离婚的问题。然而，这种叙事却打下了传统道德的鲜明烙印。一方面是作者对男主角的批判中隐含着传统"福不易妻"的道德标准，主体的感受被置于道德之下；另一方面又始终存在着一种知识分子的自我优越感，农村妇女是被同情与怜悯的对象。男主角最后在女主角传统优秀品质的感染下幡然悔悟，重新回到家庭的怀抱，婚姻的稳定似乎是女性的胜利，而这种胜利却是以男主角放弃自己的本真感受为代价的。另一种创作倾向则与此相反，男女主动权易位。在农村小说中，女性占据了婚变的主动权，这一方面固然是因为农村中男女比例失调的现实状况，另一方面则是政治保障女性实现自我决策与自我承担的结果。如果说在前面一种创作倾向中，意味着知识分子自动放弃自己的启蒙意识，配合主流意识形态实现对知识分子的改造的话，那么，在农村小说中的女性自决里，我们可以看到五四启蒙主题的延续与实现。

在《奇异的离婚故事》中，农村妇女在与知识分子的对话中就已经占据了主导地位。尽管于树德首先提出了离婚，但在他为了自身利益，试图继续维持婚姻的稳定时，杨玉梅看清了于树德的真实嘴脸，坚定地与他离婚。这里，出现了对话双方地位的置换。在这种置换里，展现的不仅仅是农村妇女的优秀品质，而包含着一些更为现代的东西。可以说，这里出现了中国的娜拉，她们不再是男人的附庸，而是有着自己的独立价值。《创业史》中的刘淑良更为自觉主动，在觉得与丈夫没有了感情基础后，主动与在城里工作的范洪信离了婚，坚信"哪个村里不是鸡叫？哪个村里不是牛嚎？哪个村里不是共产党领导？她和一个大学生别别扭扭拉在一块有啥好？她和一个庄稼人情投意合过一辈子有啥不好？迁就人家，才不合她的心思呢！"① 这里的介绍明显带有意识形态色彩，在深层却是对女性自决的讴歌。在新政治体制的保障下，农村妇女获得了经济与政治上的自主权，表现出崭新的现代品质。

不仅在作者赞美的女性身上体现了一种现代品质，就是在作者以批判的眼光审视的女性身上，也包含着现代意识，而且，就是在这种批判的审视中，作者继承了启蒙的主题。婚姻法的颁布，给了女性解除包办婚姻的法宝，获得了自主权。五四时期，先觉者们就已经认识到女性地位的提高是社会进步的标志，而婚姻问题上女性的自决又是女性地位提高的标志。然而，如果这种抉择仅仅是一次性的话，那无疑还是一个接近传统的抛绣球的命题，只有在离婚中占据主动权，才足以说明女性地位的真正提高。然而，它不仅意味着女性二次选择的权力与自由，同时也意味着对女性提出更高的要求：对自己的意愿与责任的更清醒的认识。政治只能为启蒙提供外在条件，启蒙目的的实现还需要主体的内在转变。张桂贞与小俊等人的个体自决受到了充分的尊重，她们的离婚意图得以实现，体现了政策的力量。与此同时，她们身上存在的缺陷也受到了批判。正是在作者对女主角持批判态度的地方，体现了作者的启蒙意图。小俊在婚变中受母亲的操纵，与玉生离婚后又觉得后悔，体现了作者对主人公放弃自己的主体性与判断力的批判。张桂贞坚定的离婚信念显示出现代意识，但她身上同时残留着传统妇女那种依附意识，后者正是作者批判的目标。而她后来由依赖家人转变为自力更生，不仅博得了作者由衷的赞美，也更多地体现了妇女的现代转变。婚变中女性的二次自决，不仅是五四启蒙主题的部分实现，同时也是启蒙主题的延续与拓展。

二 性的潜隐与性的超越

无可否认，在十七年的小说中，性处于一种潜隐地位，人们对道德与政治纯洁性的要求，使作者们有意无意地回避着这个话题，它被认为与资产阶级思想密切相关，意味着生活作风的腐化。就是偶然涉及，也常常作为批判对象出现。在《奇异的离婚故事中》，于树德在提出与杨玉梅离婚

---

① 柳青：《创业史》第二部上卷，中国青年出版社 1977 年版，第 89—90 页。

后，认为"买卖倒台还得吃一顿散伙饭"① 而要求同房，成为一种丑态的大展示。然而，婚变作为一个与性直接相关的命题，加上农村本身固有的民间猥亵传统，性也是农村婚变话题的一个组成部分。正是在这种性的暗示、性描写与意识形态的纠葛中，作者提出了性的超越性命题。作为人的基本生理欲求，性必须得到正视。然而，正如别尔嘉耶夫所言，"性是人的缺损的标志"②。"没有内在的禁欲生活人就会成为自己和自己低级本质的奴隶。"③ 弗洛伊德在看到性压抑导致人的变态一面的同时，也发现了性的升华的一面，认为人类文明就是人类压抑自己的本能的结果。十七年农村小说正是在性与意识形态之间寻找一种平衡，力图建立一种新的性道德（它与"文化大革命"中性的缺席完全不是同一个命题）。在这里也许存在矫枉过正的倾向，但同时也存在合理性与现代意识。对于树德的批判就体现了这一点：性并不仅仅是一种生理欲求，不是"吃散伙饭"那样的商业行为，而必须以感情的契合为基点。正是对情感性的要求，在十七年农村小说中，也出现了一些对性牧歌式的描写。《铁木前传》中，作者虽然认为小满儿的放荡是在"危险的崖岸上回荡"④，但对六儿与小满儿在捕鸽后在麦秸堆里探讨"什么才是女人的法宝"⑤ 并没有严厉的批判，而是饱含诗意。因为她与她姐姐及母亲的性的出卖全然不同，她没有从这种性中获得什么物质利益，只是一种情感与本能的自然流露。《山乡巨变》中不仅有陈大春与盛淑君之间的情爱描写，"一种销魂夺魄的、浓浓密密的、狂情泛滥的接触开始了，这种人类传统的接触，我们的天才的古典小说家英明地、冷静地、正确地描写成为：'做一个吕字'"⑥。有邓秀梅在对盛淑君进行忠告时对人的生理欲求的洞悉，"'当心呵，男人家都是不怀好意的。他们只图一时的……'邓秀梅没好意思讲完这句话，跳到下边这话了：'要是孩子生得太早了，对你的进步，会有妨碍的'"⑦。

———————————

①　孙谦：《奇异的离婚故事》，《长江文艺》1956 年第 1 期，第 55 页。

②　[俄] 尼古拉·别尔嘉耶夫：《论人的奴役与自由》，张百春译，中国城市出版社 2002 年版，第 272 页。

③　同上书，279 页。

④　孙犁：《孙犁小说选》，四川人民出版社 1982 年版，第 305 页。

⑤　同上书，第 291 页。

⑥　周立波：《山乡巨变》上，作家出版社 1958 年版，第 205 页。

⑦　同上书，第 225 页。

就是老先生都在传统文化中为接吻找到了合理性论证的依据，在刘雨生与盛佳秀的婚礼上，李槐卿对新婚夫妇说，"道理是人兴出来的，再说，我们从前也有的，从前叫'吻'，假如没得这一种礼信，为么子造出这个字来呢？亲吧，社长"①。在这种性描写里，可以看到当时意识形态对新的性道德的宽容与让步：只要性行为以情感作为基础，它就没有受到太多的谴责。

如果说这种性描写带有牧歌性的话，那另一种与性相关的描写则带有批判色彩。它将批判的矛头指向了传统贞节观念。再婚对传统的节烈观形成直接挑战，正是通过这种直接挑战，意识形态改造着封建的性观念与性道德。张桂贞因为不是"红花亲"而没有去成街上，后来与"不挑红花白花"的符贱庚结成美满婚姻，这种城乡对比体现了农村性观念的先进性与现代性，获得了作者的肯定。《创业史》中刘淑良的主动离婚博得了生宝他娘的称赞："这么明亮的女人！"② 贞节问题根本就没有被提上议程。《三里湾》中的满喜在大年老婆给他介绍小俊时，说了一句怪话："我又不是收破烂的！"③ 这句带民间猥亵性质的怪话里隐含着传统的伦理道德判断，包含着对性的贞节的要求。然而满喜马上又自我否定了，将这种传统道德判断转换成流行的意识形态判断，"人家既然觉悟了，知道以前不对了，为什么还要笑话人家呢？"④ 在这种转换中，可以看出民间道德判断与意识形态的复杂关系：意识形态主流话语控制并改造着民间话语。在这种控制与改造中，体现了现代性的萌发。任何时代，人们都不可能完全摆脱意识形态的控制，真正的问题在于，意识形态是否适应社会的发展。新中国成立初期，新的意识形态相对于封建意识而言，是一种完全现代的东西，尤其是在婚姻与性方面，它以法律的形式肯定了五四一代先觉者们对节烈批判的合理要求，在移风易俗方面起到了重大作用。它在回避性的同时提出超越"性"的命题。这种性的超越在刘淑良的意识中得到了明确的表述，"她要一个随便什么男人做啥呢？或者糊涂、或者狡猾、或者窝囊、或者思想落后，她怎么能有做这号人的媳妇的那种感情呢？要是没有

---

① 周立波：《山乡巨变》（下），作家出版社 1960 年版，第 288 页。
② 柳青：《创业史》第二部上卷，中国青年出版社 1977 年版，第 90 页。
③ 赵树理：《赵树理文集》第 2 卷，中国工人出版社 2000 年版，第 558 页。
④ 同上。

那种感情，而硬要做一个人的媳妇，那简直太寒怆了!"① 虽然意识形态潜在地制约着感情的共鸣，但以感情的共鸣作为性的前提，本身是一种合理的要求。在性日渐泛滥的今天，更可以看出历史中的合理因素。

三　主体的沉沦与觉醒

"沉沦中的生存论存在论的要点在于：此在不立足于自己本身而以众人的身份存在。"② 在十七年的社会改造运动中，出于政治的需要，大肆宣扬集体主义，对先进个体总是要求公而忘私、大公无私，使个体能够统一在意识形态的方向上来。然而，"集体主义总是专横的，在这里意识和良心的中心被置于个性之外的大众的、集体的社会团体之中"③。它使人堕入一种无个性状态。婚变使个体从无个性的状态中凸显出来。人的本真需求在婚变以及由此产生的痛苦中，从人的日常生活的沉沦中觉醒过来。如果说，在婚姻中，以及在婚姻的维护中，个体的是无关紧要的，重要的是社会身份与社会道德的维系，人为了他人而存在。在《铁木前传》中，小满儿的母亲在听到她的丈夫快回来时，马上前来劝小满儿回去："你在这村里疯跑，人家有闲话哩!"④ 这是一种典型的"沉沦"状态，人家的闲话成为行为的依据，她只能以丈夫的妻子，母亲的女儿的身份存在。然而，尝到爱的滋味的小满儿，不愿意再回到以前那种生存状态，她明白过来"她是没有亲人的，她是要自己走路的"⑤。否定他人的闲话对自己行为的决策力，"'既是闲话，'小满儿坐在炕沿上低着头整理鞋袜说，'我管它干什么? 叫他们吃了饭没事，瞎嚼去吧!'"⑥ 而张桂贞更是体现了生存的个体性，婚姻作为与个体直接相关的生存状态，"如鱼饮水，冷暖自知"，不仅有它的外在的一面，同时也有内在的一面，如果展现在他人面前的是婚姻的社会性的话，那它的另一面就是为他人所不能体验的个体

---

① 柳青：《创业史》第二部下卷，中国青年出版社 1979 年版，第 313 页。

② 陈嘉映：《海德格尔哲学概论》，生活·读书·新知三联书店 1995 年版，第 85 页。

③ ［俄］尼古拉·别尔嘉耶夫：《论人的奴役与自由》，张百春译，中国城市出版社 2002 年版，第 237 页。

④ 孙犁：《孙犁小说选》，四川人民出版社 1982 年版，第 306 页。

⑤ 同上书，第 307 页。

⑥ 同上书，第 306 页。

性。而这种内在的个体感受才是婚姻的实质。张桂贞与刘雨生的婚姻，在他人眼中也算是完满的婚姻，然而，就是在他人所认为的完满的婚姻中，张桂贞发现自己的主体感受与社会评价的不一致之处。"她想他（刘雨生）的本真、至诚、大公无私，都是好的，但对自己又有什么用处呢？她所需要的是，男人的倾心和小意，生活的松活和舒服。他不能够给她这一些。这个近瞅子不分昼夜，只记得工作，不记得家里。"① 李月辉认为"老刘是个打起灯笼火把也难找到的好人！"② 然而，就是这个好人，让张桂贞"一到天黑，总是孤孤单单地，守在屋里，米桶是空的，水缸是空的，心也是空的"③。也只有在离婚时，刘雨生才感觉到伤心，哭了出来。然而，刘雨生的短暂的觉醒又被压抑下去了，"李主席在窗子外面，故意高声跟别人谈话，来掩盖他的哭泣声"④。这个细节构成一种隐喻：主体感受的被压抑与掩盖。作为政治的人，刘雨生不能不将感情问题抛在一边，以换取自己身份的确认。李月辉在刘雨生为离婚伤心时，不是对他的情感表示同情，而是以刘雨生的社会身份来进行责难，"党在领导合作化，你在这里闹个人的事，这不大好，叫别人看见，不像样子"⑤。在这里，不仅是先进与落后的简单对比，更多的是两种生存态度的对比。相对而言，在受意识形态影响更少，与民间联系更多的张桂贞身上，可以看到更多的存在的自觉，在她的意识中，发现了个体感受的不可替代性，并珍惜这种不可替代的个体感觉，维护自己合理的本真欲求。正是以这种感觉为依托，她获得了自身的独立自主感，使她能够以个体面对整个社会时也不至于被压垮，在"乡政府的人们的私语、愧叹和怒目的包围里"，依旧能够"昂着脑壳"⑥ 走出来，就是后来在娘家受到欺侮也依旧坚持自己的选择，并不感觉后悔。

在小满儿与张桂贞那里，婚变体现了她们个体意志的自觉及对个体不可替代的感受的珍惜。而在另一个女性那里，婚变可能就是一个存在由沉沦走向觉醒的过程。小俊在结婚后依旧受她那"能不够"母亲的"教诲"

① 周立波：《山乡巨变》（上），作家出版社1958年版，第232页。
② 同上书，第133页。
③ 同上书，第136页。
④ 同上。
⑤ 同上书，第139页。
⑥ 同上书，第137页。

与摆布，与玉生的离婚也是如此，她没有自己存在的独立性。然而，离婚后的痛苦却意味着存在的觉醒。小俊想起玉生的好处，由此而"觉着她妈的指导不完全正确，自然有时候难免对她妈有点顶撞"①。这是她走向自觉与独立的第一步。只有摆脱那种精神上的依附，自己对自己的行为负责，人才可能感受到本真的存在。而后袁天成对"能不够"与小俊的"劳动改造"，不仅仅是主体回归社会认同的过程，同时也是主体"学得当个'人'"②，寻求自身独立价值的过程。正是在婚变的痛苦中，小俊意识到自身独立的意义与价值。虽然这种主体的自觉在当时的语境中被表述为"觉悟"与"知道以前不对"③，但这种觉悟并不仅仅是政治性的命题，同时也是一个生存性的命题。新的意识形态不仅切入了政治态度，同时也切入了主体建构，切入了主体的生存态度。

　　一时代有一时代之文学，在文学作品上面必然会留下时代的烙印。在十七年的独特语境中，由于意识形态挂帅，作者受到意识形态的干扰更为严重，其时代局限性更为明显。然而，由于文学创作的复杂性，以及婚变的复杂性，使得意识形态的影响呈现出多重色彩。正是通过婚变，作者切入十七年中"政治规范—道德评价—主体建构"三者之间的复杂关系，切入主体的自我评价与自我建构，寻求超越政治与道德，建构现代主体的途径。作者对部分女主角政治上的"落后"进行了批判，但同时深入主体建构的层面，表现出较强的现代意识。小满儿因拒绝主流的"改造"而受到众人的批评，但她探寻自己道路的勇气与忧虑，却让人同情与欣赏。小俊最终的觉悟，不仅是政治觉悟，同时也是"人"的觉悟。张桂贞这样一个不能安心与刘雨生过活的女性，在爱的滋润下，发生了巨大的变化，逐渐向主流靠拢。在盛佳秀身上，同样证实了这一点。不是什么政治宣传，而是刘雨生的爱，使她努力配合刘雨生的工作，将自己喂养的准备用来庆祝自己与刘雨生结合的大肥猪借给合作社打牙祭。情感的个体叙事辅助政治的宏大叙事：意识形态只有在关注主体的情感需要，以人的本真存在为基点时，人的自觉建构才是可能的。正是爱超越了政治与道德的紧张。

---

① 赵树理：《赵树理文集》第 2 卷，中国工人出版社 2000 年版，第 540 页。
② 同上书，第 542 页。
③ 同上书，第 558 页。

在文学日渐以疏离政治为时尚的今天，重新探讨十七年文学，我们也许能够从中发现合理因素。十七年农村小说的作者们由婚变切入人的建构这一现代命题，探讨了现代人的建构过程中"主体—道德—政治"之间的复杂关系，这种探讨，就是在今天，依旧没有过时，尽管它们可能以更为隐秘的方式存在。

原载《小说评论》2004 年第 2 期

隐喻·换喻·提喻

——论中国当代情爱叙事的身体修辞

　　身体是人类情爱生活的基点，这不仅因为身体自身的欲望是情爱发生的原初动力，而且因为身体之间的交往是情爱发展与转变的重要原因。然而，"我们周围的身体以及我们与它们的关系总是社会化的具体的东西"①，情爱中的身体同样打着历史与文化的烙印。这种具有历史文化内涵的身体，在情爱叙事中必然得到体现。作为情爱叙事中一个重要的符码，身体具有丰富的文化与审美内涵：一方面，情爱叙事中描述的身体，总是打着一定历史时期的政治文化的烙印；另一方面，叙述者对于情爱生活中身体的描述，总是出于一定的叙述目的，采用了一定的修辞手法。由叙述者对情爱叙事中的身体进行修辞的方式，不仅可以看出不同时期身体所折射出社会历史文化的广度与深度，而且可以看出不同叙述者对身体与人性之间的关系认识的广度与深度。中国当代情爱叙事，由于不同时期的历史与文化语境，产生了不同的话语模式。在改革开放以前，社会生活以政治为中心，因此情爱叙事也依附于政治话语，成为一种公共话语模式。在这种模式中，叙述者试图引导受述者从政治视角对身体进行审视，由此产生"身体—政治"的隐喻修辞，身体被公共化与政治化。而随着改革开放以及启蒙主义的再兴，叙述者对人性解放提出了新的要求，情爱叙事因此进入日常话语模式，身体与个性化主体建构密切相关，甚至互为因果，这种叙事以叙述者对身体的正视为基点，并建构"身体—主体"的

---

① ［英］特里·伊格尔顿：《当代西方文学理论》，王逢振译，中国社会科学出版社 1988 年版，第 236 页。

换喻修辞。而随着市场经济的发展，中国社会进入"后全权消费主义"①时期，消费主义盛行，经济利益成为人们生活的核心，身体的隐秘性也就成为挑逗并满足人们的窥视欲，进而产生巨大商业利益的一个重要砝码，私人话语模式成为风行一时的叙述模式，在这种叙述模式中，身体——首先是性——的私密性，被特别标示出来，以激发并满足受述者对身体的窥视欲，由此形成"身体—性"的提喻模式。

一　身体的隐喻与政治意味的凸显

在新中国成立之后的很长一段时间，政治主导着社会生活的各个层面。这在小说叙事中自然得到了充分体现。在政治话语占主导地位的时代，情爱也成为政治的附庸。从而使得本来属于个体的情爱生活，必须接受政治的审视，被纳入公共话语空间进行叙述。在这种叙事模式中，叙述者必须用受述者的审视眼光来看待身体，这种眼光使得身体的私密性被极大弱化，而公共空间中身体的政治隐喻意味则被凸显出来。

在杨沫的《青春之歌》中，林道静的爱情选择与政治选择同步展开。当她还是一个小资产阶级知识女性的时候，她被余永泽身上的知识分子气质所吸引。一旦她开始追求进步，而余永泽试图阻碍她时，她马上觉得这位曾经救过自己命的人，"原来是个并不漂亮也并不英俊的男子"②，而卢嘉川"那高高的挺秀身材，那聪明英俊的大眼睛，那浓密的黑发，和那和善的端正的面孔"③，马上吸引了她的注意力。这种身体的吸引与排斥，正是理念的吸引与排斥的暗示与隐喻。正是这种"身体—理念"的双重吸引，使得林道静与卢嘉川之间产生了朦胧的爱情。但这种爱情在林道静未曾彻底转变自己的阶级立场之前，不可能被卢嘉川接受、更不可能被组织接受。因此，只有在林道静成为真正的革命者之后，她才可能收到卢嘉川牺牲时写下的迟到的"情书"。

林道静不仅因为身体的政治属性而产生爱情，而且，因为身体的政治属性而接受爱情。尽管江华并不是"她所深深爱着的、几年来时常萦绕

---

① 朱国华、陶东风：《关于身体—文化—权力的通信》，《中文自学指导》2006 年第 6 期。

② 杨沫：《青春之歌》，北京十月文艺出版社 1992 年版，第 76 页。

③ 同上书，第 102 页。

梦怀的人", 但 "她不再犹豫", 因为 "像江华这样的布尔什维克同志是值得她深深热爱的, 她有什么理由拒绝这个早已深爱自己的人呢?"① 由于私密性的爱情可以在某种程度上被公共化的信仰取代, 因此, 私密性的情爱身体同样可以被理念化的同志身体替代。她由对江华——党的感恩而献身, 而不是因为对江华的爱情而与后者同居: "我常常在想, 我能够有今天, 我能够实现了我的理想——做一个共产主义的光荣战士, 这都是谁给我的呢? 是你——是党。只要我们的事业有开展, 只要对党有好处, 咱们个人的一切又算什么呢?"② 当同居后的江华因为很少陪林道静表示内疚时, 她甚至批评江华的 "小资" 意识: "难道我们的痛苦和欢乐不是共同的吗?"③ 在这里, 江华成为党的一种隐喻, 爱情也就成为爱党的隐喻, 爱情的 "献身" 成为为党献身的隐喻。

杨沫以爱情与 "献身" 来喻示对党的忠诚与奉献, 周立波在《山乡巨变》中则更直接地以爱情与身体作为引导恋人爱社的砝码。互助组组长 (后来的合作社社长) 刘雨生, 因为忙于公事, 误了家里, 使得他的妻子张桂贞执意要同他离婚。有着相似命运、遭到丈夫遗弃的盛佳秀试图把握机会, 由此改变自己的命运。她首先利用刘雨生劝她入社的机会, 加强了与刘雨生的联系; 后来则默默地为刘雨生做家务, 以博取他的好感; 最后, 为了支持刘雨生的工作, 将自己本来计划用于她与刘雨生的婚事的大肥猪, 借给社里改善社员生活。在这种 "无私" 的行为背后, 实际上正是刘雨生对于自己身体的 "交换价值" 的充分利用。他不仅利用对方的好感, 甚至以此来要挟对方。在借猪时, 盛佳秀并不愿意, 于是他语含威胁: "猪不过是猪, 无论如何没有人要紧。"④ 暗示借不到猪, 就不再与她好。因为 "她负过伤的心, 再也经不起任何波折"⑤, 使得她 "为了爱情, 只得松了口"⑥。

周立波的这种叙述明显含有不少 "落后" 因素: 这不仅表现在盛佳秀因为爱人而爱社, 而不是像林道静那样因为爱党而爱人, 因此其情感中

① 杨沫:《青春之歌》, 北京十月文艺出版社 1992 年版, 第 559 页。
② 同上书, 第 585 页。
③ 同上。
④ 周立波:《山乡巨变》(下), 人民文学出版社 1979 年版, 第 225 页。
⑤ 同上书, 第 226 页。
⑥ 同上书, 第 227 页。

保留着更多的私密意味，"我只晓得你"①，因信任刘雨生而信任合作社，并没有真正在"思想"上改造过来；而且表现在刘雨生"迁就"了社员们的身体之欲，在他们羡慕单干户的腊肉的时候，试图满足他们的肉食欲望，为此去向盛佳秀借猪。而在柳青的《创业史》中，身体之欲让位于创业之欲，爱社、爱劳动成为梁生宝进行爱情选择的标准。小说开头就谈到了梁生宝与徐改霞的爱情纠葛。然而，梁生宝与徐改霞之间第一次牵手，就已经暗示了两者之间的矛盾与距离。"有一天黑夜，从乡政府散了会回家，汤河涨水拆了板桥，人们不得不蹚水过河。水嘴孙志明去搀改霞，她婉言拒绝了，却把一只柔软的闺女家的手，塞到生宝被农具磨硬的手掌里。从那回以后，改霞那只手给他留下的柔软的感觉，永远保持在他的记忆里头，造成他内心很久的苦恼。"② 在这种苦恼中，不仅有由于朦胧爱慕产生的相思苦，而且有由于对二者之间身份与意识差距的朦胧认识而产生的思想苦。通过这双手，他认识到两人不是同样的人。而在与刘淑良第一次见面时，梁生宝就因为手而对刘淑良产生认同感。"生宝再看她托在木炕沿上的两手和踏在地上的两脚，的确比一般只从事家务劳动的妇女要大。生宝看见她那手指比较粗壮，心里就明白这是田地里劳动锻炼的结果。"③ 这种对劳动的肯定，使得梁生宝"望着大方而正经的刘淑良的背影，觉得她真个美。连手和脚都是美的，不仅和她的高身材相调和，而更主要的，和她的内心也相调和着哩。生宝从来没有在他所熟悉的改霞身上，发现这种内外非常调和的美。拿刘淑良一比较，生宝更明白改霞和他的亲事没有成功的原因了——两个人居住得很近，其实思想和性情却不合！"④ 因此，在梁生宝心目中，二人也就有了鲜明的对比。"她（徐改霞）不是在艰难里长大的，就没受过俺家受的那号剥削和压迫嘛。她爸死的时候留下了几亩地，两个姐夫给种着。娘俩关起街门过小家子光景，寡妇老婆还挺娇惯小闺女的，也不象你从小跟大人在地里头干活嘛！"⑤ 刘淑良的大手正体现出她对劳动的热爱，因此表现出外在美与内在美的统一，而徐改霞柔软的手虽然有着外在美，却在一定程度上表现出内在的对

---

①　柳青：《创业史》第一部，中国青年出版社1960年版，第309页。

②　同上书，第101页。

③　柳青：《创业史》第二部下卷，中国青年出版社1979年版，第198页。

④　同上书，第308页。

⑤　同上书，第317页。

劳动的拒绝，因此也就是不统一的。正是梁生宝与刘淑良两人对土地、对劳动以及对合作社的相同的爱，使他们迅速感觉亲近起来。

同样是握手，张扬的《第二次握手》中苏冠兰与丁洁琼之间的握手，穿越的不是思想与性情的差异，而是悠远的时间和广袤的空间。这部在"文化大革命"后期被广泛传抄的"地下文学"作品，以另一种方式延续了"文化大革命"前的身体修辞方式，只是在具体的隐喻意义上实现了由爱党、爱社到爱国的置换。1928 年夏天，年方十八的恋人苏冠兰与丁洁琼在南京告别时第一次握手。然而，由于历史与命运的捉弄，他们之间的第二次握手则是发生在 31 年后。此时苏冠兰已经与叶玉菡成家生子，而成为世界著名科学家的丁洁琼却是孤身一人从美国辗转归来。在苏冠兰、叶玉菡与丁洁琼的三角关系中，无疑有着人性与党性的某种对立。苏冠兰与丁洁琼真心相爱，却因为父亲专制不能得偿所愿；而苏冠兰与叶玉菡虽然是由于家庭包办订的婚约，但最终成婚却是因为双方共同的政治立场。在苏冠兰与丁洁琼的爱情悲剧中，起作用的不仅有"旧时代投下的阴影"①，而且有鲁宁等代表党的意志的游说的作用，使得苏冠兰最终"让爱情服从政治，把个人问题归入革命事业的总渠道"②。这种爱情与婚姻的背离，正是苏冠兰内心痛苦之源。这种精神分裂的痛苦，本来是对身体的政治隐喻的一种质疑，但作者最后却在国家的层面，实现了这种精神分裂的治疗与痊愈。对于只身赴美的丁洁琼而言，爱人与爱国已经成为一种同位结构，她的家被布置成兰草的世界，因为兰草不仅喻示着苏冠兰，而且喻示着"祖国——还有与我的祖国不可分割地紧密联系在一起的其他最美好的一切！"③ 后来，当个人情感成为一种不可挽回的残缺时，正是在爱国这一旗帜下，苏冠兰、叶玉菡与丁洁琼化解了私人感情方面的恩怨，尽释前嫌。当丁洁琼将两枚寓示世界一流科学家荣誉的钻戒——苏冠兰送给她的"彗星"以及美国科学家奥姆霍斯送给她的"阿波罗"——奉献给周恩来时，她完成了自己的归国认同仪式。这两枚钻戒的交出，不仅意味着她将作为世界一流科学家的荣誉奉献给祖国，同样意味着她将自己的私人感情也奉献给祖国。身—心—物三位一体，意味着作为私人情感

---

① 张扬：《第二次握手》，中国青年出版社 1979 年版，第 295 页。
② 同上书，第 304 页。
③ 同上书，第 196 页。

的爱情与作为公共情感的爱国之情，实现了最终的置换。正如周恩来所言，"它们象征着一颗爱国的科学家的心"①。

二 身体的换喻与个性化主体的建构

对身体的极端公共化与政治化，也必然消解情爱叙事存在的空间，因为情爱中的身体在一定程度上总是非公共化、非政治化的。在"文化大革命"单维的政治叙事中，情爱被排除出叙事的视野。进入新时期之后，随着个性解放思潮与启蒙主义的再度兴起，情爱叙事重新成为人们关注的热点话题。而与政治化叙事中关注公共空间中的身体不同，新时期情爱叙事更多地关注日常生活空间中的身体。它摆脱了政治话语的单维性，转而正视身体的日常情态，并由此揭示身体与个性化主体建构之间复杂而隐秘的关系。

张贤亮的《绿化树》一开始就写出了身体状态与生命状态之间的对应关系，它以饥饿的章永璘开始，而身体的虚弱带来了精神的疲塌。"身体虚弱的折磨，在于你完全能意识、能感觉到虚弱的每一个非常细微的象征，而不在虚弱本身。因为它不是疾病，它不疼痛；它并不在身体的某一个部位刺激你或者使你干脆昏迷；它无处不在，无所不到"，最终使人万念俱灰。而这种"已经失去主观能动性的，失去了选择的余地的万念俱灰才是最彻底的。这种万念俱灰不是外界影响和刺激的结果，是肉体质量的一种精神表现"②。他的这种身体的孱弱唤醒了马缨花母性的同情，由此对他特别关照，最终使他在身体上强壮到与海喜喜势均力敌。身体的强壮使他在精神上获得自信，由此获得马缨花真正的爱情。"对她来说，仅仅是个'念书人'，仅仅会说几个故事，至多只能引起她的怜悯和同情；那还必须能劳动，会劳动，并且能以暴抗暴，用暴力手段来维护自己的尊严，才能赢得她的爱情。"③ 强壮的身体成为获得爱情的基础与前提。悖论的是，马缨花为了维护他的身体而拒绝了他的身体："干这个伤身子

---

① 张扬：《第二次握手》，中国青年出版社 1979 年版，第 406 页。

② 张贤亮：《张贤亮自选集》，宁夏人民出版社 1986 年版，第 404 页。

③ 同上书，第 476 页。

骨，你还是好好地念你的书吧！"① 这种对身体的拒绝使章永璘找到了"超越自我"的方向与动力。但在他获得精神超越之后，他却试图否定从前的生理性的"我"，试图否定马缨花。因为马缨花正是运用身体的暧昧性获取改善章永璘身体状态的食物。这种复杂的因果关系，揭示了日常生活中身体的复杂性与暧昧性。

张贤亮揭示了身体与灵魂之间否定之否定式的阶段式提升，但这种提升不仅存在着传统的单向性，女性依旧充当男性提升的工具甚至牺牲；而且存在着传统的等级性，灵魂与身体并不处于同样的层面，二者之间存在着高下之分，由此今日之我否定昨日之我。而莫言则试图解构这种单向性与等级性。在《红高粱》中，身体对于情爱双方的主体建构，不仅呈现出一种双向互动的态势，而且呈现出一种身体即本体的对等意识。"我爷爷"余占鳌和"我奶奶"戴凤莲暧昧的爱情故事正是以身体的相互吸引与相互激发为基点。正是"我奶奶"对于"我爷爷"强壮的身体的信任以及暧昧的暗示，激发了"我爷爷"的勇气与正义感，并由此一步步走上成为"余大司令"的道路。它先是激发"我爷爷"反抗劫匪，然后是半路拦住回门的"我奶奶"进行野合，再次则是谋杀患麻风病的酒庄老板，再后则是为"我奶奶"单挑土匪花脖子，最后，还是在"我奶奶"的激将下，拉起抗日队伍。情欲在这里成为一种引导人物跳出日常生活成规束缚的强大力量，使他成为他自身。对于"我奶奶"而言，"我爷爷"也并不只是一个满足自己情欲的男人，他同样是激发与引导她成为她自己的一种动力与支持。遇匪时临危不乱，暗送秋波，只是揭示了她反抗礼教的潜质，随后高粱地野合，也不过是一种半被动的身体狂欢。但当单家父子被杀，她成为一家之主之后，她就必须自己去开创自己的道路。"我爷爷"的潜在支持与熏陶，"锻炼出她临危虽惧，但终能咬牙挺住的英雄性格"②，使得她有勇气反抗不再可靠的传统伦理，开创自己的现世规范。"天，什么叫贞节？什么叫正道？什么是善良？什么是邪恶？你一直没有告诉过我，我只有按着我自己的想法去办，我爱幸福，我爱力量，我爱美，我的身体是我的，我为自己做主，我不怕罪，不怕罚，我不怕进你的

① 张贤亮：《张贤亮自选集》，宁夏人民出版社 1986 年版，第 482 页。
② 莫言：《莫言文集》第 1 卷，作家出版社 1995 年版，第 85 页。

十八层地狱。我该做的都做了，该干的都干了，我什么都不怕。"① 由此，叙述者将这位女性刻画成了一位光彩照人的 "抗日英雄，也是个性解放的先驱，妇女自立的典范"②。莫言的《红高粱》在身体交往中，描绘了英雄现世的成长，而张抗抗的《情爱画廊》则在身体交往中，寻找艺术的超越。《情爱画廊》无疑是一曲性、爱、美的赞歌，一曲身体与艺术的合奏。在小说中，由（身体）美生爱，由爱生性，由性生（人体艺术）美，形成一个以身体为中心的螺旋上升结构。由于失去人体模特而落寞失意的画家周由到苏州采风，遇到身体极美的秦水虹，由此引发他狂热的爱。在他一连串以画为书的情书的轰炸下，秦水虹终于被他的艺术精神打动，离开自己的家庭。他们在此后狂热的性中，感受到了身体的激情与解放，但他们并没有因此而沉湎于二人世界，而是借用性的解放力量与激情幻想，实现艺术上的更大提升。而这种艺术创造反过来也巩固了他们爱的土壤。正如周由所言，"水虹你真的以为我们之间仅仅是爱么？没有我们俩对艺术的共同创造，那爱能有土壤么？对我来说，它们像空气和水，缺一不可"③。而身体不仅是爱的对象，更是艺术的对象，他们以身体为基点实现了性—爱—美的统一。秦水虹的身体引发了周由的性欲，但他们之间的性，则不仅是生理的，同时也是精神的；"爆炸般的性快感"不仅为秦水虹不断炸出了新的 "幻想空间"，"她清楚地知道，她和他能够得到这种极度的欢乐，完全得益于他们彼此的幻想"④，而且也不断地炸出周由的艺术灵感，为他打开艺术想象的大门，性快感由此通向 "永不满足的创造精神"⑤。而秦水虹的身体之美，不仅是周由的创作对象，同时也是一种对他的激情进行疏导的力量。为此，他们之间的关系，就如同秦水虹所言，她 "也许是他的心理砝码和限压阀，而他，则是她精心培育的一棵大芒果，也是她描摹不倦的漂亮的男模特……"⑥ 美与爱创造同时净化并引导激情，使其升华。通过这种方式，个体实现了艺术的创造，同时完成了人格的创造。

---

① 莫言：《莫言文集》第 1 卷，作家出版社 1995 年版，第 70 页。
② 同上书，第 12 页。
③ 张抗抗：《情爱画廊》，时代文艺出版社 2005 年版，第 219 页。
④ 同上书，第 79 页。
⑤ 同上书，第 318 页。
⑥ 同上书，第 317—318 页。

三 身体的提喻与性（别）意识的张扬

20 世纪 90 年代以后，中国进入"后全权消费主义"时代，中国文学界的政治激情与启蒙激情都开始消退，文学陷入了商业与消费的旋涡。在这种社会氛围中，身体以及关于身体的书写，成为一个重要的话题。具有私密性的性，一方面因为其自身固有的重要性获得了叙事者的关注，另一方面因为性能够激发并满足读者一定程度的窥视欲望而被商人关注。在这种双重激发下，本来属于私人空间的性在情爱叙事中被凸显并放大，性成为身体的主要机能，是性别构建的主要因素，甚至是对人具有决定意义的存在方式。这种以私人生活空间中的情爱为主题的叙事，创建"身体—性"的提喻修辞模式。

林白《一个人的战争》讲述了一个女人漫长的成长史，情爱生活似乎只是其中的一小部分。然而，这一小部分却正是林多米成为她后来的样子的重要原因。她与其他男性的身体交往，对她产生了巨大影响。"我们成为我们现在的样子靠的是人体之间的相互关系"[1]，她被强奸的那个"初夜像一道阴影，永远笼罩了多米日后的岁月"[2]。在那次性经历过程中，她收获的不是快感，而是伤害感，她因男性对她的性侵犯而感觉到自己只是作为性对象的命运。而后来与 N 的性经历，同样没有给她任何身体快感，更没有给她任何主体意识。虽然林多米"希望他要我"，但这种性爱只是为了证明自己在他心目中还有地位，证明我的身体对他而言还有作用，而不是因为我享受了性爱过程。"其实我跟他做爱从未达到过高潮，从未有过快感，有时甚至还会有一种生理上的难受。但我想他是男的，男的是一定要要的，我应该做出贡献。"[3] 正是在这种感受的指引下，她明白，她对 N 的感受不过是一种自恋与自怜，因此，在离开 N 之后，她几乎马上就忘了他。在男性那里丧失了获得快感的可能性之后，她只能走向她自身。最后，林多米选择拒绝男人，以自慰来完成自己的女性角色

---

① ［英］特里·伊格尔顿：《当代西方文学理论》，王逢振译，中国社会科学出版社1988年版，第235页。

② 林白：《一个人的战争》，北京十月文艺出版社2004年版，第165页。

③ 同上书，第220页。

的构建。

　　同样成为一个自恋者的倪拗拗，却与林多米有着完全不同的经历。叙述者声称在"性别停止的地方，才开始继续思考"①，并由此试图构建一种超越性别的角色，"我"的自慰也便成为非常具有象征意味的书写：

　　　　这一种奇妙的组合以及性别模式的混乱，是分前后与上下两部分完成的。

　　　　当我的手指在那圆润的胸乳上摩挲的时候，我的手指在意识中已经变成了禾的手指，是她那修长而细腻的手指抚在我的肌肤上，在那两只天鹅绒圆球上触摸……洁白的羽毛在飘舞旋转……玫瑰花瓣芬芳怡人……艳红的樱桃饱满地胀裂……秋天浓郁温馨的枫叶缠绕在嘴唇和脖颈上……我的呼吸快起来，血管里的血液被点燃了。

　　　　接着，那手如同一列火车，鸣笛声以及呼啸的震荡声渐渐来临，它沿着某种既定的轨道，向着芳草荫荫的那个"站台"缓缓驶来。当它行驶到叶片下覆盖的深渊边缘时，尹楠忽然挺立在那里，他充满着探索精神，准确而深入地刺进我的呼吸中……

　　　　审美的体验和欲望的达成，完美地结合了。②

在这里，自慰在时间上被分解成前后节，在空间上被分解为上下身。前一节与上半身被分配给女性对象禾，而后一节与下半身则被分配给男性对象尹楠。这种分配无疑有着丰富的文化意味。上半身属于审美体验，下半身则属于欲望达成，同性之爱与异性之性在倪拗拗的想象中实现"完美结合"，而超越性别的女性也由此生成。

　　陈染将审美与欲望分别分配给不同的性别角色，让女性在自慰中完成想象的自我构建；而卫慧则将这两种角色都赋予了男人，揭示现实中女性的自我分裂。在《上海宝贝》中，作为小说家的"我"一直试图在没有性功能的天天与像一匹种马的马克之间保持平衡。这种人物关系的设置潜在对应着爱与性、灵与肉之间的对立。然而，在"我"强烈的身体欲望的指引下，我一次次背叛了无性之爱，并最终导致了天天的死亡，而强烈

---

① 陈染：《私人生活》，作家出版社1996年版，第145页。

② 同上书，第239页。

的性则越来越多地占据"我"的心灵空间。"我""终于明白自己陷入了这个原本只是 sex partner（性伴侣）的德国男人的爱欲陷阱，他从我的子宫穿透到了我的脆弱的心脏，占据了我双眼背后的迷情。女性主义论调历来不能破解这种性的催眠术，我从自己身上找到了这个身为女人的破绽"①。女性成为自身性欲的俘虏。然而，这种战胜了无性之爱的性狂欢，终究也不是女性的最终归宿。马克的最终离去，无声地宣示了性不能改变什么的命运。

尽管卫慧张扬了性的巨大能量，但《上海宝贝》的潜层却是暗示女性在性与爱方面的双重失败。葛红兵的《沙床》则从男性的视角，以身体的最终毁灭探讨性爱观念与身体现实的各种可能。作为一部教授级的小说，葛红兵在文本中穿插了众多对身体的严肃思考，但故事的主体还是一个男人与几个女人之间的情爱。在小说中，性被赋予了特殊意义。在最初，"我"的性爱充当了拯救裴紫的角色；在最后，"我"的性爱则是张晓闽的成年仪式中不可或缺的因素。这种性关系的设置，无疑有着所谓的男性中心主义的影子，尤其是小说结尾的裴紫殉情自杀，更是一种男性中心的幻觉。然而，葛红兵较深刻的地方，不在于这种性别关系的构建，而在于对性本身的质疑。他笔下的性，具有明显的悖论色彩。一方面，性爱具有生与死的双重意味：在诸葛与裴紫最初的性爱中，性完成了裴紫生命意义的承续；而在诸葛与张晓闽的性中，性则促进了诸葛对死亡的理解，"每一次抽出都是一次死亡，每一次进入都是一次复活，那荒芜的更加荒芜了，寒冷的更加寒冷了，在残冬和初春的料峭里，张晓闽，我的妹妹，带着我，找到我的生和死，看到我的阴阳两界"②。另一方面，性快感存在无目的与合目的的悖论：作为"不仅是我们的工具，还是我们的目的"③ 的身体以及其快感，并不需要外在目的作为它的价值支撑；而人作为一种社会化的动物，却必须注意公义，而"快感是不公义的最重要的内容，不公义的快感是短暂的，而快感的不公义所带来的恐惧和焦虑却是永久的"④。生与死、无目的与合目的的双重悖论，使《沙床》成为一个

---

① 卫慧：《上海宝贝》，春风文艺出版社 1999 年版，第 238 页。
② 葛红兵：《沙床》，长江文艺出版社 2003 年版，第 218 页。
③ 同上书，第 51 页。
④ 同上书，第 185 页。

关于性爱与伦理之间永恒悖论的寓言。"我"由于上了社会伦理的当，以至于"我比他们更痛恨我的身体，我再也看不到我身体深处涌动着的激情的美了，我比他们还短视，我无耻（比他们更甚）地背叛、抛弃我的身体，以及它内里伟大的欲望和激情——那是造物主赐给我的礼物"①，这种拒绝与背叛带来了深远的影响，也就是身体对人的背叛，使得"我""再也不会有这种欲望和激情"②。尽管小说中似乎出现了对现实伦理的挑战，出现"我"与多个女性的性爱，"我"却始终处于一种被动地位。这种被动地位以及"我"的最后的死亡，似乎暗示了性在解放与消亡之间的终极困境。

当代情爱叙事的身体书写，从不同向度揭示了身体的多重意义。作为一种社会化的生活，情爱生活必然贯穿公共话语空间、日常生活空间与私人生活空间等多个空间，身体也必然展现为公共身体、日常身体与私密身体等多重身份，在不同空间，身体具有不同的意义。不同时代对于情爱与身体的规训，自然会在该时期的情爱叙事中得到反映。在"全权主义"③时期，情爱生活并不是一种个人事务，而是一种公共事务，情爱叙事因此不得不采用一种公共话语模式，身体在公共空间中的外在隐喻意义被极力凸显。尽管在某些作品中，日常生活空间中的情爱生活也曾昙花一现，如《山乡巨变》中对刘雨生离婚时痛苦流泪④，以及他利用盛佳秀的爱情来达到借猪目的等描写；《第二次握手》中对苏冠兰、丁洁琼与叶玉菡身心痛苦的渲染等，都从一个侧面暗示了日常生活中的身体不可能被任何理念格式化。但矛盾的最终解决，无疑宣示了政治的无所不能，以及公共空间对日常空间的全面统摄。至于私人空间中的私密身体，在这种公共话语空间中，自然更为不合时宜。在"启蒙主义"⑤时期，随着个性解放思潮的再度兴起，作为展现主体建构的一种重要维度的情爱生活被还原为日常生

---

① 葛红兵：《沙床》，长江文艺出版社2003年版，第121页。
② 同上书，第122页。
③ 朱国华、陶东风：《关于身体—文化—权力的通信》，《中文自学指导》2006年第6期。
④ 在作家出版社1958年7月第1版的《山乡巨变》（上）中，关于刘雨生离婚时的描写为"李主席在窗子外面，故意高声跟别人谈话，来掩盖他的哭泣声"（第136页）。而在1959年9月人民文学出版社第1版中变成了"刘雨生动手写离婚申请。李主席在窗子外面，故意高声跟别人谈话，来掩盖他们说话的声音"（第142页）。没有了"哭泣"字样，这是一个颇有意思的修改，由此不仅可以看出意识形态的介入，同时也可以看出情爱生活中个体感觉的消隐。
⑤ 陶东风、罗靖：《身体叙事：前先锋、先锋、后先锋》，《文艺研究》2005年第10期。

活的常态，身体在日常生活中的重要性与多重内涵被深入挖掘。在这种日常话语模式中，一方面身体的正常欲望得到了正视以及充分的尊重，另一方面身体同样被嵌入在"另外一种意识形态话语——理性、启蒙与民族振兴的规约之下"①，身体的解放与规训的双重意味被同时放置于主体建构的神话之下。而随着后现代主义在中国的流行（尽管似是而非），"后全权消费主义"的兴起，身体以及关于身体的话语都成为重要的消费符号，私人空间中的私密身体成为激发与满足人们窥视欲的重要对象，私人话语也就成为商业运作的一个重要载体。在这种私人话语模式中，虽然很多作家试图通过身体穿透人类某些阴暗的潜意识，但无一例外地选择性作为这种穿透深层心理的通道。这种对性的重视，在一定程度上无疑推进了对身体的认识，但由此而来的对身体的公共性与日常性的忽视，却同样是一种对身体认识的偏颇。

作为一个整体，中国现代情爱叙事将对身体的理解推向了一个新的高度，但作为具体的作品，却存在着各种问题。在身体修辞方面同样如此。"修辞只有在不被看成是修辞时才能发挥其效力"②。而要达到这一看似"无目的"的合目的，就应该兼顾辞与物、叙述者与受述者之间的关系，一方面使言辞要尽可能地接近事物的真相（虽然真相也是一种建构），另一方面则要尽可能站在受述者的立场进行叙述，由此，才可能最大限度地消除受述者对修辞目的的戒备心理。正是在这一层面，当代情爱叙事的身体修辞模式展现出其自身的含混性与局限性。身体的隐喻修辞曾经对世人的身体意识产生过巨大影响，但由于其只看到公共空间中身体的外在展现的重要性，忽视身体的内在需要，割裂了身体自身的统一性与完整性，时过境迁，受人诟病也就成为一种历史的必然。身体的换喻修辞正是意识到身体的完整统一对于主体建构的重要性，叙述者一方面摒弃隐喻修辞中的片面与偏执，另一方面则在一定程度上融合了隐喻修辞的宏大叙事策略，同时，开创提喻修辞的某些细微叙事技巧，多向度多层面地揭示了身体与主体建构的重要关系，从而引导受述者对身体进行正视，并由此反思身体与主体建构的内在联系。虽然在后现代语境中，主体一词已经备受质疑，但这一修辞模式正折射出"启蒙主义"时期的主体建构激情。而随后的

① 陶东风、罗靖：《身体叙事：前先锋、先锋、后先锋》，《文艺研究》2005 年第 10 期。
② 刘亚猛：《追求象征的力量》，生活·读书·新知三联书店 2004 年版，第 25 页。

商业大潮对身体的窥视欲的激发，使身体的私密层面获得了前所未有的关注。这一关注不仅有着人们对私密身体进行深入理解的激情，更有着欲望的激发与放纵。当这种私密身体成为公共空间的言说对象时，不仅可能出现话语的错位，而且可能出现伦理的错位。将身体狭义化为性，无疑是对身体真相的一种遮蔽，而其对受述者窥视欲的迎合，在某种程度上，不仅是一种商业操作，也是一种心理操作。木子美《遗情书》的一纸风行，以及随后的销声匿迹，似乎暗示了身体修辞的某种命运。

原载《湖北大学学报》（哲学社会科学版）2010 年第 3 期

先锋叙述与身体启蒙

——论《现实一种》的身体修辞

时至今日，先锋小说的启蒙意味已逐渐成为人们的共识。余华写于20世纪80年代的作品也是如此。"余华的先锋小说是启蒙叙事，其母题围绕人性之恶、世事如烟、命中注定、难逃劫数等命题而展开。"① 他笔下"这种由阴谋、怪诞、杀戮、宿命共同结集的意外性死亡怪圈，在瓦解自然铁律的同时，也使人性中的暴力欲望与人物精神结构中的权力意志达成了紧密的共振关系。而在这种怪圈中，各种非经验性的存在场景，也都被余华在强劲的想象中重新建构出来，并直接隐喻了创作主体的内心伦理和道德秩序"②。在他的形式先锋背后，是他的精神先锋。他以一种先锋姿态切入个体存在境遇，切入暴力与道德、伦理之间的关系，将先锋叙述与启蒙意识结合起来，从而成为当代文学史中被不断阐释的对象。在他这种先锋小说的"暴力诗学"中，身体无疑是关键词之一。"余华小说中，还有一个重要的特征，那就是对身体的极端强调。传统小说中的'事件'退隐了，'身体'成为小说的核心，成为承受一切叙述的出发点和归宿，成为揭示意义的隐秘处所。"③ 然而，尽管这些研究从不同的角度涉及余华的先锋叙述与启蒙以及身体之间的关系，但未曾沟通身体、叙述以及启蒙之间的内在关联。事实上，在余华的先锋小说中，身体不仅是先锋叙述的对象，更是启蒙意识的载体。通过独特的身体修辞方式，余华

---

① 王达敏：《余华论》，上海人民出版社2006年版，第159页。

② 洪治纲：《余华评传》，郑州大学出版社2005年版，第67页。

③ 王德领：《医生视角和身体叙事——重读余华80年代中后期的作品》，《首都师范大学学报》（社会科学版）2007年第5期，第100—111页。

将形式先锋与精神先锋融合起来。在《现实一种》这一余华先锋小说的代表作中，"无我的叙述""叙述的和声"以及叙述的"否定"等先锋叙述技巧与身体启蒙形成了和谐的共振。

一 "无我的叙述"与身体的还原

余华先锋小说中的暴力书写，已经是一个老生常谈的话题。对于余华的"暴力诗学"的阐释，洪治纲先生与郜元宝先生代表了两种不同路向。前者关注余华精神的先锋性，从暴力的哲学层面对其先锋意味进行了阐释，由此切入人性的深层结构。后者则更关注余华叙述的先锋性，"余华的情感是非表达性的，它完全流淌在作者关于苦难平静如水的讲述中了。情感与整体生存完全化合为一，以至于表面上我们看不到有什么情感的浪花。唯其如此，余华对情感的描写才达到一种返本归源的逼真性"[①]，由余华的叙述方式切入余华对生命的体认方式。这些论述无疑都有其深刻之处，但在这里，也可以清晰地看到两种相互区别的倾向，那就是他们各自侧重于余华先锋小说的内容与形式层面，未曾沟通这种暴力哲学与冷漠叙述之间的关系。

从表面上看，余华对暴力充满了矛盾：一方面，"暴力因为其形式充满激情，它的力量源自于人内心的渴望，所以它使我心醉神迷"[②]；另一方面，"我寻找的是无我的叙述方式"[③]。这种"心醉神迷"与"无我"之间的矛盾，在一定程度上，构成了余华关于身体书写的第一个悖论，也形成余华暴力诗学的张力。通过作者的退场——"无我"，余华使身体得以凸显，而通过"心醉神迷"，余华则深入挖掘了身体的本来意义，由此还原身体的在世状态。余华追求的"无我的叙述"，消解了作者的主观判断，使身体自身的意义展现了出来。这种在世身体的敞开，不仅展示了人性是一个无底的深渊，而且勾勒出了人性的可能性结构。

众所周知，《现实一种》中存在一种暴力的轮回与升级。四岁的皮皮

---

① 郜元宝：《余华创作中的苦难意识》，《文学评论》1994年第3期，第88—94页。

② 余华：《虚伪的作品》，载陈思和主编《中国新文学大系·1976—2000·文学理论》卷2，上海文艺出版社2009年版，第290页。

③ 同上书，第293页。

无意中摔死襁褓中的弟弟，山峰踢死四岁的皮皮，山岗虐杀山峰，武警枪毙山岗。然而，面对这一现象，众多研究者关注的还是"人性本恶"，就其启蒙内涵，也是关注其揭示人性的深度这一层面，很少涉及暴力的结构。事实上，余华通过对身体的还原性书写，展示了暴力的结构，从而深入探讨了"人性何以是恶"以及"人性恶会如何"等命题。

在《现实一种》中，所有的暴力包含着一个相同的结构，那就是施暴者与受暴者之间的不对称，暴力总是指向无力反抗的身体，而不是产生于势均力敌者之间。当山峰拿出两把菜刀，要求与山岗对决的时候，山岗很冷静地拒绝了。只有在受暴者无力反抗或者不能反抗时，暴力才得以赤裸裸的展现。从皮皮虐待尚在襁褓中的弟弟，到山峰踢死皮皮，再到山岗用小狗虐杀被绑在树上的山峰，再到武警枪毙被五花大绑的山岗，再到医生解剖山岗的尸体；所有的施暴者都处于一个极为安全的地位。正是这种"安全感"，使施暴者的暴虐本性得以展现无遗。而在势均力敌者之间，却可能存在和平，哪怕心里充满了仇恨。山岗在山峰踢死皮皮之后的冷静，无疑展示了暴力的另一种可能。

将所有暴力行为单列出来，可以看到这种不对称结构，而将所有的暴力行为联系起来，则可以看到一种轮回结构，那就是所有的施暴者最终都成为受暴者，暴力总是需要在世身体来承担，由此形成一种"报应"机制。皮皮摔死弟弟，然后被山峰踢死；山峰踢死皮皮，随后被山岗虐杀；山岗虐杀山峰，随后被武警枪毙。除了处于暴力结构最底端的婴儿（他也抓伤了皮皮的手），以及代表制度力量的武警（以及代表科学力量的医生），所有具体的个人，在这一暴力轮回中都充当了双重角色。由此可以看出，余华对暴力的书写，指向的实际上是暴力可能导致的毁灭：所有的暴力都将引来更大的暴力，从而导致施暴者自身的灭亡。

这种施暴者的自我毁灭倾向，不仅存在于他人对施暴者的报复，而且存在于暴力本身对施暴者的反作用力。暴力不仅指向对象的身体，也指向施暴者自己的身体。身体从来不是一个单纯的物质性的存在，而同时是个体各种意志与意识的博弈之所。个体对他人身体施行的暴力，反过来也会对自己的人性意识施行暴力，最终表现为对自己的身体施行的暴力。通过"让他们的身体活跃起来"[①]，余华展现了暴力对个体的反作用力。山峰在

---

① 余华：《温暖和百感交集的旅程》，上海文艺出版社 2004 年版，第 92 页。

一脚踢死皮皮之后，并没有因此获得平衡，反而导致了自己身体的崩溃。“他在床上躺了下来，闭上眼睛以后觉得有很多蜜蜂飞到脑袋里来嗡嗡乱叫，而且整整叫了一个晚上。直到刚才醒来时才算消失，可他感到头痛难忍了。”① 这种身体反应，无疑折射出他在杀死皮皮之后的茫然与负罪感。而山岗杀死山峰之后的行为，比山峰有过之而无不及。他在出逃的过程中，跟着别人进入厕所，却发现自己不是要小便，好不容易明白了这一点，“但他忘了将那玩意放进去，所以那玩意露在外面，随着他走路的节奏正一颤一颤，十分得意”②。直到武警逮捕他时，才提醒他将“那玩意儿”放进去。

“无我的叙述”使得余华可以直面暴力，直面身体，进行暴力与身体的还原。然而，在他“逃避”伦理判断的同时，实际上已经在进行伦理判断。身体是暴力产生之基，同时也是暴力终结之所，它必须以自己的在世存在来承担暴力。因此，尽管“在暴力和混乱面前，文明只是一个口号，秩序成为了装饰”，但这并不意味着我们没有意识到“这种野蛮的行为是如何威胁着我们的生存”③。

二 “叙述的和声”与身体的对位

余华通过“无我的叙述”，对身体进行了还原性的书写，由此展现了暴力的结构及其宿命。这种暴力的展示中，自然存在着本能的动物性因素。洪治纲先生借用动物行为学家洛伦兹的理论对余华的暴力书写进行了哲学层面的阐释，“从皮皮的暴力事件中，余华其实已经道出了暴力与人性之间的密切关系——其核心纽带便是‘利我’的本能愿望”④。这种暴力的生物学解释，有其深刻之处，也有其局限之处。在一定程度上，这种身体的生物化倾向，与余华的“无我的叙述”直接相关，他极力删减故事的社会性，采用的是“文学的减法”⑤ 进行讲述。这种减法无疑也将故

① 余华：《现实一种》，上海文艺出版社2004年版，第32页。
② 同上书，第42页。
③ 余华：《虚伪的作品》，载陈思和主编《中国新文学大系·1976—2000·文学理论》卷2，上海文艺出版社2009年版，第293页。
④ 洪治纲：《余华评传》，郑州大学出版社2005年版，第72页。
⑤ 张清华：《文学的减法——论余华》，《南方文坛》2002年第4期，第4—8页。

事的社会性弱化到可有可无的程度，由此凸显了身体的自然性与人性的动物性。但这种"减法"之所以有效，能够让人不断阐释，不是因为其"无"，而是因为其"减"，通过结果，人们可以推测被减掉的东西，由此使文本丰富起来。因此，在《现实一种》的生物性背后，是被减掉或弱化的社会性。而这可能才是余华关于暴力之源的真正思考。

早有论者指出，皮皮虐待弟弟的行为并非天生，而具有后天习得性。"他看到父亲经常这样揍母亲。"① 对暴力的习得性与社会性的追溯，使祖母的意义得以凸显。在很多论者那里，她只是作为中国家族制度的一个象征形象存在，并由此联想到父亲形象的缺席。这种家族解读，对深化与丰富《现实一种》的解读有着重要意义，但也简化了祖母的形象与暴力之间的关系。这位只关注自己的身体与自己的咸菜的祖母的冷漠，与山峰及山岗的暴力形成了一种鲜明对立，由此形成一种关于身体的"复调"与"和声"。"我意识到伟大作家的内心没有边界，或者说没有生死之隔，也没有美丑和善恶之分，一切事物都以平等的方式相处。他们对内心的忠诚使他们写作时同样没有边界，因此生和死、花朵和伤口可以同时出现在他们的笔下，形成叙述的和声。"② 看似游离于暴力轮回之外的祖母这一线索，实际上与暴力的轮回构成了一种对位关系，丹麦学者魏安娜一针见血地指出，在对母亲想象的身体受难与山岗真实的身体肢解"这两种描述之间的张力里，在想象的与真实的肢解之间，一个自我简化为肉体的寓言性意象升了起来"③。事实上，母亲与山峰、山岗之间的对应，不仅仅是想象与现实的对位，更是冷漠与暴力的对位：冷漠产生想象的暴力，暴力源于现实的冷漠，由此深刻地揭示了暴力与冷漠的关系。在这里，余华与鲁迅初次相遇。

小说一开始，就是母亲的抱怨，以及关于她的身体的想象，但她的抱怨没有在儿子们与媳妇们那里获得任何反响。只有在她抱怨孙子偷吃了她的咸菜时，山岗才作出反应。这种出场，无疑刻画出母亲的冷漠形象以及家庭的冷漠氛围。她是被遗忘的存在，因此，她也遗忘了别人的存在。她

---

① 余华：《现实一种》，上海文艺出版社 2004 年版，第 6 页。
② 余华：《温暖和百感交集的旅程》，上海文艺出版社 2004 年版，第 10 页。
③ ［丹麦］魏安娜：《一种中国的现实》，吕芳译，《文学评论》1996 年第 6 期，第 99—109 页。

关心的只是自己的骨头、自己的胃，以及自己的咸菜。哪怕是对自己的亲生儿子与嫡亲孙子，她都没有任何情感的表现，始终与外界的所有暴力保持距离。皮皮摔死弟弟后，她看到地上的血，马上退回自己的房间；山岗与山峰发生纠纷的时候，她同样选择躲在自己的房间里。然而，这种刻意的、冷漠的躲避，一方面与暴力行径形成一种对照，另一方面则与暴力形成一种对位，由此构成"叙述的和声"。

她在对外界的冷漠背后，是关于自己身体充满了暴力色彩的想象："有朝一日将身体里全部的空隙填满了以后，那么她的身体就会胀破。那时候，她会像一颗炸弹似的爆炸了。"① 对这种想象的意味，魏安娜女士做了精彩的分析，凸显身体的寓言意味。更重要的是，母亲的冷漠在社会学意义上正是暴力产生的源头。山岗与山峰夫妇上班后，两个未成年人的监护责任，自然落在了祖母身上。而祖母并没有履行监护小孩的义务，放任皮皮的暴力，才导致后来的一系列暴力事件。

这种冷漠与暴力之间的内在联系可以通过人物之间的关系得到寓言化的解读。一方面，母亲与山岗、山峰的血缘关系，预示着冷漠与暴力之间的血缘关系；另一方面，现实层面的母亲的冷漠，则是暴力产生的源头。而后来的兄弟之间关系的冷漠，更是暴力的激发剂。由此可见，暴力的根源实际上就是冷漠，所有的暴力都基于情感的缺失。

这种情感的缺失，都源于"自我简化为肉体"。母亲将自己简化为一种物质性存在，而山岗与山峰等则将他人简化为物质性存在，每个人在他人眼中都是物件，都是工具。山岗在得知山峰的儿子被皮皮摔死之后，首先想到的是"还债"，因此，他试图以全家所有的积蓄来抚慰山峰。在被山峰拒绝之后，他将皮皮当成一个抵债品交给了山峰。而在山峰踢死皮皮之后，他同样的是以要债的姿态，向山峰要求偿还。"我把儿子交给了你了，现在你拿谁来还？"② 由此，母亲对自己身体的关注所蕴含的物化意味，与山岗将他人视为债务的物化意味形成对位关系，再度形成"叙述的和声"。

---

① 余华：《现实一种》，上海文艺出版社 2004 年版，第 22 页。
② 同上书，第 33 页。

三 叙述的"否定"与身体的寓言

通过身体的对位与"叙述的和声",余华揭示了暴力与冷漠的关系。而小说结尾的解剖山岗尸体,则如同一座突兀而生的高峰,形成一种叙述的"否定"的"高潮"。作为故事的主要线索,暴力的轮回无疑应该以山岗的被杀为终点,而他的尸体被解剖与此前的人物以及情节并没有必然联系。然而,正是这一似乎与主线没有必然联系的结尾,构成了故事的高潮,成为一个高超的叙述的"否定"。"这里所说的否定是指叙述进程中某些突然来到的行为,这些貌似偶然其实很可能是蓄谋已久的行为,或者说是叙述自身的任性和放荡,以及那些让叙述者受宠若惊的突如其来的灵感,使叙述顷刻之间改变了方向。"① 这一由叙述的"否定"构成的"高潮",构成了故事的深化与升华,同时也使身体命题的寓言意义得到了更明确的暗示。

小说中的尸体解剖,是最高层次的暴力。由于山峰妻子的授权,使得这种暴力具有了合法性,尽管这种合法性实际上建立在不合法的前提之上,因为山峰妻子是假冒山岗妻子进行授权的。这种悖谬凸显暴力的内在矛盾。不过,这种不合法的暴力授权终究为医生提供了一种"合法"的暴力快感。胸外科医生由于能够大手大脚地在尸体上自由挥洒时的感慨"我觉得自己是在挥霍"②,可以看出"暴力是如何深入人心"③。这里可以看到暴力与知识以及权力的联姻:权力为医生提供了暴力的合法性,而知识则赋予医生暴力的合理性。

而余华关注的可能还不仅限于此。在这里,余华对山岗器官的移植命运的安排,显然不是随意的。肾这一与性能力相关的身体器官得到了延续与保留;而与生殖相关的器官——睾丸,得到了更高的适配度:"这一点山峰的妻子万万没有想到,因为是她成全了山岗,山岗后继有人了。"④ 由这里的隐喻与暗示反观小说,可以发现小说中隐含的原型结构与寓言

---

① 余华:《音乐影响了我的写作》,上海文艺出版社 2004 年版,第 55—56 页。

② 余华:《现实一种》,上海文艺出版社 2004 年版,第 56 页。

③ 余华:《虚伪的作品》,载陈思和主编《中国新文学大系·1976—2000·文学理论》卷2,上海文艺出版社 2009 年版,第 290 页。

④ 余华:《现实一种》,上海文艺出版社 2004 年版,第 57 页。

意味。

　　《现实一种》是一个手足相残的故事，暴力的轮回与升级无疑撕破了中国传统伦理的温情假面。这种暴力无疑指向对血缘关系的极端否定，因此才有兄弟相残。然而，由"后继有人"反观暴力，则可以发现，其中隐含着另一种因素，那就是对血缘关系的过分肯定。《现实一种》的悲剧，无疑就是过于轻视血缘关系与过于重视血缘关系之间的悖论性冲突。小说中随处可见一家人之间的冷漠，无论是奶奶对于孙子，还是哥哥对弟弟，都看不出任何传统的伦理人情。这一连串疯狂的报复行为，彻底颠覆了传统的伦常。然而，在这种漠视血缘关系的报复背后，却是一种更为根深蒂固的血缘意识，那就是无论山峰还是山岗，都是因为儿子的死亡而执意报复。这种为子复仇意识，无疑是一种血缘意识，潜含着传宗接代的思想。他们将儿子视为自己生命的延续，而不是以自己作为生命的中心，因此不惜以自身的毁灭来实现为儿子的复仇。然而无论是重视血缘的文化根性还是轻视血缘的家族解构，都是对传统社会伦理的深刻质疑。如果在中国传统最亲近的关系中都无法避免暴力的延伸，那么在社会中自然不可能避免暴力的升级。

　　"后继有人"一方面凸显出身体与传统家族文化之间的关系，另一方面则凸显出身体与社会历史演变之间的关系。科学不仅为暴力的快感提供合理性，而且为暴力的衍生提供技术保证，死者的睾丸能够在他者身上复活，暴力由此得以生生不息。山峰妻子预设的目的与实际的结果之间的背离，同样也暗含着一种历史的圈套。历史并不是按照人们设计的方向前进，而是常常走向设计的反面。如果将这一叙述的"否定"与中国的当代史联系起来，可以更明显地觉察到余华对中国历史背后的深层文化意识结构的反思。身体由此与历史同构，它承载着历史，塑造着历史，甚至身体本身就成为历史的一种隐喻。在这里，余华与鲁迅再次相遇。

　　1918 年，鲁迅的《狂人日记》以"狂人"对"兄弟相吃"的恐惧表现了现代身体意识的觉醒。在传统社会中，每个人"自己被人凌虐，但也可以凌虐别人；自己被人吃，但也可以吃别人。一级一级的制驭着，不能动弹，也不想动弹了"[1]。"狂人"喊出了被吃的恐惧，在拒绝"被吃"的同时也拒绝"吃人"，由此试图打破"一级一级吃下去"的轮回。"狂

---

① 鲁迅：《鲁迅全集》第 1 卷，人民文学出版社 2005 年版，第 227 页。

人"的恐惧标志着现代人对身体的属己性的最初觉醒，也标志着现代人对身体的自主性的最初觉醒。鲁迅在这里，实际上也揭示了麻木与暴力之间的关系。因为对自己的麻木，也导致了对他人的冷漠，最终使得民众汇成一个"无主名无意识的杀人团"①。如果说鲁迅从中国人数千年的身体被动性中发现了麻木与暴力之间的关系的话，时隔 70 年，余华在 1988 年的《现实一种》中，以"兄弟相残"写出了中国经历了"文化大革命"之后，身体的"主动性"中的暴力与冷漠之间的关系。《现实一种》中的"一级一级杀上去"，在某种意义上，构成了"一级一级吃下去"的反题。前者主动，后者被动；前者是施暴的身体，后者是受虐的身体；但在深层意蕴上，却可以看到这两种身体的相同属性，那就是个体并没有真正拥有对自己的身体的支配权。虽然"无主名无意识的杀人团"成为"有主名有意识的杀人者"，但无论在哪种情形中，身体还是处于主体的对立面，不是受本能的支配（《现实一种》），就是受权力的支配（《狂人日记》）。而这样的身体，无论是"一级一级地吃下去"，还是"一级一级地杀上去"，都只可能导致生命的毁灭。

在 70 年的时间中，中国的社会现实无疑发生了巨大的变化，但文化的深层结构与个人的深层意识却不可能如同社会现实一样迅速得以改变。身体是个体意志争斗的场所，也是社会文化斗争乃至政治权力斗争的场所。揭示身体与文化、伦理、权力、历史之间的复杂关系，在深层构成《现实一种》的启蒙意向。然而，"在小说的艺术中，对存在的发现与对形式的改变是不可分割的"②。《现实一种》的先锋叙述，与其对身体的深层意蕴的发现，形成一种共振。通过"无我的叙述"与身体的还原，余华展示了暴力之结构；通过"叙述的和声"与身体的对位，余华揭示了暴力之根源，而通过叙述的"否定"与身体的寓言，余华预言了暴力之命运。他通过身体展示了暴力，更力图通过身体实现启蒙，使个体获得对自己身体的自觉与自主。这种身体的启蒙叙事，构成对 70 年前的"先锋叙述"——《狂人日记》一种遥远回响。

原载《海南师范大学学报》（社会科学版）2012 年第 4 期

---

① 鲁迅：《鲁迅全集》第 1 卷，人民文学出版社 2005 年版，第 129 页。
② ［捷克］米兰·昆德拉：《帷幕》，董强译，译文出版社 2006 年版，第 15 页。

第三辑
立人与人立

小说修辞的动态系统

"小说只有作为某种可以交流的东西才得以存在。"① 作为一种作者与读者之间的话语交流行为,小说是一种典型的修辞行为,"叙事不仅仅是一个故事,而且也是行动,某人在某个场合出于某种目的对某人讲一个故事"②。然而,与亚里士多德所关注的演说者与听众之间面对面的即时交流不同,小说作为一种修辞交流,作者与读者在时间与空间上都处于分离状态,这也就使得小说修辞不仅具有一般演说修辞的共性,而且具有其独特性。

小说作为修辞,意味着小说作者与读者之间的地位相对自由而平等。作者有选择自己表达方式与表达内容的自由,而读者也有选择读还是不读的自由,以及认同还是不认同作者的自由。作者并不能强迫读者接受其观点。像"文化大革命"这样的特定历史时期,小说作者也许会被赋予其本身不愿承担的使命,读者可能没有太多的选择空间,但这种压力都不是来自对方。其次,正是因为这种平等地位,使小说作者不得不运用各种修辞策略,"作者无法选择是否采用修辞来增强效果,他唯一的选择就是使用何种修辞"③。作者通过各种修辞手段,调节自己与读者之间的关系,使读者认同自己,实现小说的修辞目的。与其他修辞一样,为了让读者认同自己,作者首先就需要认同读者。

然而,如詹姆逊所言,叙事"是一个把世界概念化的特别模式,它

---

① [美] W. C. 布斯:《小说修辞学》,华明等译,北京大学出版社 1987 年版,第 441 页。

② [美] 詹姆斯·费伦:《作为修辞的叙事:技巧、读者、伦理、意识形态》,陈永国译,北京大学出版社 2002 年版,第 14 页。

③ [美] W. C. 布斯:《修辞的复兴》,穆雷等译,译林出版社 2009 年版,第 141 页。

有它自身的逻辑,不能用其他认知形式来取代"①。这一论述凸显出了小说叙事的特殊性,同时也意味着小说修辞存在其特殊性。一般的演说修辞(包括为演说而进行的书面写作),说者与听者处于同一时空中,其修辞交流是直接的。尽管双方对于修辞话语所处语境的理解可能并不一样,同时这一语境也会随着二者的互动而随时改变,但这种修辞交流的直接性使得演说修辞的说者与听者可能找到最大的共同点。演说修辞的成功与否,也在于说者是否能够充分利用这一现实语境,找到自己与听众的最大公约数。然而,小说作为一种修辞话语出现了一些重大变化。

首先,小说的创作语境与接受语境处于分离状态。小说作者与读者之间的修辞交流,是一种时间和空间上都处于分离状态的间接交流,而不是一种面对面的直接交流。这为小说修辞带来了很大的困难,也带来了诸多便利,极大地影响了小说修辞的可能面貌。

第一,小说创作与接受在时间与空间上的分离,使得小说修辞的语境也处于一种分裂状态,作者创作时面临的语境与读者接受时的语境并不一样,尤其是阅读跨时代的小说作品时更是如此。这种分离使小说作品的"误读"成为一种必然,不同时空的作者与读者,对于各个修辞要素的重视程度肯定不会完全一样。但是,这种时间与空间的分离,使小说能够得以突破时间与空间的限制,使其影响比演说更持久更广泛。

第二,小说修辞交流时间与空间的分离,也使作者与读者之间的交流成为一种私密性的交流。虽然小说的传播与演讲一样具有公开性,有时小说甚至用于朗读或者"说话",但"写—读"与"说—听"并不是相同的修辞类型。越是私密性的人生经验,越是难以在公共场合交流,也越是难以口头表达。"写—看"带来的私密空间的私密交流使小说的作者与读者之间的交流可能更为深入。

第三,与上面两点相同的是,小说作者与读者之间的交流,由演说的点对面的不均衡交流,演化为点对点的对等交流。演说中潜含着一种权力关系,演说者与听众地位不对等,影响更不对等。一方面演说者因为其话语权力处于高于听众的位置,由此可能对听众施加额外影响;另一方面则是听众的数量对演说者而言也是一种压力,因为众口难调,不同类型的听

① [美]弗雷德里克·詹姆逊:《詹姆逊文集》第2卷,王逢振主编,中国人民大学出版社2004年版,第313页。

众混合在一起，对其也是一个巨大挑战。然而，处于群体之中的个体通常会发生"自觉的个性的消失"①，由此赋予演说者操纵听众心理的便利。小说修辞的时空分离，使读者可以单独面对作者，从而使二者之间的关系显得更为平等，也使得交流可能更为个性化。

　　其次，小说是一种虚构叙事，是一种通过讲故事的方式来影响受众的修辞行为，故事是小说的主体。一般演说修辞中，演说者虽然也可能讲故事，但这些故事与人物一般为观点服务，并不成为演说的主体。而在小说修辞中，故事是小说的主体，具有自身的独立性与完整性。同时，故事也必然是关于人（动物与鬼神不过是人物的一种变体）的故事，小说故事中自然会出现人物之间的交流与互动，这种交流也必然包含着修辞因素，因此，小说修辞不仅包括作者与读者之间的修辞交流，实际上也隐含着其他层面的修辞交流，表现为多层次的动态交流系统。

　　更为重要的是，小说修辞是一个复杂的动态系统。"叙事不仅仅是故事，而且也是行动，**某人在某个场合出于某种目的对某人讲一个故事**。"②要理解小说修辞，不仅要注意故事，同时也要注意场合，尤其是目的。小说修辞的动态系统，不仅包括作者对隐含作者—叙述者—人物—受述者—隐含读者—读者这一横向轴的调控，而且包括对故事—叙事—叙述这一纵向轴的调控。同时，这一动态系统的运作，始终在一定历史语境中进行。这种包括世界—作者—文本—读者多个要素的小说修辞体系，具有双重动态特征：一方面是四者之间存在张力与互动；另一方面则是这一动态系统也会随着历史的演变而演变。由于世界（社会文化）的历史发展，使得一个时代的思维模式可能随之改变，进而改变读者与作者之间的审美成规，促使作者调整自己的修辞策略，发展自己的修辞技巧，最终改变小说修辞的整体风貌。

一　没有语境参考的修辞根本无法判断

　　小说修辞与其他修辞一样是在一定语境中发生的，同时也与其他修辞

---

　　①　[法]古斯塔夫·庞勒：《乌合之众——大众心理研究》，冯克利译，中央编译出版社2004年版，第12页。

　　②　[美]詹姆斯·费伦：《作为修辞的叙事：技巧、读者、伦理、意识形态》，陈永国译，北京大学出版社2002年版，第14页。原文已加粗。

一样，"以适应题旨情境为第一义"①。小说"是与作者和读者、说者与听者之间那种更广阔的社会关系不可分开的活动形式，脱离它们不可分开的社会目的和条件在很大程度上就无法理解"②。小说修辞的历史语境，不仅包括小说修辞的具体情景，而且包括小说修辞的时代背景。布斯在《小说修辞学》初版 21 年之后，对这一问题进行重新反思，意识到作者、读者乃至信念等问题都与时代大背景联系在一起。"米哈依·巴赫金的技巧给我留下了尤其深刻的印象，他熟练地将我的书似乎树立的界限连接了起来。一方面，他仔细观察了作家和读者是怎样被造就的，在他们的文化之中被造就，部分地为他们吸收的叙事作品所造就。另一方面，他特别娴熟地从一部待定的作品中推断出，为了写出这部作品，它的实际作者应该具有着什么样的信念，尤其是那个作家对潜在的读者持有什么样的信念。"③ 作者与读者都是被一定时代的文化所造就的，作者的信念总是基于一定时代的要求并且根据一定时代的读者所能接受的水平而建构起来的。这种外在的历史语境，使得小说修辞的动态体系，不仅仅是一个作者—文本—读者三者之间的互动体系，而是一个世界（语境）—作者—文本—读者的张力互动系统与张力结构。

首先，世界作为文化背景（宏观语境），造就了特定的作者与读者。没有任何作者的思维模式及修辞技巧与以前的文化传统没有干系，也没有任何读者不具备期待视野。这种特定文化所造就的特定作者与读者，使小说修辞呈现出鲜明的时代特性与民族特性。中国的话本小说与西方的流浪汉小说，因其产生的文化背景不同，以及受众的审美习惯不同，表现出不同修辞风格。

其次，世界作为小说修辞的（中观）语境，是判断作者选择的修辞话题是否合适的重要条件。修辞话题的发明，是修辞能否获得成功的重要前提。而修辞话题的成熟度，并不仅仅取决于作者的发现，而且取决于修辞情景的成熟与否。

最后，（现实）世界始终是故事（世界）的潜在参照系，如何调节世

---

① 陈望道：《修辞学发凡》，上海教育出版社 1997 年新 2 版，第 11 页。

② ［英］特里·伊格尔顿：《当代西方文学理论》，王逢振译，中国社会科学出版社 1988 年版，第 295 页。

③ ［美］W. C. 布斯：《小说修辞学》，付礼军译，广西人民出版社 1987 年版，第 426—427页。

界与故事之间的关系，也是作者不可忽视的修辞问题。真实—虚构之间的关系，是历代小说家与小说理论家都必须关注的问题。这一问题的核心实际上就是如何处理（现实）世界与故事（世界）之间的关系。对真实—虚构这一组关系的思考，以一个时代小说的"真实观"为基点，而"真实观"又与一个时代对现象—本质、现实—理想的思维模式相关，因此，世界作为文化背景，实际上又决定了作者的修辞策略。

　　然而，语境的构成极为复杂。一般来说，有宏观语境、中观语境与微观语境。对于小说而言，其微观语境指文本内语境，也就是小说中人物所处的语境。其中观语境则是小说作者创作时面对的与小说叙事相关的语境因素，不同作者因为其关注的问题不同，因此其中观语境构成也不尽相同，难以把握。而宏观语境则指作者所处的宏观时代背景，其对小说创作与接受存在深远影响，同时也存在着相当大的共性因素。尽管具体的作者与读者所关注的问题可能不同，但这一宏观语境构成了他们的"认识型"，划定了特定时代的修辞选择的可能性。因此，对小说修辞的宏观语境的把握，是理解小说修辞历时性演变的切入口。

　　就小说宏观语境的构成而言，陈望道的论述对我们依旧有着重要启发作用。"像'六何'说所谓'何故'、'何人'、'何地'、'何时'等问题，就不过是情境上的分题。"① 其中"'何故'，是说写说的目的"②，"'何人'，是说认清是谁对谁说的，就是写说者和读听者的关系"③，至于"何时""何地"，则指修辞交流的时空背景。根据陈望道以及亚里士多德的相关论述，我们可以将其概括为修辞情景、修辞受众与修辞话题等因素。

（一）修辞情景

　　作为一种带有目的的修辞行为，小说叙事总是处于一定的修辞情景之中。作为刺激修辞行为产生的直接相关因素，没有修辞情景，修辞行为不可能发生。小说修辞情景的时代性、多维性与时效性对小说叙事的作者选择、文本代理、读者反应之间的交流互动有着重要影响，潜在制约与规定

---

① 　陈望道：《修辞学发凡》，上海教育出版社 1997 年新 2 版，第 8 页。
② 　同上书，第 7 页。
③ 　同上书，第 8 页。

了小说叙事的修辞目的、修辞策略与修辞效果。

根据比彻尔的定义："修辞情景可以定义为人物、事件、物体和关系的结合造成一种实际的或潜在的事态变化，而这一状态可以被全部或部分地消除掉如果话语在运用到这一情景中以后可以制约人的决定或行为以使这一状态发生重大变化的话。在话语的创造和讲演之前，修辞情景有三个组成部分：第一是事态的变化，第二和第三是上面提到的那个组合中的成分，即需要制约其决定和行为的观众以及影响修辞者并能运用到观众身上的那些制约因素。"① 修辞情景虽然包括人物、事件、物体等具体因素，但最核心的并不是这些具体因素，而是存在于这些具体因素之中的关系。小说修辞的前提在于这种关系，而小说修辞的目的同样在于这些关系。鲁迅认为小说的诞生缘于闲暇，"诗歌是韵文，从劳动时发生的；小说是散文，从休息时发生的"②。尽管诗歌与小说的发生可能存在先后，但实际上都是远古时期的事，其中的人物、事件、物体并没有根本差异，但"劳动"与"休息"这两种状态，意味着两种不同的关系，由此构成不同的修辞情景，导致了不同文化的诞生。而小说的目的同样也是为了改变这种关系，在一定程度上，"小说本身同时也可理解成是诗歌形式的修辞反应"③，它总是试图通过说服读者认同作者的意见，从而改变人物、事件、物体之间的关系。休息时的"消遣闲暇"与革命时的"摇旗呐喊"，小说本身并不能改变事态，但可能改变人物、事件、物体之间的关系，从而参与现实事态的改变过程。离开小说叙事的修辞情景，也就难以对小说叙事的修辞目的、修辞效果以及艺术价值进行准确判断。小说的发展，同样与修辞情景的演变密切相关。

对于与时代联系极为紧密、同时受中国诗教传统深远影响的 20 世纪小说叙事而言，其与修辞情景的关系更为明显。修辞情景对 20 世纪中国小说叙事有着多重制约与影响，离开其修辞情景，20 世纪小说叙事的艺术价值与社会价值、成就与局限，都难以得到合理解释。

---

① ［美］劳埃德·比彻尔：《修辞情景》，顾宝桐译，《当代西方修辞学：演讲与话语批评》，肯尼斯·博克等著，常昌富、顾宝桐译，中国社会科学出版社 1998 年版，第 124 页。

② 鲁迅：《中国小说的历史的变迁》，《鲁迅全集》第 9 卷，人民文学出版社 2005 年版，第 313 页。

③ ［美］劳埃德·比彻尔：《修辞情景》，顾宝桐译，《当代西方修辞学：演讲与话语批评》，中国社会科学出版社 1998 年版，第 129 页。

首先，修辞情景的时代性，划定了小说修辞选择的可能空间。与比彻尔关注修辞情景的共时结构不同，博克更关注修辞情景的时代内涵，他将修辞情景与认同理论结合起来，认为一个时代修辞情景的核心命题就是带有普泛性的群体认同。在他看来，当代美国"我们与两个'巨兽'——技术和国家——的认同是我们现在所面临的修辞情景的核心"①。这种认同可以是有意识的，更可能是无意识的。这种群体认同构成了修辞情景的时代性，影响与制约了个体的修辞反应。

其次，修辞情景的多维性，造就了小说作者的创造空间。"修辞情景会显示或简单或复杂的结构，这种结构或多或少是有条理的。"② 与一般演讲修辞情景的局部性不同，20世纪中国小说修辞情景是一个多维的立体的宏观空间。它不仅包含着政治、经济、文化等多个向度，也包括事件影响、时代精神、人类命运等多个层面。这种修辞情景的多维性，造就了现代小说修辞的丰富性。小说家可以根据对修辞情景的选择性反应，形成各自的修辞动机。就客体而言，小说家可以选择政治作为关注对象，也可以选择文化作为关注重心，还可以选择经济作为创作目的。就主体而言，小说家可以对现实作出直接反应，也可以从中把握时代精神，更可以超越性地强调终极关怀。

最后，修辞情景的时效性，制约着小说叙事的修辞效果。修辞情景不仅具有时代性与多维性，而且具有时效性。"修辞情景产生后，要么成熟或衰败，要么成熟并继续存在——有些会永久存在下去。不管怎么说，情景会发展及成熟；它们会发展到恰好是修辞言语适合情景的时候。"③ 一定的修辞情景虽然总是处于庞大而复杂的时空网格之中，但在某一具体的时空点，它总会召唤合适的修辞反应。在20世纪中国追求民族独立与社会现代化的过程中，各种重大事件频频发生。从庚子事变、中日甲午战争、北伐战争、第一次国内革命战争、抗日战争、解放战争、抗美援朝、"文化大革命"、改革开放等重大政治事件，到新文化运动、左联成立、延安讲话等文化事件，再到抵制日货、抵制美货等经济事件，它们都是构

① ［美］肯尼斯·博克：《修辞情景》，常昌富译，［美］肯尼斯·博克等著，常昌富、顾宝桐译，《当代西方修辞学：演讲与话语批评》，中国社会科学出版社1998年版，第163页。
② ［美］劳埃德·比彻尔：《修辞情景》，顾宝桐译，［美］肯尼斯·博克等著，常昌富、顾宝桐译，《当代西方修辞学：演讲与话语批评》，中国社会科学出版社1998年版，第129页。
③ 同上书，第131页。

成修辞情景的重要内容，呼唤人们作出及时而适当的修辞反应。正是修辞情景的成熟度以及修辞反应的及时与恰当，决定了小说叙事的修辞效果。

（二）修辞受众

修辞情景直接促成了修辞行为的发生。但与小说修辞成败直接相关的另一个因素则是对受众群体的判断与选择。与演说修辞面对特定而集中的受众不同，小说修辞的受众是潜在而分散的，因此对小说修辞的受众群众进行明确定位，成为小说修辞成功与否的一个重要问题。

然而，在特定时代，读者还是有其共性。作者与读者实际上是共生共存的。有什么样的读者，就会有什么样的作者，反过来，有什么样的作者，就可能有什么样的读者。特定的政治、经济与文化背景，在伦理、理性与审美等多个层面，不仅划定了作者创新的可能性，也划定了读者接受的可能性。在作者进行创作的时候，不管有意识还是无意识，都会考虑自己所面对的读者。这种对读者的潜在定位，决定了小说修辞的可能空间。通俗小说、严肃小说与先锋小说有着各自不同的读者群体，由此具有不同的修辞策略与修辞风格。

（三）修辞话题

所谓修辞情景的成熟，隐含着特定修辞话题成熟与否的命题。特定的修辞情景与修辞受众，孕育着特定的修辞话题。在某一特定时代的特定修辞情景中，特定修辞话题可以获得修辞主体与受众最持久而广泛的关注。

这一获得持久而广泛关注的修辞话题，对于小说修辞具有特殊意义。一般演说修辞关注的主要是具体事件或具体问题，因此，传统修辞学将演说分为法庭、政论与礼仪三类。现代演说虽然已经明显突破了这一分类方式，但众多分类方式还是围绕具体的修辞话题展开。这种具体性对于小说修辞而言，可能都是次一层级的话题。从根本上说，"文学是人学"，小说更是人学，小说修辞的中心话题，无论什么时代都是人。然而，由于修辞情景与修辞受众的差异，小说修辞对于这一中心话题的阐释与展开必然存在差异，由此使小说修辞具有其特殊的面貌。在一定程度上，所有小说的核心命题都是"立人"，但不同时代小说作者与读者对"立什么人"与"如何立人"有着不同的理解，由此也可以看出小说修辞话题的历史性。

二　小说修辞动态体系的横向轴

小说修辞不仅有其特殊的修辞语境，更有其特殊而复杂的动态系统。其中一个重要的特征就是，小说修辞横向轴的关系极为复杂。

在一般演说修辞中，修辞主体与修辞受众通过修辞话语进行直接交流。而在小说修辞中，作者与读者之间的交流不仅是间接的、时空分离的，而且存在多个层次。

小说叙事交流的主要环节包括：

作者—｛隐含作者—［叙述者—（人物—人物）—受述者］—隐含读者｝—读者。①

这一交流链条显示，在小说修辞中，实际上包含四个层次的修辞交流，内层与外层的修辞交流相互影响，最终影响作者与读者之间的修辞交流效果。

（一）人物—人物：个性的碰撞

小说总是讲述与人相关的故事。写实型小说中的人物与现实生活中的人物自然高度相似，就是非写实型小说中的神仙、鬼怪、动物，只要成为小说的主人公，他们就必然拥有人类使用语言的功能。因此，小说叙事不仅展示人物之间的动作冲突，而且存在人物之间的语言交往。包括人物的内心独白，也只是另类对话。有话语活动的地方，就存在修辞。与日常话语修辞一样，小说中人物话语的修辞必须注意相关的语境，同时也必须注意人物语言是否符合其身份、地位、性格。

对于小说中人物的修辞互动的处理，对小说能否实现其修辞目的有着重要意义。

第一，小说中人物之间的话语关系是现实生活中话语关系的折射，具有厚重的历史内涵。采用什么样的态度处理人物之间的对话，赋予什么样

---

①　查特曼《故事与话语》中的叙事交流图为"真实作者→隐含作者→叙述者→受述者→隐含读者→真实读者"，华莱士·马丁在《当代叙事学》中，则分得更细："作者—隐含作者—戏剧化作者—戏剧化叙述者—叙事—听叙者—模范读者—作者的读者—真实读者"。前者忽视了人物这一环节，后者则显得过于复杂。本研究认为，人物交流是小说修辞中的一个重要环节，应该予以特别强调。

的人物以话语权，折射出一种时代的社会关系。《西游记》中孙悟空与唐僧等人的对话，带有佛教众生平等的意味，在一定程度上是对当时等级话语的解构，同时也是对个体自由的一种变相的张扬。而左翼小说、革命历史题材，"文化大革命"时期的小说中，对"敌人"话语权的剥夺，显示出一种别样的话语关系，折射出政治对个体话语自由的挤压。从小说中人物之间的修辞关系，可以看出时代的背景。

第二，小说人物之间是否具有典型的修辞关系，也是衡量小说思想价值倾向的一个重要标志。所谓修辞，根据前面的定义，已可以确定为一种非强制性的力量，它以双方的平等与意志自由为前提，是通过话语而非强制使双方实现相互认同。这种平等关系能否在小说内部的人物关系之间得以体现，折射出一部小说所推崇的基本思想价值。尽管无论在哪个时代，小说中的人物如同现实中的人物一样，处于各种权力关系之中，但是否能够在话语权力方面表现出一定的、基本的平等，则是衡量一部小说是否尊重人的重要依据。剥夺人物的话语权力，是一种严重的暴虐行为，实际上也就是剥夺人物思想的权力，剥夺人之作为人的权力。由小说人物之间的话语关系，可以基本确定作者的主要修辞倾向乃至基本修辞价值。有些小说用写实手法表现了某些特殊时期，某些人物被剥夺话语权力的现实场景，如叙述有关"文化大革命"的小说，这种小说中的人物关系，正是对现实的一种抗辩。以政治权力来取代话语权力，以武器的批判来取代修辞的协调，是人类文明史上的最大灾难，是对人性自身的否定，是对人类的判断能力与自由意志的否定。

第三，小说中人物之间的修辞关系，也折射出一个时代修辞技巧所能达到的高度。在小说中，人物之间必然存在对立，而问题的解决意味着取得同一。故事的发生就是以人物之间的这种分离或对立状态为基点，哪怕只有一个人物的小说，如卡夫卡的《地洞》，中间也存在着对立，即多个自我之间的对立。小说情节的发展，就是对立的人物之间由对立逐渐走向认同，由分裂走向同一。修辞与话语对小说故事中的问题的解决有着不可或缺的作用。无论是通过消灭对方的方式取得同一，如革命战争小说，还是双方的相互转化取得同一，如成长小说、教育小说，都离不开修辞的作用。因为要取得对敌方行动的胜利，需要使己方实现相互认同；而要实现自我的和谐，也需要各个自我之间的对话与修辞，由此实现同一。相互认同总离不开话语与修辞。

第四，小说中人物的话语与修辞，影响着整个小说的修辞效果。人物的话语与修辞是否具有仿真性，是否符合人物的性格、身份、地位、语境等，直接关系到叙述者与受述者之间修辞契约的建构。虽然孙悟空是一个虚构出来的人物，但他还是具有多重仿真身份背景：由猴子变来，曾经当过山大王，曾经反上天庭，又被戴上紧箍咒，成为唐僧的徒弟，这些仿真身份制约了他的说话风格。人物虽然是虚构的，但人物关系却不能全盘虚构。处理这些关系是小说内部人物之间修辞交流的首要问题。

（二）叙述者—受述者：距离的调节

小说中的人物修辞交流，构成了小说修辞交流最内在的层面。但这种人物交流，只是叙述者与受述者之间修辞交流的一个媒介。根据普林斯的定义，叙述者与受述者都存在于文本之中。"叙述者（narrator）：文本中所刻画的那个讲述者。……叙述者或多或少是公开的、有知识的、无所不在的、有自我意识的、可靠的，并且与被叙情境与事件、人物或/和受叙者存在或远或近的距离。"① "受叙者（narratee）：文本中所刻画的叙述接受者。"② 尽管叙述者与受述者都处于文本之中，但他们与故事的关系非常复杂，可以处于故事之中，也可以置身故事之外。然而，不论是在故事之中还是故事之外，小说故事都是叙述者针对受述者的一次有目的性的修辞话语行为，是其与受述者之间的一次修辞互动，二者之间存在着复杂的修辞关系。

这一关系的复杂性首先在于，叙述者必须处理好人物之间的修辞关系，由此才可能建立叙述者与受述者之间良好的叙述契约关系。从理论上讲，受述者应该完全相信叙述者，"相信所呈现世界的真实性"③。这是叙述者与受述者之间的基本契约，"我们阅读小说时的全部体验是基于一种与小说家心照不宣的契约，它授权小说家知道他正在写的一切东西。正是这一契约使小说有可能写出来"④。但这种叙述契约，并不是天然就和谐可靠，而依赖于叙述者与受述者的共同构建。"叙述契约（narrative con-

---

① ［美］杰拉德·普林斯：《叙述学词典》（修订版），乔国强、李孝弟译，上海译文出版社 2001 年版，第 153 页。

② 同上书，第 134 页。

③ 同上书，第 142 页。

④ ［美］W. C. 布斯：《小说修辞学》，华明等译，北京大学出版社 1987 年版，第 56 页。

tract）：叙述者和受述者、讲述者和他或她的听者之间达成的协议，构成某叙述存在的基础并影响其形成：叙述行为提供某事（应该）用来与其他事情进行交换。"① 所谓契约，就说明了二者之间平等的修辞关系，以及二者之间的交换关系，如果叙述者不能提供受述者愿意与期盼接受的东西，二者之间和谐的契约关系难以建立。而故事中人物之间的修辞关系则是二者 "交换" 的主要内容之一。没有故事中人物之间可信的修辞关系，叙述者与受述者之间的叙述契约也难以建构。

叙述者与受述者对稳定的契约关系各有侧重。对于叙述者而言，他要展现的主要是动机，"动机（motivation）：环境、原因、目的和冲动的复合体，它控制人物的行动（并使其显得貌似真实）"②。而对受述者而言，他要进行的则是 "排除神秘性（naturalization）：叙述接受者将叙述与已知的现实模式相联系，从而减少叙述陌生性的策略组合。动机是由作者定向的，排除神秘性是由读者或受体定向的"③。二者对叙述契约虽然各有侧重，但双方的互动构成了小说叙述契约的稳定性。

这一关系复杂性的另一个方面，则是受述者虽然基本处于无声状态，但他对叙述者有着重要的反作用。不仅那些故事内的受述者，如第二人称叙事以及套筒式叙事，由于受述者一定程度上是个性化的，因此叙述者不能不考虑受述者的个性、身份、地位、目的等具体因素，就是那些非个性化的——处于故事之外的受述者，叙述者也必须考虑他们的潜在要求。叙述者的选择隐含着一种世界观的选择，也隐含着一种对受述者的要求，这是一种邀约。但这一邀约能否得到受述者的回应，产生合适的修辞效果，则取决于受述者的认同程度。因此，叙述者的形象极大地影响着受述者的态度。塑造什么样的叙述者，对于小说修辞效果有着重要意义。"我们在感情和理智上对叙述者作出反应，就象影响着我们对于叙述者所述的事件作出反应的人物一样。"④

叙述者与受述者之间良好修辞关系的建立，主要通过叙述者与人物之

---

① ［美］杰拉德·普林斯：《叙述学词典》，乔国强、李孝弟译，上海译文出版社 2001 年版，第 143 页。

② 同上书，第 130 页。

③ 同上书，第 155 页。

④ ［美］W. C. 布斯：《小说修辞学》，华明等译，北京大学出版社 1987 年版，第 304 页。

间的认同关系来间接实现，从根本上取决于叙述者与人物及受述者之间各种距离的调节。因此，如何处理叙述者与人物之间的各种距离，是这一层面的修辞互动要处理的主要问题。"叙述者一般起三种主要作用：报道、阐释和评价。"① 他不仅讲述故事的发生，同时也引导着对故事的评价。他通过选择讲什么、不讲什么，如何阐释与评价某个细节，来展示他与人物之间的距离与关系。

叙述者与人物以及受述者，存在两类大的距离，一是外在距离，主要包括时间、空间、身体、视角等；二是内在距离，也就是价值距离，主要包括理性认同、伦理情感、审美趣味等方面的距离。通过各方面的距离调节，叙述者可以显示出自己的价值判断与价值排序。"对于文学来说，距离便意味着理性，意味着现实性，意味着对意义的关注，意味着对信仰根基和精神归宿的可靠拥有。"②

1. 外在距离

作为一个人格化的存在，叙述者与故事中的人物以及受述者存在多种外在距离。

首先是空间距离。叙述者是否在故事中出现，对于小说修辞效果会有重要影响。一般来说，在故事中出现的叙述者，会给受述者一种"眼见为实"不言自明的合法性证明。因此，古代志怪小说的叙述者经常出现在故事之中。故事外叙述者与人物的空间距离则要大得多，同时也赋予叙述者更大的空间自由度。

这种空间距离，小说叙事中，主要体现为视角问题，也就是叙述者站在什么位置"看"这个故事。叙述者在故事之中，叙述采用的是内视角，叙述者在故事之外，则是外视角。外视角又可以分为全知视角与限知（客观）视角。视角对小说的修辞交流有着重要影响。全知视角与人物的关系最远，因为叙述者超出常人的能力范围，对所有人物的经历与心理都了如指掌。这种叙述者居高临下，俯视众生，成为高高在上的一个形象。这种视角自然有其长处，容易建构了一种比较方便的权威地位，但其宣讲姿态扩大了叙述者与受述者之间的空间距离，可能导致受述者的反感。客观视角则处于人物背后，在某些方面拉近了与受述者的距离，因为其所处

---

① 申丹、王亚丽：《西方叙事学：经典与后经典》，北京大学出版社 2010 年版，第 191 页。
② 李建军：《小说修辞研究》，中国人民大学出版社 2003 年版，第 148 页。

的位置，实际上也就是受述者所处的位置。但由于这一视角并不尝试走入人物内心，也不能走入人物内心，拉大了与人物之间的距离，因此这种视角，虽然有助于激发受述者对人物的思考，但同时也制造了受述者理解人物的种种障碍。

空间距离也必然意味着时间距离。一般来说，叙事总是一种过去时叙述，人们只能叙述已经发生的故事。但是，对于这种过去时，到底与当下隔着多远对小说叙事而言依旧是一个重要问题。区分历史题材小说、现实题材小说的标准，经常就在于叙述者与人物之间的时间距离。现代穿越小说，对小说中这种时间距离变化的可能性进行了多种实验探索。

2. 内在距离

不仅叙述者与人物以及受述者之间存在着外在距离，更重要的还是其内在距离。叙述者与人物以及受述者之间的内在距离，相当于一个滤色镜，通过不同的滤色镜，人们可以看到不同的风景。叙述者的滤色镜设置，直接影响到受述者对故事的理解与接受。

心理距离首先表现在理智认知方面的距离。叙述者是否能够理解人物的言行，这不仅与叙述者的生理距离相关，更与其心理距离相关。孩子难以理解成人世界的某些言行，白痴则对世界进行简化与缩写。

其次则是叙述者与人物之间的道德距离。不同的价值观念会对同样的言行产生完全不同的价值判断。

最后则是叙述者与人物之间的审美距离。审美情趣并不像人们想象的那样无关紧要，在一定程度上是双方建立良好修辞关系的重要途径。

选择特殊的心理距离，就是选择一种特殊的滤镜。其好处在于别开生面，让受述者看到不同的风景，麻烦之处则在于，一个理性的人（作者似乎必须如此）要真正进入一种特殊角色存在其困难之处。

各种距离之间的关系，是小说修辞研究极为关心的问题。因为各种距离之间，存在着相互联系。"在减少感情距离的同时，自然的倾向也必然减少——不管作者愿意与否——道德和认知的距离。"[1] 这也为小说修辞调节叙述者与受述者之间的各种距离，提供了更多的可能性。"距离本身从来不是目的；努力沿着一条轴线保持距离是为了使读者与其他某条轴线

---

[1] ［美］W. C. 布斯：《小说修辞学》，华明等译，北京大学出版社 1987 年版，第 279 页。

增加联系。"①

（三）隐含作者—隐含读者：权威的形成

叙述者—受述者之间的修辞交流，一方面包括了小说内的人物交流，另一方面则是一个更大修辞交流环节的组成部分，那就是隐含作者与隐含读者之间的修辞交流。

关于这一交流层面到底处于文本内还是文本外，一直有着不同的理论探讨。按照布斯的说法，隐含作者是作者塑造出来的"第二自我"，"'隐含作者'有意无意地选择了我们阅读的东西；我们把他看作真人的一个理想的、文学的、创造出来的替身；他是他自己选择的东西的总和"②。从布斯的定义中，可以看出隐含作者的多重特性。

第一，隐含作者不是作者本身，但与真实作者存在密切联系，是真实作者写作小说时所表现出来的那部分自我，也就是作者的人格面具。不能将真实作者与隐含作者完全等同，但也不能否认隐含作者与真实作者之间的内在联系。

第二，隐含作者通过他的选择出现在文本中，是他选择的东西的总和。这不仅包括对小说中材料与细节的选择，而且包括对各种修辞关系的处理与修辞技巧的选择。

第三，既然隐含作者的建构通过小说中的各种选择得以显现，那么读者对隐含作者的还原也便存在多种可能性。不同读者可能对小说中各种关系有不同的理解，隐含作者并不是只有一副面孔。

第四，对隐含作者的阐释权，并不一定归于真实作者，他在完成小说之后，隐含作者就成为相对独立的存在，存在于文本之中。

因此，隐含作者是作者、读者与文本协调的产物。

隐含读者的重要性，在一定程度上，并不弱于隐含作者。"隐含读者（implied reader）：由文本假设的读者；真实读者的第二自我（按照隐含作者的价值观和文化规范塑造）。"③ 他是隐含作者潜在的对话对象。

---

① ［美］W. C. 布斯：《小说修辞学》，华明等译，北京大学出版社1987年版，第136页。

② 同上书，第84页。

③ ［美］杰拉德·普林斯：《叙述学词典》，乔国强、李孝弟译，上海译文出版社2001年版，第100页。

与隐含作者相类似，隐含读者实际上也是作者建构出来的。他通过自己的选择，为隐含读者设置了应该站的位置、态度。小说阅读有个基本要求："读者们要知道，在价值领域中，他站在哪里。——即，知道作者要他站在哪里。"① 这实际上就是要求隐含作者为隐含读者的定位。

隐含作者与隐含读者之间的修辞关系，由此显得更为复杂。"作者创造的毕竟不仅只有他自己的形象。隐含着其第二自我的每一笔，都有益于把读者塑造成为适合于鉴赏这个人物和他正在写的这部作品的那类人。"② 他不仅在创作小说，同时也在创作隐含读者。为此，他必须尝试多种修辞手段。"隐含的作者的感情和判断，正是伟大作品构成的材料。"③ 为了让读者能够明白自己的感情与判断，他一方面要尽量隐蔽自己，让人物自己说话；另一方面，"作为一个修辞学家，一位作者会发现，充分欣赏他的作品所需要的某些信念是现成的，可以被想阅读这部作品的假想读者充分接受，而另一些信念则必须灌输或强加"④。

这种"灌输或强加"的必要性也就要求隐含作者建立必要的话语权威，以让隐含读者接受其信念。与叙述者与受述者之间理所当然的信任关系不同，隐含作者与隐含读者之间的信任关系，并不是理所当然就进行假定的。对于受述者而言，叙述者具有当然的权威，叙述者叙述的前提就是假定受述者相信他所说的一切。隐含作者的话语权威则依赖于隐含读者的信任与认同。这就需要隐含作者运用必要的修辞技巧，以实现二者之间的良性互动。"艺术的整个道德观在于技巧。艺术的完整道德观在于两个人物即隐含作者和隐含读者间建立起友情所需的大量事物上。"⑤ 为获得隐含读者的认同，隐含作者必须首先认同隐含读者的部分观念，由此形成二者之间的认同互动，建构基本的修辞交易体系。这种修辞交易，主要在伦理、理性与审美等层面展开。

（四）作者—读者：友谊的建立

小说修辞目的的真正实现，依赖于作者与读者之间的现实修辞交流。

① ［美］W. C. 布斯：《小说修辞学》，华明等译，北京大学出版社 1987 年版，第 83 页。

② 同上书，第 101 页。

③ 同上书，第 96 页。

④ 同上书，第 199 页。

⑤ ［美］W. C. 布斯：《修辞的复兴》，穆雷等译，译林出版社 2009 年版，第 171 页。

然而，也正是在这一层面，凸显了小说修辞交流的复杂性与特殊性。这种特殊性，首先表现在二者之间修辞交流的时空分离，读者面对的经常是隐含作者，作者经常面对的则是隐含读者。作者与读者之间的直接接触，对于小说修辞交流而言并没有太大的作用。其次，小说修辞交流横向轴不同层次之间存在着相互影响，外层的修辞交流与内层的修辞交流相互制约，相互影响，共同制约小说修辞效果的实现。最后，小说修辞交流的时空分离，也意味着小说修辞的外在语境变动不居，由此也使得小说修辞互动显得更为复杂，难以评估。如下所示：

特定语境：作者 {隐含作者—［叙述者—（人物—人物）—受述者］—隐含读者}

特定语境：{隐含作者—［叙述者—（人物—人物）—受述者］—隐含读者} 读者

尽管作者与读者所面对的文本内微观语境可能相似，但由于二者所处的中观语境并不一样，因此二者对文本内的微观语境的理解，同样可能出现差异。

在作者与读者的修辞交流中，虽然作者处于相对主导的地位，如亨利·詹姆斯所言，"作者创造了他的读者，正如他创造了他的人物"[1]。通过隐含作者的选择，作者作出了自己的价值判断，也为隐含读者设定了位置。然而，"关于作品、作者和读者的标准是密切相关的——密切到不可能老是讨论其中之一而不涉及其他两个"[2]。只有拙劣的作者才会让读者无所作为，"当他使读者不快，那就是说，使他无动于衷时，读者什么也没干；作者就显得拙劣了。当他使读者快乐，那就是说，使他感到兴趣，那么读者就付出了一大串劳动了"[3]。因此，小说的修辞性阅读，是"作者代理、文本现象与读者反应之间的循环关系。因此，它假定文本是作者与读者之间多层面交流的一个共享媒介，甚至把读者对文本的经验作为阐释的出发点。……在阅读与阐释相关联的过程中，修辞的读者—反应批评认为，文本建构了读者，反过来，读者也建构了文本，结果，它认为在阅

---

① 转引自 W.C. 布斯《小说修辞学》，华明等译，北京大学出版社 1987 年版，第 1 页。

② 同上书，第 43 页。

③ ［美］亨利·詹姆斯：《乔治·艾略特的小说》，转引自 W.C. 布斯《小说修辞学》，华明等译，北京大学出版社 1987 年版，第 53 页。

读和阐释活动中，在共享资源与个人资源之间并不存在一条鲜明的界线。进言之，即便这种方法以反应开始，但它并不把那种反应看做固定不变的，而是看做在把阅读和阐释相关联的努力中可能变化和发展的东西"①。

这也就说明，小说作者与读者之间的修辞交流，是一个复杂的系统。"任何阅读体验中都具有作者、叙述者、其他人物、读者之间含蓄的对话。上述四者中，每一类人就其与其他三者之间每一者的关系而言，都在价值的、道德的、认知的、审美的甚至是身体的轴心上，从同一到完全对立而变化不一。"② 因此，尽管作者试图通过改造读者的欲望模式与认同结构，来实现对读者的影响，但作者首先就必须考虑读者认同的可能性。"最伟大的文学也根本上依赖作者和读者的信念一致。"③ 读者在小说修辞交流中，从来就不是处于完全被动的地位，而是必须发挥其主动性。"对读者来说，问题其实在于发现哪些价值不起作用，哪些价值真正起着作用。"④

这种互动关系，决定了读者对作者的反作用也是直接的。"小说修辞的最终问题是，决定作者应该为谁写作。"⑤ 尽管有些作者会宣称"为将来的读者写作"，但"将来的读者"同样是读者，他不过是试图用一种障眼法来说明小说创作需要读者这一根本事实。然而，问题的复杂性也正在于"将来"与"现在"。也就是说，小说的真实读者，实际上是一个不确定的群体，不仅有当下的，而且有将来的。这种时空的不确定性，决定了小说的创作语境，不可能与接受语境一致。因此，不仅存在"将来的读者"，就是现实的读者也存在着多种类型：有评审读者、专业读者、业余读者、偶然读者。不同读者由于不同的语境，以及不同的文化背景，对文本有着不同的理解，也是一种自然现象，由此也使得小说的"误读"成为一种必然。一千个读者有一千个哈姆莱特，一千个读者更有一千个莎士比亚。

然而，这种作者与读者的修辞互动，实际上是一种通过文本进行的

---

① ［美］詹姆斯·费伦：《作为修辞的叙事》，陈永国译，北京大学出版社2002年版，第147页。

② ［美］W. C. 布斯：《小说修辞学》，华明等译，北京大学出版社1987年版，第175页。

③ 同上书，第154页。

④ 同上书，第158页。

⑤ 同上书，第440页。

"交易"活动。费伦认为,在修辞性阅读中"不可能把读者、文本和作者相互区别开来。修辞交易中这些不同因素的协同作用恰恰是修辞方法想要承认的"①。修辞方法必须考虑到修辞过程中的"交易性",也就是说作者要提供读者需要的东西,而读者同样要能提供作者所需要的东西。这种交易性构成了小说修辞的基本原则。"阅读是一种欲望之旅。如果作者没有能够满足读者的欲望,读者将没有兴趣阅读下去。欲望的本质或许千差万别,但如果我参与到小说中,那么我的所有欲望就会完完全全集中在她的命运上。"②

　　读者的基本要求,是作者的出发点,也是决定小说修辞效果能否实现的基点。这种基本要求,布斯认为主要包括两个方面——伦理的与审美的,"我(读者)精神上受到的最大影响是我需要将欲望、恐惧、期望专注于未来的成就上,至少在我阅读过程中是如此:我想要我所没有的东西。作为读者,我的整个存在所专注的是'它最终结果如何'。我最有影响力的活动集中表现在我渴望将来得到某些回报,这些回报既包括故事中人物善有善报,恶有恶报,也包括我们所谓的公正审美——形式的完满塑造"③。

　　对小说的趣味性要求,是作者与读者之间最基本的共识。对作者而言,"每一部具有某种力量的文学作品——不管它的作者是否头脑里想着读者来创作它——事实上,都是一种沿着各种趣味方向来控制读者的涉及与超然的精心创作的体系。作者只受人类趣味范围的限制"④。然而,无论对作者还是读者,小说不仅需要提供乐趣,而且需要提供"教益"。小说阅读是一种模拟的生活体验,"在小说中,每位读者都是自己的演出人"⑤,因此,"小说家应该在他的作品中,设法提供优秀的演出给予一部戏剧的那种戏剧成分指示"⑥。读者通过对小说的体验,接受作者在小说中安排读者接受的"对一个虚构世界的看法"⑦,从而实现作者与读者的

---

　　① [美]詹姆斯·费伦:《作为修辞的叙事》,陈永国译,北京大学出版社2002年版,第99页。

　　② [美]W.C.布斯:《修辞的复兴》,穆雷等译,译林出版社2009年版,第165页。

　　③ 同上书,第162页。

　　④ [美]W.C.布斯:《小说修辞学》,华明等译,北京大学出版社1987年版,第137页。

　　⑤ 同上书,第432页。

　　⑥ 同上书,第433页。

　　⑦ 同上。

相互影响。"我们就这个世界的叙事本身强化或修正了我们的意识形态信念和我们对这个世界的阐释。"①

这实际上也就是小说修辞的"寓教于乐"。好的小说"构建欲望模式，吸引读者经历故事中的一切"②，从而提供读者阅读的乐趣。当读者真正享受阅读的乐趣的时候，作者塑造读者的任务才可能实现。"在我的体验过程中它决定了我将成为什么样的人。我想不到有什么比这更加实用的了。"③

作者与读者的合作与共谋，不仅在某些特定的修辞技巧中必然存在，如反讽必须有读者的参与。"从定义上来说，不可能有戏剧性的反讽，除非作者和读者能够以某种方式共享人物所不掌握的知识。"④ "反讽部分地总是一种既包容又排斥的技巧，那些被包容在内的人，那些刚好具有理解反讽的必备知识的人，只能从那些被排斥在外的人的感受中获得小部分的快感。在我们参与其中的反讽中，叙述者自己就是嘲讽的对象。作者与读者背着叙述者秘密达成共谋，商定标准。正是根据这个标准，发现叙述者是有缺陷的。"⑤ 实际上在所有的修辞交流过程中，作者与读者的合作与共谋都是一个必要因素。布斯曾经指出，作者与读者之间一直进行着秘密交流，并通过这种交流获得了快感。"每当读者通过叙述者设置的半透明的屏幕去推断作者的立场时，在某种程度上，这里总存在着三种一般的快感"⑥："破译的快感"⑦，"合作的快感"⑧，以及"秘密交流，共谋与合作"⑨ 的快感。在这种阅读快感中，"我们的快感混和着对自己知识的骄傲，对无知的叙述者的奚落，以及与沉默的作者的共谋感"⑩。

作者与读者之间是否能够建立较为恒定的友谊，是评价小说价值的一

---

① ［美］詹姆斯·费伦：《作为修辞的叙事》，陈永国译，北京大学出版社 2002 年版，第 140 页。

② ［美］W. C. 布斯：《修辞的复兴》，穆雷等译，译林出版社 2009 年版，第 166 页。

③ 同上书，第 163 页。

④ ［美］W. C. 布斯：《小说修辞学》，华明等译，北京大学出版社 1987 年版，第 197 页。

⑤ 同上书，第 335 页。

⑥ 同上书，第 332 页。

⑦ 同上。

⑧ 同上书，第 333 页。

⑨ 同上书，第 335 页。

⑩ 同上书，第 336 页。

个重要标志。"经典也可以被定义为历经数年成功建立起友情的作品。"①也就是可以在不同时代、不同语境中，都能够在作者与读者之间建立稳定和谐的修辞关系的作品。

三 小说修辞动态系统的纵向轴

小说作者与读者之间的交流互动，依托于小说文本。作者所有的修辞技巧都要通过文本来展示，所有修辞目的都要通过文本来实现，读者只有通过文本才能了解作者的修辞意图。同时，小说修辞交流的横向轴包括多个层面，"我们可以把叙事作品视为作者与读者之间的对话，同时也视为叙述者、人物和叙述接收者之间的对话"②。这种横向交流的多层次性也需要通过小说文本结构来展现，由此使得小说文本的意义结构，呈现为一种纵向展开。

叙事学界对于小说叙事层次的划分一直存在着两分法与三分法之争。两分法将其区分为故事和话语两个层面，查特曼的《故事与话语》就直接以此作为书名。而以热奈特为代表的叙事学家则认为小说叙事存在故事—叙事—叙述三个层面。在《叙事话语》中，热奈特明确提出小说叙事包括故事（叙述内容）、叙事（叙述文本）、叙述（叙述行为）三个层面："把'所指'或叙述内容称作**故事**（即使该内容恰好戏剧性不强或包含的事件不多），把'能指'，陈述，话语或叙述文本称作本义的**叙事**，把生产性叙述行为，以及推而广之，把该行为所处的或真或假的总情境称作**叙述**"③。里蒙—凯南在《叙事虚构作品》中仿效热奈特，将小说叙事区分为故事、本文、叙述三个层面④，二者之间有着明显的血缘关系。费伦从小说修辞研究的角度，认为小说讲述部分存在双重结构："由讲述者、故事、情节、读者、目的组成的这样一个基本结构在大多数叙事中至少是双重的：首先是叙述者向他的读者讲故事，然后是作者向作者的读者

① ［美］W. C. 布斯：《修辞的复兴》，穆雷等译，译林出版社 2009 年版，第 176 页。
② 程锡麟、王晓路：《当代美国小说理论》，外语教学与研究出版社 2001 年版，第 73 页。
③ ［法］热奈特：《叙事话语　新叙事话语》，王文融译，中国社会科学出版社 1990 年版，第 7—8 页。黑体为原文所有。
④ ［以］里蒙—凯南：《叙事虚构作品》，姚锦清等译，生活·读书·新知三联书店 1989 年版，第 5 页。

讲述的叙述者的讲述。"① 如果包括被讲述的"故事",则同样是三层结构。大卫·海曼将叙事的要素列为：场景、动作序列、故事世界、意义世界②，除了场景意味着叙事的时空背景外，后三者也构成了一种层次理论，近似于三分法。

本文认为，对小说叙事的三分法相较于两分法具有更大的合理性，对于分析小说叙事也具有更大的便利性。小说修辞交流横向轴的多层次性，也决定了小说文本纵向轴的多层次性。大体而言，人物—人物之间的修辞交流，与小说的故事层面对应；叙述者—受述者的修辞交流，与小说的叙事层对应；而隐含作者—隐含读者之间的修辞交流，则与小说的叙述层面对应。虽然在阅读过程中，读者始终只能接触到小说文本层面，但是，如果不由叙事文本推断故事层面与叙述层面，我们实际上难以理解小说的真正意味。

对于小说修辞研究而言，小说叙事的三个层面有着各自的意义。在故事层面，小说修辞关注素材与现实世界的关系；在叙事层面，小说修辞关注文本结构与修辞技巧；在叙述层面，小说修辞则关注隐含作者的价值判断。

（一）故事—选择：经验—欲望

小说故事，换成传统的说法，就是"讲什么"的问题。

小说总是讲述有关人的故事。按照叙事学的界定，故事也就是小说中可以还原为人物活动的系列事件。"叙述世界/叙事（narrative）阐释时间性以及作为时间性存在的人类。"③ 故事存在的前提是人类经验，也就是读者可以从小说中依照人类关于时间与空间的理解构架还原出来的系列动作。因此，故事是按照人类理解的物理时间与物理空间进行的动作序列。

（1）故事是人类经验的模仿，具有认识论意义。

没有基本的生活经验，没有基本的时间与空间观念，不可能理解小说故事。然而，人类关于时间与空间的意识并非永恒不变，不同时代不同民

① ［美］詹姆斯·费伦：《作为修辞的叙事》，陈永国译，北京大学出版社 2002 年版，第 14 页。

② David Herman, *Basic Elements of Narrative*, Wiley—Blachwell, 2009, p. 14.

③ ［美］杰拉德·普林斯：《叙述学词典》，乔国强、李孝弟译，上海译文出版社 2001 年版，第 140 页。

族的时间观与空间观可能不同，因此，小说故事所涉及的时间与空间，同样可能不同。这种不同的时空观也意味着不同的现实观。"模仿并不是忠实地模仿现实的问题（不管现实是什么），而是一套常规，代表着我们在彼时一致认为是真实的东西。"① 换句话说，模仿以人类经验为基点（模仿必须有一定的经验做基础），同时也以人类经验为目标（模仿人类经验）。因此，重要的不是小说故事与现实的相关度，而是故事与人类经验的相关度。无论再现还是表现，小说都是人类经验的模仿。

小说故事的建构，一方面依靠人类的时空观念，另一方面则依靠人类的因果观念，这是故事存在的另一个基点。因果观念同样是一种成规。"无论是含蓄还是明晰，因果连接都可能会反映出某种心理秩序（例如，人物的行为是其个性或心境的原因或结果）、哲学秩序（例如，每一事件都证明了一般决定论原理）、社会秩序、政治秩序。"② 故事的发展不仅仅是一种时间的顺延，更包含一种因果的演绎。这种因果关系在深层支配对故事的理解与阐释。同时，小说的逼真性也依赖于故事与经验的相关性。"逼真（verisimilitude）：文本质量取决于文本符合其外部'真实'准则的程度：文本（或多或少）有逼真性（提供或多或少的真实的幻觉），就看它在多大程度上与所用案例（'现实'）相一致，并与被认为合适的或被某一特定类别传统所期待的保持一致。"③ 这种"期待"正是经验的折射。

无论什么类型的小说故事，无论是写实还是虚构，现实还是历史，唯美抑或荒诞，都是人类经验的折射。人类经验构成了小说故事最基本的理解框架，也是最基本的"叙事成规"。无论作者还是读者，都依靠人类经验来使其合理化。神魔小说模仿的是前科学时期的人类经验，现实主义小说模仿的是一种以科学主义为支撑的人类经验，浪漫主义是模仿以唯心主义为支撑的人类经验，后现代主义则是模仿后现代解构主义为中心的人类经验。

故事依赖于经验，同时也传递经验。在一定意义上，小说的目的就在于与他人分享别人未曾经历过的经验，由此使其人生变得更为丰富多彩。

---

① ［美］詹姆斯·费伦：《作为修辞的叙事》，陈永国译，北京大学出版社 2002 年版，第 81 页。

② ［美］杰拉德·普林斯：《叙述学词典》，乔国强、李孝弟译，上海译文出版社 2001 年版，第 27 页。

③ 同上书，第 241 页。

从人类诞生伊始，故事可能就是人类生活中的一部分。尽管小说经过漫长的发展，尤其是到了现代，小说故事的向内转，使得小说与经验的距离疏远了一些，但小说故事的内在构架还是人类经验，只是强调的不再是一种外在的公共性的经验，而强调一种内在的个人化的经验。其中依旧包含着对陌生化的关注，强调经验的新鲜性。

对世界的好奇心是人类发展的动力，对未知经验的了解是个体发展的动力。因此，小说故事的新鲜性是小说的不二法门。别人没有经历过的故事对读者具有永恒的魅力。中国古代的志怪小说，西方的罗曼史，显然都是关注故事之新颖。由故事的新，可以激发读者的阅读兴趣，也可以弥补其人生经验的不足。

（2）故事是人类欲望的模仿，具有伦理学意义。

以故事的新鲜性满足读者的好奇心，还只是读者求知欲的一个方面，更重要的是，读者希望在这种经验的模拟中，知道自己在相似情景中应该作出什么反应，因此要求故事具有指导性。"叙述在根本上属于一种认识论范畴"①，这种"认识论"最关注的对象就是生活。"生活之本质何？'欲'而已矣。"② 以描写人生为目的的小说总是"通过模仿我的欲望，指向一个既定目标"③。小说故事模仿哪种欲望，指向何种目标，对于小说修辞的成败具有决定性的意义。不能激发读者对自身欲望进行反思的故事，很难说是成功的故事。

任何故事都包括冲突。"从根本上讲，值得讲述一个故事的任何事件、人类时刻的任何顺序，至少必须产生两种选择——通常矛盾的观点——的冲突，而每一种观点都具有强烈的伦理预设：没有冲突，就没有事件。"④ 故事冲突具有多种类型，"在格雷马斯的叙述模式中，以能力（能做或成为）、欲望（想做或想成为）、知识（知道怎么做或成为）和

---

① 程锡麟、王晓路：《当代美国小说理论》，外语教学与研究出版社 2001 年版，第 236 页。
② 王国维：《红楼梦评论》，载陈平原、夏晓虹编《二十世纪中国小说理论资料》第 1 卷，北京大学出版社 1997 年版，第 116 页。
③ ［美］W. C. 布斯：《修辞的复兴》，穆雷等译，译林出版社 2009 年版，第 164 页。
④ ［美］W. C. 布斯：《我们所交的朋友：小说伦理学》，转引自程锡麟、王晓路《当代美国小说理论》，外语教学与研究出版社 2001 年版，第 45 页。

义务（必须去做或成为）轴为中心的各种情态是最重要的"①，但所有这些冲突中，都存在一种"伦理预设"，也就是说，所有冲突都以广义的欲望为核心。小说故事中人物的欲望具有多重性，读者的欲望也指向多个层面，由此使得小说故事的选择成为一种复杂的艺术。

"文学教人有效地决疑，即对不同'案例'进行比较、权衡及取舍。正是在故事中，我们学会对'虚拟'案例进行思考，而这些案例和我们回到更无序的'现实'世界时遇到的事情将相互呼应。"② 小说故事是现实生活的预演，教给读者在现实生活中碰到相似情境时进行相关选择，小说由此强调故事意义的教育性和深刻性。这时，常态经验可能具有更大的吸引力。常态经验虽然缺乏故事的新颖性，但因其中所包含的欲望倾向与常人更为接近，小说故事，也便可能传达"人人心中有，人人笔下无"的体验，获得读者更大程度的认同。对于与自己生活无关的经验，人们虽然很有兴趣，却难以模仿，其实际功效不过是满足"白日梦"的需要。而与普通人生活经验相关的小说故事则可能给读者带来更大的启示与教益。这时故事追求的不再是满足读者的好奇心，而是追求读者的"共鸣感"。作者需要组合人们通常并不十分注意的细节，以揭示生活的真相，由此使得读者有"恍然大悟"之感。"在这一方面（面对道德问题时），也和在其他方面一样，现代小说要比过去的小说更加努力接近生活本身。让读者自己作出选择，迫使读者像主人公一样面对着每一个决定，这样，获得真理时，或者由于主人公的失败而失去真理时，读者就会更加深刻地认识到真理的价值。"③

读者对小说故事的新颖性与教益性的双重要求，使得小说故事的选择成为一种艺术。故事选择，是从无尽的生活之流中选取的一部分的人类经验。无论再现还是表现，写实还是想象，历史还是神魔，他们都与人类经验直接相关。根据素材与人类直接经验的远近，小说故事可以区分虚构或写实。然而，小说写实或虚构的区分，并不仅仅依据其与现实生活经验的远近进行判断，更要结合作者与读者的文化背景进行判断。不同时代的人

① ［美］杰拉德·普林斯：《叙述学词典》（修订版），乔国强、李孝弟译，上海译文出版社 2001 年版，第 127 页。

② ［美］W. C. 布斯：《修辞的复兴》，穆雷等译，译林出版社 2009 年版，第 230 页。

③ ［美］W. C. 布斯：《小说修辞学》，华明等译，北京大学出版社 1987 年版，第 325 页。

对于同一事件可能存在根本不同的判断，由此也难以确定其写实或虚构。例如鬼神在相当长一段时间，就被当成一种现实存在。

不论哪种故事，小说修辞都要求其是一个好的故事。"当故事真的起作用，当我们完全沉醉于故事世界，对故事中刻画的人物或爱或恨、或崇拜或厌恶之时，我们自己的渴望和思维习惯就会改变。"① 故事由此确定其在小说修辞中的基础性地位。

（二）叙事—表达：讲述—展示

小说叙事也就是"怎么讲"的问题。小说叙事总存在着对故事世界的改造。"我们的批评中有这样一种常识，认为卓越文学不是要引起关于'什么'的悬念而是要引起关于'怎么'的悬念。"② "怎么讲"在小说修辞中同样具有多重意义。它不仅是一个结构问题，同时也是一个认识论问题，甚至是一个伦理问题。

对于小说的叙事层面，经典叙事学进行了深入系统的研究。尤其是对小说叙事的时间问题与视角问题，进行了大量结构分析，为小说研究提供了诸多具体方法。但这些研究大多偏重形式层面，对于其修辞意义尚未进行系统深入的探讨。小说修辞研究则更关注叙事的方法，尤其是两大修辞技巧：讲述与展示。

讲述与展示这两种宏观修辞手段的基础与内核，是小说家对意义呈现方式的选择。虽然布斯早就作出论断，小说叙事中的讲述与展示不可能截然分开，在一定程度上，展示也是讲述，因为展示中也包含着价值判断。另外，讲述也是展示，因为讲述同样需要具体化的描写。但二者还是存在重大差异。讲述意味着作者直接将意义赋予文本，从而引导读者跟随其价值判断前行；展示则意味着作者选择将意义隐含在文本之中，让读者自己进行价值判断。如布斯所言，讲述的特征主要表现在小说叙事的"人为性"，即"作者把所谓真实生活中没人能知道的东西讲述给我们"③；而展示则是"故事被不加评价地表现出来"④。

① ［美］W. C. 布斯：《修辞的复兴》，穆雷等译，译林出版社 2009 年版，第 231 页。
② ［美］W. C. 布斯：《小说修辞学》，华明等译，北京大学出版社 1987 年版，第 285 页。
③ 同上书，第 5 页。
④ 同上书，第 10 页。

尽管布斯认为二者之间并不能做绝对区分，但大体而言，二者还是有着不同特征。"讲述"具有以下基本特征。

（1）全知全能的叙述者。只有无所不知的叙述者才可能代替读者进行价值判断。

（2）性质判断先于特征描述。这个全知叙述者首先告诉读者，人物是什么人，然后，再告诉读者这个人做了什么事，由此来证明人物确实是什么人。传统小说中的"某生体"即是典型代表。

（3）固定单一的价值视角。要告诉读者，人物是什么样的人，首先就需要确定观察视角，由此才可能得出确定的观察结果，因此，在讲述中，对人物的观察视角也是单一的、固定的。不过，这种固定并不是物理形态的固定，而是价值形态的固定。观察人物的物理时空点，还是可以有不同的变化。《水浒传》与《红楼梦》中都存在大量内外视角之间的切换。

（4）人物性格缺乏发展变化。由于这种固定的价值视角，使得对人物的判断，也就必然产生单一性。为了维护其统一性，也必须拒绝其发展变化，否则，难以证明最初判断的正确性。

而"展示"则与此相对。

（1）限知叙述者。这一叙述者或者是"非人格化"的，如同摄影机，只是对自己所见所闻进行记录，而不进入对象内部进行评价分析；或者是"不可靠"的，因此，他的判断不能代替作者的判断。

（2）特征描述先于性质判断。展示只是记录人物与事件的特征，而不是提供结论。读者应该直面人物与对象，得出自己的判断。

（3）多重流动的价值视角。让读者"直面"对象其实只是一种假设，因为在读者与人物或事件之间，总是存在着一个"观看者"的"过滤"，这一"谁在看"的"谁"，显然不如"谁在讲"的"谁"那样清晰，但小说中展示出来的东西，必然经过这一看似隐形的"谁"的眼光的过滤，他看到什么，以及如何看，已经隐含着"观看者"的价值评判；然而，形象大于思想，将人与事描述出来，让读者"直面"，也就意味着对读者的价值视角的尊重。观看者的隐含判断与读者的可能判断之间，既有重合之处，也可能存在分歧之处。在展示中，观看者不仅要考虑自己的价值视角，还要考虑与读者的价值视角之间的契合度，才可能取得最大的修辞效果。因此，展示也意味着多重视角的融合。

（4）人物处于发展变化之中。由于多重视角的存在，使得展示不像讲述那样关注人物的既定性质，而是注意人物的具体特征。对具体特征的关注，也意味着对人与物的描述的立体化，从而使对象具有丰富性与复杂性。在不同时空环境中，人物可能展现出其不同侧面，并表现出发展变化历程。

讲述与展示的区分，并不在细节描写分量上的区别，也不在是否存在明确的"讲述者"，而在于以性质界定还是以特征描述为主导观念。如布斯所言，"在'显示'与'讲述'之间划定一条界线，在某种程度上是武断的"①，因为从来就没有纯粹意义上的"显示"，小说家选择某一事件进行"显示"，必然包含着小说家对该事件的评价，"他所显示的每一件事物都将为讲述服务"②。同时，对小说进行艺术与社会评价也不能仅仅根据小说修辞主要采用"讲述"还是"展示"来进行判断，而更应该关注小说修辞对读者的效果，更应该关注作者如何发现并使用最为"理想的叙述方法"，也就是"使用各种形式的显示时安排多种形式的讲述的能力"③。

小说中讲述与展示的修辞技巧，与传统表达手法的叙述与描写以及结构主义叙事学的时间与视角问题都直接相关。其中的关键问题就是小说叙事中文本世界相对于故事世界必然出现的时间与空间变形。

（1）讲述与叙事中的时间变形及其修辞意义。

讲述主要涉及小说叙事的时间变形。主要包括顺序、频率、速度、节奏等。

众所周知，小说的故事时间是一种物理时间，其顺序是自然生成的，是一种依靠人类经验生成的时间观，而叙事必然对小说的故事时间扭曲变形。小说的叙事时间不再是故事时间那种可能用计时器等分的时间，也不再是生活时间中多维的时间流。现实生活中的时间，永远是多维的，有多少人物存在，就会有多少个时间维度，因此生活时间是一种含混的时间流。叙事时间则是单维的，只能保持一种线性发展，不可能以一种多维的形式存在。这种变化，使得小说叙事的时间问题，具有特殊的修辞意味。

---

① ［美］W. C. 布斯：《小说修辞学》，华明等译，北京大学出版社 1987 年版，第 23 页。

② 同上书，第 22—23 页。

③ 同上书，第 18 页。

　　首先是叙事顺序。采用顺叙、倒叙、插叙、分叙、预叙、补叙等时间顺序改造，对小说的修辞效果有着重要影响。顺叙是最为符合人类认知顺序的时间模式，也是最符合人类日常经验的模式，但其弱点在于难以一下子抓住读者兴趣。倒叙可以引起悬念，激发读者的好奇心，但也容易带来阅读障碍，需要读者重新组织。分叙可以弥补小说单维线性叙事的缺陷，让叙事可以在一定程度上展现生活之流的多维时间，但其复杂性对作者而言是一种挑战。插叙可以让读者明白相关背景，但其对主线的中断，使其有时得不偿失。预叙具有一种悖论性质，既是悬念的弱化，也是悬念的强化。补叙一方面可能满足读者最后的好奇心，但有时也会成为蛇足。各种时序运用之妙，存乎一心，各有其修辞强项与弱点。

　　其次是叙事频率。生活中总是存在着重复，小说中同样如此。对于博克而言，"重复"① 是文学形式的一个必备因素，没有重复，就没有形式的整一性。因为任何形象或意象，如果只出现一次的话，人们很难理解其意义，因此，要阐释清楚人物或意象的意义，需要必要的重复。重复同样存在多种形态，有对一个事物的多次重复，有对多个事物的多次重复，有原样的重复，有变形的重复。对于模仿生活的小说叙事而言，重复必不可少。人物的动作通常都是日常动作的重复。然而，什么事情应该重复讲述（发生一次，讲述多次），什么事情应该概括讲述（发生多次，讲述一次），什么事情应该原样讲述（发生几次，讲述几次），也要服务于小说的修辞目的。第一类是一种强调，第二类是一种惯例阐释，第三类是一种原生态表述，但无论哪一种，都需要把握好分寸感。通过重复的多种形态，小说在形式上成为一个统一的整体。

　　再次是叙事速度。所谓叙事速度，就是文本时间与故事时间之间的比率。按照热奈特等人的观点，叙事速度有四种：停顿、场景、概略、省略。② 巴尔认为，还可以有第五种情况，减缓。③ 相同的文本时间，包含的故事时间越短，速度越慢，时间越长，速度越快。叙事速度与中国传统小说理论中的疏密、详略等问题相关。任何一部小说都存在着叙事速度的

_____

① 　Armin Paul Frank ， *Kenneth Burke*，New York ，Twayne Publishers，Inc.，1969，p. 59.

② 　参见 ［法］热拉尔·热奈特《叙事话语　新叙事话语》第二章 "时距"，王文融译，中国社会科学出版社 1990 年版。

③ 　参见 ［荷兰］米克·巴尔《叙述学：叙事理论导论》第二章第三节 "节奏"，谭君强译，万千校，中国社会科学出版社 1995 年版。

变化，其中必然包含着场景。没有场景的小说几乎不可能成为小说，因为没有场景也就使其缺乏必要的戏剧性。小说的叙事速度与小说的修辞目的直接相关，对于小说的修辞效果有着重要影响。小说对各种叙事速度的把握，不仅体现出作者关注的重心（一般来说，越是作者认为重要的地方，叙事速度越慢），而且也体现出作者或人物独特的"时间感"。

最后是叙事节奏。叙事节奏与叙事速度直接相关。但并不是叙事速度本身，而是由于叙事速度的有规律的变化而形成的一种节奏感。叙事节奏与传统文论所说的张弛，有着密切联系，但经典叙事学对这一点研究不多。节奏是一个动态感极强的词，一般与动作联系在一起。相同时间内，动作转化越多，节奏越快。这一点可以在类型小说中表现极为突出。传统情节型小说叙事速度转化很快，动作转化很多，节奏因此较快。抒情类小说则节奏较慢。这种节奏感与作者的生命感受、时间体验直接相关。

（2）展示与叙事中的空间变形及其修辞意义。

在时间中展开的讲述必然涉及叙事的时间变形，而主要在空间中展开的展示则涉及叙事的空间变形。小说叙事的空间变形主要包括视角、层次与详略等问题。

视角是经典叙事学极为关注的一个重要的话题，也就是故事通过谁的眼睛看到的。但叙事学谈到视角的时候，实际上存在"谁在讲"与"谁在看"两个层面的问题。对这两个层面，经典叙事学并没有进行系统梳理与深入分析。在小说修辞研究视野中，这两个层面的区分则比较清晰，"谁在讲"主要涉及讲述，而"谁在看"则主要与展示相关。二者虽然存在直接联系，但并不完全相同。

从不同的视角观察，小说的故事空间都可能发生一定程度的变形，从而影响小说的修辞效果。在视角问题中，最重要的区分，可能就是内视角与外视角，即叙事者处于故事之内，还是故事之外。小说叙事采用内视角或外视角，会对受述者、隐含读者以及读者与人物之间的心理距离产生极大影响。

内视角主要有两种形态，一种是通过主人公的视角进行观察与叙述，这也就无可避免地使受述者、隐含读者以及读者产生"自居作用"，也就是将自己等同于故事中的主人公，站在主人公的立场上去看问题。"如果授予主人公以反映自己的故事的权利，便能保证获得读者的同情，那么，不给他这种权利而把它给予别的人物，就可以避免太多的自居作用。"①
从一个旁观者的角度看问题，可能会显得相对客观一点，但这种内视角还
是无法保证客观性，因为叙述者依旧处于故事之中，所见所闻都局限于他
所能见到的一面。同时，为了特殊效果，这一观察者可以具有特殊身份，
如疯子、白痴、亡灵等，由此增强故事的含混性。"如果给予或撤销主要
观察者的特权，可以控制感情上的距离的话，它同样可以有效地掌握读者
的思路——当然，常常伴随着情感的作用。许多小说要求在读者中造成困
惑，利用一个本身含混不清的观察者，是达到这一目的最有效的途径。"②
特殊的内视角会带来特殊的修辞效果。

　　相对而言，外视角存在更多的可能性。故事外的叙述者有更多的选
择，他可以是全知的，如同上帝俯视芸芸众生，看故事中人物的表演。但
这种视角显然也超出了读者，由此也表现出一种凌驾于读者之上的优越
感，强化了读者的被动性。外视角也可以让叙述者人格化，使他不再是一
个上帝式的无形而全能的存在，而是一种与一般人物一样的人格化的存
在，通过他自己的独特眼光进行观察与叙事。更进一步则是去人格化的视
角，也就是采用一种摄像机的视角，对故事只是进行物理记录。然而，这
种所谓的"零度"或"客观视角"，实际上只能是一种假设。任何叙事都
包含选择，选择本身就是一种判断。摄像机本身永远不可能完成选择与判
断的任务。但这种尝试，却从另一个角度凸显了作者的修辞意图，也就是
尽可能让读者直面所谓的真实。

　　因此，视角问题始终是一个价值问题，一个修辞问题。"尤斯品斯基
认为，视点在四个不同的层面上显露自己——思想层面、措辞层面、时空
层面（叙述者的空间视角与被叙事件的时间距离）以及心理层面（叙述
者与被叙事件的心理距离或亲密关系）。"③ 查特曼《故事与话语》则区
分了三类视点：观察视点、概念视点、利益视点④，他们对视角的分析，
都指向了视角的修辞学意义。

---

① ［美］W. C. 布斯：《小说修辞学》，华明等译，北京大学出版社 1987 年版，第 313 页。
② 同上书，第 315 页。
③ ［美］杰拉德·普林斯：《叙述学词典》，乔国强、李孝弟译，上海译文出版社 2001 年版，第 176 页。
④ 参见程锡麟、王晓路《当代美国小说理论》，外语教学与研究出版社 2001 年版，第 105 页。

视角问题也必然带来另一种空间变形，也就是对故事空间中描写的角度与详略的差异性。如同故事中的时间总是混沌的时间流一样，故事中的空间也总是多维立体空间。然而，小说叙事对故事空间也不可能进行多维立体展示，而只可能从某一角度对故事空间进行描写，这也就造成叙事空间不可避免的空间变形。首先是写什么不写什么。细节总是无穷尽的，而小说对细节的选择则永远是有限的。从不同角度可以看到不同风景，同时也必然省略很多风景。富丽堂皇的大厅与肮脏的地下室经常并存，但经常不同时出现。乡村生活可以富有诗意，也可以代表贫困。不同的视角意味着观察者不同的价值取向。

展示中另一重要变形则是详略的变形。同叙事时间存在速度变形相似，叙事空间也存在比例变形。故事空间中的事物都是按物理状态存在，有其固定的物理比例，不论职位高低，人所能占的空间位置都是相近的，在叙事空间中，不同物件所占比例会出现重大变形。人物脸上的一颗痣可能比他身上穿的衣服所占的文字篇幅要大得多，一个渺小的人物在故事中比一座大厦所占的篇幅要大得多。叙事中的空间比例与故事世界中的物理比例，永远不在同一尺度上。

这种"有—无"与"详—略"的变形，与"展示"的目的性直接相关。"展示"暗示了一个"观察者"的存在，也就是说，小说叙事中"展示"的空间是经过观察者的眼睛过滤的空间。这种过滤，首先自然是"有—无"的区别，讲什么不讲什么，具有丰富的意义，其次则是"详—略"的区别，空间比例的变形，具有同样重要的意义。最后，在这种"展示"的空间变形中，不仅可以看到叙述者想强调与凸显的内容，而且可以发现他们的盲点。他们没有写的，他们没有注意的空间，是另一种意义上的空间。

叙事的空间问题还包括叙事层次。在一定程度上，小说都是多层叙事，它一方面是叙述者对受述者讲故事，另一方面人物也在讲故事（一般情况下都是如此，包括人物的内心独白，也可以看成一个我对另一个我讲故事）。除了这种小说本身具有的多层叙事意味，小说也可以设计多个层次的叙述者与受述者，从而展现更多的复杂性与复调性。小说的多层叙事使叙述者与人物、受述者的身份不断转化，增加了小说叙事的复杂性，使小说修辞交流的层次性更为复杂，体现了小说修辞的特殊性，使其具有更多的可能性。

叙事的时间与空间变形，一方面指向了小说的戏剧化与吸引力，另一方面则指向了小说的意义结构。它们一方面作为形式因素存在，另一方面则作为意义因素存在，因为它们的变形方式本身就是一种意义结构。"不仅人物有模仿、主题与综合功能，文本本身也有模仿、主题、综合功能。"① 小说的叙事层面的文本构成，与小说修辞目的以及认同结构有着隐秘而复杂的联系。

（三）叙述—阐释：判断—评价

小说叙事层面解决的是"怎么讲"的问题，而对小说修辞而言，更重要的还是"为什么讲"这一问题，也就是小说的修辞目的何在。对作者而言，"叙事的目的是传达知识、情感、价值和信仰"②。对读者而言，"说到底，我们（读者）看小说不仅仅是为了看个故事，而是要扩大知识面，增加对世界的理解"③。因此，在小说"讲什么"与"怎么讲"背后，隐含着"为什么讲"以及"为什么这么讲"的问题。这些问题包括：作者为什么要选择这个故事进行讲述？作者为什么要设置这样的叙述者？为什么要对故事进行这样的时间与空间变形？这也就是小说叙事的叙述层面所要解决的问题，它指向了小说的意义世界。

叙述主要指向隐含作者与隐含读者之间的交流行为。这一交流过程可以从文本中推断出来，同样依托于文本存在。从理论上讲，隐含作者与隐含读者一般不会在小说文本中直接出现，但通过对叙事层面与故事层面的考察，读者可以发现隐含作者的身影，也可以发现隐含作者对隐含读者的定位。这一层面的交流，更直接地指向了小说的价值判断。在一定程度上，隐含作者的价值判断在小说叙事的各个层面都存在，在故事层面，隐含作者通过故事选择进行价值判断，在叙事层面，隐含作者通过表达方式进行价值判断，但在叙述层面，隐含作者的阐释与评价更是一种直接的价值判断。这种直接的价值判断，使隐含读者能够更容易地找到他应该处的位置。

---

① ［美］詹姆斯·费伦：《作为修辞的叙事》，陈永国译，北京大学出版社 2002 年版，第64 页。

② 同上书，第 23 页。

③ ［法］D. 洛奇：《小说的艺术》，转引自李建军《小说修辞研究》，中国人民大学出版社2003 年版，第 133 页。

1. 可靠叙述—不可靠叙述

在小说的叙述层面，先需要关注的就是隐含作者与叙述者、受述者与隐含读者之间的关系问题。对隐含作者与叙述者之间以及隐含读者与受述者之间的距离与关系的调节，直接影响小说的价值判断。

叙述者的可靠性一直是小说修辞研究中的重要问题之一。"我们对所有作为角色的叙述者也作出反应。我们发现他们的叙述可信或不可信，他们的主张聪明或愚笨，他们的判断公正或不公正。"[1] 所谓可靠或不可靠的判断标准，根据的正是叙述者与隐含作者是否一致。在一定程度上，可以说所有的叙述者都是不可靠的叙述者，因为其中必然隐含着叙述者与隐含作者一定程度的偏离。小说对逼真性的追求，意味着叙述者相信故事的真实性，而小说的虚构性则意味着隐含作者从一开始就对故事的虚构性有明确的认识。二者对故事的不同态度暗含着不同的叙述追求。

将小说的这种天然的不可靠性排除在外，隐含作者还可以特意设置的种种不可靠叙述者，由此可以看出隐含作者与叙述者之间的联系维度。布斯从叙述、主张与判断三个层面切入了隐含作者与叙述者之间的关系，詹姆逊·费伦则更明确地划出了"不可靠叙述"的三种类型："发生在事实/事件轴上的不可靠报道，发生在伦理/评价轴上的不可靠评价，发生在知识/感知轴上的不可靠解读"[2]。从这一论述中，我们也可以反向推演，所谓可靠叙述即包括事实、伦理与感知方面的可靠。

与之相对应，是"受述者"是否可靠的问题。迄今为止，这一问题在小说修辞研究中尚未引起足够的重视。实际上在受述者与隐含读者之间，同样存在着多个维度。一个不可靠的叙述者总是在有意无意地误导受述者，这个受述者是否能够对这一不可靠叙述者进行合理反应，是不可靠叙述能否实现其目的的关键。在民间故事中，一个聪明人经常对一个傻瓜说话，而一个傻瓜也经常对一个聪明人说话，由此实现其反讽效果。在这种反差中，无论是叙述者还是受述者都是不可靠的。隐含读者需要拉开与受述者的距离，明白受述者的不可靠维度，才可能理解叙述者的不可靠维

① ［美］W. C. 布斯：《小说修辞学》，华明等译，北京大学出版社 1987 年版，第 304 页。
② ［美］詹姆斯·费伦、玛丽·帕特里夏·玛汀：《威茅斯经验：同故事叙述、不可靠性、伦理与〈人约黄昏后〉》，载戴卫·赫尔曼主编《新叙事学》，马海良译，北京大学出版社 2002 年版，第 42 页。

度，也才能真正理解隐含作者的意图。

　　也就是说，隐含作者与隐含读者之间良性修辞关系的建构，需要理解与把握隐含作者与叙述者、隐含读者与受述者之间的可靠维度。"以不可靠方式写成的许多作品的效果取决于作者与读者之间的共谋。"① 而以可靠方式写出来的作品，同样依赖于二者之间的相互信任。没有这种相互信任，实际上可靠叙述也可能转化为不可靠叙述。

　　2. 指点干预—评论干预

　　无论哪个向度的可靠—不可靠，其指向的都是小说修辞的核心问题，即价值判断。这种价值判断，通常也是通过对叙事或故事的阐释来实现的。为此，隐含作者对叙事的介入，也成为一种必然。

　　布斯将作者介入分为指点干预与评论干预，无论哪种干预，都会对小说修辞效果产生重要影响。指点干预是对小说的叙事形式进行干预，它必然破坏小说自身的独立性与逼真性幻觉，由此，也引发对叙述者可靠性的质疑。"当给予人类活动以形式来创造一部作品时，创造的形式绝不可能与人类意义相分离，包括道德判断，只要有人活动，它就隐含在其中。"② 后现代小说碎裂化的情节，元小说的叙述干预，无疑是对后现代景观的一种后现代表现形式，其中同样有着道德判断。评论干预是对小说的价值判断进行的干预，显然也是小说叙事的必然组成部分。"评论应该更多地关注那些提供原因、解释或者道德线索的故事和那些仅仅从观赏别人的痛苦中获取天然快感——恐怕这是天然的——的故事的区别。"③ 显然，布斯认为评论干预是凸显小说修辞的伦理效果的必要手段。然而，这种干预也必然带来隐含读者的相应反应，直接的道德宣教难以获得隐含读者的认同，因此，隐含作者的评论干预也需要更多的技巧，使其更为隐蔽，"这就把我们带到了第二点区别——给予读者直白的、绝对的道德定位的故事和那些带我们超越固有道德信念进而进行道德探究的故事之间的区别"④。但哪怕是隐蔽的议论，也会对隐含读者产生重要影响。"关于人物的道德和智能品质的议论，总要影响我们对那些人物活动所处事件的看法。因

　　①　[美] W. C. 布斯：《小说修辞学》，华明等译，北京大学出版社 1987 年版，第 436 页。
　　②　同上书，第 441 页。
　　③　[美] W. C. 布斯：《修辞的复兴》，穆雷等译，译林出版社 2009 年版，第 258 页。
　　④　同上书，第 261 页。

此，它难以觉察地渐渐变为关于事件本身的意义和重要性的直接声明。"①

关于作者是否能够在小说文本中出现，也就是进行干预，学界存在着质疑。一种观点认为，只要出现在文本之中，就应该将其视为叙述者的声音，而不是作者的声音。② 而另一种观点则认为，隐含作者作为作者的面具，可以在文本中出现。不管哪种观点，实际上都认同干预的存在，二者争论的只是谁是干预的主体。前者显然混淆了叙述者与隐含作者，如果将叙述者人格化，就可以发现，小说叙事层面的叙述者与小说叙述层面的隐含作者，并不是同一个角色，二者之间存在着矛盾与对立。在不可靠叙述中，这种情形更为明显。

从更为根本的角度讲，由于叙述者与隐含作者都是作者创作出来的，因此，应该将作者对小说的干预区分为两个层次。一个是作者通过叙述者对故事进行的干预，也就是上面所说的对故事进行的选择、对故事进行的重构等，这种干预是为了试图影响叙述者与受述者之间的修辞交流。而另一种干预则是通过隐含作者对叙事层面进行的干预，其目的是影响隐含作者与隐含读者之间的修辞交流。

隐含作者对小说的干预，具有重要的修辞意义，也具有极高的技巧要求。"一个介入的作者必须以某种方式令人感到有趣；他必须象一个人物那样活着"③，由此才可能避免给读者留下宣讲的印象。虽然干预的真实目的的确指向了教诲，"假如说称赞或强化某种价值判断就是要揭露教诲的痕迹的话，任何小说无论表面纯化程度如何，都不可能完全不带教诲的痕迹"④，但不同的干预方式却可以唤起读者的不同反应。现实生活中从来不缺少小说中的事件与场面，小说家要做的是，"以多种方式设法提高他的观众的感情反应"⑤，同时，因为现实事件的歧义性，小说家"需要一种修辞来使读者认清它们"⑥。

---

① ［美］W. C. 布斯：《小说修辞学》，华明等译，北京大学出版社 1987 年版，第 218 页。
② 如赵毅衡认为叙述者是人格化的，因此，布斯所说的"作者干预"在叙述学上不能接受，因此其将这种干预改为"叙述者干预"。参见《苦恼的叙述者——中国小说的叙述形式与中国文化》，北京十月文艺出版社 1994 年版，第 27 页。
③ ［美］W. C. 布斯：《小说修辞学》，华明等译，北京大学出版社 1987 年版，第 245 页。
④ ［美］W. C. 布斯：《修辞的复兴》，穆雷等译，译林出版社 2009 年版，第 169 页。
⑤ ［美］W. C. 布斯：《小说修辞学》，华明等译，北京大学出版社 1987 年版，第 121 页。
⑥ 同上书，第 122 页。

隐含作者不仅要作出价值判断，而且，需要在一定程度上对价值作出排序。任何一部小说所涉及的价值判断都不可能是单一的。因此，"小说极力在对价值观进行准确排序"①。在不同的价值观念中，隐含作者还需要强调他最想强调的价值观，由此形成小说的主旋律。

这种价值判断与价值排序，都是通过隐含作者的选择与阐释来实现，"所有优秀的小说家都知道有关其人物的一切——他们需要知道一切。他们的叙述者如何找出他们需要知道的一切问题，即'职权'的问题，相对来说，是个比较简单的问题。真正的选择远比这一问题所包含的更为重要。它是一个道德的角度而不仅是技巧的角度的选择问题，故事就从这个角度讲述出来"②。这不仅是一个技巧问题，更是一个立场问题。

尽管这种与主题化相关的价值和信仰完全可能在有血有肉的读者中唤起更多的变体③，同时阅读也具有多重视野：叙述读者、作者的读者、质疑的读者④，但所有的修辞技巧都指向的是作者与读者之间的交流，"修辞方法非常关注叙事策略与读者活动之间的关系——在故事和话语两个层面上发生的事件影响到读者的认识、信仰、思想、判断和感觉"⑤。对小说修辞的评价标准，最终指向读者的反应。

四 小说修辞的认同模式

在小说的阅读接受中，"不可能把读者、文本和作者相互区别开来。修辞交易中这些不同因素的协同作用恰恰是修辞方法想要承认的"⑥。费伦的这一论断，凸显小说修辞交流中的一个关键特征——"交易"性质。这一概念实际上来自肯尼斯·博克。博克明确指出，修辞的基点与目的都是"认同"，也就是说修辞者的修辞目的是让受众认同其观点，但要想让

① ［美］W. C. 布斯：《修辞的复兴》，穆雷等译，译林出版社 2009 年版，第 169 页。

② ［美］W. C. 布斯：《小说修辞学》，华明等译，北京大学出版社 1987 年版，第 295 页。

③ ［美］詹姆斯·费伦：《作为修辞的叙事》，陈永国译，北京大学出版社 2002 年版，第73 页。

④ 参见 ［美］W. C. 布斯《修辞的复兴》，穆雷等译，译林出版社 2009 年版，第 231 页。

⑤ ［美］詹姆斯·费伦：《作为修辞的叙事》，陈永国译，北京大学出版社 2002 年版，第112 页。

⑥ 同上书，第 99 页。

受众接受其观点，他就必须首先对受众表现出一定程度的认同。因此，修辞的真正目的与手段，都是相互认同。"修辞者可能必须在某一方面改变受众的意见，然而这只有在他和受众的其他意见保持一致时才办得到。遵从他们的许多意见为修辞者提供了一个支点，使得他可以撬动受众的另外一些意见。"①

博克的这种"认同"理论，对小说修辞有着重要启发，布斯正是在博克的影响下，提出小说修辞学这一概念，认为小说修辞也是一种"求同修辞：rhetorology"②。同时，与一般演说修辞相比较，小说修辞的认同关系免除了肢体语言的干涉，更纯粹地表现为一种纯语言的作用。但这并不意味着认同关系的简化，反而意味着认同关系的复杂化，因为这种认同也是一种时空分离的认同。真实作者与真实读者之间，在修辞语境方面处于分离状态，他们必须借助语言这一纯粹的中介实现相互认同，从而对小说修辞提出了更高的要求。

小说修辞的认同模式，主要包括认同维度与认同方式两个方面。

（一）认同维度

小说修辞的认同维度与小说的修辞目的直接相关，在一定程度上，认同维度也就是小说试图实现的修辞目的的另一种表述。

不少理论家对小说修辞的认同维度进行了探讨。博克提出了认同理论，但他对认同维度并没有进行系统梳理。相反，亚里士多德以"说服"为中心的修辞学，反而在一定程度上指出了认同的不同维度，他所说的情感诉诸、理性诉诸与人格诉诸，实际上已经隐含着对受众某一方面的认同。"演说者要使人信服，须具有三种品质，因为使人信服的品质有三种，这三种都不需要证明的帮助，它们是见识、美德和好意。"③ 这一对演说者的要求，实际上已经包含着演说者如何与受众进行良性互动。

布斯对小说修辞的价值的论述也已经隐含着对认同维度的分析。"小说中使我们感兴趣的、因而可以通过操纵技巧来获得的价值，可以大致分

---

① ［美］肯尼斯·伯克：《动机语法》，转引自刘亚猛《西方修辞学史》，外语教学与研究出版社 2008 年版，第 346 页。

② ［美］W. C. 布斯：《修辞的复兴》，穆雷等译，译林出版社 2009 年版，第 274 页。

③ ［古希腊］亚里士多德：《修辞学》，罗念生译，生活·读书·新知三联书店 1991 年版，第 70 页。

为三类。认知的或认识的。审美的。实践的或人性的。"① 这三类价值也可以说是作者与读者之间的三个认同维度，是小说修辞试图实现的目的。查特曼则将小说修辞区分为美学修辞与意识形态修辞，"在我看来，有两种叙事修辞，一种旨在劝服我接受作品的形式；另一种则旨在劝服我接受对于现实世界里发生的事情的某种看法"②。这一分类简单明了，但存在着简化倾向。

李建军重点论述了小说修辞的效果。"小说修辞效果，就是小说家利用小说艺术的各种技巧手段，对读者发生的积极作用，即通过说服读者接受作品所塑造的人物，认同作者在作品中宣达的价值观，从而最终在作者和读者之间达成精神上的契合与交流。"③ 他的定义将"说服"与"认同"糅合在一起，同时也注意到小说修辞认同中的层次性，"人物"与"价值观"，但对这两个层面之间的关系，缺乏必要阐释。更让人感到混乱的是他对修辞效果的分类方式。他将小说修辞效果分为可读效果与可写效果、道德效果、主题效果等类型。④

看不出分类标准之所在，也无助于把握小说修辞认同的多维性。同时，他比布斯更重视小说的伦理目的，甚至因此排斥小说修辞的美学目的。李建军将是否促进作者与读者之间建立密切、自然的沟通与交流视为判断小说修辞是否成功的标准，这一点显然是继承并发展了布斯的观点，但他显然过于偏重小说对读者的伦理效果，忽视了读者需要的多样性与多层次性，忽视了读者的审美需要以及伦理观念与时俱进的可能性，一笔就将现代主义与后现代主义打入"异化"范畴。相对于布斯，李建军不仅在解读的范围上大踏步后撤，将 19 世纪伟大小说家视为范本来进行价值评判，忽视了现代主义与后现代主义的合理内涵，而且在伦理效果上也大踏步后撤，从布斯的多元主义退守一元"道德主义"。

在这方面，王一川的研究有着重要的启发意义。王一川的"兴辞诗学"理论，结合了肯尼斯·博克的认同理论与马斯洛的需求理论，概括出了文学中的不同认同类型。他认为，文学作品存在八类认同：生理型认

---

① ［美］W. C. 布斯《小说修辞学》，华明等译，北京大学出版社 1987 年版，第 139 页。

② ［美］查特曼：《术语评论：小说与电影的叙事修辞学》，载申丹《修辞学还是叙事学？经典还是后经典——评西摩·查特曼的叙事修辞学》，《外国文学》2002 年第 2 期。

③ 李建军：《小说修辞研究》，中国人民大学出版社 2003 年版，第 264 页。

④ 同上书，第 277 页。

同、安全型认同、亲情型认同、尊重型认同、审美型认同、认知型认同、自我实现型认同、全景式认同等。① 这一分类对于小说修辞的认同维度具有启发意义，然而他显然也将各类认同之间的相互联系简单化了，对各个层面认同之间的相互作用与相互影响没有深入论述。

事实上，小说修辞的目的从来不是单一的。小说修辞不仅存在价值判断，而且存在价值排序。"价值排序" 意味着小说修辞的价值判断是一种多元价值判断，不同价值判断之间可能会相互冲突。价值判断的多元性，体现出认同维度的多元性；价值排序的多样化，则意味着价值冲突的多样化，这种多元与多样使小说修辞认同维度之间的关系极为复杂，对小说修辞效果的判断也存在多重标准。效果标准、真实标准、道德标准、艺术标准②等不同标准体现出不同评论者对不同认同维度的强调，以及对不同价值排序的强调。

具体而言，小说修辞的认同维度可以从人类心理活动的角度进行分类。但由于小说修辞交流的复杂性，每一认同维度包含多个层次。

1. 伦理认同

"讲述故事就是一个道德探究行为。"③ 小说的作者与读者之间的伦理认同，是小说修辞最根本的目的。小说叙事作为一种"经验预演"，就是要让读者反思，碰到同类情况时应该怎么做。正是因为对小说修辞的伦理维度的重视，梁启超将小说视为全面改造整个民族行为方式的不二法门。"欲新一国之民，不可不先新一国之小说。故欲新道德，必新小说；欲新宗教，必新小说；欲新政治，必新小说；欲新风俗，必新小说；欲新学艺，必新小说；乃至欲新人心、欲新人格，必新小说。"④ 这里，梁启超几乎纳入了人类所有的伦理关系，虽然他并没有就此展开论述，但已经可以看出小说修辞中伦理维度的复杂性。作为人学的小说，可以书写与伦理相关的所有问题，由此凸显人之所以为人的依据。因此，在一定程度上可以说小说就是一种伦理学。小说涉及的伦理关系的复杂性，给小说修辞伦理认同的分析带来难度。同时，由于小说修辞的多层次性，使小说修辞的

---

① 参见王一川《兴辞诗学片语》第四章，山东友谊出版社 2005 年版。
② 参见蓝纯编著《修辞学：理论与实践》，外语教学与研究出版社 2010 年版，第 376 页。
③ ［美］W. C. 布斯：《修辞的复兴》，穆雷等译，译林出版社 2009 年版，第 264 页。
④ 饮冰（梁启超）：《论小说与群治之关系》，载陈平原、夏晓虹编《二十世纪中国小说理论资料》第 1 卷，北京大学出版社 1997 年版，第 50 页。

伦理认同关系更为复杂。

在故事层面，小说人物之间的关系是现实伦理关系的折射。小说作者与读者都需要关注人类伦理关系的复杂性，以及由此导致的各种情感的丰富性。这种复杂性与丰富性，不仅是生活复杂性的折射，也是小说作者显示自己独特眼光的机会。在古往今来的小说中，小说几乎涉及了人类生活的所有层面：天一人、国一人、家一人、人一人，自然、社会、政治、家庭、爱情、死亡等主题，是小说永恒的母题。然而，每个时代都有其社会禁忌，从《金瓶梅》到《洛丽塔》，各种禁书的存在，正是种种社会禁忌的折射。由于这些社会禁忌，使得某些伦理问题成为一种社会无意识。因此，不仅小说故事表现出来的伦理关系有其重要意义，其所未曾表现的伦理关系，同样也有其重要意义。一个时代的小说中的盲区，代表着一种潜在的社会症候，喻示着时代的伦理边界。

在叙事层面，小说的形式与技巧也与伦理问题直接相关。在人类文明史与小说史上，许多伦理话题依旧处于禁忌状态，如吃人（鲁迅）、乱伦（张资平、萨德、纳博科夫）、奸尸（沈从文）等，要表现这些话题，也就需要作者通过特定技巧对故事进行特殊处理。因此，不仅对故事的选择代表着一种伦理取向，而且对叙述者与叙事方式的选择同样代表着一种伦理倾向。狂人、白痴、亡灵等特殊叙述者，为表现特殊伦理话题提供了某种便利。这时的叙述者并不是对故事进行"全盘实录"，而是根据其生活经验进行过滤，表现自己的倾向性。

在叙述层面，隐含作者对小说叙事的伦理分析与透视则是一个更为复杂的话题。小说的伦理主题，不仅具有现实针对性，而且具有超越性。在小说发展史上，时代需要对小说伦理主题的影响显而易见，如五四时期的婚恋自由、抗战时期的同仇敌忾、土改时期的翻身闹革命等，重大历史事件对小说伦理主题的选择产生了根本性的制约与影响。但小说不仅需要表现时代，而且应该超越时代。因此，其对伦理关系的关怀，不仅应该具有现实针对性，而且应该具有前瞻性。这不仅包含对个体的终极关怀，而且包括对社会的终极关怀；不仅指向生命对自身的意义，而且指向生命对自然、对社会、对人类乃至对宇宙的意义。也就是说，小说的伦理关怀，虽然始终以个体为基点，但其意义指向则包含了多个层面，不仅指向人自身的意义，而且指向人对于社会发展（并不仅仅指当下社会），对于人类发展的意义。在这方面，经常会出现人类发展的前瞻性与意识形态的保守性之间的矛盾。相对而言，一切时代的主流意识形态都趋于保守，为了维护现存秩序，主流意识形态都会划定其合法性与合理性边界。但小说不能仅仅关注或维护现存秩序，而经常指向了某种理想，因此，小说不能只是某种现存秩序的说明书。

2. 理性认同

小说修辞的伦理认同绝不是一种抽象的道德宣讲，而是始终与具体的人物活动结合在一起的。这种形象性也便是小说区别于伦理学之所在，小说作者的伦理态度经常隐藏在对故事的讲述中。无论作者还是读者，对小说伦理意义的发现都离不开理性的运作。共通的理性思维方式，是小说修辞交流中最重要的桥梁。没有基本的理性认同，不可能发生作者与读者之间的修辞交流；而小说之所以能够流传甚广，也与人类的理性思维方式直接相关。"人同此心，心同此理"，使得小说可以在不同时代不同民族之间传播。

小说修辞的理性认同是衡量小说能否成其为小说的一个重要依据。小说作者与读者之间的良好修辞关系，通常也以理性认同作为重要的平台。这种理性认同对小说修辞的不同层面有着不同的要求。是否能够在具体的故事中发现新颖性，是否能够在叙事中展现足够的逻辑性，是否能够在叙述中体现某种规律性，是小说作者与读者共同的理性追求，也是小说修辞的伦理认同能否实现的重要因素。

在故事层面，读者首先关注的是故事的新颖性。好奇心是人类发展的动力之一，人们总想知道自己所不知道的事情，而小说是传递陌生经验的最广泛最有效的手段。中国早期小说，无论是历史小说、写情小说还是志怪小说，都强调非常态经验的传递。小说的"好奇"倾向，使得故事的新颖性是小说修辞认同的一个重要基点。尽管小说在发展过程中，出现了情节弱化、冲突内在化等特点，但情节弱化背后实际上存在着另一种陌生化，即相对于情节型小说的陌生化；冲突内在化则是将陌生化的领域转向的心理领域，由常人未曾经历的外在经历转向常人未曾经历的内在体验。小说的故事层面的新颖性，满足了小说读者的认知欲望，实现小说的认知功能。

在叙事层面，读者与作者对小说的理性要求在于叙事的逻辑性。尽管小说故事可以虚构，而且受述者被假定为接受叙述者所说的一切，因此神魔小说、武侠小说与穿越小说并没有因其不可能在现实生活中发生而被排斥在阅读视野之外；然而，良好的修辞契约同样建立在人类的基本理性经验之上，作者与读者都需要认同基本的叙事逻辑。相关性、可验证性、一致性、时效性、客观性①等理性判断标准，对小说叙事有着重要意义。没有这种逻辑性的基本认同，不可能建立稳定的叙事契约。换言之，叙述者可以确立基本的叙述前提与原则，如神魔世界、武侠世界，但这一虚构出来的世界中，同样有其内在约束性与逻辑性，故事的发展应该按照这一世界的原则展开，遵循这一世界的基本逻辑。对这种最基本的叙事成规的认同，是小说修辞契约建构的出发点。

小说的故事与叙事，满足的是读者理性层面的好奇心与逻辑感，但这显然并不是作者的主要目的。作者试图让读者认同的，应该是其对生活的独特发现，也就是对生活经验的意义的探询。因此，在叙述层面，双方可能存在一个更高的层面，即对意义的深刻揭示，对世界本质与规律的发现。不论读者的接受能力如何，他们阅读小说存在着一种潜在的需要，即深化对生活的思考。因此，虽然作者与读者对生活的理解可能不一样，对生活理解的深度也可能不一样，但这种潜在而基本的理性需求，是构建双方认同关系的合适的平台。在这一层面，不仅需要得出具体结论，更重要的是同时展示一种观察与分析世界的方法。也就是说，叙述层面的评价，不仅是对具体事件的分析与评价，而且是一种带有方法论意义的分析与评价。在这一层面的理性认同，读者不仅关注作者的结论，而且关注作者如何得出结论，从而获得方法论的启示。因为对理性认同的不同层面的强调，不同时代不同风格的作者对读者的理解力提出了不同要求，由此出现外显型问题小说—幽暗型先锋小说等小说类型。

总体而言，小说作者与读者之间的理性认同，对小说提出了三个基本要求：第一，能唤起读者的注意；第二，能够让读者完成自然化过程；第三，尊重读者的主体性，有深入思考空间，读者不只是被动接受，或完全不知所云。

3. 审美认同

肯尼斯·博克认为，在直接修辞交流中，修辞主体对修辞受众的仪表、神态、语气以及肢体语言等方面的认同，对修辞交流的效果会产生重要影响。在小说修辞交流中，因为交流的间接性，这些直观可见的因素被

---

① 参见蓝纯编著《修辞学：理论与实践》，外语教学与研究出版社 2010 年版，第 360 页。

排除在修辞交流过程之外，但这并不意味着修辞交流中的直观因素或美学因素并不重要。相反，小说修辞的直观因素，也就是小说的具象化的审美因素，对小说修辞交流的实现有着重要影响。贺拉斯所说的"寓教于乐"的"乐"，显然包括审美愉悦，凸显小说伦理认同与审美认同之间的内在关系。梁启超所说的"熏浸刺提"与小说修辞的审美认同相关，这种审美认同对小说修辞效果具有潜在而深远的影响。

在小说叙事的不同层面，同样有着不同的审美诉求。

在故事层面，人物的具象性与个性化，是作者与读者审美认同的基本要素。文学是人学，小说更是人学。小说中的人物（幽灵、动物、神仙等在小说中都是人的变形），不论是情节型小说，还是淡化情节甚至淡化人物的新小说，人物始终是小说中行为的主体，是作者与读者实现相互认同的中介。任何作者与读者都不可能去认同"物"，这是他们成为"人"的先决条件。新小说对物的强调，实际上还是在强调作者作为人对物的观照方式的转变，而不是将人当成纯粹的物去进行观照。在小说的发展过程中，人物形象似乎逐渐变得模糊，一方面，人物的外在特征由鲜明变得模糊，肖像描写的比重日渐下降，以至于读者难以把握人物的肖像特征；另一方面，人物内在心理活动也表现出趋同倾向。但这种人物的模糊并不表明人物的个性化与具象性已经被弱化或消解，而是表明小说作者对人之所以为人的特征表现出更深层的关注。他们对潜意识的书写，对人物行为特征的弱化，在一定程度上，是试图彰显"人"相对于其他事物的独特性，试图找到"人之为人"的根本属性。

对小说故事中人物的审美要求是一种审美成规，对小说叙事中的技巧要求更是一种审美成规。中国小说的"传奇"色彩，不仅在于故事之"奇"，也在于叙事之"奇"，也就是故事的"传"法。能够让人拍案惊奇，往往由于故事与叙事的双重效果。正因为叙事技巧的重要性，古今中外的小说家不断翻新出奇。不同时代的小说作者，对小说叙事的时间、空间问题进行了多重探讨，丰富了小说的叙事技巧。然而，小说叙事技巧能否获得成功，并没有明显的规律可循，如罗伯特·路易斯·斯蒂文森所言，"使一部作品成功的东西，在下一部中将是不合适的或无生气的"①。

---

① 转引自［美］W. C. 布斯《小说修辞学》，华明等译，北京大学出版社 1987 年版，第 67 页。

因此，对小说叙事技巧的分析，重要的不是找出规律，而是找到具体作品的成功之处，提升读者的鉴赏能力，拓展小说修辞发展的可能性。

在叙述层面，隐含作者与隐含读者对叙述语体的审美认同具有基础性的地位，是作者与读者之间实现审美认同的重要元素。人物语言的个性化属于故事层面，叙述语言的审美化则属于叙述层面，是隐含作者与隐含读者沟通的重要桥梁。肯尼斯·博克认为，在口语修辞中，"只有当我们能够讲另外一个人的话，在言辞、姿态、声调、语序、形象、态度、思想等方面做到和他并无二致，也就是说，只有当我们认同于这个人的言谈方式时，我们才能说得动他"①。言辞、姿态、声调、语序等与受众并无二致对口语修辞非常重要，对书面修辞同样非常重要。采用什么样的语体进行叙述，跟作者的审美情趣、价值立场乃至身份意识都有着密切联系，是其与读者进行交流的基本纽带。小说语体至少具有三个维度：实用性、审美性、意识形态性，涉及作者与读者之间的民族认同、时代认同、社会地位认同、审美取向认同，是作者的叙述风格的重要侧面。成熟的作者对小说的审美风格有着独特的追求，而读者也会对叙述语言的审美风格作出自己的判断。这种叙述语言的审美风格是作者与读者之间进行更高层次的修辞交流的重要保证。

然而，与技巧的多样化相似，风格也同样要求多样化。"虽然一种风格要被接受就必须以某种方式引人入胜，但是，并不存在一种普遍的风格特征。"② 这一论断显然有些独断，好的语言风格总会具有一定特征，如具体性、生动性、复义性、启发性等。

4. 价值交融与价值排序

小说修辞各个层面的各个认同维度相互影响、相互制约。没有纯粹的技巧，也没有纯粹的目的，好的小说总是"要求作者尽职尽责，将道德伦理融入对形式美的热爱之中"③。同时，无论什么技巧，都应该服务于小说修辞的总体效果。"任何一个故事都不能以它是否描绘了某种特定的暴力行为或语言来判定它是好是坏。故事的好坏全在于整个故事中细节呈

① ［美］肯尼斯·博克：《动机语法》，转引自刘亚猛著《西方修辞学史》，外语教学与研究出版社 2008 年版，第 345 页。
② ［美］W. C. 布斯：《小说修辞学》，华明等译，北京大学出版社 1987 年版，第 228 页。
③ ［美］W. C. 布斯：《修辞的复兴》，穆雷等译，译林出版社 2009 年版，第 215 页。

现的位置和方式。"① 内容与形式从来就是结合在一起的，"小说的形式和整体性本身就是价值观念，它们与它们如何表达意义是不同的和分开的"②。

小说修辞认同维度的不可分割性，实际上也就是小说的"立人"命题的不可分割性。人总是具体的人，是理性、伦理与审美多维统一的人。小说修辞的认同关系基于小说对"人"的内涵的丰富性的理解，是"立人"目标的具体化。然而，不同的作者与读者对"立什么人"与"如何立人"有着不同的理解，因此，他们对小说修辞的认同维度也必然有着不同程度的侧重。同时，对某一维度的强调通常也会带来另一些维度的相应变化。如布斯对加缪等人的评价，"这些作品使读者对于某一些准则感到困惑，只是为了强化另一些准则"③，不同作家对不同维度的强调，使小说修辞认同维度表现出多种价值排序。

纵观小说发展史，小说的伦理认同维度始终存在，其具体的伦理内涵也在不断变化。从强调三纲五常到强调个性解放，从强调阶级意识到强调个体自由，小说道德观念的内涵在不断改变，小说关注伦理问题这一倾向则始终如一。然而，小说修辞的伦理认同在不同时代不同作者那里有着不同的重要性，伦理关怀并不是小说的唯一目的或最高目的。贺拉斯强调寓教于乐，已隐含着对"乐"的基础地位的肯定。然而，对于"乐"的过分强调可能冲淡小说的"教"。与此同时，小说的"乐"同样可以区分出不同层次。一种是满足于故事层面的感官之"乐"，这是一种直观的"乐"，依靠故事的新颖和离奇以及情感上的直接反应；另一种则是更高层面的审美之"乐"。先锋小说（任何时代都有先锋小说）的技巧创新，正是对小说的审美之"乐"的不断追求。由于先锋小说有着不同的价值排序，使得先锋小说经常出现认同障碍，但这种认同障碍从另一个角度讲，又是其"乐"的原因。

肯尼斯·博克的动机语法与戏剧主义批评模式，对于分析小说修辞的价值排序具有重要启示意义。在肯尼斯·博克看来，任何修辞行为都包含五个要素：行动（act）、情势（scene）、施事者（agent）、手段（agency）、

① ［美］W. C. 布斯：《修辞的复兴》，穆雷等译，译林出版社 2009 年版，第 257 页。
② 程锡麟、王晓路：《当代美国小说理论》，外语教学与研究出版社 2001 年版，第 9 页。
③ ［美］W. C. 布斯：《小说修辞学》，华明等译，北京大学出版社 1987 年版，第 330 页。

目的（purpose），但不同的修辞者会对不同的修辞要素进行强调，从而折射出不同的世界观。对情势的强调意味着唯物论世界观；对行动的强调意味着经验主义世界观；对施事者的强调意味着理想主义或个人主义世界观；对手段的强调意味着实用主义世界观；对目的的强调意味着神秘主义世界观。①

综上所述，对小说修辞的认同维度，可以得出以下结论。

（1）小说家的修辞目的是说服读者认同其价值排序，而不是单纯的伦理目的。

（2）为了实现这一目的，小说家必须寻找到与隐含读者的认同基点。

（3）不同小说家的目的不同，其找到的认同基点不同，由此形成小说的不同风格与流派。

（4）对小说的评估，在于其是否能够说服读者认同其价值排序，这种评估不仅包含对隐含作者的价值排序是否符合隐含读者需要的判断，同时包含着对其修辞技巧的判断。因此，这一评估体系兼顾了小说的内容与形式。

（5）小说修辞目的的实现，很大程度上取决于二者之间认同基点的选择以及其有效性，但同时也受到其他认同维度的影响。

无论哪种认同，都存在一个发展问题。小说修辞的作用，就是"通过不断指导我们（读者）的理智、道德和情感的进展来提高效果"②。

（二）认同方式

由于小说修辞认同的多维性，以及价值排序的多样性，不同时代不同民族的小说作者对小说修辞目的有着不同认识，不同读者也有着不同的需要，因此，小说的修辞目的及其实现方式存在多种可能，小说修辞由此出现多种认同方式。小说能否实现良好的修辞认同效果，一方面固然取决于二者之间价值判断与价值排序的合理性，另一方面则取决于二者之间认同方式的有效性。没有良好的认同方式，再好的目的也无济

---

① 参见蓝纯编著《修辞学：理论与实践》，外语教学与研究出版社 2010 年版，第 372 页。这五个术语的翻译，现在国内还未统一，本书采用刘亚猛的译法。

② ［美］W. C. 布斯：《小说修辞学》，华明等译，北京大学出版社 1987 年版，第 285—286 页。

于事。

在肯尼斯·博克看来，实现相互认同的方式主要有三种：强调通过共同的情感来与听众建立亲情关系的同情同一；由于大家共有某种反对的东西而形成联合的对立同一；以及无意识层面的不准确同一。① 肯尼斯·博克对认同方式的分类，对小说修辞认同方式有着重要启示意义。根据小说作者与读者之间的相对位置与互动程度，以及实现认同时相互妥协的程度，可以将小说修辞的认同方式分为权威型认同、协商型认同与错位型认同。不同的认同方式，虽然存在一定的历史承续，但更多的时候表现为一种多元共生。

1. 权威型认同

权威型认同与肯尼斯·博克所说的同情型认同有着重要相似，也就是作者与读者认同相似的价值观念。然而，肯尼斯·博克的同情型认同并没有注意修辞主体与受众之间的相对关系。在小说修辞的权威型认同中，可以明显看出作者与读者之间的不对等。

在一个主流意识形态处于稳定与支配地位的时候，阐释主流意识形态合法性与合理性的小说，其作者在很大程度上会表现出一种卫道士姿态，由此赋予自己一种代言人身份。由于其所依据的是当时占主导地位的价值观，因此，他认为自己是意识形态的代言人，因此，也是读者的代言人。在他看来，读者理所当然地被包含在主流意识形态之中。这样，作者被主流意识形态赋予了权威地位，而读者也认同其权威地位。无论在伦理还是理性或者审美层面，权威性认同中的作者都处于主导地位。

凭借从共同认同的价值体系获得的权威，作者因此也表现出一种对读者进行"宣讲"的姿态，向读者阐释各种价值规范，而读者则处于相对被动的位置。他们对作者的反作用，主要通过他们认同的价值体系间接作用于作者，但在修辞交流过程中，作者显然并不着重考虑他们的直接反应，由此也使得小说修辞表现出一种超稳定结构，作者进行修辞技巧创新的动力不足。

2. 协商型认同

协商型认同方式与肯尼斯·博克的对立型认同有一定相关性，因为协

---

① 参见邓志勇《修辞理论与修辞哲学：关于修辞学泰斗肯尼思·伯克的研究》，学林出版社 2011 年版，第 45—48 页。同一为认同的另一种译法，其英语原词都是 identification。

商总是基于差异而得以展开。

这种认同模式，大多出现在王纲解纽的时代，社会上多种意识形态同时并存，相互竞争。意识形态竞争必然也会导致伦理道德规范、理性思辨方法、审美时尚情趣等各个层面的相互竞争。在这种情况下，作者与读者之间稳定的认同结构难以维系，作者对读者的宣讲姿态更难获得读者的认同。因此，修辞真正成为一种"交易"，也就是作者与读者围绕伦理、理性与审美等轴线进行多重协商。作者与读者一方面不断相互质疑；另一方面又不断相互让步，由此形成一种新的共识。"只有质疑才能带来探究。质疑本身又来自于敌对的道德定位间的冲突而非安然重温之前已有的道德定位。"① 道德层面如此，理性与审美层面同样如此。

通过这种协商，作者获得暂时的叙述权威。这时，作者的传道者身份也便变成协商者身份。这种身份使他必须考虑读者的多重需要，并在多个层面向读者靠拢，由此换取读者对他的某些观点的认同。由于认同维度的多元性，以及不同作者对不同层面的特殊强调，使得这一认同方式存在多种变体，这也正是修辞的正常形态。"良好修辞学……就是说，使同类参与到相互劝说的行为中去，即相互质询的行为。"② 小说修辞由此也成为一种作者与读者之间的"对话"与"潜对话"。

3. 错位型认同

错位型认同是一种"错误"的认同，是作者的目的与读者的反应并不一致的认同。从根本上讲，任何认同中都包含着一定程度的"错位"，但在后现代语境中，这种"错位"则成为一种理论上的必然。

协商型认同中的作者与读者，虽然不再认同传统价值规范，但并不意味着他们没有确定的价值旨归。相反，他们协商的原因，正是他们试图寻找基本的价值认同基点。而在后现代主义眼中，"道统"本身就是值得怀疑与批判的对象，因此，他们试图否定一切道统，转而追求自己体验的独特性。在后现代主义眼中，世界是一种碎裂的图景，与读者的认同也是一种值得怀疑的事物。

然而，尽管作者可能否定这种认同的可能性，但小说修辞交流的实现还是需要依靠认同这一纽带。作者只要试图发表或者已经发表自己的小

---

① ［美］W. C. 布斯：《修辞的复兴》，穆雷等译，译林出版社 2009 年版，第 261 页。

② 同上书，第 54 页。

说，就已经说明了作者试图与人交流，其中自然潜含着某种目的。他们对自身独特感受的不可交流性的强调，在一定程度上，只是他们试图凸显其独创性的一种策略，因为从根本上讲，人都是被既有文化建构起来的，任何所谓的不可重复性都是一种夸大其词的表述。处于同一时代语境中的人，其自身的独特性不可能脱离其生存的背景，因此也便不可能完全不能被同时代的人所感受。从细微的地方讲，每个人都与众不同，不可复制，从宏观的角度讲，则每个人都不可能不与别人相同，因为我们都是被同样的文化与生存背景所建构。在这种情况下，作者虽然采取一种"非道"姿态，表现出一定的"独白"口吻，但作品一旦发表，就已经表示其是一个修辞的产物，同时也在追求修辞认同。

由于作者对自己独特体验的强调，使得这种修辞交流与修辞认同表现出一种模糊性与不确定性。由于作者强调自身的独特性，因此，他自己经常会主动与"道统"疏离，由此无从找到确定的评价与定位标准。也就是说，在作者自己那里，价值标准与价值排序就是不确定的，或者说是他故意要表述为模糊与含混的。这种模糊与含混，在读者那里自然成为一种阐释的自由，读者可以根据自己特定的语境进行自己的阐释。因此，他们得出的价值判断与价值排序表现出鲜明的不确定性。在这种情况下，读者与作者之间的价值判断与价值排序经常出现错位。尽管一定程度的错位就像一定程度的误读一样，在小说的修辞交流中必然存在，但在后现代的错位型认同关系中，错位变得无从判断，因为根本没有所谓的"正位"与之对应。

尽管小说修辞的认同方式，存在一定的历史发展脉络，但这并不是否认小说修辞的认同方式的共时性。在特定历史时期，不同认同方式可能同时并存。当下显然就是这样一个时代。

为本人专著《20 世纪中国小说修辞史略》之一章，人民出版社 2014年版

中国小说修辞的历史视域

　　小说修辞的动态系统不仅包括作者、文本、读者之间的互动，更重要的是，这种互动是在一定的历史语境中进行的。"叙事不仅仅是故事，而且也是行动，某人在某个场合出于某种目的对某人讲一个故事。"① 因此，小说修辞的表现形态同时受到四个方面的制约：世界（修辞语境）、作者（修辞主体）、文本（修辞行为）、读者（修辞受众）。小说作者要实现对读者的影响，首先自然需要考虑小说修辞的共时结构，考虑在具体语境中，如何通过调节小说修辞中"隐含作者—叙述者—人物—受述者—隐含读者"这一横向轴与"故事—叙事—叙述"这一纵向轴各要素之间的相互关系，以实现与读者之间的相互认同。小说修辞这种复杂的张力结构，使小说修辞具有丰富的可能性。然而，小说修辞动态系统中的各个要素都具有其历史性。首先小说修辞的语境，总是具体的历史的语境，这从根本上制约了小说作者与读者的思维方式，从而制约小说修辞的创新空间。小说修辞话题、修辞策略、修辞契约、修辞认同等问题都与修辞语境直接或间接相关。因此，修辞语境的历时性，决定了小说修辞的历时性。

　　在小说修辞研究过程中，小说修辞的历史视域并不是一个非常新鲜的话题。布斯在写作《小说修辞学》的时候，虽然更多地关注小说修辞的共时结构，但其论述实际上已经隐含着一种历史视角，那就是现代小说修辞与传统小说修辞之间的联系与区别，其着重点虽然在现代修辞，却始终以传统修辞作为参照系。但他自己也承认，该书并没有勾勒出一条鲜明的历史脉络。正是这种历史意识的淡薄招来了詹姆逊等人的批评。在 21 年之后，他在回应詹姆逊的批评时承认了这一历史视野的必要性："作家、

---

　　① ［美］詹姆斯·费伦：《作为修辞的叙事：技巧、读者、伦理、意识形态》，陈永国译，北京大学出版社 2002 年版，第 14 页。

读者和批评家的技巧反映了他们的时代，他们的阶级倾向，他们特殊的文化时期，包括这个时期的叙述惯例，它决定了人们对一个特定叙述类型的认可与否"①。批评布斯的弗雷德里克·詹姆逊的《政治无意识——作为社会象征行为的叙事》（1981），从宏观上把握小说修辞技巧与时代文化语境的关系，展示了一种新的研究思路。中国学者对中国小说叙事与修辞的民族性与时代性，也从多个方面进行了探究。陈平原《中国小说叙事模式的转变》（1988）对中国近代小说作者与读者交流方式由"说—听"转为"写—看"对中国小说叙事模式的重要影响的分析，已经涉及修辞交流。郭洪雷《中国小说修辞模式的嬗变——从宋元话本到五四小说》（2008）较宏观地考察了从宋元话本到五四小说的文本构成与修辞情景演进的过程。曹禧修《鲁迅小说诗学结构引论》（2010）以个案分析的方式探讨了鲁迅小说作者与读者之间情智潜对话的双重结构，对作者与读者如何实现相互认同的机制进行了细致而深刻的研究。

　　大体而言，尽管目前学界尚未系统梳理小说修辞的民族性与时代性特征，但对小说修辞的历时性已有较强共识。小说修辞复杂的张力结构，使小说修辞具有丰富的可能性，但就具体民族具体时代的小说创作而言，其修辞风貌具有历史必然性。社会文化的历史发展，可能改变一个时代的思维模式，进而改变读者与作者的审美成规，从而促使作者调整自己的修辞策略，发展自己的修辞技巧，最终改变小说修辞的整体风貌。根植于中国历史文化的中国小说修辞，必然受到时代语境与民族语言文化心理的影响，从而表现出鲜明的时代性与民族性特征。

一　修辞语境的历史性

　　小说修辞与其他修辞一样是在一定语境中发生的，与其他修辞一样，"以适应题旨情境为第一义"②。小说"是与作者和读者、说者与听者之间那种更广阔的社会关系不可分开的活动形式，脱离它们不可分开的社会目

---

① ［美］W. C. 布斯：《小说修辞学》，付礼军译，广西人民出版社1987年版，第426页。
② 陈望道：《修辞学发凡》，上海教育出版社1997年新2版，第11页。

的和条件在很大程度上就无法理解"①。小说的修辞语境，是判断小说修辞的基本前提。亚里士多德认为，一个好的演讲者，要根据场合、听众等因素来选择话题与技巧。② 陈望道则认为修辞首先应考虑"六何"，也就是修辞语境问题。"像'六何'说所谓'何故'、'何人'、'何地'、'何时'等问题，就不过是情境上的分题。"③ 其中"'何故'，是说写说的目的"④，"'何人'，是说认清是谁对谁说的，就是写说者和读听者的关系"⑤，至于"何时""何地"，则指修辞交流的时空背景。根据陈望道以及亚里士多德的相关论述，我们可以将修辞语境概括为修辞情景（何时何地）、修辞受众（何人）与修辞话题（何故）等方面。

（一）修辞情景的历史性

小说作为一种带有目的性的话语行为，不可能脱离时间与空间的制约。这种时间与空间，不仅包括人、事、物，更重要的还是人、事、物之间的相互关系。"修辞情景可以定义为人物、事件、物体和关系的结合造成一种实际的或潜在的事态变化"⑥，在一定程度上，"小说本身同时也可理解成是诗歌形式的修辞反应"⑦，它总是试图通过说服读者认同作者的意见，从而参与现实事态的改变过程。离开小说叙事的修辞情景，也就难以对小说叙事的修辞目的、修辞效果以及艺术价值进行准确判断。由于修辞情景构成的具体性，它必然具有鲜明的历史性。

由于中国传统社会的超稳定结构，中国传统小说的修辞情景中，虽然人物、事件、物体等因素不时变换，但这些人物、事件、物体之间的关系，却没有发生重大变化。自给自足的小农经济，以儒家伦理为核心、以道释为补充的文化体系以及以封建宗法制度为支柱的政治体制，三者相互

---

① ［英］特里·伊格尔顿：《当代西方文学理论》，王逢振译，中国社会科学出版社 1988 年版，第 295 页。

② 参见［古希腊］亚里士多德《修辞学》，罗念生译，生活·读书·新知三联书店 1991 年版。

③ 陈望道：《修辞学发凡》，上海教育出版社 1997 年新 2 版，第 8 页。

④ 同上书，第 7 页。

⑤ 同上书，第 8 页。

⑥ ［美］劳埃德·比彻尔：《修辞情景》，顾宝桐译，载［美］肯尼斯·博克等《当代西方修辞学：演讲与话语批评》，常昌富、顾宝桐译，中国社会科学出版社 1998 年版，第 124 页。

⑦ 同上书，第 129 页。

依托，共同形成中国传统社会的超稳定结构。这种生产力与生产关系、经济基础与上层建筑之间的"和谐"，使得小说的修辞情景难以发生根本性的变化。传统社会的封建意识形态划定了小说修辞话题创新与修辞技巧创新的可能空间，传统社会的经济模式则划定了小说生产与传播的可能方式。因此，传统小说虽然有文言与白话的分野，但二者的修辞情景并没有根本差异，其修辞目的也没有根本差异。

鸦片战争的爆发，将中国强行推向了世界，从而改变了中国社会中人物、事件、物体之间的关系结构。先进技术的传入，改变了传统小农生产方式；生产力的发展，促进了资本主义的萌生。经济基础的改变，必然影响政治体制的变革，由此引发百日维新，并最终导致辛亥革命，终结封建帝制。处于这一背景中的传统文化，也在清末民初的下层启蒙与上层维新尤其是"新文化运动"中受到根本性的冲击。这种经济、政治、文化领域的变革，对小说修辞产生了重大影响。现代生产方式改变了小说的生产与传播途径，使小说逐渐由"听"的对象转变为"看"的对象，从根本上改变了小说的修辞契约；政治上的动荡与变革，为小说修辞的话题更新提供了材料；文化上的革新，则为改变小说的审美成规与修辞契约提供了可能。梁启超的"小说界革命"，无疑是一次重大的修辞革命。但由于这一时期的经济、政治、文化发生变革的过程并不同步，因此这一时期的小说修辞也表现出一种鲜明的过渡性特征。

"新文化运动"之后，西方的"现代"理论逐渐在中国各个方面占据主导地位。经济上的"现代"生产方式、政治上的"现代"民族国家、文化上的"现代"话语体系成为 20 世纪中国社会的"主旋律"。对这种"现代"体系的认同，是 20 世纪中国小说所面临的修辞情景的核心。虽然不同时期不同流派的作家对于"何为现代"的理解并不相同，不同作家对于修辞情景中的不同因素的侧重不同，但他们对民族独立与国家富强、对社会现代化与人的现代化的追求，则是一脉相承。

共产党在大陆全境的胜利，彻底改变了中国小说的修辞情景。统一的中央政府终结了政治分治；计划经济体制结束经济自由；统一的意识形态终结了思想多元。这种三位一体的社会管理模式，在一定程度上表现出与传统社会的相似性，也使得这一时期的小说修辞表现出一种浓厚的"返古"倾向。

"文化大革命"后的改革开放，使这种高度集中的社会管理体制发生转变。政治对经济与文化的有意识松绑，促进了市场经济与文化多元主义的兴起，使小说修辞获得了更广阔的自由空间。尤其是后现代主义思潮的涌入，使得这一时期的小说在意识上相对有些"超前"。这种前现代、现代、后现代并存的修辞情景，使得这一时期的小说修辞表现出一种明显的分化。

（二）修辞受众的历史性

尽管理论家将小说读者划分成有血有肉的实际读者、作者的读者、叙述的读者、理想的叙述读者①等多种形态，但无论哪一种读者，都存在着一个历史演变的过程。一方面，无论是真实读者还是作者设想出来的理想读者，都是被既有文化建构出来的；另一方面，小说家通过自己的修辞创新，强化或改变读者的价值判断与审美成规，从而创造了他的读者。正是这种价值判断与审美成规的承续性与变异性，构成了修辞受众的历史性。

小说的阅读有"一种基本要求，读者们要知道，在价值领域中，他站在哪里。——即，知道作者要他站在哪里"②。作者是否能够对读者的价值判断进行预先判断，把握读者的价值需求，是小说修辞能否取得成功的重要因素。在中国几千年的古代文明史上，虽然经历了多次改朝换代，但很少出现"王纲解纽"。"王"可以变，"纲"却从来未变，"三纲五常"一直是中国社会数千年超稳定结构的支柱。几千年的"奴化"教育，使传统中国人基本上没有跳出"主—奴"二分思维模式的可能，普通人也只有"暂时做稳了奴隶"与"想做奴隶而不得"③两种命运。在这种情形下，大多数读者的价值观念始终受传统观念支配，要求小说的则是一种能够给他们带来替代性满足的白日梦，中国小说由此形成了几千年"瞒与骗"的传统。他们不愿正视自己的生存现状，而是关注梦境中的"可能"。正是在这种受众期待中，虽然绝大多数传统小说读者是普通百姓，但帝王将相、才子佳人、英雄侠客这类读者仰慕与企盼的人物形象，一直统治着小说的舞台，极少出现普通民众。④ 鸦片战争使诸多先觉者开

---

① 拉比诺维茨提出了四维度读者观，参见申丹等《英美小说叙事理论研究》，北京大学出版社 2005 年版，第 250 页。

② ［美］W. C. 布斯：《小说修辞学》，华明等译，北京大学出版社 1987 年版，第 83 页。

③ 鲁迅：《鲁迅全集》第 1 卷，人民文学出版社 2005 年版，第 225 页。

④ 晚明可能是例外。由于资本主义的萌芽，以及统治阶级的衰败，使得"王纲"出现了松动，重商思想与个性意识有所发展，从而使得普通商人乃至妓女也可以成为小说的主角，如《卖油郎独占花魁》等。

始睁开眼睛看世界,西方文化作为一个参照系开始进入国人的视野。此后的教育制度改革,使得更多的人接触到新思潮,西方的政治、经济、文化思想开始进入中国,关于现代"人"的思想,逐渐成长。这些接受新思潮的先觉者,充当着西方信息的接受者与发送者的双重角色。通过先觉者的传介,使当时小说受众的价值判断产生了性质上的变化,他们不再要求小说提供一个白日梦,而是要求小说让读者认识到生活的真相,从而促进社会变革。这种读者性质的转向使"新小说"的"新民"命题以及现代小说的"立人"命题成为可能。新中国成立后的理想主义(空想主义)激情,却使小说修辞交流出现一种新的互动模式。无论在传统小说还是现代小说中,读者对小说修辞的影响,都以真实读者为依托。新中国成立后的互动中,真实读者被职业读者与"理想读者"所取代。各种批评家凭借政治话语的权威性,根据意识形态的要求,构建出"理想读者",借用"理想读者"的超越性与普适性对小说进行直接干预。通过这种多重转化,新中国成立后的"理想读者"成为意识形态向小说修辞进行控制的工具。新时期小说修辞重新向真实读者回归。但这种回归同时也导致了读者的分化,使小说修辞也产生重大分化。先锋小说、严肃小说以及通俗小说都有着其各自的受众群体,也由此形成各自的价值判断标准。

受众的价值判断影响着小说家的修辞目的,受众的审美成规则制约着小说家的修辞策略。一方面,受众既有的审美成规是小说家修辞创新的前提;另一方面,小说家的修辞创新又可能改造受众的审美成规。正是这种相互影响,使得受众的审美成规也呈现出一种历史演进的历史。中国传统小说"白日梦"的性质实际上隐含着读者对于"异于常人"的生活的关注,使得传统小说表现出鲜明的以情节为中心的"传奇"色彩。现代小说读者则试图发现"近乎无事的悲剧"①背后的原因,以人物尤其是普通人物为中心,成为新的审美成规。新中国成立后的"理想读者"关注意识形态使命,因此,如何表述"理想"成为这一时期"理想读者"的审美成规。新时期真实读者的分化,也导致了读者审美成规对小说修辞的影响产生了重大分化。

---

① 鲁迅:《鲁迅全集》第 6 卷,人民文学出版社 2005 年版,第 383 页。

（三） 修辞话题的历史性

小说的修辞情景与修辞受众，制约了小说家修辞话题的选择。由于修辞情景与修辞受众的历史差异性，使得小说的修辞话题也表现出鲜明的历史差异性。作为典型的"人学"，"人"是小说修辞永恒的中心话题。不同时代小说家对于"人"有不同理解，对于"立什么人"与"如何立人"的阐释，更是千差万别。但由于他们所处修辞情景与面对修辞受众的共性，也表现出一种历史共性。

在传统小说中，关于"人"的理解，始终建立在等级意识上。"普天之下，莫非王土，率土之滨，莫非王臣。"这种"臣民"的界定，是传统小说中关于"人"的理解的核心词。而"臣民"的另一重含义，便是"奴"。"主—奴"的二分法，是"三纲"内在的支配性的结构，君臣、父子、夫妇中，一方具有绝对的权利，另一方则只有服从的义务。权力与义务的分割，是传统小说中"人"的根本属性与鲜明特色。因此，传统小说关于"人"的设计，实际上都是关于"奴"的设计，小说修辞话题的核心就是"驯民"。无论"英雄"还是"男女"，都强调臣民的自安其分，使臣民在暂时做稳奴隶的时候，能心甘情愿地做奴才，由奴在身者变成奴在心者。在求做奴隶而不得的时代，则对主子进行劝惩，力图使其能够让大家暂时做稳奴隶。而"鬼神"一脉的"世外"也不过是"世间"的一个投影。

晚清的"新民"，一定程度上突破了传统的"臣民"意识，转换成一种"国民"意识，但这种"国民观"关注的依旧是个体的义务，而不是个体的权利。"新文化运动"引进了西方的人权观念，使"人"得以浮出历史地表。"人"在两个方面不同于"民"："人"生而平等，"人"是权利与义务的统一。这种"人"的观念使现代小说的修辞话题从根本上得以改变，"立人"成为现代小说的核心命题。尽管现代小说中的"立人"命题表现出强调人道主义与强调个性主义两种倾向，但其中都凸显与张扬了"人"的权利，由此与传统小说强调"民"的义务形成鲜明对立。

现代小说关注的是"常人"，新中国成立后小说关注更多的则是通过"先进"与"典型"，其小说修辞话题变成"立超人"。这种"超人"可以是英勇献身的革命者，也可以是公而忘私的建设者。他们身上都表现出"公而忘私"的特性，表现出向"义务"回归的倾向。

然而，无论是现代的"常人"人权观，还是新中国成立后的"超人"义务观，都与现代主体意识直接相关。在后现代主义眼中，人的主体性成为一个被解构的神话，"主体性的人"变成了"非主体的人"。他不是被偶然性支配（新历史主义），就是被社会规则支配（新写实主义），或者被自己的本能支配（新浪潮小说、身体写作）。理性与主体性等现代概念，在后现代思潮中被碾成碎片。

二　修辞契约的历史性

小说修辞交流的横向轴包括作者—隐含作者—叙述者—人物—受述者—隐含读者—读者多个层面多个要素。如何调节与处理各个要素之间的距离与关系，关系到小说修辞契约建构的和谐性与稳定性。这种修辞调节同样受历史语境制约。由不同时代小说家对于这一横向轴各因素关系的处理，可以梳理出修辞契约与时代之间的错综复杂的关系，从而把握修辞契约的演变规律。其中的关键问题有叙述语言的选择、叙述权威的建构以及叙述距离的调节等方面。

（一）叙述语言的历史性

语言是叙述契约的前提与基础。小说语言体式与意识形态、思维方式、审美趣味以及修辞成规密切相关。文言与白话、旧式白话与欧式白话、政治化白话与生活化白话，意味着不同的意识形态与审美趣味。通过语言体式，作者与读者相互了解对方最基本的意识形态与审美趣味，以及不同的思维方式与修辞成规，从而了解对方基本的修辞立场，建立基本的修辞契约。

尽管中国古代小说存在两个传统：文言小说传统与白话小说传统，但因为它们有着各自的受众群体与审美成规，一直和平共处。同时，由于它们同属小说家族，在文学王国中地位都不高，因此小说语言与小说本身一样不被人们重视。

在晚清的时代变局中，梁启超等人强调以文学对普通人的影响力来定文学之高下，于是小说尤其是白话小说应该独占鳌头，小说语言体式问题也随之凸显。然而，"新小说"的白话强调直白，而非韵味，这种偏向也使得辛亥后，出现一股骈体复兴浪潮。以文言写情的鸳鸯蝴蝶派小说得以兴起，与读者对"新小说"的语言体式的审美疲劳，不无关系。

五四新文学的文白之争，不仅包含白话与文言之争，而且包含欧式白话与传统白话之争，其中隐含着使白话"雅"化的倾向。这种"雅化"引来了大众语运动的反拨。这一运动在当时并没有产生重大影响，但在20世纪40年代的解放区，大众语在政治力量的支持下，一跃成为文坛的主导语体。然而，也由于政治的支持，使得大众语最终被政治驾驭。新中国成立后大众语言中层出不穷的政治语汇，无疑正是语言政治化的一个明显标志。新时期政治对文学的松绑，也使得小说语言体式得以松绑，由此表现出真正的生活化与风格化。

小说语言体式制约着作者—读者之间修辞契约的建立。文言、旧式白话、欧式白话、政治化大众语分别与士大夫、传统市民、现代知识分子、政治化群众的审美趣味形成对应关系，背后潜含着重抒情、重情节、重人物以及重政治等修辞成规。新时期个性化的语言，同样与小说的个性化直接对应。

（二）叙述权威的历史性

声音"指叙事中的讲述者（teller），以区别于叙事中的作者和非叙述性人物"[1]，然而，叙述声音不仅指"谁在发声"，而且潜含着"谁能发声""为什么他能发声"等问题，因此"这个术语已经成为身份和权力的代称"[2]，小说的叙述声音折射出各种社会文化权力之间的博弈。"叙述声音位于'社会地位和文学实践'的交界处，体现了社会、经济和文学的存在状况。"[3] 叙述声音是否具有权威，如何获得权威，关系到小说修辞交流的可靠性。"每一位发表小说的作家都想使自己的作品对读者具有权威性，都想在一定范围内对那些被作品所争取过来的读者群体产生权威，尽管这种想法也许是具有强烈的反作者权威倾向的。"[4] 只有让读者接受了这种权威性，小说家才可能实现自己的叙事目的。

兰瑟认为，"社会行为特征和文学修辞特点的结合是产生某一声音或

---

① ［美］苏珊·S. 兰瑟：《虚构的权威》，黄必康译，北京大学出版社2002年版，第3页。
② 同上。
③ 同上书，第4页。
④ 同上书，第6页。

文本作者权威的源泉"①，也就是说，叙述权威不仅与文本内的修辞特点相关，而且与文本外的社会行为相关，包含"由作品、作家、叙述者、人物或文本行为申明的或被授予的知识荣誉、意识形态地位以及美学价值"②。这一界定指出了叙事权威在内容上包含知识、意识形态以及美学价值三个方面，在形成上则是由作者—叙述者—读者之间的互动完成。这从两个层面凸显了叙事权威的历史性。

一个时代的知识水平、意识形态以及审美成规，划定了叙事权威内容上的演变可能性。在传统小说中，"天不变道亦不变"的"道"，不仅统治着意识形态，也统治着审美领域，甚至认知领域。因此，在传统小说中，叙事权威与封建思想体系直接相关。现代小说则从多个向度对这一体系进行解构，现代性话语体系取代前现代性话语体系，使得民主、科学、自由、理性等词语成为现代小说叙事权威的关键词，其核心就是人的主体性的建构。而后现代小说则将人的主体性视为神话，解构、颠覆、碎裂、游戏等词，成为理解后现代小说的叙事权威的关键词。

不仅叙事权威的具体内容有着鲜明的历史性，更重要的是小说家获得叙事权威的过程与方式也有着鲜明的历史性。传统小说中的叙事声音，基本是集体型的。这并不是说小说的叙述者是一个"集体"，而是小说的叙述者自觉地采用集体的价值标准，从而表现出明确的"载道"意识。这种"集体型"叙事权威，使得这一时期的小说表现出"宣讲"姿态。现代小说则是从"叛道"开始。这时的叙述者虽然相信自己把握了真理，但他也明确知道大众与自己实际上并不持相同或相近的价值立场，他的叙事权威更多地表现为一种"作者型"权威，他凭借自己的坚信，与大众的价值体系进行对垒，并试图从根本上改造大众的意识。尽管现代小说作者与读者的价值体系可能不同，但双方对理性的认同，则是双方交流的基点，而在后现代小说中，作者对真理的确信已经消解，在某种程度上，叙述者也并不抱有太多"劝转"读者的成分，甚至作者与读者之间对理性也难以取得共识。在这种情形中，小说的叙事权威表现出一种"个人型"特征，叙述者追求的不再是自己对事件的阐释与评价获得广泛认同，而只是自说自话，无论叙述者还是读者对事件的阐释与评价都

①　[美]苏珊·S.兰瑟：《虚构的权威》，黄必康译，北京大学出版社2002年版，第5页。
②　同上。

趋向多元化。

（三） 叙述距离的历史性

　　作者对其与隐含作者—叙述者—人物—受述者—隐含读者—读者这一交流链条中各要素之间距离与关系的处理与调节，是小说修辞契约的重要内容。这种调节同样受到一定历史条件的影响，表现出一定的历史特性。

　　首先，作者与读者之间的距离具有历史性。在中国的传统叙事中，白话小说大体以"讲—听"为中心，而文言小说则以"写—看"为中心，这两种传统一直泾渭分明。对于"讲—听"的写作传统而言，一次性的过程、公共化的场合，使得情节的吸引力以及即时的道德判断成为重要制约因素，经验与教训是传统白话小说的主要关注点，"一个故事或明或暗地蕴含某些实用的东西"①。与"讲—听"传统中讲故事者与听故事者和谐共处于同一时空不同，"写—看"传统也意味着写小说者与看小说者在时空上的分离。这使作者与读者之间的关系由集体交流变成个体交流，每个读者都可以在一个私密空间中与作者进行私密交流。然而，由于传统文言小说传播中介的有限性，使得这种交流始终只是"小众写作"与"小众阅读"。现代印刷术使小说得以更迅速更广泛的普及，将传统的"讲—听"与"写—看"两方面的优势结合了起来，从而使得现代小说中的作者—读者关系实现了根本性的转变。一方面，现代印刷术使得"写—看"不再是"小众"的专利。现代印刷术使小说生产与传播的成本大为降低，白话的推广又使得小说对读者的文化要求降低，更重要的是，作者有意识向读者靠近，这些因素结合起来，使小说读者迅速扩张。另一方面，现代印刷术保留了"写—看"中作者与读者交流的可重复性与私密性。看的可重复性使作者不必过于考虑读者的理解问题，从而可以设置更多的阅读障碍，"怎么讲"的相对独立性与重要性得以凸显；而交流的私密性则赋予小说修辞在价值观念与审美观念等方面更大的自由空间。现代小说作者一方面固然寻求读者的理解，另一方面则也寻求对读者的改造。这种改造不仅表现在思想启蒙层面，同样也表现在形式启蒙层面。作者不仅可以通过小说修辞进行价值启蒙，而且可以通过形式创新进行审美改造，使读者

---

　　① ［德］本雅明：《讲故事的人》，载阿伦特编《启迪：本雅明文选》，张旭东、王斑译，生活·读书·新知三联书店 2008 年版，第 98 页。

理解与接受作者关于"怎么写"的形式创新的意义，小说修辞因此获得重大解放。在后现代小说中，作者与读者之间的沟通平台也被解构，"写—看"之间的联系在一定程度上也被解构，读者的看与作者的写之间，成为相互分离的两个阶段。这种分离，虽然带来了双方的自由，但也带来了意义的消解。

其次，隐含作者与叙述者之间的距离具有历史性。作为"被创造出来的自我"①，隐含作者与真实作者之间存在着多重对应，而叙述者作为隐含作者的再创造，则具有更大自由，他可以是"自我"，也可以是"非我"；可以"可靠"，也可以"不可靠"。这种真实作者—隐含作者—叙述者之间的对应与错位，造就了小说修辞的丰富可能。但这种可能性同样有着历史的规约与限制。传统小说中，叙述者基本上可以视为隐含作者的代言人，表现出鲜明的"可靠性"。哪怕是在《搜神记》这样的作品中，叙述者依旧"可靠"。现代小说中隐含作者与叙述者之间关系的最大变化，就是叙述者"不可靠性"的日渐增加。以《狂人日记》为始点与代表，现代小说尝试了多个维度的"不可靠叙述"。从这一角度看，"文化大革命"期间"不可靠叙述"的消失是一个重大的文学事件。后现代小说中，不可靠叙述的大行其道，同样隐含着丰富的文化信息。

最后，叙述者与人物及读者之间的距离具有历史性。弗莱曾经根据故事的主人公与现实人物的位置，将文学分为神话、传奇、高模仿、低模仿与讽刺几种类型，并且由此建立了一种文类的历史演变模式。② 然而，弗莱只注意到故事中的人物与现实中的人物（读者）之间的关系，而没有注意到叙述者与人物的关系，以及叙述者—人物—读者之间的相对位置的变化。事实上，叙述者相对于人物的位置改变，会带来叙述风格的改变。同样是普通人，从不同的叙述者位置看来，可以表现出高模仿、低模仿以及讽刺的意味。五四时期，真正的"常人"属于高模仿对象；革命小说中"超人"成为叙述的主角，"常人"则是低级模仿的对象；在后现代叙述中，"人"更是成为反讽的对象。叙述者与人物的相对位置可以导致修

---

① ［美］W. C. 布斯：《隐含作者的复活：为何要操心?》，载 James Phelan & Peter J. Rabinowitz《当代叙事理论指南》，申丹等译，北京大学出版社 2007 年版，第 80 页。

② 参见［加］诺斯罗普·弗莱《批评的解剖》，陈慧等译，百花文艺出版社 2006 年版。

辞风格的变化，读者与人物及叙述者的相对位置的变化则可以导致小说修辞效果的变化。如讽刺建立在读者与叙述者的共谋之上，是二者对处于较低位置人物的一种共同审视；一旦读者认同人物，讽刺也便转化成了低级模仿。而反讽则意味着叙述者伪装自己处于人物之下，一旦读者不能意识到叙述者的伪装，反讽马上消失。这种复杂关系的演变，同样有着潜在的历史脉络可循。在以等级制度为背景的传统小说中，高模仿始终是其主要形态。低模仿与反讽，在一定程度上是随着现代"人"的平等意识产生的。

三　修辞策略的历史性

小说修辞横向轴的交流，必须以小说作品为基点。小说家对小说中叙述—叙事—故事这一纵向轴三者关系的处理，是其进行修辞选择与修辞创新的重要领域，它不仅关系到小说对世界—文本—意义关系的处理，同时也关系到小说修辞横向轴各种关系的处理，是小说修辞策略的核心内容。而对这三者关系的处理，同样有着其历史演变轨迹。

（一）故事—世界：真实—虚构关系的历史性

作为人类生活的折射与反映，小说故事与现实生活世界存在着各种联系，小说家对小说是否反映现实，如何反映现实以及能否影响现实等问题的认识，决定了小说家的修辞策略与修辞技巧。不同历史时段，小说家对这些问题的回答并不一样。

"小说家者流，盖出于稗官"①，是传统小说观念的经典表述。这种悠久的史传传统，使得传统小说包括《搜神记》等一直注重"写真"。明代以后，小说家逐渐意识到小说的"虚实相生"，但虚构时依旧不忘找一些真实的历史坐标。《西游记》《封神演义》不忘拉唐太宗与商纣王为叙事基点，《红楼梦》的"甄士隐"并没有否定"真事"的存在，为后来的"索隐"提供了一道后门。在某种程度上，传统小说的"写真"强调的是小说世界与现实世界在人事"真实"这一层面的相关性。这种"写真"理论，在晚

---

① 班固：《汉书·艺文志》，黄霖、韩同文选注，载《中国历代小说论著选》（上），江西人民出版社 2000 年版，第 8 页。

清小说的"新闻化"中表现得尤为突出。传统的"写真",隐含着小说故事与生活世界在现象层面的直接对应,而现代小说的"写实"则强调小说故事与现实生活在本质上的潜在对应,强调对生活的"典型化"的虚构,以发现生活的本质。新中国成立后理想主义的风行,使小说表现出一定的"写梦"色彩,小说家更多地关注理想化的现实,而不是真正的现实。新时期以来,后现代思潮的涌入使"真实"成为被解构与怀疑的对象,小说观由此出现多重分化。既有坚持"写实"传统的现实主义小说家,又有认为想象也是生活的重要组成部分的小说家(王小波),还有小说无所谓真实世界,有的只是真实的写作行为的小说家(马原)。

真实观也影响到小说家的情节观。对于"写真"而言,要提升小说的吸引力,就必须选择较有吸引力的故事,由此注重情节的离奇与曲折。"写实"强调本质真实,注重典型化,人物成为核心,情节是表现人物的手段。对于"写梦"而言,重要的是提供远景,激发动力。而对于后现代小说而言,对情节及其逻辑链条的解构,是其重要特征。对故事—世界关系的思考,决定了小说家的真实观与情节观,从深层折射出人类思维模式的历史演变。

(二)叙事—文本:展示—讲述关系的历史性

小说家在故事层面如何处理故事世界与生活世界的关系,反映了小说家的真实观,而小说家在叙事层面如何处理讲述与展示之间的关系,则反映了小说家的形式观与技巧观。"文学形式是作家本人所采纳的与某一公众之间的接受惯例相一致的形式。这一作用就是将特定历史时期的文化产品以传统或惯例方式加以了具体的运用。因此它必然是一种历史和社会化的产物。"[①] 对讲述与展示之间关系的处理,同样具有鲜明的历史性。

讲述与展示这两种宏观修辞手段的基础与内核,是小说家对意义呈现方式的选择。讲述意味着作者直接将意义赋予文本,从而引导读者跟随其价值判断前行;展示则意味着作者选择将意义隐含在文本之中,让读者自己进行价值判断。如布斯所言,讲述的特征主要表现在小说叙事的"人为性",即"作者把所谓真实生活中没人能知道的东西讲述给我们"[②];而

---

① 程锡麟、王晓路:《当代美国小说理论》,外语教学与研究出版社2001年版,第234页。
② [美]W. C. 布斯:《小说修辞学》,华明等译,北京大学出版社1987年版,第5页。

展现则是"故事被不加评价地表现出来"①。尽管布斯同时认为，"在'显示'与'讲述'之间划定一条界线，在某种程度上是武断的"②，但对二者进行必要区分，还是有其意义，从中可以看出小说文本建构方式的历史演变轨迹。

第一，二者之间的相互关系存在历史性。"展示"与"讲述"都不是"现代"才有的修辞技巧，但讲述与展示此消彼长的关系，却折射出小说修辞的发展脉络与历史演变规律。不同时期小说中展示与讲述的比重变化，可以看出一定时代小说修辞的主导特征。相对而言，传统小说中讲述的比重显然大于展示，而现代小说显然更为注重展示。现代小说的启蒙意识，鼓励读者"公开运用自己理性的自由"③，这也就要求作者不是代替读者进行判断，而是引导读者作出自己"理性的"判断。在这种背景中，展示的重要性显然要远远大于讲述。对展示的重视与"现象—本质"这一现代深度模式密切相关，展示的虽然是现象，但在现象背后隐含着本质。因此，"展示"也是"讲述"，作者的价值判断可以通过展示得以实现。而在后现代语境中，"现象—本质"这一深度模式被解构，从而导致小说"文本—意义"关系的解体，小说回到了文本自身，使得"讲述"也成为"展示"。如元小说的"叙述圈套"，作者自由地出入文本，但这种讲述并不指向价值问题，而只是一种关于讲述方式的游戏。这种讲述本身也就成为一种后现代"展示"，展示出"文本—意义"关系被解构后的碎裂图景。

第二，讲述本身具有自身发展的历史。讲述与展示此消彼长的历史演变，潜含着讲述方式的历史演变。前现代的"讲述"意味着作者"赋予"文本意义，现代的"讲述"则隐含在"展示"之中，通过"展示"阐释意义，后现代的"讲述"则消解意义。同为"讲述"，但三者进行讲述的姿态与方式各不相同。传统小说中的叙述者表现出一种"宣讲"姿态。④这个全知全能的叙述者，站在超出读者的位置上，不仅告诉读者发生了什

---

① ［美］W. C. 布斯：《小说修辞学》，华明等译，北京大学出版社1987年版，第10页。

② 同上书，第23页。

③ ［德］康德：《历史理性批判文集》，何兆武译，商务印书馆1990年版，第24页。

④ 宣讲接近于巴赫金的"独白"，强调价值的单一性。但笔者认为，巴赫金的"独白"用"宣讲"可能更恰当，因为这一概念实际上包含着一种价值的宣讲或灌输意味；而后现代叙述更适合用"独白"这一概念，因为他们并不强调与读者的交流互动，而表现出一种自言自语的倾向。

么，怎样发生，而且还告诉读者应该从故事中得出什么教益。在这种关系中，读者很难与作者对话，作者也从来没有想过与读者进行平等对话。现代小说通过"展示"进行"讲述"，由于形象大于思想，小说的意义变得更为丰富与多元，同时也使读者与作者之间的"对话"成为可能。后现代的"讲述"，则更多地表现出一种"独语"的倾向，作者更多地关注自己讲述的行为过程，而不是与读者的对话可能。

第三，展示同样有着自己的发展史。"怎么讲"是一个历史命题，"怎么看"以及"看到什么"同样是一个历史命题。与"讲述"中"谁讲"中比较清晰的"谁"相比，展示中的"谁"看则比较模糊。"真正"的"展示"一般都试图取消读者与对象之间的中介，使读者似乎是直接面对事物本身，因此"谁看"的"谁"似乎消失了。这一看似消失的"谁"正是"展示"的历史性的根基，这个"谁"决定了看到什么，以及怎么看，中间隐含着"展示"内容的历史性与"展示"方式的历史性。小说是人类生活的反映，但不是所有的生活都会成为小说展示的内容。柄谷行人将"风景的发现"与"疾病的发现"视为日本现代文学发生中的一个重要事件。① 与此相似，农村与无意识也在生活中早已存在，但直到中国现代小说才发现农村与无意识的意义。展示的历史性的另外一个层面，则是展示方式的历史性。如同马克思所言，"眼睛成为人的眼睛，正像眼睛的对象成为社会的、人的、由人并为人创造出来的对象一样。因此，感觉在自己的实践中直接成为理论家"②。对于展示而言，重要的不仅在于"看到什么"，而且在于"怎么看"。"感觉也有其历史，这一人所共知的思想，如马克思所说，是我们自身历时性的一个里程碑。"③ 人类的艺术感觉对象，在一定程度上，是由这种历史化的感觉能力"生产"出来的。因此，"描写是惟一特殊的时刻，在这个时刻可能探讨并研究所说的投入，尤其当争夺描写的客体并在叙事本身内部集中注意对抗的企图

---

① 参见［日］柄谷行人《日本现代文学的起源》，赵京华译，生活·读书·新知三联书店 2003 年版。

② ［德］马克思：《1844 年经济学哲学手稿》，中共中央马克思恩格斯列宁斯大林著作编译局译，人民出版社 2000 年版，第 86 页。

③ ［美］弗雷德里克·詹姆逊：《政治无意识》，王逢振、陈永国译，中国社会科学出版社 1999 年版，第 215 页。

时更如此"①。传统小说对帝王将相才子佳人的凸显，现代小说对普通人的聚焦，后现代小说对碎裂场景的观照，不同时代小说的描写对象与描写方式，都是一种历史的产物，有着重要的意识形态意味。

（三）叙述—意义：现实—理想关系的历史性

小说的故事世界基于现实世界，同时也折射出作者的理想世界。小说家在叙述层面如何处理现实与理想之间的关系，从而凸显小说想要表达的意义，同样有着历史性。不同时期小说家处理叙述—意义的方式不同，他们对现实与理想之间关系的理解与表达也不尽相同。

传统小说对"写真"的强调，凸显了小说故事世界与现实生活的密切联系。为了使小说更具吸引力，他们更为关注"传奇"而不是常态，帝王将相的"英雄"叙事与才子佳人的"男女"叙事，以及花仙狐鬼的"鬼神"叙事，都出离了生活常态。这种"传奇性"在一定程度上正是传统小说的理想世界，它通过讲述一个"源于"现实又高于常态的故事，给读者一种白日梦式的补偿。然而，也正是这种"理想"使传统小说在"写真"时"失真"，千篇一律的大团圆结局②无疑就是通过"理想化"的处理来满足读者的白日梦。现代小说的"写实"则以正视现实为基点，同时暗指理想的彼岸。晚清谴责小说的"新闻化"倾向已经隐含着正视现实的因子，新文化运动后，小说家更是将"揭出病苦，引起疗救的注意"③视为小说的主要使命。虽然不同小说家对于"病苦"有着不同的关注重心，如文学研究会关注生活中的困苦，创造社则更为关注精神上的苦闷，但他们都直面普通人的现实生活，并意指"疗救"。这种表面上"非—理想主义"倾向的小说，其实质却是一种写"非人的生活"的"人的文学"，小说家通过批判现实世界的不合理，来鼓励人们创造一个新世界，而不像传统小说那样，通过选择现实世界中的"理想"处境来论证现实世界本身的合理性。解放区的诸多小说从正面阐释新社会的理想，其理想世界同样以现实生活为基础。新中国成立后的理想主义则在一定程度

---

① ［美］弗雷德里克·詹姆逊：《政治无意识》，王逢振、陈永国译，中国社会科学出版社1999年版，第141页。

② 悲剧意识的缺乏，一直是传统文化研究者与传统文学研究者甚为关注的一个话题。

③ 鲁迅：《鲁迅全集》第4卷，人民文学出版社2005年版，第526页。

上割裂了理想与现实之间的关系，这时的小说家不是从现实中去构建理想，而是以理想反观现实，于是现实生活本身也被理想化。新时期受后现代思潮影响的那部分小说创作，以消解崇高为口号，理想自然也成为一个被解构的对象，同时，现实本身也是一个值得怀疑的对象，因此，文本回到了它自身，成为一个独立世界，与现实无关，也与理想无关。

由于修辞语境、修辞契约、修辞策略的历史性，不同时段的小说修辞也表现出一定的共性，形成相应的修辞类型。根据小说的修辞语境、修辞契约、修辞策略等方面的历史性特征，可以将中国小说修辞大致分为传统—阐释型修辞、现代—建构型修辞与后现代—解构型修辞三者类型。

对于传统社会超稳定的封建政治、经济、文化结构而言，小说叙事的主要任务就是封建意识形态的再生产。尽管中国经历了多次改朝换代，但作为中国社会超稳定结构支撑的政治体制结构与意识形态，从来没有受到真正的冲击。通过多种途径的潜移默化，传统伦常思想已经化为作者与读者共有的"日用而不知"的社会无意识。传统小说修辞的主导情境，就是由这种"社会无意识"支撑起来的价值认同体系。在这样的修辞情景中，"驯民"（驯化臣民）是小说叙事的主要修辞话题。"天有十日，人有十等"①，让每个人各安其位，是"驯民"的关键。传统小说中的人事不过是这种天理的一种投射，作者的使命便是阐释天理，因此，他获得了一种"集体型"叙事权威，成为传统价值的阐释者，可以对读者直接进行"宣讲"。为此，隐含作者主要选择可靠叙述者与读者进行沟通，这一叙述者在价值立场、情感态度乃至认知模式方面都与隐含作者及读者十分接近。这种接近一方面使得传统小说容易被读者接受，另一方面也为传统小说提出了一个问题，那就是如何吸引读者。正是在这一压力下，传统小说注重故事的新鲜性与情节的曲折性，由此形成传统修辞较鲜明的审美特征。

现代社会的产生以对传统价值观念的全面批判为基点。鸦片战争以来，政治、经济、文化的多元化发展，使传统小说所面对的那种高度和谐的修辞情景逐渐解体，小说的"驯民"目的也逐渐让位于"新民"与"立人"。在价值多元的语境中，作者与读者之间的平等"对话"变得十分必要，而时代也创造了"对话"的可能，由此，现代修辞成为一种"主体"间的交流。尽管在隐含作者与隐含读者之间存在着价值距离，现

---

① 孔颖达：《左传春秋正义》卷44，载阮元校刻《十三经注疏》，中华书局1980年版。

代理性精神为二者提供了交流的平台。同时，作者的现代意识赋予隐含作者一种"作者型"叙事权威，使隐含作者与隐含读者能够基于理性与人权，就小说中的人物与事件的价值判断进行"对话"与"潜对话"，以实现新的价值体系的建构。在现代中国的现实语境中，小说叙事的主题虽然有过多次转换，从五四的个性解放到左翼的阶级翻身再到抗日战争的民族解放，修辞诉诸理性与人权的基本取向始终未变。

如果说现代修辞的沟通平台是主体意识与理性精神的话，那么，在后现代语境中，这一平台逐渐失效。社会的原子化使得任何"逻各斯"都难以成为大家公认的中心，边缘对中心形成一种强有力的挑战。人类的自主性神话随着"逻各斯"的被解构而不成片断，人类曾经共有的沟通平台也不再被人信任。世界变成一种纷繁杂乱的"独语"的混合，意义成为一种不可企及的神话。在中国当下，后现代社会其实并未来临，但是，自 20 世纪 80 年代末以来，一切向"钱"看的社会心理，促进了中国社会的原子化，使人们不再集中关注科学、民主、理性、自由等现代价值，由此导致一种话语平台的分裂。在这种语境中，小说修辞的主要目的不再是对价值的认同，而是对言说权力的认同。小说中的人物与情节均成为解构对象，故事的逻辑联系被消解，人物典型被消解，剩下的只有碎片化的事件。同时，作者的中心也被解构，作者通过元小说与戏拟等方式，让自己站在读者的位置对自己的叙述进行拆台，从而实现与读者位置的置换。这种后现代修辞虽然不再以现代的价值认同为目标，但在一定程度上，意味着一个现代之后的"自由"与"平等"。虽然在尚未完全实现现代价值目标的中国显得有点不合时宜，却体现出一种思维的超前性，也意味着另一种启蒙：思维方式的启蒙。

原载《湖北大学学报》（哲学社会科学版）2014 年第 2 期

"讹"与"化":近代翻译小说与中国小说修辞的现代转型

近代翻译小说对于中国小说发展的重要性,已经获得学术界的一致认同。它的诞生基本与近代报刊发行同步。1872 年 5 月,上海《申报》创刊一个月后,就刊登了由英国斯威夫特《格列佛游记》中"小人国"部分翻译的《谈瀛小录》;1873 年,署名蠡勺居士的《昕夕闲谈》在申报馆刊行的《瀛寰琐记》上开始连载。此后相当长的一段时间内,翻译小说的数量甚至超过了创作。据樽本照雄《晚清民初小说年表》统计,1902 年至 1908 年,创作约有 674 种,翻译则有 780 种。[①] 与此同时,大多数近代重要小说家,如梁启超、徐念慈、包天笑、吴趼人、李宝嘉、曾朴等,不是小说翻译家就是翻译小说的编辑,都能在第一时间接触翻译小说,他们的创作也与翻译小说存在千丝万缕的联系。

然而,尽管大家都承认近代翻译小说的重要性,但对近代翻译小说的评价却众口一词,难逃"粗糙荒谬"[②] 四字。陈平原在《二十世纪中国小说史(1897—1916)》中,将这种翻译概括为"意译"。连燕堂则对近代翻译小说的"技术"特征进行了更系统的归纳:"一是许多作品都采用节译或意译,任意增删,甚至改写,加进一些原作中没有的内容。……二是体例不规范……三是改换包装,译的是外国小说,用的却是中国传统的'说部体段'。"[③]

在这些研究者眼中,近代翻译小说开拓了"世纪初中国人民的生活

---

① 参见连燕堂《二十世纪中国翻译文学史·近代卷》,百花文艺出版社 2009 年版,第 96 页。

② 王德威:《被压抑的现代——晚清小说新论》,北京大学出版社 2005 年版,第 41 页。

③ 连燕堂:《二十世纪中国翻译文学史·近代卷》,百花文艺出版社 2009 年版,第 24 页。

视野和艺术视野"①，从内容与形式两个方面对中国小说产生了深远影响。王德威先生从宏观上指出"晚清作家之'误读'外来作品，虽然粗糙荒谬，却导致一连串意想不到的创造发明"②；陈平原先生则具体深入剖析了近代翻译小说对中国小说叙事模式的深远影响。这些研究对于人们重新评估近代翻译小说提供了一些新思路，但它们大多集中于近代翻译小说与近代创作小说之间的关系，对于近代翻译小说在改造中国小说作者与读者之间修辞关系的作用，则关注不够。

亚里士多德认为修辞是"一种能在任何一个问题上找出可能的说服方式的功能"③。小说作为作者与读者进行交流的修辞艺术，意味着小说"不仅仅是一个故事，而且也是行动，某人在某个场合出于某种目的对某人讲一个故事"④，包含着作者出于某种目的对读者的劝说以实现读者对作者的认同。与其他修辞行为一样，小说修辞同样"以适应题旨情境为第一义"⑤。近代中国所面临的几千年未有之大变局的修辞语境，从根本上制约了中国小说修辞的发展方向，传统小说那种作者与读者高度协调共振的修辞关系难以为继，近代小说作者与读者必须重新构建一种新的修辞机制，才可能实现小说的修辞目的。将近代翻译小说置于这一修辞语境中考察，可以发现近代翻译小说之"讹"的深层根源，以及其对于推进了中国小说修辞现代之"化"的内在机制。

一　文类误读与中国小说修辞目的的改造

在中国传统文学版图中，诗之"言志"与文之"载道"一直双峰并峙，小说难以进入大雅之堂。与此同时，统治者却由于小说对普通大众的深远影响而将其视为洪水猛兽。晚清时期，政府多次大规模查禁小说。1844 年，浙江查禁包括《红楼梦》在内的小说一百多种，1868 年至 1871

① 郭延礼：《中国前现代文学的转型》，山东大学出版社 2005 年版，第 176 页。
② 王德威：《被压抑的现代——晚清小说新论》，北京大学出版社 2005 年版，第 41 页。
③ ［古希腊］亚里士多德：《修辞学》，罗念生译，生活·读书·新知三联书店 1991 年版，第 24 页。
④ ［美］詹姆斯·费伦：《作为修辞的叙事：技巧、读者、伦理、意识形态》，陈永国译，北京大学出版社 2002 年版，第 14 页。
⑤ 陈望道：《修辞学发凡》，上海教育出版社 1997 年新 2 版，第 11 页。

年，清廷两次发布禁毁小说通谕，仅江苏在巡抚丁日昌的主导下，就查禁小说、戏曲 269 种。① 文人与政府在一定程度上的合谋，极大地压缩了小说的发展空间。在这种文化背景中，翻译小说的引入被寄予厚望。1873年1月8日《申报》刊出中国最早的翻译小说广告——《新译英国小说》，向读者推介《昕夕闲谈》，正面肯定了该翻译小说"命意运笔，各有深心"，"大足以怡悦性情，惩劝风俗"②；而译者本人更是将翻译小说与传统小说进行对照，直指传统小说存在"导淫""海盗""纵奸""好乱"四弊，西国名士这部作品则能"使富者不得沽名，善者不必钓誉，真君子神采如生，伪君子神情毕露"③。借翻译小说的合法性，译者为小说正名，"谁谓小说为小道哉？"④

蠡勺居士对传统小说之"弊"的分析，实际上还不脱传统价值规范，对小说"非小道"的判断，也不过试图将小说拉入"载道"之"文"的范畴，至于小说所载之"道"，依旧是传统的天道伦常。而晚清的大变局，从根本上动摇了传统"天道"的社会根基，外来枪炮、商品与文化都成为不可抗拒的存在，这种刺激要求中国文化进行"应激"反应。然而，传统思想文化已经难以解释，更谈不上解决这些问题，在部分先觉者看来，外来思想则成为解决当时问题的灵丹妙药。这一社会实际对小说提出了新的要求，即小说不仅要成为"载道"之"文"，更重要的是成为载"新道"之文。在晚清国家民族积弱积贫的这一具体历史语境中，改良"群治"成为获得广泛认同的"新道"。因此，尽管梁启超肯定小说尤其是传统小说（其所举例证都是传统小说）"熏浸刺提"的艺术感染力，但因为传统小说所包含的"状元宰相""才子佳人""江户盗贼""妖巫狐鬼"⑤ 思想，而被他视为"中国群治腐败之总根原"⑥ 一笔扫入历史的垃圾堆。而"新道"最重要的载体就是域外小说。正是出于对小说改良群

---

① 参见王同舟主编《中国文学编年史·晚晴卷》，湖南人民出版社 2006 年版，第 203 页。

② 《新译英国小说》，《申报》1873 年 1 月 8 日，转引自袁进主编《中国近代文学编年史——以文学广告为中心（1872—1914）》，北京大学出版社 2013 年版，第 7 页。

③ 蠡勺居士：《昕夕闲谈小序》，黄霖、韩同文选注《中国历代小说论著选》（修订本）上，江西人民出版社 2000 年版，第 631 页。

④ 同上书，第 630 页。

⑤ 饮冰（梁启超）：《论小说与群治之关系》，载陈平原、夏晓虹编《二十世纪中国小说理论资料》第 1 卷，北京大学出版社 1997 年版，第 53 页。

⑥ 同上书，第 53 页。

治这一修辞目的强调，梁启超等人试图通过翻译小说的示范作用来推动小说界革命，将翻译引进能够改良中国群治的小说文类视为重要历史使命。

在这种情形下，外国小说的现代修辞目的获得了特别强调与关注，译者对外国小说的接受也必然出现文类误读。对译者而言，重要的是翻译小说对于时人有效的思想价值，而不是其艺术价值。这种价值误读从根本上改造了中国小说的修辞目的，使中国小说与中国社会的发展从此结下不解之缘。

对外国小说的接受，存在着一个较为明晰的历史顺序。政治小说因其与"群治"关系最近而最早受到推崇。1897 年，严复等人就注意到"欧、美、东瀛，其开化之时，往往得小说之助"，因此附印首选"译诸大瀛之外"的小说以"使民开化"①，1898 年，梁启超更明确地主张翻译政治小说，"彼美、英、德、法、奥、意、日本各国政界之日进，则政治小说，为功最高焉"②。随后，其他各类小说逐渐进入译者的视野。这些引进外国小说的翻译者，都要强调某类小说直接的社会作用。"外国非通人不敢著小说。故一种小说，即有一种之宗旨，能与政体民志息息相通；次则开学智，祛弊俗；又次亦不失为记实历，洽旧闻，而毋为虚憍浮伪之习，附会不经之谈可必也。"③ 因此，翻译科学小说的看到了科学小说对于"破遗传之迷信"④ 的社会作用，翻译侦探小说的则看到了"泰西各国，最尊人权"⑤ 的时代风尚；翻译社会小说强调"引为殷鉴"⑥，翻译军事小说则强调以"代兵书"⑦；历史小说可"以为教科之助"⑧，写情小说能"敦

---

① 几道（严复）、别士（夏曾佑）：《本馆附印说部缘起》，载陈平原、夏晓虹编《二十世纪中国小说理论资料》第 1 卷，北京大学出版社 1997 年版，第 27 页。

② 梁启超：《佳人奇遇序》，《饮冰室合集》第 11 卷，中华书局 1989 年版，第 1 页。

③ 邱炜萲：《小说与民智关系》，载陈平原、夏晓虹编《二十世纪中国小说理论资料》第 1 卷，北京大学出版社 1997 年版，第 47—48 页。

④ 鲁迅：《月界旅行辨言》，《鲁迅全集》第 11 卷，人民文学出版社 1973 年版，第 11 页。

⑤ 周桂生：《〈歇洛克复生侦探案〉弁言》，载陈平原、夏晓虹编《二十世纪中国小说理论资料》第 1 卷，北京大学出版社 1997 年版，第 135 页。

⑥ 林纾：《〈黑奴吁天录〉》，载陈平原、夏晓虹编《二十世纪中国小说理论资料》第 1 卷，北京大学出版社 1997 年版，第 43 页。

⑦ 林纾：《利俾瑟战血余腥录》，载陈平原、夏晓虹编《二十世纪中国小说理论资料》第 1 卷，北京大学出版社 1997 年版，第 139 页。

⑧ 吴沃尧：《〈月月小说〉序》，载陈平原、夏晓虹编《二十世纪中国小说理论资料》第 1 卷，北京大学出版社 1997 年版，第 188 页。

风俗，正人心"①。在这种时代风尚中，近代小说翻译家"对不同类型之价值高低的误解"② 成为一种必然，许多在现代人看来是通俗小说的作品被提高到经典的地位。

这种文类接受"误读"，根本原因即在于小说翻译家对于翻译小说修辞目的的强调。他们关注域外小说改良群治的社会价值而不是艺术价值，关注其社会目的而不是艺术目的。他们的这种"创造性误读"，表现出他们通过小说参与社会发展进程的强烈意愿，同时折射出他们改造传统社会文化的"药方"，使得他们从不同角度凸显不同类型小说的修辞目的。"风尚之所由起，如译本小说者，其真社会之导师哉！一切科学、地理、种族、政治、风俗、艳情、义侠、侦探，吾国未有此瀹智灵丹者，先以译本诱其脑筋；吾国著作家于是乎观社会之现情，审风气之趋势，起而挺笔研墨以继其后。观此而知新风过渡之有由矣。"③

总而言之，在近代翻译小说家眼中，翻译小说与开启民智改良群治存在着直接联系。1907 年，身在日本的鲁迅明确指出"国民精神之发扬，与世界识见之广博有所属"④，由此发出"别求新声于异邦"⑤ 的呼吁。这种"异邦新声"极大地推进了中国小说修辞目的的现代转变。近代翻译小说不仅使小说成为可"载道"之文，而且置换了中国小说所载之"道"的内涵，使其成为现代之道的载体。由于近代小说翻译家对小说社会作用的特别强调，小说的地位获得很大提升，"小说为文学之最上乘"⑥之类的观点逐渐为人接受，小说逐渐被视为"道"的最佳载体。然而，近代翻译小说虽然沿袭"文以载道"的传统思路，但其所载之"道"与传统小说已完全不同。传统小说所载之道，不脱以三纲五常为中心的儒道互补体系，而翻译小说宣扬的则是现代民主与科学观念。众多近代小说翻

---

① 铁樵：《论言情小说撰不如译》，载陈平原、夏晓虹编《二十世纪中国小说理论资料》第 1 卷，北京大学出版社 1997 年版，第 534 页。

② 陈平原：《二十世纪中国小说史（1897—1916）》，《陈平原小说史论集》中卷，河北人民出版社 1997 年版，第 645 页。

③ 世（黄小配）：《小说风尚之进步以翻译说部为风气之先》，载陈平原、夏晓虹编《二十世纪中国小说理论资料》第 1 卷，北京大学出版社 1997 年版，第 323 页。

④ 鲁迅：《摩罗诗力说》，《鲁迅全集》第 1 卷，人民文学出版社 2005 年版，第 67 页。

⑤ 同上书，第 68 页。

⑥ 饮冰（梁启超）：《论小说与群治之关系》，载陈平原、夏晓虹编《二十世纪中国小说理论资料》第 1 卷，北京大学出版社 1997 年版，第 51 页。

译家对政治小说、历史小说、社会小说的关注，隐含着对现代民主制度的向往与对专制制度的否定，而对科幻小说、哲理小说、侦探小说的提倡，则隐含着对现代科学思维方式的肯定与对传统蒙昧意识的批判。虽然不同类型翻译小说的"启蒙"目标各不相同，如政治小说的开民主之风、科幻小说的新科学之智、侦探小说的肇法治之始、写情小说的启自由之思，但翻译者试图通过小说翻译来开启民智改良群治的修辞目的则始终一致。这种修辞目的自然带有其历史局限性，如重"新民"轻"立人"，重群治改良轻个性发展，但其中包含的对现代民主与科学观念的肯定与张扬，对后来的小说修辞目的产生了深远影响，使中国小说所传之"道"，逐步偏离传统的专制与蒙昧，推动了小说修辞目的的现代转型。

由于近代小说翻译家的理论倡导与翻译实践，中国小说由此与社会发展结下不解之缘。然而，以小说的社会功能衡量小说的价值，在一定程度上也割裂了小说的艺术价值与社会价值，隐含着后来影响深远的政治标准第一，艺术标准第二评价标准的胚芽。这种修辞目的的单一化，推进了中国小说修辞目的的现代转型，也对后来的小说发展产生了重大负面影响。

二　文本改写与中国小说修辞契约的重构

强调修辞目的现代化的合理性，并不能够保证小说被读者接受。就修辞目的革新而言，傅兰雅的新小说竞赛可以说是中国小说革新的一个重要实践。1895 年五月初二，傅兰雅于《申报》刊登《求著时新小说启》，征求除三弊的时新小说，"今中华积弊最重大者，计有三端：一鸦片，一时文，一缠足。若不设法更改，终非富强之兆"①。然而，这次征文虽然收到了 162 部作品，但并没有获得理想结果。在 1896 年 2 月《万国公报》第八十六册刊登的《时新小说出案》中，傅兰雅历数了这次征文的种种缺陷："或立意偏畸，说烟弊太重，说文弊过轻；或演案希奇，事多不近情理；或述事虚幻，情景每取梦寐；或出语浅俗，言多土白"②。创作小说的这些弊端，在梁启超提出"小说界革命"之后，也没有获得大的改

---

① ［美］韩南：《新小说前的新小说——傅兰雅的小说竞赛》，《中国近代小说的兴起》，徐侠译，上海教育出版社 2004 年版，第 158 页。

② 王同舟编：《中国文学编年史·晚清卷》，湖南人民出版社 2006 年版，第 362 页。

观；相反，由于其过于强调思想进步，"议论多而事实少"①，以至于给人"开口便见喉咙"②的印象。相对而言，翻译小说对如何建构作者与读者之间良好的修辞契约关系，提供了更多借鉴。

对原著的改写与意译，是近代翻译小说最明显之"讹"。这种"讹"自然有其历史缘由。陈平原先生认为，近代翻译小说"意译"之"讹"，"主要可以从当年整个的文化氛围和'作家—读者'关系的文学理想两方面来思考。前者使翻译家'不能非不为也'，后者则使其'不为非不能也'"③。这一论述虽然精辟，却也嫌简略。"'翻译'作为文化交流与文化协商"④，始终处于一种权力关系之中。近代翻译小说之"讹"，大多是译者有意为之。钱钟书在分析林纾因不懂外文而导致其"讹"时，特别指出其"讹"的责任不能完全推给其助手，相反，林译小说中"'讹'里最具特色的成分正出于林纾的明知故犯"⑤。鲁迅在翻译《月界旅行》时，也明确解释了自己增删改写原文的理由："《月界旅行》原书，为日本井上勤氏译本，凡二十八章，例若杂记。今截长补短，得十四回。初拟译以俗语，稍逸读者之思索，然纯用俗语，复嫌冗繁，因参用文言，以省篇页。其措辞无味，不适于我国人者，删易少许。"⑥

这种有意为之的文本改写，从另一个角度显示出，近代翻译小说对读者主体地位的认同与尊重。虽然近代翻译小说的修辞目的在于开启民智，读者作为启蒙对象，在理性、伦理与审美等层面，都处于比作者（译者）低一层的地位；但近代小说翻译家也认识到，要实现启蒙这一修辞目的，首先需要的就是读者能够接受小说文本，也就是说，他必须首先认同读者的某些观念。当代美国著名新修辞学家肯尼斯·博克深刻地指出，"只有当我们能够讲另外一个人的话，在言辞、姿态、声调、语序、形象、态

① 俞佩兰：《〈女狱花〉叙》，载陈平原、夏晓虹编《二十世纪中国小说理论资料》第1卷，北京大学出版社1997年版，第137页。
② 公奴：《金陵卖书记》，载陈平原、夏晓虹编《二十世纪中国小说理论资料》第1卷，北京大学出版社1997年版，第65页。
③ 陈平原：《二十世纪中国小说史（1897—1916）》，《陈平原小说史论集》中卷，河北人民出版社1997年版，第652页。
④ 胡翠娥：《文学翻译与文化参与——晚清小说翻译的文化研究》，上海外语教育出版社2007年版，第5页。
⑤ 钱钟书：《林纾的翻译》，商务印书馆1981年版，第30页。
⑥ 鲁迅：《月界旅行辨言》，《鲁迅全集》第11卷，人民文学出版社1973年版，第11页。

度、思想等方面做到和他并无二致，也就是说，只有当我们认同于这个人的言谈方式时，我们才能说得动他"①。这一点在近代小说翻译中显得特别重要。当作者与读者在价值观念等方面出现差异时，作者能否认同读者的 "言谈方式"，建构二者之间良好的修辞契约关系，关系到修辞目的能否最终实现，读者的主体地位也由此得以凸显。通过对文本的多重改写，译者拉近了小说与读者之间的距离，建立了一种以读者为中心（译者首先也是读者）的修辞契约。

第一，通过在翻译小说中使用夹注，为读者理解故事提供了知识背景，拉近与读者的理性认知距离。使用夹注是近代小说翻译家的常用伎俩。梁启超在《佳人奇遇》中用大段夹注介绍 "自由之破钟" "晚霞邸" 等外国风物以及 "独立战争" 等外国历史事件②；林纾《巴黎茶花女遗事》用夹注解释法国当时的吻手、操琴等社交礼仪；徐念慈则充分发挥自己作为《小说林》专任译著编辑的便利与特权，用 "觉我校" "觉我润辞" "觉我赘语" 等方式，对《小说林》的译稿进行校改、润辞、批注，从而提升译文的艺术水平及影响力。鲁迅译的《月界旅行》竟然引用晋人陶渊明的诗 "精卫衔微木，将以填苍海；刑天舞干戚，猛志固常在" 来解释枪炮社社员的精神，"象是说这会社同社员的精神一样"③。对于对外国风物所知无多的时人而言，这种注解对于理解翻译小说显然必不可少。

第二，通过改造原作的叙述方式，使其符合国人的阅读与审美习惯，拉近与读者的审美距离。林纾时时惊叹外国小说的种种创新，"欧人志在维新，非新不学，即区区小说之微，亦必从新世界中着想，斥去陈旧不言"④，同时，念念不忘古文笔法，"西人文体，何乃甚类我史迁也！"⑤ 其桐城笔法为翻译小说获得士大夫阶层的认同立下了汗马功劳。苏曼殊等人以白话译书，则明显迁就了 "下层" 普通读者的审美习惯。至于章回

---

① ［美］肯尼斯·博克：《动机语法》，第 55 页，转引自刘亚猛《西方修辞学史》，外语教学与研究出版社 2008 年版，第 345 页。

② 参见梁启超《佳人奇遇序》，《饮冰室合集》第 11 卷，中华书局 1989 年版，第 1 页。

③ 鲁迅译：《月界旅行》，《鲁迅全集》第 11 卷，人民文学出版社 1973 年版，第 15 页。

④ 林纾：《〈斐洲烟水愁城录〉序》，载陈平原、夏晓虹编《二十世纪中国小说理论资料》第 1 卷，北京大学出版社 1997 年版，第 158 页。

⑤ 同上书，第 157 页。

体与传奇模式，更是这一时期翻译小说的主导叙事方式。鲁迅早期译作《月界旅行》《地底旅行》都采用章回体，戢翼翚 1903 年从日文转译普希金《上尉的女儿》为《俄国情史》时，不仅大量增删细节，同时，将原文的第一人称改为当时国人更易接受的第三人称，而且将原文打乱揉碎，按照中国传奇小说的模式重新组合，以适应当时读者的阅读习惯。

第三，通过以中国观念阐释外国人事，使读者能够理解域外人情物理，拉近与读者的伦理道德距离。"小说之妙，在取寻常社会上习闻习见、人人能解之事理，淋漓摹写之，而挑逗默化之，故必读者入其境界愈深，然后其受感刺也愈剧。"[①] 而翻译小说讲述的都是异国故事，有时难免让人觉得如隔靴搔痒。因此，以林纾为代表的翻译家，时时强调东西之间伦理的同构性，"人伦之至归圣人，安得言一圣人外无人伦？"[②] "父子天性，中西初不能异"[③]，以中国人熟知的伦理关系阐释西方人事，由此拉近与读者的情感距离，削弱读者对西方小说的排斥感与异己感。"以华人之典料，写欧人之性情"[④] 的《巴黎茶花女遗事》不胫而走，昭示了这种改造的历史必然性。

第四，对原作内容进行增删，是近代翻译小说最受人诟病之处，其中隐含的目的也更为复杂，但大体依旧是为了使读者易于从审美或伦理上接受。林纾将《巴黎茶花女遗事》开头部分叙述者大量交代写作缘由的论述全部删除，一方面可以使读者更快更直接地进入故事，满足读者对情节的关注，另一方面也迎合了当时"支那荡子"[⑤] 的狎邪心态，使这部小说成为一部较纯粹的"写情小说"。至于原著对妓女表现了深刻的人道主义同情，"再不轻易地蔑视一个女人"[⑥]，与法国"十五年来人道主义正在突

---

① 蜕庵（麦孟华）：《小说丛话》，载陈平原、夏晓虹编《二十世纪中国小说理论资料》第 1 卷，北京大学出版社 1997 年版，第 83 页。

② 林纾：《〈英孝子火山报仇录〉序》，载陈平原、夏晓虹编《二十世纪中国小说理论资料》第 1 卷，北京大学出版社 1997 年版，第 155 页。

③ 林纾：《〈美洲童子万里寻亲记〉序》，载陈平原、夏晓虹编《二十世纪中国小说理论资料》第 1 卷，北京大学出版社 1997 年版，第 157 页。

④ 邱炜萲：《〈茶花女遗事〉》，载陈平原、夏晓虹编《二十世纪中国小说理论资料》第 1 卷，北京大学出版社 1997 年版，第 45 页。

⑤ 严复 1904 年出都留别林纾诗，云"可怜一卷《茶花女》，断尽支那荡子肠"。其中"荡子"一词，说尽当时对《茶花女》感兴趣的人的身份与心理。

⑥ ［法］小仲马：《茶花女》，王振孙译，上海译文出版社 2006 年版，第 7 页。

飞猛进"① 的社会氛围之间的关系，则不在译者关注的范围之内。在当时的中国，大部分人显然还不知道"人道主义"为何物。也正因为它成为纯粹的写情小说，使其与当时士绅审美趣味相投合，以至于不胫而走，洛阳纸贵。包天笑与杨紫麟在最初翻译《迦因小传》时，为了"保护"迦因的道德形象，隐讳了迦因与亨利未婚先孕的细节，只译了下半部，并在序言中谎称原著的前半部丢失了，通过对原著进行删节处理，包天笑强化了自己的道德定位。

这种对原著的"意译"之"讹"，显示出近代小说翻译家对读者主体地位的认同与尊重，由此也获得了众多读者对翻译小说的认同。与此形成鲜明对照，以作者为中心的"直译"在时代中受到冷落。1909 年，鲁迅一改旧态，由崇尚意译转为推崇直译，由注重翻译小说的思想内容到注重"文情""文术"与"心声"② 等艺术价值，由此编译《域外小说集》。在绍兴商人蒋抑卮的资助下，怀抱"现代"翻译观念的鲁迅与周作人编译的《域外小说集》第一、二集终于得以出版。然而，他们这种翻译方式并不能获得当时读者的认同，翻译小说集仅在东京与上海各出售 20 册左右，其对文学史以及翻译史的影响，通过后来的"现代性"历史追述才得以确认。

《域外小说集》的境遇从另一个角度凸显近代翻译小说在修辞契约的现代重构方面的重要意义。尽管当时的小说翻译者还没有明确的理论自觉，但他们在自己的翻译实践中，对如何建构作者—读者之间良好的修辞契约进行了多重探讨，表现出凸显并尊重读者主体地位的现代趋势。在传统小说中，作者与读者在认知、伦理与审美等多个维度，都表现出高度的一致性，而由于作者在这些方面的优势，使得其具有不言自明的权威性，始终处于中心地位，而读者通常只是一个被动的接受者。而对于近代翻译小说而言，由于域外小说的异质性，小说作者并没有这种不言自明的权威性，要让域外小说被中国读者接受，就必须尊重中国读者的认知方式、审美趣味与道德情感，由此表现出一定的"读者中心"倾向。近代翻译小说的这种"读者中心"倾向，自然存在诸多局限，如重视小说的修辞目

---

① ［法］小仲马：《茶花女》，王振孙译，上海译文出版社 2006 年版，第 19 页。
② 鲁迅：《域外小说集·序言》，《鲁迅全集》第 10 卷，人民文学出版社 2005 年版，第 168 页。

的，轻视小说的修辞技巧；强调对读者的迁就，而不是关注对读者的改造；忽视作者与读者之间的多个认同维度之间的相互关系等，但其表现出来的对读者的尊重，为中国小说修辞契约的现代重构指出了发展方向。

三 接受错位与中国小说修辞认同的嬗变

近代小说翻译家对文本的改写凸显一个事实，那就是外国小说与中国小说之间的异质性。这种异质性是译者翻译小说的目的，也是译者不得不进行改写的原因。但文本改写不是为了完全消除其异质性，而是试图让中国读者接受这种异质性。因此，翻译小说自然出现多个声部之间的对话，一方面是作者的声音；另一方面则是译者的声音。对于近代翻译小说而言，由于译者所处文化语境以及其现实目的，使得翻译小说的这种复调性更为明显，由此，也使得近代翻译小说与读者之间的修辞认同关系更为复杂，作者（译者）与读者之间不可避免地出现多重错位。这些多重之"讹"在一定程度上孕育了现代协商修辞认同模式，开启了作者（译者）与读者之间多重的对话之门。

毫无疑问，小说的解读与接受始终存在多重视界，对传统小说的解读同样存在多种可能。同样一部《红楼梦》，"经学家看到易，道学家看到淫，才子看到缠绵，革命家看到排满，流言家看到宫闱秘事……"① 因此，所有解读都可以说是"误读"。然而，对传统小说的多重"误读"，由于作者的统一性，使得接受者不论从什么角度对作品进行解读，都会承认作品意义的统一性与同质性，经学家试图用易去统摄全文，道学家试图用淫去阐释全文，阐释者始终试图将全文置于一个统一视角的观照之下。而近代翻译小说的作者统一性与作品同质性都已被译者解构，其间不仅有作者的声音；而且有译者的声音，不仅有原作的统一性，而且有改写的异质性。近代翻译小说对原作书名与作者的忽视，在一定程度上正折射出译者与改写的重要性。近代小说翻译家对原作从不介绍，"几乎全部翻译小说都不交代原本的书名。译本的书名又不是原本书名的译语。译者总是追

---

① 鲁迅：《〈绛洞花主〉小引》，《鲁迅全集》第 8 卷，人民文学出版社 2005 年版，第 179 页。

求典雅，另立新名"①。至于作者，也常出错讹，有时根本不署作者名字，如署名自树（鲁迅）未辩是著是译的《斯巴达之魂》，以及直接署"玉瑟斋主人著"的《回天绮谈》② 等；有时则张冠李戴，如鲁迅 1903 年翻译出版的《月界旅行》与 1906 年翻译出版的《地底旅行》，本来都是法国儒勒·凡尔纳的作品，但鲁迅将前者误署为美国的培伦，后者误署为英国的威男。正是因为译者地位的凸显，使得批评家对翻译小说的评价，主要集中在译者与译本而不是作者与原作身上。1905 年，林纾翻译的《迦因小传》因为全译了杨紫鳞与包天笑翻译的《迦因小传》中迦因与亨利未婚先孕等删节情节而招来批判。"今蟠溪子所谓《迦因小传》者，传其品也，故于一切有累于品者，皆删而不书。而林氏之所谓《迦因小传》者，传其淫也，传其贱也，传其无耻也，迦因有知，又曷贵有此传哉?"③ 至于原作是否意在"传其品"或"传其淫"，显然不是考虑的重点。译者声音的凸显，使得翻译小说成为一种多声合奏，也使得翻译小说的解读与接受呈现更为复杂的"错位"，表现出较鲜明的"复调"色彩。

　　近代翻译小说的这种"复调性"，使得近代翻译小说与读者之间的伦理认同关系表现出多种可能向度。几乎所有近代小说翻译者都强调翻译小说"改良社会、激劝人心"④、开通风气、"诱智革俗"⑤ 的重要作用，从而占据道德的制高点；就算那些逐利型的翻译者，也必须将自己的逐利冲动隐含在"启蒙"的幌子之下。然而，启蒙的效果却未必能受译者控制。"从翻译小说数量之多，说明外国小说的读者群正在迅速扩大。其中除一部分略知外国情况的知识分子以外，大多数是趋向变法维新的一般士民。他们爱看外国小说，一半是为了猎取新奇，另一半是为了扩大视野，认识

---

　　① 施蛰存：《导言》，施蛰存主编《中国近代文学大系·翻译文学集》（一），上海书店出版社 1990 年版，第 20 页。

　　② 1903 年连载于《新小说》。范伯群《中国现代通俗文学史》认为此书是翻译，译者玉瑟斋主人为麦仲华，为康有为女婿。参见范伯群《中国现代通俗文学史》，北京大学出版社 2007 年版，第 72 页。

　　③ 寅半生：《读〈迦因小传〉两译本书后》，载陈平原、夏晓虹编《二十世纪中国小说理论资料》第 1 卷，北京大学出版社 1997 年版，第 250 页。

　　④ 陈熙绩：《〈歇洛克奇案开场〉叙》，载陈平原、夏晓虹编《二十世纪中国小说理论资料》第 1 卷，北京大学出版社 1997 年版，第 350 页。

　　⑤ 小说林社：《谨告小说林最近之趣意》，载陈平原、夏晓虹编《二十世纪中国小说理论资料》第 1 卷，北京大学出版社 1997 年版，第 173 页。

世界。"① 不同读者从译者中读出的意味可能不同，甚至全然对立。陈熙绩对林纾进行了全面肯定，"自《茶花女》出，人知男女用情之宜正；自《黑奴吁天录》出，人知贵贱等级之宜平。若《战血余腥》，则示人以军国之主义；若《爱国二童子》，则示人以实业之当兴"②。寅半生认为林纾"所译诸书，半涉牛鬼蛇神，于社会毫无裨益"③，金松岑则对林纾进行了全盘否定，认为他是在"诲淫诲盗"："使男子而狎妓，则曰我亚猛着彭也，而父命可以或梗矣（《茶花女遗事》，今人谓之外国《红楼梦》）；女子而怀春，则曰我迦因赫斯德也，而贞操可以力破矣（《迦因》）"④。

近代翻译小说这种"复调性"带来的认同分化，不仅表现在小说的道德维度，而且表现在小说的审美维度：一方面是传统审美趣味对翻译小说的同化与变异；另一方面则是翻译小说对中国读者（尤其是后来成为作者的读者）的审美改造。

与小说翻译家对外国小说价值排序的"误读"类似，翻译小说读者对翻译小说的排序也出现一种"误读"与"错位"。在梁启超等人看来，政治小说对改良群治的作用最大，地位也最高，因此，对于翻译政治小说提倡力度最大，用力最勤。黄小配对各种翻译小说的作用都进行了论述，"各国民智之进步，小说之影响于社会巨矣。《佳人奇遇》之于政治感情，《宗教趣谭》之于宗教思想，《航海述奇》之于冒险性质，余如侦探小说之生人机警心，种族小说之生人爱国心，功效如响斯应"⑤。首肯的还是政治小说。然而，在读者接受这一方面，政治翻译小说这类带有浓厚"启蒙"意味的小说，并不受人欢迎，相反，写情小说与侦探小说等带有明显"娱众"性质的译作却不胫而走。林纾无心插柳之作《巴黎茶花女遗事》风靡一时，侦探小说更是后来居上。1908 年，徐念慈对小说林社

---

① 施蛰存：《导言》，施蛰存主编《中国近代文学大系·翻译文学集》（一），上海书店出版社 1990 年版，第 19 页。

② 陈熙绩：《〈歇洛克奇案开场〉叙》，载陈平原、夏晓虹编《二十世纪中国小说理论资料》第 1 卷，北京大学出版社 1997 年版，第 350 页。

③ 寅半生：《读〈迦因小传〉两译本书后》，载陈平原、夏晓虹编《二十世纪中国小说理论资料》第 1 卷，北京大学出版社 1997 年版，第 251 页。

④ 松岑（金松岑）：《论写情小说于新社会之关系》，载陈平原、夏晓虹编《二十世纪中国小说理论资料》第 1 卷，北京大学出版社 1997 年版，第 172 页。

⑤ 世（黄小配）：《小说风尚之进步以翻译说部为风气之先》，载陈平原、夏晓虹编《二十世纪中国小说理论资料》第 1 卷，北京大学出版社 1997 年版，第 320—321 页。

各类小说销量进行了分析，"记侦探者最佳，约十之八九，记艳情者次之，约十之五六，记社会态度记滑稽事实者又次之，约十之三四，而专写军事、冒险、科学、立志诸书为最下，十仅得一二也"①。小说销量的差异，正可以看出读者选择与作者（译者）目的之间的错位与背离。与译者的"误读"带来了中国小说修辞目的的转型相似，读者的"误读"也带来了意想不到的效果。如陈平原先生所言："域外小说之真正打开局面并最终能在中国生根开花，部分应归功于侦探小说的魅力。对于善于鉴赏情节的中国读者来说，欢迎政治小说、科学小说主要服从于'文以载道'的文学观，而欢迎侦探小说才真正是出于艺术趣味。"②

读者审美趣味的保守性与滞后性导致了近代翻译小说接受过程中的文类误读，同时也使翻译小说获得了较坚实的群众基础。但翻译小说本身的审美异质性，同样可能对那些具有审美敏锐性的读者产生潜移默化的影响。对于"真受学校教育，而有思想、有才力、欢迎新小说者"③的极少数读者而言，翻译小说提供的不仅是一种新的思想观念，而且是一种新的叙述方式，隐含着改造人们审美趣味与认知方式的可能。

如詹姆逊所言，叙事"是一个把世界概念化的特别模式"④，不同民族不同文化中的不同叙述模式，隐含着不同的认知形式与宇宙观念。陈平原先生的《中国小说叙事模式的转变》较为详尽地论证了《百年一觉》《毒蛇圈》等翻译小说对近代小说的倒叙手法产生的重大影响⑤，《巴黎茶花女遗事》等翻译小说对小说创作中采用第一人称等限制性叙述视角的启发作用。⑥ 然而，这些论述尚未深入剖析叙述方式与认知方式的关系，以及叙述方式对于作者与读者之间审美认同的深远影响。中国传统小说中

---

① 觉我（徐念慈）：《余之小说观》，载陈平原、夏晓虹编《二十世纪中国小说理论资料》第1卷，北京大学出版社1997年版，第335页。

② 陈平原：《二十世纪中国小说史（1897—1916）》，《陈平原小说史论集》中卷，河北人民出版社1997年版，第652页。

③ 觉我（徐念慈）：《余之小说观》，载陈平原、夏晓虹编《二十世纪中国小说理论资料》第1卷，北京大学出版社1997年版，第336页。

④ ［美］弗雷德里克·詹姆逊：《詹姆逊文集》第2卷，王逢振主编，中国人民大学出版社2004年版，第313页。

⑤ 参见陈平原《中国小说叙事模式的转变》，《陈平原小说史论集》上卷，河北人民出版社1997年版，第294页。

⑥ 同上书，第328页。

占主导地位的全知视角、顺叙方式、单层叙述、大团圆结构，与中国人的生命体验与人生态度密切相关。以林纾的《茶花女》为代表的近代翻译小说，从多个角度解构了传统小说中作者与读者高度同一高度共振的叙述形态，在一定程度上，更新了人们认识世界的方式。《茶花女》的第一人称限知视角、倒叙手法、多层叙述、悲剧结构等，对于中国传统小说而言，都是"异质性"因素，包含着丰富的文化内涵。"视角中也可以蕴含着人生哲学和历史哲学"①，第一人称限知视角意味着叙述者对于读者态度的转变以及对于"真实"的观念的改变。传统小说的全知视角是一种凌驾于读者之上的"先知"视角，而限知视角则在一定程度上成为一种与读者平等的"商议"视角，也就是小说讲述的只是"个人"认识到的"真实"。倒叙手法不仅是一种悬念设置方式的创新，更是一种"对世界的感觉形式"②的创新，是对传统小说重整体性与超越性的时间体验一定程度的解构。多层叙述在传统小说如《红楼梦》中虽然也时有出现，但有意识地运用多层叙述，显然还是从翻译小说中来，其中隐含着对小说的"对话"与"复调"的朦胧理解。而彻底的悲剧结构，打破了读者对大团圆的预期，由此重构一种认知世界与理解世界的方式。从这个角度可以发现中国第一篇现代白话小说《狂人日记》与《巴黎茶花女遗事》叙述结构上的高度相似，二者都采用双层叙述、都采用第一人称限知视角、都采用倒叙手法、都采用悲剧结构；这应该不是一种纯粹的巧合，其中可以看出，现代小说与翻译小说的内在血缘关系。

　　大体而言，近代翻译小说的译者意图与读者接受之间存在三重错位：开启民智转成"海淫海盗"，政治科学不敌侦探言情，思想启蒙让位叙事技巧，不同读者从翻译小说中读出不同意味。这种错位不仅凸显近代翻译小说的内在异质性与"复调性"，而且凸显作者（译者）与读者之间认同关系的多向性与多维性。尤其是近代翻译小说作者（译者）与读者之间审美认同的复杂性，已经隐然涉及现代认同机制的枢纽。审美认同虽然不如伦理认同那样获得关注，但在小说修辞认同中，实际上处于关键地位。没有读者的审美认同，小说的伦理修辞目的，很难实现。而审美趣味的变化，则可能从根本上改变人们的伦理判断甚至认知方式。从这个角度讲，

----

① 杨义：《中国叙事学》，人民出版社1997年版，第197页。
② 同上书，第150页。

近代翻译小说对于中国小说修辞认同现代化进程的影响被学界低估，值得深入研究。显然，当时的小说翻译家不具备理解"复调"的能力，更不可能具有创作"复调"小说的理论自觉，但近代翻译小说这种"无意识"的"对话"，为中国小说"有意识"地运用"对话"，在作者与读者方面都做了一定程度的准备，使现代"复调"小说的诞生成为可能，也使有意识地运用作者与读者之间多维认同关系成为可能。

近代翻译小说的多重之"讹"有其历史必然性，而其"讹"带来的"化"同样有其历史必然性。钱钟书在《林纾的翻译》一文中，对翻译的特性进行了有趣而深刻的阐释。"'译'、'诱'、'媒'、'讹'、'化'这些一脉通连、彼此呼应的意义，组成了研究诗歌语言的人所谓'虚涵数意'，把翻译能起的作用、难于避免的毛病、所向往的最高境界，仿佛一一透示了出来。"① 在钱钟书先生那里，"化"是指翻译的理想境界："把作品从一国文字转变成另一国文字，既能不因为语文习惯的差异而露出生硬牵强的痕迹，又能完全保存原有的风味，那就算得入于'化境'。"② 钱钟书先生从译本与原作的关系谈"化"，曹顺庆先生则从译本与输入国文化的关系谈"化"，认为"翻译文学已经不完全是外国文学，因为在创造性的译介过程中已被他国化了，成为译者本国文学财富中的有机组成部分。外国文学一旦被译出并面对目标语读者，即成为独立的生命个体。域外的精彩美丽同本土传统文化的巧妙结合，决定了它的存在状态和延伸方式不会局限于某种单一模式，而有自己独特的审美特性和思想内涵。作为外来文化移植与本土传统融合的新铸工程，特定的文化背景和观察视角会让文学文本获得一种全新阐释"③。其实，施蛰存先生早就指出，近代翻译小说"虽然在第一页和版权页上印着'某人译'，其实已不是译本了"④，因此不能将这些文本纯粹视为"翻译"。在一定程度上，他们是已经"中国化"的"再创作"，我们进行评价时，也必须考虑这种"再创作"因素。对小说翻译的要求与评价标准，显然不应该等同于科学或哲学著作翻译，在独特的历史时期更是如此。为此，施蛰存先生在《中国

---

① 钱钟书：《林纾的翻译》，商务印书馆 1981 年版，第 18 页。

② 同上。

③ 曹顺庆、郑宇：《翻译文学与文学的"他国化"》，《外国文学研究》2011 年第 6 期。

④ 施蛰存：《导言》，载施蛰存主编《中国近代文学大系·翻译文学集》（一），上海书店出版社 1990 年版，第 21 页。

近代文学大系》中专列翻译文学一编,"外国文学的输入与我国近代文学的发展有密切的关系。保存一点外国文学如何输入的记录,也许更容易透视近代文学发展的轨迹。这是《中国近代文学大系》独有的需要"①。施蛰存先生在这里实际上强调了近代翻译小说对近代小说创作内在而深远的影响。袁进主编的《中国近代文学编年史——以文学广告为中心(1872—1914)》(北京大学出版社 2013 年版)中,多节以翻译小说为主题,其中也可以看出编者对翻译小说重要性的认识。

这实际上也就指出了近代翻译小说之"讹"的潜在功能,也就是译本对于输入国文化与文学的解构与改造力量;"化"的第三重意思,应该是"化他国"。近代翻译小说的文类误读、文本改写与接受错位,固然是翻译小说"中国化"之"讹",但它们都指向了中国小说修辞现代转型中的核心命题,促成了中国小说修辞的现代之"化"。文类误读推进了中国小说修辞目的的现代化,文本改写推进了修辞契约的现代化,接受错位推进了修辞认同的现代化。在这一历史视野中,近代翻译小说的历史地位,值得重新评估;其对中国现代小说的影响,也值得重新评估。

原载《外国文学研究》2014 年第 5 期

---

① 施蛰存:《导言》,载施蛰存主编《中国近代文学大系·翻译文学集》(一),上海书店出版社 1990 年版,第 27 页。

身体、文化、修辞与"狂人"的生成建构

  长期以来，作为中国新文学诞生的界碑式、原典式的作品，《狂人日记》一直受到众多研究者的关注，被一再细读与阐释。在其长期的解读史中，众多研究者就其主题意蕴、人物形象以及艺术风格等方面做了丰富的探讨，多向度地挖掘了《狂人日记》的丰富内涵。近期，更有学者突破原有的研究范式，如王学谦先生的系列论文《〈狂人日记〉与鲁迅文学的生命结构》①将《狂人日记》视为鲁迅文学创作的原点，由此切入鲁迅整个文学创作的体验模式以及书写模式。而李今女士的《文本·历史与主题——〈狂人日记〉再细读》则创造性地辨别了潜含在小序中的三种声音，从写作规则的角度分析了《狂人日记》的主题生成机制。这些研究无疑将《狂人日记》的研究推上了一个新的高度。然而，这些研究大都忽视"狂人"的建构过程与生成机制这一核心命题。在《狂人日记》的解读史中，关于狂人的真狂与佯狂的论争，已经成为一桩众说纷纭的公案。这种关于真狂与佯狂的争论，在一定程度上将虚构人物与现实人物混同起来，借用对现实人物的诊断标准去分析小说中的虚构人物，忽视了所有这一人物本来就是作者虚构出来的，并不存在"真"与"佯"的问题。因此，真正的问题应该是作者为什么要将人物界定为"狂人"，以及为什么要选择"狂人"进行叙述。也就是说，真正的问题应该是，"狂人"是被如何建构起来的。

  李今女士让人深受启发的研究表明，小序实际上包含着三个话语主体：余、大哥以及"我"。李今女士认为："鲁迅在小序中蕴含的对于疯癫的这三种态度，赋予了狂人多重形象的特征，先在地暗示了狂人日记文

---

  ① 参见王学谦《〈狂人日记〉与鲁迅文学的生命结构》（一、二、三），连载于《鲁迅研究月刊》2007 年第 6、7 期与 2008 年第 4 期。

本的多重属性。"① 而笔者进一步认为,从小序与正文对"狂人"疯狂与否的截然对立的判断,可以看出作者认为"狂人"并不是一个既定事实,而是被这三个话语主体建构起来的。他们各自寓示着"狂人"生成的不同层面。在个体层面,"狂人"的诞生源于"我"对自己身体的自觉,因为这种身体自觉与众人的麻木形成鲜明对立而被人视为"狂人";在文化层面,"狂人"的身体自觉也触发了传统文化的排斥机制,因其对传统文化形成挑战而被"大哥"称为"疯子";在小说修辞层面,"余"对"狂人"的"迫害狂"的界定与命名,无疑潜含着作者的修辞策略与修辞意图。通过"狂人"的多重生成建构,鲁迅直击常态—疯狂、身体—精神、历史—现实、社会—个体、言说—遮蔽等悖论式命题的结合部,从而使文本具有丰富的阐释空间。

一 狂人的身体生成

毫无疑问,狂人之狂的基本原因是其害怕"被吃"所产生的恐惧。诚如众多研究者所指出的那样,这种"被吃"的恐惧,在原初意义上就是指身体上的"被吃"②。这种身体被吃的恐惧有其合理性,也有其乖谬性③,"他们会吃人,就未必不会吃我。"④ 由于吃人在当时是一个无法否认的事实,因此这一推断的前提无疑有其合理性,但他由此推断出"他们想要吃我了"⑤,则显出其乖谬性。李今女士对狂人推理的这种二重性分析,在一定程度上解决了所谓真狂与佯狂的论争,但她同样忽略了一个问题:为什么唯有"我"会产生"疯狂"的联想,并由此变得"疯狂"?

鲁迅曾在《灯下漫笔》中指出,中国文明的常态实际上"吃人—被吃"的循环:"自己被人吃,但也可以吃别人。一级一级的制驭着,不能

---

① 李今:《文本·历史与主题——〈狂人日记〉再细读》,《文学评论》2008 年第 3 期。

② 吴虞的《吃人与礼教》可以说是《狂人日记》的详尽注脚,它以本来意义上的"吃人"为例证来揭示礼教"吃人",从而沟通了身体—精神"被吃"的联系。参见 1919 年 11 月《新青年》6 卷 6 号。

③ 参见李今《文本·历史与主题——〈狂人日记〉再细读》,《文学评论》2008 年第 3 期。

④ 鲁迅:《鲁迅全集》第 1 卷,人民文学出版社 2005 年版,第 446 页。

⑤ 同上书,第 447 页。

动弹,也不想动弹了"①,最终使得"所谓中国的文明者,其实不过是安排给阔人享用的人肉的筵宴。所谓中国者,其实不过是安排这人肉的筵宴的厨房"②。这种"吃人"虽然是一种隐喻,但从这种"常态"中可以看出民众之间的疏离与冷漠,而这种疏离与冷漠的根基,则是彼此感受的不相通。在《〈呐喊〉自序》中,鲁迅开宗明义地指出:"凡是愚弱的国民,即使体格如何健全,如何茁壮,也只能做毫无意义的示众的材料和看客。"③ 对于这种麻木者而言,他人自然是与自己全然无关的他者,就连他们自身的命运,他们也并未表现出特别的敏感与关注,"死的说'阿呀',活的高兴着"④。这种身体—精神的双重麻木使得无论看者还是被看者都将"吃—被吃"视为理所当然的真理。

"狂人"之狂,无疑就是对这种"常态"的麻木的拒绝,"他们会吃人,就未必不会吃我"的推理无疑是将被吃者的命运作为所有中国人的共同命运予以体验与承担,将他人与自己视为一个生命统一体的不同分子,从而产生一种危机感。当整个社会还存在"吃人"的事实的时候,"被吃"尽管是一种概率极低的偶然,但依旧是一种无法回避的事实。在这一语境中,所谓的正常人就是对"被吃者"漠不关心的同时心存侥幸,认为自己不可能成为"被吃者"的人。正是这种让人保持常态的侥幸心理,使得所有人忽视了别人,也忽视了自己,将"牺牲"与幸免都当成"偶然"。在这种偶然的支配下,人降格为物质化的存在,而不是本体性的存在。自己与他人的身体,都成为命运的支配物,而不是人自己的支配物。但狂人却由被吃的人联想到了自己,产生可能被吃的恐慌,打破传统的麻木与侥幸心态,从而恢复了身体的属己性与本体性地位。

如果仅仅是由人及己,害怕并拒绝被吃,"我"还可以引历史伟人为同道,而不是成为"狂人"。刘邦的"大丈夫当如是也"与项羽的"彼可取而代之",无疑为仅仅不愿被吃而甘于吃人的人指明了出路,中国历史实际上也就是这种"被吃—吃人"的轮回演变。狂人的狂不仅在于他不甘于被吃,同样由己及人,不甘于吃人,甚至尝试劝转"吃人的人"。

---

① 鲁迅:《鲁迅全集》第 1 卷,人民文学出版社 2005 年版,第 227 页。
② 同上书,第 228 页。
③ 同上书,第 439 页。
④ 同上书,第 434 页。

这种由人及己与由己及人的循环，使得狂人脱离了一方面被吃、一方面吃人的传统位置，成为传统食物链之外的"唯一者"。在所有人都将"吃—被吃"视为常态的社会中，这种断裂无疑是一种彻底的自我孤立。然而，作为传统的一分子，"我"也有着"四千年吃人履历"，难以与传统实现完全割舍。这种不可能与民族历史完全隔离的自我孤立以及试图以个体之身承担整个民族的命运的"狂妄"，使得"我"成为"狂人"。

"中国之治，理想在不撄……有人撄人，或有人得撄者，为帝大禁"①，而"不撄人心，则必先自致槁木之心"②。通过自致槁木之心，本体性的身体被异化为物质性的他者，无论自己的身体还是他人的身体，都不具备任何本体意义，从而使得大家对"吃—被吃"熟视无睹。而要想实现人的"进化"，成为"真的人"，就必须扭转身体的异化程序，恢复身体的本体性地位，不仅感受到自己身体的境遇，而且体验到他人身体的命运。狂人之所以疯狂，从根本的意义上讲，就是因为其在感性上对"被吃"的真切恐惧。这种复活了的本体性的身体感受，使得他将他人的命运当成自己的命运进行体验与承担。这种感受力的觉醒，才是民族更新的希望之所在。"感受能力的培养是时代最急迫的需要，这不仅因为它是一种改善对人生洞察力的手段，而且因为它本身就会唤起洞察力的改善。"③ 然而，在独特的历史语境中，狂人作为"富有感受性的人"，"更深切地体会到他的类（种族）的不幸和他的屈辱"④，但当他试图以一身承担整个民族与整个历史的重负时，这种巨大的反差却使得他走向"疯狂"。

二　狂人的文化生成

"狂人"之"狂"不仅来自对于现实层面他者"被吃"命运的感同身受，而且来自对"仁义道德"的制度化"吃人"的历史性发现。在狂人劝转大哥的"错杂无伦次"的话语中，简要地勾勒了中国的"吃人"小史：

---

① 鲁迅：《鲁迅全集》第 1 卷，人民文学出版社 2005 年版，第 70 页。
② 同上书，第 69 页。
③ ［德］席勒：《美育书简》，徐恒醇译，中国文联出版公司 1984 年版，第 60—61 页。
④ 同上书，第 63 页。

> 易牙蒸了他的儿子，给桀纣吃，还是一直从前的事。谁晓得从盘古开辟天地以后，一直吃到易牙的儿子；从易牙的儿子，一直吃到徐锡林；从徐锡林，又一直吃到狼子村捉住的人。去年城里杀了犯人，还有一个生痨病的人，用馒头蘸血舐。①

这一"吃人"小史，不仅极为简要地勾勒出了历史上现实层面不同的吃人类型，同时也勾勒出个案化的吃人与制度化的吃人、本义上的吃人与引申义上的吃人之间的密切联系。通过传统文化的阐释机制，这种现实层面的吃人被纳入合理化与合法性的历史进程，成为人们熟视无睹的被"仁义道德"遮蔽的"非存在"。

易牙蒸儿子给主子吃，是一种主动的献媚，而卫兵吃徐锡林，则是一种被动的复仇；二者表面上似乎有很大不同，在实质上都折射出吃人与政治权力之间的关系。他们的"吃人"都可以纳入"忠"的阐释体系。在被打上"忠"这种封建社会最高价值标准的烙印之后，"易子而食"等行为，也便完全符合社会规范，获得了"大哥"的肯定。

如果说易牙蒸子与卫兵吃人，是一种"官方"的吃人的话，狼子村则是一种"民间"的"吃人"。前者由"忠—奸"这一最高官方价值标准来论证吃人的合法性，后者则以"善—恶"这一民间伦理判断来阐释其合理性。作为传统知识分子代表的大哥，就曾说对于恶人，"不但该杀，还当'食肉寝皮'"②。通过将被吃者加上"疯子""恶人"之类的谥号，吃者将被吃者打入另类，使其成为他者甚至非人，这样也就使吃者心安理得，吃了之后"不但太平无事，怕还会有人见情"③。

用人血馒头治痨病，无疑则是知识体系的吃人。"人肉可以煎吃"，割股可以疗亲，"用馒头蘸血舐"可以治痨病等说法，由于披上了医学外衣，其合理性也就似乎有了知识学证据。然而，这种所谓的知识，不过是民间道教信仰的一种变形。而吃恶人的心肝"可以壮壮胆子"④ 的民间信仰，更流露出带有"交感巫术"色彩的道教的影响。鲁迅曾直指"中国

---

① 鲁迅：《鲁迅全集》第1卷，人民文学出版社2005年版，第452页。
② 同上书，第449页。
③ 同上书，第453页。
④ 同上书，第446页。

根柢全在道教"①。这种融儒家伦理、现世享受以及巫术遗风于一体的民间信仰，左右着绝大多数民众的认识，也正因为这种民间信仰，使得民间对"吃人"习以为常。

"狂人"发现了个案的"吃人"与文化机制之间的内在联系，由此引发对整个"仁义道德"的质疑。这种质疑无疑可能动摇传统社会稳定的根基，因此必然引发传统文化的反制。在任何时代任何社会，都有一套维持其自身稳定的文化机制。《狂人日记》通过"我"的境遇，揭示了传统文化的种种伎俩。无面目的"他"曾试图以"没有的事"②来隐瞒真相，在未能说服"我"之后，则试图以"从来如此"③的历史权威来论证自己的合法性。但在"我"的"从来如此，便对么?"④的质疑中，这种不证自明的权威也失效了。最后，还是凭借"大哥"一句"疯子有什么好看!"⑤消解了"狂人"的全部话语的合法性。"其人既是疯子，议论当然是疯话，没有价值的了"⑥。

由此可以看出，疯狂并不是一种单纯的病理界定，更是一种文化界定。在这一界定中，通常并不是所谓的理性充当裁判者，而是话语权力充当裁判者。因此，尽管"狂人"有"凡事总须研究，才会明白"⑦的理性方法与"从来如此，便对么?"的怀疑精神，与现代理性有着更密切的联系，但"从来如此"的历史却始终占据着阐释的权威地位。在这种不证自明的历史权威面前，"你说便是你错!"⑧通过将其界定为"疯子"，"常态"的权威话语消解与遮蔽了其言论的合法性与意义，从而实现维护社会的"正常"与稳定的使命。

三　狂人的修辞生成

尽管狂人对"从来如此"的质疑充满理性精神，但这种对传统"仁

---

① 鲁迅:《鲁迅全集》第 1 卷，人民文学出版社 2005 年版，第 365 页。
② 同上书，第 450 页。
③ 同上书，第 451 页。
④ 同上。
⑤ 同上书，第 453 页。
⑥ 同上书，第 111 页。
⑦ 同上书，第 447 页。
⑧ 同上书，第 451 页。

义道德"的全盘否定,却也引发了他的认同焦虑。因为他也是传统中的一员,未尝不曾在无意中也吃过人。因此,"有了四千年吃人履历的我"①产生深重的原罪感,并由此对自己的行为产生深刻的质疑,"难见真的人"。这种认同焦虑不仅出现在"狂人"那里,在对"中国人尚是食人民族"这一真相"知者尚寥寥"②的语境中,同样也可能出现在读者那里。过于拉近叙述者与读者之间的距离,可能引发读者的认同焦虑。在这里,鲁迅通过选择"狂人"这一不可靠叙述者作为主叙述层的叙述者进行叙述,纾缓了读者的认同焦虑。通过"狂人"的修辞构成,鲁迅设置了一个复杂的修辞迷宫。

诚如众多研究者指出的,小说的文言序文与白话正文之间,存在一系列平行对应结构:文言文—旧价值体系——社会总体状态—常态;白话文—新价值体系——个体生存状态—疯狂。而这种对立的核心就是关于"狂人"的界定与命名。小说中主叙述层的"我"并不认为自己"发疯"了,反而认为大哥说"我""疯"不过是一种"吃人"的策略:"我又懂得一件他们的巧妙了。他们非但不肯改,而且早已布置;预备下一个疯子的名目罩上我。将来吃了,不但太平无事,怕还会有人见情。"这都是他们"吃人"的老谱。而超叙述层的"余"则以一个权威鉴定者的眼光"科学"地界定日记主人是"迫害狂"。这种相互冲突的界定,使得两个不可靠叙述者相互质疑,进行一种错位的对话。

詹姆逊·费伦通过自己的研究丰富与发展了 W. C. 布斯的"不可靠叙述"理论,划出了"不可靠叙述"包含三种类型:"发生在事实/事件轴上的不可靠报道,发生在伦理/评价轴上的不可靠评价,发生在知识/感知轴上的不可靠解读"③。就第三个向度而言,笔者认为可以更准确地界定与"情感/体验轴"也就是叙述者与隐含作者在情感反应方面的不一致,由此与人类心理的三个向度知、情、意形成对应。这三个向度的不可靠并不同时呈现于一个叙述过程之中,而经常是某一向度的不可靠与其他向度的可靠交织在一起。这种"可靠—不可靠"的多重交织,构成了

---

① 鲁迅:《鲁迅全集》第 1 卷,人民文学出版社 2005 年版,第 454 页。

② 同上书,第 365 页。

③ [美] 詹姆斯·费伦、玛丽·帕特里夏·玛汀:《威茅斯经验:同故事叙述、不可靠性、伦理与〈人约黄昏后〉》,载戴卫·赫尔曼主编《新叙事学》,马海良译,北京大学出版社 2002 年版,第 42 页。

"不可靠叙述"的复杂性，也使得"不可靠叙述"呈现出疏远与拉近①两种不同的修辞效果。鲁迅对正文与小序中两位不可靠叙述者的态度，表现出明显的差异。正是通过对不可靠叙述者与读者之间的距离的调节，鲁迅在纾缓读者的认同焦虑的同时，使"吃人"成为读者可能深思的"发见"。

在主叙述层，"狂人"的不可靠主要表现在"事实/事件轴"，也就是说，狂人对于现实中发生的事件的报道是不可靠的。如他将医生当成刽子手、将易牙蒸子说成是献给桀纣等明显与事实背离。但是在"伦理/评价轴"与"情感/体验轴"方面，"我"不仅与隐含作者极为一致，而且试图与隐含读者保持一致，力图实现一种"可靠叙述"。无论是"吃人"的发见，还是对"从来如此"的深刻质疑，抑或是对"我"也吃过人的深刻反思，都可以直接解读为隐含作者的观点。而"救救孩子"的呐喊，更是对隐含读者的直接召唤。

与主叙述层中的"我"相反，超叙述层中的"余"则在事实轴上比较可靠。这位有着现代医学背景的人，以专家的口吻判定"我"是"迫害狂"，并且以专家的眼光，冷静地说明自己"撮录"日记的目的是"供医家研究"。但"余"却并不是一位完全可靠的叙述者。首先，在事实/事件轴上，他并没有实录，而是进行选择性的"撮录"与改写，由此形成对"狂人"话语的遮蔽与改造；其次，在"伦理/评价轴"上，与"余"的"现代"科学意识一同出现的，是"余"以一种"前现代"的语言体系对"狂人日记"作出"前现代"的价值判断，得出这一日记"多荒唐之言"的结论；最后，在"情感/体验轴"上，"余"以"供医家研究"的冷静观照"我""救救孩子"的热情，表现出一种鲜明的对照。

这种不同类型的不可靠叙述，潜含着作者对叙述者与读者之间的距离进行调控的意图。在主叙述层，虽然"我"对事实的报道不够可靠，但"我"可靠的价值判断与可靠的情感反应，明显拉近了"我"与读者的距离。而超叙述层的"余"则相反，冷静客观的事实报道与情感反应，加上不可靠的价值判断，使得"余"与读者之间的距离被拉大。这种"拉近型"与"疏远型""不可靠叙述"在同一文本中出现，凸显鲁迅对"狂人"的选择与命名背后的修辞意图。

---

① 参见申丹《叙事、文本与潜文本》，北京大学出版社 2009 年版，第 64 页。

　　在主叙述层，理性鲁迅通过"我"的"拉近型""不可靠叙述"，希望读者对"仁义道德""吃人"这一惊人发现进行反思，同时呼应"救救孩子"这一深切呐喊。然而，"我"的"被吃"恐慌与"吃人履历"却也可能引发读者的认同焦虑。因此，鲁迅通过超叙述层的"余"的"狂人"命名，纾缓读者的认同焦虑，使其不需要"对号入座"，将自己视为"吃人者"或"被吃者"。

　　因此，超叙述层的"余"的"迫害狂"界定在遮蔽意义的同时，也生产意义。"余"虽然在一定程度上消解了"我"的言说的合理性，但与此同时，也为"我"提供了言说的空间与可能性。在"大哥"看来，"我"的话都是"疯话"，只是一种"笑料"。而"余"则以"科学"眼光审视后，发现"间亦有略具联络者"①，可"供医家研究"，从而使狂人话语打破被全然遮蔽的状态，为疯狂与理性之间的对话提供了可能。狂人的言说"打断了世界的时间"，"造成了一个不可弥合的缺口，迫使世界对自己提出质疑"。②

　　通过狂人的多重生成，鲁迅揭示了"常态—疯狂"这一对立中所蕴含的一系列悖论式命题的复杂意味。狂人的身体生成凸显狂人的身体自觉与被吃焦虑，同时反衬出国民的麻木与冷漠，他们无论是对自己的被吃还是他人的被吃都无动于衷、熟视无睹。在众人（的）麻木冷漠的眼中，狂人的敏感多疑自然成为疯狂。狂人的文化生成则揭示出传统文化的运行机制：当"没有的事"的"瞒"与"从来如此"的"骗"难以施其效用的时候，"疯子有什么好看"这类妖魔化手段就成为文化压制的最后手段。而狂人的修辞生成则为振聋发聩的真相的揭示提供了一条安全通道。狂人的命名使"狂人"的"疯言疯语"获得与理性进行对话的可能。狂人这种悖论式的生成过程，折射出鲁迅的身体意识、文化观念、修辞策略，多向度地丰富了《狂人日记》的主题意蕴，使其成为一个具有无限可能性的文本。

原载《现代中国文化与文学》第 13 辑

---

　　① 鲁迅：《鲁迅全集》第 1 卷，人民文学出版社 2005 年版，第 444 页。
　　② ［法］米歇尔·福柯：《疯癫与文明》，刘北成、杨远婴译，生活·读书·新知三联书店 1999 年版，第 269 页。

《狂人日记》的修辞与现代
小说认同机制的建构

　　作为"与读者交流的艺术"①，小说要实现作者"说服"② 读者或作者—读者相互"认同"③ 的目的，依靠"作者代理、文本现象和读者反应之间的协同作用"④，作者与读者之间的认同机制对于实现小说的修辞目的起着关键作用。作为典型的"人学"，小说中始终潜含着"立人"意图。然而，不同时代小说的"立人"命题，不仅存在对于"立什么人"的不同理解，而且存在对于"如何立人"的不同设计，由此形成不同的认同机制，表现出鲜明的时代特色。通过故事、叙事、叙述三个层面的独特设计，《狂人日记》沟通了"立什么人"的现代化与"如何立人"的现代化，建构了一种现代认同机制：作者—读者之间认同内容的更新催生"立真的人"；认同方式的更新则指向"使人自立"。在故事—素材层面，"狂人"的病理症状揭示了身体本体地位的发现与感受能力的培养对于建构"真的人"的重要性；"狂人"由人及己与由己及人的感受循环，指出了建构现代作者—读者感受共同体的可能途径。在叙事—文本层面，日记

---

　　① ［美］W. C. 布斯：《小说修辞学》，华明等译，北京大学出版社 1987 年版，第 1 页。

　　② 亚里士多德认为"修辞术的定义可以这样下：一种能在任何一个问题上找出可能的说服方式的功能"。参见亚里士多德《修辞学》，罗念生译，生活·读书·新知三联书店 1991 年版，第 24 页。

　　③ 肯尼斯·博克把修辞（rhetoric）定义为"人类主体为着对其他人类主体形成态度或诱发行为而使用语言"，其目的是实现修辞主体与修辞受众之间的相互认同。参见 Kenneth Burke, *A Grammar of Motives*，译文转引自刘亚猛《西方修辞学史》，外语教学与研究出版社 2008 年版，第 346 页。

　　④ ［美］詹姆斯·费伦：《作为修辞的叙事：技巧、读者、伦理、意识形态》，陈永国译，北京大学出版社 2002 年版，第 5 页。

体裁的内在思辨性张扬了一种新的伦理观念；而其内在对话性则增强了狂人话语的内在说服力，解构了传统的专制话语。在叙述—修辞层面，与白话正文相互解构又相互补充的文言小序，一方面丰富了作者与读者理性认同的内涵；另一方面则搭建了作者—读者理性对话的平台。《狂人日记》的这种现代认同机制极大推进了中国小说的现代转型。

一 故事—素材："狂人"病症与感性认同的凸显

长期以来，学界对"狂人"是真狂还是佯狂兴趣盎然，争论不休。然而，这种争论存在一定的误区，那就是将虚构人物与现实人物等同起来，忽视了小说人物总是作者出于一定目的而被建构出来的。从小说修辞交流的角度讲，真正的问题应该是作者为什么要选择"狂人"故事进行叙述。"叙事中的癫狂是经过理性转述的带有作者情感判断的癫狂"[1]，其中自然隐含着作者的情感判断与价值判断。早在 1909 年编译《域外小说集》时，鲁迅就已经表现出对《谩》这类涉及"狂人"的小说特别关注，《狂人日记》本身也受到果戈理同名小说的影响，鲁迅在故事层面选择"狂人"为主人公，显然有其特定的修辞意图。

在《〈呐喊〉自序》中，鲁迅开宗明义地指出："凡是愚弱的国民，即使体格如何健全，如何茁壮，也只能做毫无意义的示众的材料和看客。"[2] 对于麻木者而言，他人自然是与自己全然无关的他者；就是对他们自己的身体与生命，他们也并未表现出特别的敏感与关注，"死的说'阿呀'，活的高兴着"[3]，生与死似乎都是毫无意义的偶然。国民精神上的麻木与身体上的麻木互为因果，形成一种恶性循环，由此使得"吃人—被吃"成为一种大家熟视无睹的"非存在"。而"狂人"病态的敏锐感受则凸显身体的本体地位，其独特感受方式构建了一个感受的共同体，为精神觉醒确立了一个坚实的基点。

对于"我"发狂的缘由，一般都认同"迫害说"：由于"我"踹了

---

① 黄晓华：《中国现代癫狂叙事的修辞策略与认同困境》，《文学评论》2011 年第 6 期。
② 鲁迅：《〈呐喊〉自序》，《鲁迅全集》第 1 卷，人民文学出版社 2005 年版，第 439 页。
③ 鲁迅：《六十五 暴君的臣民》，《鲁迅全集》第 1 卷，人民文学出版社 2005 年版，第 384 页。

古久先生的流水账簿,以至于大家合起来迫害"我",从而导致了"我"的发狂。但这一论断忽视了问题的关键,即迫害无所不在,为什么只有"我"才发狂?

这一问题的答案存于"我"的独特的感受内容与独特的感受方式里面。

"我"感受内容的独特性,首先就体现于对身体"被吃"的恐惧,由此发现身体的本体地位。"我"由"他们会吃人,就未必不会吃我"推导出"他们想要吃我了"① 这一看似荒谬的结论,正是"我"对身体本体地位尊重的体现。在那些对"被吃者"漠不关心,对自己则心存侥幸的"正常人"看来,"吃人"只是一种不具本质意义的"偶然",因此可以被排斥在历史与常态之外。而在"我"看来,人的身体是人之所以为人的本质属性,"吃人"的关键不在于其概率之高低,而在于其性质之好坏。在一个"人"的社会中,任何人的身体都不能以任何借口被吃。只要还存在"吃人"的人,人便还未成为"真的人"。在一个"非人"的世界中,由于"吃人的人"不尊重"人"的身体的本体地位,因此每个人都存在被吃的可能。"我"看似荒谬的推理,不过是将被吃者的命运作为"人"的共同命运予以体验与承担,将他人与自己都视为生命统一体的分子,由此建构了一个身体共同体,凸显身体的本体地位。

身体自觉是精神自觉的基础,犹如身体麻木是精神麻木的前提。由"我"对"被吃"的恐惧,"我"开始怀疑写满"仁义道德"的历史,从中发现了满本的"吃人",小说由此沟通了揭示"中国人尚是食人民族"② 与"意在暴露家族制度和礼教的弊害"③ 两个不同层面主题的内在关联。然而,无论生物学的"被吃"还是社会学的"被吃",根本症结都在于感受的麻木。中国之所以成为"安排这人肉的筵宴的厨房"④,根源就在于中国人"自己被人吃,但也可以吃别人。一级一级的制驭着,不

---

① 鲁迅:《狂人日记》,《鲁迅全集》第 1 卷,人民文学出版社 2005 年版,第 446 页。文中未标注引文均出自此文。

② 鲁迅:《180820 致许寿裳》,《鲁迅全集》第 11 卷,人民文学出版社 2005 年版,第 365 页。

③ 鲁迅:《〈中国新文学大系〉小说二集序》,《鲁迅全集》第 6 卷,人民文学出版社 2005 年版,第 247 页。

④ 鲁迅:《灯下漫笔》,《鲁迅全集》第 1 卷,人民文学出版社 2005 年版,第 228 页。

能动弹，也不想动弹了"①。在这种文化语境中，"我"显得病态的敏锐感受力，成为"真的人"的重要特征。"中国之治，理想在不撄……有人撄人，或有人得撄者，为帝大禁"②，而"不撄人心，则必先自致槁木之心"③。通过自致槁木之心，本体性的身体被异化为物质性的他者，无论自己的身体还是他人的身体，都不具备任何本体意义，从而使得大家对"吃—被吃"熟视无睹。而要想实现人的"进化"，成为"真的人"，就必须扭转身体的异化程序，恢复身体的本体地位，不仅感受到自己身体的境遇，同时体验到他人身体的命运。狂人之所以疯狂，根本原因就是他对身体"被吃"的真切恐惧。这种复活了的本体性的身体感受，是民族更新的希望之所在。"感受能力的培养是时代最急迫的需要，这不仅因为它是一种改善对人生洞察力的手段，而且因为它本身就会唤起洞察力的改善。"④ 作为"富有感受性的人"⑤，狂人以自己一身承担整个民族与整个历史的重负，以其呓语狂言"打断了世界的时间"，"造成了一个不可弥合的缺口，迫使世界对自己提出质疑"。⑥

"我"对身体"被吃"的恐惧，折射出鲁迅对于身体感受与"真的人"内在关系的思考，而"我"独特的感受方式，则折射出鲁迅在感性层面"如何立人"的深层思考。如果仅仅是害怕"被吃"，"我"并不必然发狂，还可以引历史伟人为同道，成为"吃人者"。刘邦的"大丈夫当如是也"与项羽的"彼可取而代之"，为仅仅不愿被吃而甘于吃人的人指明了出路。然而，"我"的恐惧指向的不仅仅是自身，而是出现一种感受的循环：一方面是由人及己的恐惧，由看到有人被吃而担心自己被吃；另一方面则是由己及人的劝转，由自己不愿被吃而希望别人不再被吃，劝转"吃人的人"不再吃人。"狂人"由人及己与由己及人的感受循环，打破了传统单向度感受方式，使个体感受与他人感受相通，甚至与民族乃至人类的感受相通，形成一种感受共同体。这种感受共同体的建构，使"我"

---

① 鲁迅：《灯下漫笔》，《鲁迅全集》第 1 卷，人民文学出版社 2005 年版，第 227 页。
② 鲁迅：《摩罗诗力说》，《鲁迅全集》第 1 卷，人民文学出版社 2005 年版，第 70 页。
③ 同上书，第 69 页。
④ ［德］席勒：《美育书简》，徐恒醇译，中国文联出版公司 1984 年版，第 60—61 页。
⑤ 同上书，第 63 页。
⑥ ［法］米歇尔·福柯：《疯癫与文明》，刘北成、杨远婴译，生活·读书·新知三联书店 1999 年版，第 269 页。

将所有的人都视为"人",不管他是不是大恶人,他都是人类的一员,不应该成为被吃的对象。然而,也正是这种感受共同体,使"我"意识到自己与传统也是一个命运共同体,"我未必无意之中,不吃了我妹子的几片肉",由此产生"有了四千年吃人履历"的内在焦虑。这种感受共同体的内在悖论,"使人和人的命运无法获得史诗和悲剧中的那种整体性。这是因为在这人的身上,发现可能存在另外一个人,另外一种生活;这人失去了自己的完整性和单一性,他变得不像自己了",由此"可以使读者用一种新的眼光来看人"①,催生一种新的感受方式,促成"人"的自立。

二 叙事—文本:日记体裁与伦理认同的重构

"狂人"的特殊身份,自然会拉大读者与人物在认知、情感、价值等方面的距离;感受共同体的内在矛盾,则可能引起读者的身份认同焦虑;更重要的是,"仁义道德"的本质就是"吃人"这一发现,可能导致读者的伦理认同危机。在一个"父子兄弟夫妇朋友师生仇敌和各不相识的人,都结成一伙,互相劝勉,互相牵掣",合伙"吃人"的社会中,"我"将人分为吃人的人(虫豸)与不吃人的人(真的人),这种新型伦理观念在对"中国人尚是食人民族"这一真相"知者尚寥寥"②的社会中,带给读者的可能只是原罪感,而不是归属感,由此导致读者与人物以及作者在伦理认同方面的巨大鸿沟。

在这种情况下,日记体裁的选择有其特殊目的与特殊效果。作为个体的内心独白,日记假定的受述者就是写作者本人,因此,受述者与叙述者之间的距离等于零,叙述者可以无所顾忌地讲述自己内心最真实最隐秘的思想。当读者阅读时,他们通常会自觉或不自觉地将自己置于受述者位置,日记体裁由此"直接把读者引导入人物的内心生活中"③,使读者与叙述者进行最直接最隐秘的交流,产生自居作用。同时,"自我意识作为

① [苏]巴赫金:《陀思妥耶夫斯基诗学问题》,《巴赫金全集》第5卷,白春仁、顾亚玲译,河北教育出版社2009年版,第151页。

② 鲁迅:《180820 致许寿裳》,《鲁迅全集》第11卷,人民文学出版社2005年版,第365页。

③ [美]勒内·韦勒克、奥斯汀·沃伦:《文学理论》,刘象愚等译,江苏教育出版社2005年版,第265页。

塑造主人公形象的艺术主导因素，本身就足以使统一的独白型艺术世界解体"①，日记中总会隐含着内在思辨性与内在对话性。通过日记体裁的自居作用，"我"拉近了与读者的情感距离，使其现代伦理观念可能被读者接受；通过日记体裁的内在思辨性与内在对话性，"我"则解构了传统专制话语，由此重构作者与读者的伦理认同关系。

通过日记体裁，"我"非常便利地展现了自己真实而复杂的内心世界，其中不仅有"凡事须得研究，才会明白"的理性态度，"从来如此，便对么？"的质疑精神，以及"我未必无意之中，不吃了我妹子的几片肉"的内省意识；更重要的是，其中隐含着"我"复杂的情感立场：面对自己可能"被吃"的命运，"我""有的是义勇和正气"；但是，面对准备"吃我"的人，情感却复杂得多，其中有"诅咒"，也有"可怜"；有大声的质疑，也有温情的"劝转"；有对生下来就"被他娘老子教"坏的小孩的"伤心"，更有"救救孩子"的热切……这种复杂的内心独白，由于其真诚而使"我"占据了道德的制高点，拉近了置身于受述者位置的读者与"我"之间的情感距离，克服了读者与"我"由于认知距离扩大所导致的理解障碍，使读者容易产生自居作用，从而接受"我"对"仁义道德"本质就是"吃人"这一伦理判断，认同"吃人的人"不是"真的人"这一新型伦理观念。

日记体裁自居作用的强弱，与叙述者的真诚相关，也与其话语的内在说服力相关。作为现代伦理观念的代言人，"我"的日记中自然会出现各种对话与潜对话，对传统伦理与专制话语的解构，必须通过对其代表人物的质疑来体现，因为传统专制话语"同权威（政权、机关、某个人物）长到了一起而无法分开，一起存在，也一起倒台"②。"狂人"日记的这种内在思辨性与内在对话性，强化了"狂人"话语的内在说服力，由此实现对传统专制话语与传统伦理观念的解构。

在"我"与幻觉中二十左右的青年人"他"的简要对话中，已经可以看出，传统专制话语对"吃人"进行遮蔽与排斥的伎俩。"没有的事"

---

① ［苏］巴赫金：《陀思妥耶夫斯基诗学问题》，《巴赫金全集》第5卷，白春仁、顾亚玲译，河北教育出版社2009年版，第65页。

② ［苏］巴赫金：《长篇小说的话语》，《巴赫金全集》第3卷，白春仁、晓河译，河北教育出版社2009年版，第127页。

的瞒骗手段，"从来如此"的历史权威，"你说便是你错"的专制宣判，三者的联合，使得"吃人"难以进入大众的反思视野与话语空间。"他"简要概括了传统专制话语的基本策略，"大哥"的言行则具体展现了传统专制话语的运行机制，由此可以发现"仁义道德"如何"吃人"，揭示传统伦理规范的内在矛盾性与传统专制话语的内在荒谬性。

"我"在劝转大哥时勾勒了中国的"吃人"小史：

> 易牙蒸了他的儿子，给桀纣吃，还是一直从前的事。谁晓得从盘古开辟天地以后，一直吃到易牙的儿子；从易牙的儿子，一直吃到徐锡林；从徐锡林，又一直吃到狼子村捉住的人。去年城里杀了犯人，还有一个生痨病的人，用馒头蘸血舐。

这一"吃人"小史概括了传统社会三种主要的"吃人"类型。通过"大哥"的言行，日记文本展现了传统文化与"吃人"的隐秘联系，沟通了生物学的吃人与"仁义道德""吃人"的内在关联。

易牙蒸儿子给主子吃是主动的献媚，卫兵吃徐锡林则是被动的复仇；这两种"吃人"表面似乎有很大不同，在实质上都折射出吃人与政治的隐秘联系，可以纳入"忠—奸"的阐释体系。在打上"忠"这种封建伦理最高价值标准的烙印之后，"吃人"便获得了"大哥"的肯定，他"亲口说过可以'易子而食'"。如果说易牙蒸子与卫兵吃人是一种"官方"吃人的话，狼子村的吃人则是一种"民间"的吃人。前者由"忠—奸"这一最高官方伦理标准来论证吃人的合法性，后者则以"善—恶"这一民间伦理判断来阐释吃人的合理性。作为传统知识分子代表的大哥，就曾说对于某个恶人，"不但该杀，还当'食肉寝皮'"。用人血馒头治痨病，则可以算是知识体系的吃人。"人肉可以煎吃"，割股可以疗亲，"用馒头蘸血舐"可以治痨病等说法，由于披上了医学外衣，其合理性也就似乎有了"科学"依据。"大哥"同样肯定这一融儒家伦理与巫术遗风为一体的"吃法"的合理性，"爷娘生病，做儿子的须割下一片肉来，煮熟了请他吃，才算好人"。正是通过这一整套将"吃人"合理化的文化体系，使得中国社会对"吃人"习以为常，熟视无睹。然而，这些阐释本质上都不过是"吃人"的借口。"他们一翻脸，便说人是恶人"，通过将被吃者加上"疯子""恶人"之类的谥号，吃者将被吃者打入另类，这样也就使吃者心安理得，吃了之后"不但太平无事，怕还会有人见情"。

"大哥""妙手翻天"的逻辑论证虽然比"他""从来如此"的历史权威具有更强的迷惑性与隐蔽性，但在"我"说出的历史真相面前，同样显得苍白无力，因此，专制手段成为传统伦理的最后保障。最后，"大哥"凭借一句"疯子有什么好看！"来釜底抽薪，试图消解"狂人"话语的全部意义："其人既是疯子，议论当然是疯话，没有价值的了"①。然而，尽管"大哥"的专制话语试图遮蔽"我"的呓语狂言的意义，但"我"的呓语狂言的存在本身就是对"大哥"专制话语的一种解构，二者的紧张对峙正折射出过渡时期的思想混沌状态。"专制的话语（宗教的、政治的、道德的语言，父亲、成年人、教师的话语等等）对人的意识说来不具备内在的说服力；而有内在说服力的话语，又没有专制的地位，没有任何权威者支撑，常常根本得不到社会的承认（社会舆论、官方科学、评论界），甚至是不合法的。"② 然而，这种混沌状态，对于读者而言并不是一件坏事，因为"思想话语中这两个范畴的斗争和对话性的相互关系，通常便决定着一个人思想发展的历史"③。虽然"我"的呓语狂言并不具备权威性甚至合法性，但其内在思辨性提供了另一种可能性，赋予了读者选择与阐释的空间，以及思想发展的空间。

三 叙述—修辞：文言小序与理性对话的展开

尽管"我""凡事总须研究，才会明白"的理性精神对于"大哥""疯子有什么好看"的专制话语形成了一种解构，但"我"的认知谬误却可能导致对"我"话语意义的质疑。在"大哥"看来，"我"将他也当成想吃"我"的人，"我"的话语就只能是不可理喻的呓语狂言。因此，"我"与"大哥"之间不可能出现真正的对话，"我"的劝转也不可能取得实际效果。从这一角度讲，要想实现"劝转"或"启蒙"，首先就需要在启蒙者与被启蒙者之间建构一个理性对话的平台，如果双方始终处于隔

---

① 鲁迅：《补白》，《鲁迅全集》第 3 卷，人民文学出版社 2005 年版，第 111 页。

② ［苏］巴赫金：《长篇小说的话语》，《巴赫金全集》第 3 卷，白春仁、晓河译，河北教育出版社 2009 年版，第 126 页。

③ 同上。

膜与对立状态,"劝转"或"启蒙"根本无从谈起。而文言小序正是构建作者—读者之间理性对话平台的尝试。

从结构上讲,没有小序并不影响小说的完整性,如果戈理的同名小说。从历史沿革上讲,双层第一人称叙事也非鲁迅首创,林纾1899年翻译的《巴黎茶花女遗事》与吴趼人1906年发表的短篇小说《黑籍冤魂》已启先声。将《狂人日记》置于这一背景中,可以更清晰地看出文言小序的独特性及其意义。与《黑籍冤魂》等追求故事的逼真性而使用双重可靠叙述不同,《狂人日记》两个层次的叙述者都不可靠,这一策略自然隐含着别样的修辞意图。

毫无疑问,在认知方面,小序中的"余"比正文中的"我"更为可靠,"余"的理性引导也正是"我"的激情宣言可能获得大众理解的通道。首先,"余"对"我"的"迫害狂"界定与"大哥"的生活化"疯子"命名不同,尽管其中包含着时代错误,将"被迫害狂"说成"迫害狂",但这一界定比"疯子"显然更具有科学色彩。这种科学色彩使"我"的日记成为一个病例,具有了社会的广度与文化的深度。其次,"余"的理性对"我"的日记进行了部分改写,使其更具有逻辑性,强化了其内在说服力。"余"不仅是日记的介绍者,也是日记的编撰者,"间亦有略具联络者",说明"狂人日记"并不全是"荒唐之言","今撮录一篇"则关注并强化了日记的逻辑性。再次, "余"也未曾全盘否定"我"的日记的意义。与"大哥"将"我"的日记视为笑料不同,"余"明确指出这一日记可以"供医家研究",由此发出理性对话的邀请。最后,"余"对"我"病后所题的书名,没有将其改成"迫害狂日记"或"疯人日记"①,由此可以看出"余"对"我"的部分认同,因为"狂人"显然比"疯子"具有更丰富的意味。

然而,尽管"余"在理性认知方面比"我"可靠,但"余"并不是一个真正的可靠叙述者。"余"的不可靠不仅体现在对日记的"撮录"与改写方面,而且体现在其冷静态度背后的价值含混与封闭过时的话语方式

---

① 关于"狂人日记"的标题,小序中称是"狂人"病愈后自题,可见"我"在清醒后也认为自己是"狂人",但"我"从未承认自己是"疯子"。在"我"心目中,"狂人"与"疯子"的内涵应该并不相同。关于"狂"的多义性,也可以参见李今女士的论文。另外,耿济之将果戈理的"同名小说"译为《疯人日记》(载1921年1月10日《小说月报》第12卷第1期)。一字之差,或可看出鲁迅对"狂"字的深层理解。

之中。首先，在事实/事件轴上，他并没有真正实录"狂人日记"，而是进行选择性的"撮录"与改写。"余"不仅改动了人物的名字，同时"撮录"了"略具联络"的文本，强化了日记的逻辑性。这种对日记逻辑的强化，一方面固然是理性的表现，另一方面则是其理性之不可靠的表现，可能导致对"我"的话语的遮蔽。其次，在"伦理/评价轴"上，"余"以"供医家研究"的冷静观照与"我""救救孩子"的激情呼吁，表现出一种鲜明对比。"余"认为日记"多荒唐之言"，这一判断停留在认识世界层面，而"问题在于改变世界"①，在后一方面，"我"的激情显然比"余"的冷静更具现实意义。最后，在"审美/身份轴"上，与"余"的"现代"科学意识一同出现的，是"余"的"前现代"的文言话语方式，折射出"余"的保守立场。"语言，这是世界观，它不是抽象的，而是具体的、社会性的，它们决不能脱离生活实际和阶级斗争的实际，它渗透着评价的理论体系。"② 文言与白话背后隐含着一种世界观的对立。诚如众多研究者指出的那样，文言小序与白话正文之间存在一系列意识形态平行对应结构：

文言文—旧价值体系——社会总体状态—常态

白话文—新价值体系——个体生存状态—疯狂

实际上，文言小序与白话正文之间不仅存在意识形态的对立，还存在话语方式、审美情趣以及身份意识等方面的对立。小序的医学话语表现出较鲜明的封闭性，"余""知所患盖'迫害狂'"的判断是已完成的，定性的，不容置疑的，诉诸观念的，带有宣判意味；而白话正文中"我""救救孩子"的呼吁则是开放的，未完成的，非定性的，讨论式的，诉诸行动的，带有实践意图。这种话语方式背后还潜含着审美情趣与身份意识的对立。白话与当时兴起的大众审美趣味与平民身份意识，文言与士大夫审美趣味及贵族身份意识构成了一种潜在对应。"余"的话语方式折射出其保守的审美趣味与身份意识。

文言小序与白话正文中的两个不可靠叙述者一方面固然相互质疑与相

---

① 马克思：《关于费尔巴哈的提纲》，《马克思恩格斯选集》第 1 卷，人民出版社 1995 年版，第 57 页。

② ［苏］巴赫金：《弗朗索瓦·拉伯雷的创作与中世纪和文艺复兴时期的民间文化》，《巴赫金全集》第 6 卷，李兆林、夏忠宪等译，河北教育出版社 2009 年版，第 539 页。

互解构，另一方面，这两个不可靠叙述者又有着各自的可靠性，由此形成相互砥砺相互补充的关系。《狂人日记》两个不可靠叙述者之间的相互解构与相互补充，使得读者不可能从任何一个叙述者那里得到现成的结论，而是必须运用自己的理性进行选择与判断，鲁迅由此重构了小说作者—读者的理性认同机制。

首先，现代理性认同强调的不应仅仅是认知的可靠，而应该实现认知、情感、价值与审美的统一。小说中的两个不可靠叙述者，表现出不同的不可靠维度，同时也表现出不同的可靠维度，由此形成一种对立与互补。詹姆逊·费伦将"不可靠叙述"分为三种类型："发生在事实/事件轴上的不可靠报道，发生在伦理/评价轴上的不可靠评价，发生在知识/感知轴上的不可靠解读。"① 笔者认为第三个维度可以界定为"审美/身份轴"，也就是叙述者与隐含作者在审美情趣与身份认同方面的不一致。在《狂人日记》中，两个叙述者并不同时在三个维度上不可靠，而是存在各自的不可靠因素与可靠因素。这种可靠—不可靠的多重交织，构成了"不可靠叙述"的复杂性，也使得"不可靠叙述"呈现出疏远与拉近②两种不同的修辞效果。在《狂人日记》中，鲁迅通过调节两个不可靠叙述者与读者"价值的、道德的、认知的、审美的甚至是身体的轴心"③ 的距离，与读者进行理性对话，从而让读者们知道，"在价值领域中，他站在哪里。——即，知道作者要他站在哪里"④。白话正文中"我"的不可靠主要表现在"事实/事件轴"，如他将医生当成刽子手、将易牙蒸子说成是献给桀纣等表述明显与事实背离；但在"伦理/评价轴"与"审美/身份轴"方面，"我"与隐含作者极为一致，表现出鲜明的可靠性。与"我"相反，文言小序中的"余"在事实/事件轴上比较可靠，但其他两个方面却并不可靠。这两种不可靠叙述导致的修辞效果并不相同，"我"的激情拉近了与读者的距离，而"余"的理性则拉开了与读者的距离。但对于作者与读者之间真正的理性对话而言，这两者都不可或缺。正是通过不可靠叙述者的

---

① ［美］詹姆斯·费伦、玛丽·帕特里夏·玛汀：《威茅斯经验：同故事叙述、不可靠性、伦理与〈人约黄昏后〉》，戴卫·赫尔曼主编《新叙事学》，马海良译，北京大学出版社 2002 年版，第 42 页。

② 参见申丹《叙事、文本与潜文本》，北京大学出版社 2009 年版，第 64 页。

③ ［美］W. C. 布斯：《小说修辞学》，华明等译，北京大学出版社 1987 年版，第 175 页。

④ 同上书，第 83 页。

"可靠性","余"的理性与"我"的激情实现了互补。

其次,现代理性认同的实现手段,不应再像传统小说那样依靠作者的权威地位进行宣讲与灌输,而应在作者与读者之间设立对话协商通道,使读者不是简单被动地从小说中获得现成的结论,而是必须通过运用自己的理性进行判断,从而提升读者自由运用自己的理性的能力,由此实现真正的"启蒙"。"启蒙运动就是人类脱离自己所加之于自己的不成熟状态"①,实现启蒙的要诀就是"允许他们自由"②,尤其是"公开运用自己理性的自由"③。启蒙指向的是运用理性的能力,而不是简单宣传理性思维的成果。《狂人日记》两个不可靠叙述者的相互质疑与相互补充,使小说成为"几个意识相互作用形成的总体,其中任何一个意识都不会完全变成他人意识的对象,几个意识相互作用的结果,使得旁观者没有可能好像在一般独白型作品中那样,把小说中全部事件变成客体对象(或成为情节,或成为情思,或成为认知内容),这样便使得旁观者也成了参与事件的当事人。"④ 这种结构将读者拉入了对话之中,使得读者必须运用自己的理性进行选择与判断。

由于不同时代的小说作者对于"立什么人"与"如何立人"有着不同的理解,由此建构了不同的作者—读者认同机制。传统小说作者在理性认知、伦理道德、审美情趣等方面都高于读者,因此自然"获得一种'集体型'叙事权威,成为传统价值的阐释者,可以对读者直接'宣讲'",以实现其"驯民"的使命⑤。晚清以来,国际国内局势的变化,使得众多有志之士关心小说的"新民"命题。以 1895 年傅兰雅举行"新小说竞赛"为起点,小说家在"立什么人"方面做了诸多探索,其中不乏现代意识,但在"如何立人"方面却沿袭传统的宣讲模式,"开口便见喉咙"⑥,使得近代小说虽然意在"新民",但实际成效却乏善可陈。而鲁

---

① [德]康德:《答复这个问题:"什么是启蒙运动?"》,《历史理性批判文集》,何兆武译,商务印书馆 1990 年版,第 22 页。

② 同上书,第 23 页。

③ 同上书,第 24 页。

④ [苏]巴赫金:《陀思妥耶夫斯基诗学问题》,《巴赫金全集》第 5 卷,白春仁、顾亚玲译,河北教育出版社 2009 年版,第 21 页。

⑤ 黄晓华:《中国小说修辞的历史视域》,《湖北大学学报》(哲学社会版)2014 年第 2 期。

⑥ 公奴:《金陵卖书记》,载陈平原、夏晓虹编《二十世纪中国小说理论资料》第 1 卷,北京大学出版社 1997 年版,第 65 页。

迅强调的"立人"命题，不仅关注"立什么人"的现代化，更关注"如
何立人"的现代化。"是故将生存两间，角逐列国是务，其首在立人，人
立而后凡事举；若其道术，乃尊个性而张精神"①。在鲁迅看来，"人"并
不是一个既成的事实，而是一个待"立"的目标，其具体内涵指向的是
"真的人"，而"立"人的手段，则强调社会对个体的尊重，使"人"真
正能够成长起来，其潜台词正是"使人自立"。作为体现鲁迅"立人"思
想的开山之作，《狂人日记》不仅引发了五四的"狂人热"，开启了现代
癫狂叙事传统②，更重要的是其将"立真的人"与"使人自立"结合了
起来，建构了真正具有现代意味的认同机制，强化了作者与读者之间的对
话与协商，为现代小说的发展指明了路向。

　　《狂人日记》对作者与读者之间认同内容的重新构建，影响了现代小
说"立真的人"的构想。在感性认同方面，狂人独特的病理症状，凸显
出身体自觉对于建构现代新人的重要性，启发了现代小说对身体本体地位
的继续阐发③；在伦理认同方面，日记体裁的情感拉近与理性内省，解构
了传统伦理观念，引导了现代小说价值观念的更新；在理性认同方面，小
序的冷静与正文的激情的对立与互补，指向了"人"的复杂性与多维性，
建构了现代小说认知、情感、价值与审美统一的对话平台。

　　更重要的是，《狂人日记》对作者与读者之间认同方式的重新设置，
颠覆了传统小说的宣讲模式，推进了作者与读者之间的对话与协商，指明
了现代小说"使人自立"的发展路向。《狂人日记》的内在对话性与外在
对话性，使其有别于传统小说的完成性与封闭性，成为一个开放的未完成
的动态体系，需要读者的参与才能够得到充分阐释。《狂人日记》在各个
层面都设置了相互解构的两种声音，由此使得读者在各个层面都必须进行
独立判断。在感受认同方面，"我"由人及己与由己及人的感受循环，改
变了传统的单向度感受模式，建构了一个感受共同体。这种感受共同体的
建构，不仅改变了人物与人物之间的关系，而且改变了读者与人物之间的
关系，使得人物不再只是读者艳羡或同情的对象，而是读者的命运相关

---

　　①　鲁迅：《文化偏至论》，《鲁迅全集》第 1 卷，人民文学出版社 2005 年版，第 58 页。

　　②　参见黄晓华《中国现代癫狂叙事的修辞策略与认同困境》，《文学评论》2011 年第 6 期。

　　③　参见黄晓华《现代人建构的身体维度——中国现代文学身体意识论》，中国社会科学出
版社 2008 年版。

体，"我的方法是在使读者摸不着在写自己以外的谁，一下子就推诿掉，变成旁观者，而疑心到像是写自己，又像是写一切人，由此开出反省的道路。"①　在伦理认同方面，作者对人物、人物对人物情感态度的双重性，使读者能够与人物及作者进行多向互动，"苟有奴隶立其前，必衷悲而疾视，衷悲所以哀其不幸，疾视所以怒其不争"②，作者对人物、人物对人物悲与怒的双重态度，促使读者对人物进行深入反思。在理性认同方面，《狂人日记》相互解构的小序结构，开启了现代小说有意识地运用不可靠叙述的路向，通过向读者出让阐释权，作者强化了与读者之间的理性协商与对话，推进了传统小说的作者中心向现代小说的读者中心转向。

　　通过在这三个层面设置与读者进行对话与协商的通道，《狂人日记》重构了小说作者与读者之间的认同机制。现代小说要实现"立人"，不仅需要指出什么是"真的人"，更需要指出如何让人"自立"。鲁迅曾说，"说到'为什么'做小说罢，我仍抱着十多年前的'启蒙主义'"，至于"启蒙"的手段，则是"揭出病苦，引起疗救的注意"③。后一表述，如果成分完整，表述清晰，应该是"（作者）揭示（人物的）病苦，引起（读者）疗救的注意"。在这一表述中，读者的地位被强化，他不仅是启蒙的对象，同时也是实现启蒙的手段。只有读者意识到了病苦，注意到了病苦，才可能有疗救的希望，读者的自觉是实现启蒙的唯一通道，读者由此取代作者成为小说修辞认同结构的中心。虽然读者对病苦的感受（感性认同）与疗救的注意（伦理认同）以作者的揭示（理性认同）为前提，但"揭示"不是灌输与宣讲，而是让读者"直面"病苦，作出自己的判断。正是通过向读者出让判断权与阐释权，《狂人日记》建构了一种现代认同机制，也正是这种现代认同机制，使《狂人日记》可以常读常新，不断获得新的意义。

原载《中国现代文学研究丛刊》2016 年第 2 期

---

① 鲁迅：《答〈戏〉周刊编者信》，《鲁迅全集》第 6 卷，人民文学出版社 2005 年版，第 150 页。

② 鲁迅：《摩罗诗力说》，《鲁迅全集》第 1 卷，人民文学出版社 2005 年版，第 82 页。

③ 鲁迅：《我怎么做起小说来》，《鲁迅全集》第 4 卷，人民文学出版社 2005 年版，第 526 页。

中国现代癫狂叙事的修辞策略与认同困境

　　作为由理性建构出来的"他者"，对癫狂的界定潜含着两个前提：理性与非理性的对立以及社会与个体的对立，癫狂始终是群体对个体的一种"理性"判断。因此，对癫狂的界定包含着知识—权力的双重性，从而使其潜含着一种以数量置换性质的危机，也就是公众的判断可能以其数量优势或权力优势而不是以"理性"优势获得其话语权威。这种趋向在现代精神病学确立以前，更是如此。① 中国古代的"狂泉"寓言正是这种潜在矛盾的生动说明。而文学对癫狂的叙述，则使癫狂获得了另一种身份：情感载体。任何叙事中的癫狂都不是一个纯粹的客体，它必然经过作者的理性反思与情感浸润才可能进入叙事。也就是说，叙事中的癫狂是经过理性转述的带有作者情感判断的癫狂。这种理性对癫狂的转述潜含着一种内在的、不可消解的矛盾：癫狂叙事一方面使癫狂打破了被理性全然遮蔽的状态，使癫狂得以展现；但另一方面癫狂不可能不被理性过滤、改造与扭曲，从而成为另一种意义上的遮蔽。这种叙事中展现—遮蔽的内在矛盾，融合癫狂自身具有的社会—个体、理性—非理性的同位结构，使得癫狂成为叙事中的一个"黑洞"：在故事层面，关于癫狂的界定与命名包含着理性—非理性的认识判断以及个体认同—社会认同的价值判断；而在叙述层面，对于癫狂的修辞则包含着作者对癫狂的情感态度与理性反思。这种叙述对象与叙述行为的含混性，使得癫狂叙事具有丰富的修辞空间与阐释空间。

　　由于癫狂含义的丰富性，在中国传统叙事中，它一直就是一个重要的母题。从《论语·微子篇》中的楚狂接舆到《庄子·人间世》中的楚狂

---

① 哪怕是在精神病学确立以后，关于精神病的界定也不仅仅是一个"知识"范畴，同样还是一个社会学甚至政治学范畴。中国当下种种现实为福柯的"知识—权力"理论不断作着注脚。

接舆，从《世说新语·任诞》中与猪同饮的阮氏族人到《红楼梦》中
"有时似傻如狂"的贾宝玉，从现实中的"张颠"（张旭）、"米颠"（米
芾）到传说中的"济颠"（济公和尚），癫狂叙事为传统文化描上稀散却
引人注目的异类色彩。由于传统文化的特色，传统癫狂叙事表现出神秘
性、超越性以及补充性等特征。传统医学从《黄帝内经》的"狂疾之始
发，少卧而不饥，自高贤也，自辩智也，自倨贵也，妄笑好歌乐，妄行不
休是也。癫疾始发，意不乐，僵仆直视"到清代唐容川《血证论》的
"语言错乱为癫……怒骂飞走为狂"①，一直是从外部言行来进行癫狂界
定。这种方式不可能有效解释癫狂发生的原因。因此，在传统文化中，癫
狂常常与某种神秘的"天意"联系在一起，并因其不同流俗而被赋予某
种否定世俗功利的超越性。《红楼梦》中无论是代表民间的癫头和尚与跛
足道人还是代表"新人"的贾宝玉的癫狂，无疑都是这种神秘性与超越
性的体现。然而，在传统文化"重点在揭示对立项双方的补充、渗透和
运动推移以取得事物或系统的动态平衡和相对稳定，而不在强调概念或事
物的斗争成毁或不可相容"②的"互补辩证法"中，癫狂也被纳入"理"
的范畴，孔子的"狂者进取，狷者有所不为"③成为关于癫狂的经典表
述，癫狂只是作为"理"的一种补充物存在，从未对"理"形成正面
挑战。

这种癫狂界定的混沌性使得传统癫狂叙事也呈现出一种混沌状态，在
传统癫狂叙事中，癫狂中的理性—非理性、个体—社会以及叙事中的情
感—认知、遮蔽—敞开，并没有形成一种截然对立，而是融合在一起，作
者与癫狂主体都没有产生认同焦虑。随着西方文化与文学思潮的冲击下，
以科学与民主为代表的现代意识进入并主导现代癫狂叙事，癫狂叙事由此
出现现代转型。

以《狂人日记》为原点的现代癫狂叙事，经由周作人、冰心、沈从
文、张爱玲与路翎等人的开掘与发展，从总体上表现出与传统癫狂叙事全
然不同的风貌。由于现代科学意识的指导，癫狂不再是一种含混的生活概

① 转引自乔玉川编《精神分裂症治验录》，重庆出版社1982年版，第3—4页。
② 李泽厚：《中国思想史论》上，安徽文艺出版社1999年版，第308页。
③ 《论语正义·子路第十三》，《诸子集成》第1册，上海书店出版社1986年版，第294
页。

念，而是一种现代医学判断，成为一种可以进行"科学验证"的精神疾患。这种科学性解构了癫狂的神秘性，而作家们对癫狂难以适应现实生活的正视，则消解了癫狂的超越性。在这种科学精神与现实关怀的指引下，作家们更深入地思考了癫狂产生的原因，由此对传统文化、社会现实以至于理性本身产生深刻的质疑，癫狂不再是理性的补充，而是一种对理性的质疑与颠覆。这种科学性、现实性与解构性标志着癫狂观念由"二元互补"转向"二元对立"。而癫狂观念的转变，也使得癫狂叙事由传统的混沌与和谐转向了焦虑与对抗，作者在对癫狂的情感与理性的认同与否定之间陷入两难。在传统癫狂叙事中，作者—叙述者—人物之间存在一种知—情—意三个层面的认同混沌，而现代癫狂叙事中的"二元对立"，使得作者—叙述者—人物之间的认同出现深层错位，由此造成了现代癫狂叙事①的修辞困境。而这种修辞困境，在根本上折射出现代主体的认同焦虑。

由于现代癫狂叙事的独特性，这一现象很早就获得了众多研究者的关注，尤其是鲁迅的相关作品，得到了非常深入的研究。近年来，对沈从文、路翎、张爱玲等涉及癫狂叙事的研究也逐渐增多，并出现了对现代文学癫狂叙事进行系统梳理的论文。然而，这些研究大多从癫狂的文化意味与主题意蕴入手，对癫狂叙事的修辞策略关注不够，同时也存在癫狂的界定进行人为泛化的倾向。尽管癫狂并不是一个严谨的科学术语，不同叙述者对其有不同的理解与界定，但这种作者（或叙述者）的界定（也就是叙述者认为人物处于"癫""疯""狂"的状态，而不是研究者认为他们处于"癫""疯""狂"的状态），应该是研究的起点与前提。正是这种作者（或叙述者）将人物界定为"癫子""疯子""狂人"的修辞行为，潜含着作者的修辞目的。通过不同的修辞策略，现代癫狂叙事对理性—非理性、个体—社会、文化—权力、遮蔽—敞开、认同—否定之间的复杂关系进行深层次探讨，多向度展现了现代个体的认同焦虑及其深层困境。无论如何，选择癫狂者这一"不可靠"的独特人物作为叙事主角，必然体现出作者对这一现象的独特意识。他们的修辞困境与认同焦虑，不仅是个

① 现代癫狂叙事主要有两种形态，一种癫狂者是故事的人物，如《长明灯》《金锁记》等；另一种则是癫狂者是叙述者兼人物，如《狂人日记》《地下的笑声》等。因为本文重点在于论述作者对癫狂人物的修辞处理，因此对癫狂叙事并未进行细致区分。无论哪种形态，作者对癫狂人物这一"不可靠"对象的处理，都构成一种复杂的修辞命题。

体的命运，在一定程度上更是整个民族的集体命运。

一　意义悬置：寓言修辞与文化认同的悖论

　　1918 年 5 月，鲁迅的《狂人日记》开启现代癫狂叙事的大幕。这篇据作者所称"仰仗的全在先前看过的百来篇外国作品和一点医学上的知识"① 创作出来的作品，以其鲜明的现代特色，确立了现代癫狂叙事的基调：叙述对象的科学色彩与叙述资源的西方影响。由于作者对现代医学，尤其是现代心理学与精神病学知识的熟悉与了解，使得作者对"迫害狂"的深层心理的揭示，打上了现代医学的烙印。这种科学意识，消解了传统癫狂的神秘性。而对现实的反思，则使癫狂不再囿于传统的"互补辩证法"。正是通过对传统文化的全盘否定与解构，癫狂的寓言修辞得以产生。

　　《狂人日记》的寓言化修辞中，"陈年流水簿子"与写满"仁义道德"的历史，无疑是对传统文化的整体性隐喻。而"吃人"的发现，则是一种整体性否定的隐喻。这种整体否定思潮，通过吴虞的《吃人与礼教》（载《新青年》第 6 卷第 6 号）获得了学理性的支持，而更多的作家则是模仿《狂人日记》，通过癫狂的寓言化叙事，加入解构传统文化的行列。署名 K. S. 的《狂人话》可以明显看出与《狂人日记》的血缘关系："恶狗村"与"赵家的狗"，"杀人的地方"与"吃人"，"极乐园"与"将来的人"，"小孩子"的"很厉害的眼睛"与"小孩子"的铁青的脸……与《狂人日记》的悲怆与绝望相比，《狂人话》加入了乐观情调，这位狂人以自己的美梦对抗"沉寂、悽惨、可怨而又黑暗"② 的夜的侵袭，以疯狂否定麻木。周作人写于 1922 年的不多见的虚构作品《真的疯人日记》同样继承了《狂人日记》的整体性思维，以假托的"德谟德斯坡谛恩"影射当时的中国，在这个"世界上最古，而且是，最好的国"里，"各人的祖先差不多都曾经做过一任皇帝"，每个"平民"因此，都

---

　　①　鲁迅：《我怎么做起小说来》，《鲁迅全集》第 4 卷，人民文学出版社 2005 年版，第 526 页。

　　②　K. S. ：《狂人话》，《民国时报·觉悟》1922 年 3 月 2 日。

是 "便衣的皇帝", ① 都试图行使皇帝的权威。这种古国国民心态凸显了传统礼教文化的深远影响。而以 "满蕴着温柔，微带着忧愁，欲语又停留" ② 风格著称的冰心，1922 年也创作出晦涩的《疯人笔记》。这篇犹如梦呓的作品，以寓言方式讲述了一个极为简单的故事：一位在人世间补了五十万年鞋子的 "疯人" 感悟到，失去爱也就意味着失去生机与生命。小说中 "白的他" 与 "黑的他"，不仅在社会层面形成一种对立，王子—乞丐，高贵—卑微；而且在个体层面象征另一种对立，爱—恨，灵—肉，超我—本我。但他们在这个聪明人占据的尘世上都难以生存，" '黑的他' 是被你们逼死的，'白的他' 是被你们逼走的"。③ 而疯人自己，也在这五十万年亘古不变的尘世间，为抗拒世人的同化而陷入绝对的孤独。这种缺乏 "爱" 的判断，潜含着冰心对传统文化致命缺陷的认知。

《狂人日记》等寓言化的癫狂叙事从不同的角度揭示了传统文化的荒谬本质。而《狂人日记》的姐妹篇《长明灯》则展现了传统文化运行机制的荒谬与残暴。

癫狂不仅可以表现为言语，而且可以表现为行动。因此，社会对癫狂的调控也就必然表现出文化调控与暴力调控的双重性。癫狂不仅意味着个体与社会之间的观念冲突，而且意味着二者之间的动作冲突。一旦这种观念冲突转化为行动，社会也就必然显示出其暴力的一面。《狂人日记》中 "救救孩子" 的呐喊，可以用一句 "疯子有什么好看" ④ 轻轻抹杀，而《长明灯》中 "我放火" 的行动宣言却难以用谎言遮蔽。由此，《长明灯》由 "吃人" 转向 "如何吃人"，展现了社会对疯子的暴力调控。在《长明灯》中，鲁迅通过各种话语权力对 "疯子" 进行的 "缺席判决"，深刻揭示了封建礼教运行机制的残暴与荒谬。在这一文化体制中，绅士为了霸占 "疯子" 的财产，庸众则为了维护虚幻的 "信仰"，实现了某种共谋，共同完成对 "疯子" 的审判。"疯" 的判决取消了其思想与言说的合理性，同时取消了个体意志的有效性，从而使四爷可以任意阐释 "他者"

---

① 周作人：《真的疯人日记》，《周作人文类编·中国气味》，钟叔河编，湖南文艺出版社 1998 年版，第 201 页。

② 冰心：《诗的女神》，《冰心全集》第 1 卷，海峡文艺出版社 1994 年版，第 313 页。

③ 同上书，第 410 页。

④ 鲁迅：《狂人日记》，《鲁迅全集》第 1 卷，人民文学出版社 2005 年版，第 453 页。

的意志。为了侵占"疯子"的房产，他以"继承香火"的美名，将遥遥无期的六顺的第二个儿子过继给"疯子"，"疯子"本人的意志则因不能完成承继香火的使命而被忽略不计。通过"疯子"的命运，鲁迅不仅揭示了封建礼教的"吃人"机制：以众虐寡，以"理"杀人；而且揭示了封建礼教的内在矛盾：士绅与庸众对"理"的理解貌合神离。当庸众愚昧而真诚地信仰传统的时候，绅士则为了自己的私利利用民众与传统。通过将各种权力迫害"疯子"的场景推上前台，鲁迅不动声色地将封建礼教"吃人机制"的荒唐可笑演示给人看。

然而，尽管这种寓言化修辞通过狂人揭示了传统文化的荒谬与残暴，但选择狂人与疯子进行叙述，无疑已经潜含着一种文化认同的困境：作为本身就是狂人生存根基的传统文化，是否应该被全盘否定？是否可能被全盘否定？在这一沉重命题之下，作者选择癫狂进行叙述，也就是作者为纾缓由这种全盘否定引发的文化认同焦虑而采用的修辞策略。疯子与狂人的命名，不仅是在作者认同与读者认同之间设置的一种缓冲机制，而且是作者自身在文化认同方面的犹疑态度的体现。

对于狂人与疯子而言，是否应该全盘反传统似乎是不言自明的事。对于"狂人"而言，要想成为一个正常的人，首先自然是停止"人吃人"的循环。对于"疯子"而言，要想没有"猪嘴瘟"，就要吹熄长明灯。然而，对于作者而言，是否应该全盘反传统，是否可能全盘反传统，始终心存疑虑。无论是狂人还是疯子，都富有一种文化原罪。狂人在劝转大哥时发现自己也有"四千年吃人履历"，疯子的祖先则也在修社庙时捐过钱。这种文化原罪，使他们的言行在旁人眼中失去了正当性。这种正当性的先天不足，也导致了全盘反传统的现实困境。在狂人、疯子的孤独背后，是成千上万的"常人"。由于他们之间无法沟通，因此二者之间悬殊的力量对比，也就成为癫狂的永恒宿命。没有现实的民众基础，无论是"救救孩子"的呐喊，还是"我放火"的宣言，都只能是一种姿态的宣示，难以取得实际效果。更重要的是，尽管狂人与疯子试图全盘否定传统文化，其思维方式却与传统思维方式具有同一性。《狂人日记》中狂人的满本"吃人"，与传统说的满本"仁义道德"，都是以全称判断取代特称判断。《长明灯》中相信"那灯一灭，这里就要变海，我们都要变泥鳅"① 的民

---

① 鲁迅：《长明灯》，《鲁迅全集》第 2 卷，人民文学出版社 2005 年版，第 61 页。

众尽管比疯子的"熄了就没有蝗虫"显得更为荒诞不经，但二者都是以论断代替论证，他们的断言都是基于一种缥缈的信念而不是现实。这种思想内容上反传统与思维方式上延续传统的矛盾，凸显全盘反传统的深层困境。

由此，关于狂人与疯子的命名，也就成为一种意义"悬置"① 机制。也就是说，对于狂人是否说出了真理，最终判断权在读者那里。如果读者觉得狂人的话对，自然可以将狂人视为"佯狂"；而如果觉得狂人的话不对，则可以将这种谬误归咎于癫狂。通过这一机制，作家们将判断全盘反传统的价值的最终决定权交给了读者，从而缓解了文化认同方面的焦虑，解决了全盘反传统导致的修辞难题。

这种癫狂的寓言修辞虽然在五四时期，通过癫狂造成"一个不可弥合的缺口，迫使世界对自己提出质疑"②，使人们"对设定为不言自明的公理提出疑问，动摇人们的心理习惯，他们的行为方式和思维方式"③，产生了巨大反响，但随着时代命题的转移以及对传统文化认识的深入，全盘反传统的"呓语狂言"逐渐沉寂。

二　话语代理：诗意修辞与审美认同的边界

现代癫狂叙事的寓言化修辞指向了传统文化，而现代癫狂叙事的诗意修辞则主要将矛头指向了这种文化所导致的恶果。"中国文化的等级机制和道德理性的严密控制，使中国人的生命力在人格化方面趋于无限萎缩，这使整个民族的生命态失去了蓬勃的活力和创造力，因而它也就必然造成人格、意志和道德意识的全面萎缩。"④ 孔颜的安贫乐道蜕变成阿 Q 的精神胜利，礼教的道德规范蜕变成四爷的唯利是图，实用理性与现实功利成为生活的主宰。在这种背景中，癫狂那种不同流俗的独特气质获得了重视。早在 1903 年，匪石的《元》就将癫、疯、痴、狂视为"思想极到"⑤

---

① 《狂人日记》的小序正是这种意义悬置的形式化。

② ［法］米歇尔·福柯：《疯癫与文明》，刘北成、杨远婴译，生活·读书·新知三联书店 1999 年版，第 269 页。

③ 《权力的眼睛——福柯访谈录》，严锋译，上海人民出版社 1997 年版，第 147 页。

④ 徐麟：《鲁迅中期思想研究》，湖南师范大学出版社 1997 年版，第 156 页。

⑤ 匪石：《元》，《浙江潮》1903 年第 8 期。

的表现。1908 年，鲁迅在《摩罗诗力说》中盛赞负"狂人"之名的"精神界之战士"① 雪莱。而傅斯年在《一段疯话》中也对《狂人日记》中的"狂人"进行诗意解读："中国现在的世界，真是沉闷寂灭到极点了；其原因确是疯子太少。疯子能改换社会，非疯子头脑太清楚了，心里忘不了得失，忘不了能不能，就不免随着社会的潮流，滚来滚去"，因此呼吁"我们带着孩子，跟着疯子走，——走向光明去"。②

这种诗意解读无疑凸显了癫狂的浪漫气质，凸显出癫狂不同凡俗的言行的审美品质。这种审美品质无疑是对实用人格的一种彻底颠覆。部分现代作家不仅发现而且张扬了癫狂人格对庸俗实用人格的解构力量，由此唱出癫狂的诗意赞歌。

1920 年，郭沫若在诗剧《湘累》中率先唱起"狂人"赞歌。言语"疯疯识倒""精神太错乱了"的狂人屈原，将怒火投向这个"见了凤凰要说是鸡，见了麒麟要说是驴马"③ 的浊世，力图在创造中实现生命的飞扬，唱出了一曲生命力的狂歌。"狂飙"运动的主将高长虹更为鲜明地张起"狂人"之旗。"庸人于其所不和，则谓之狂，你们真是庸人呵！我最大的希求，便是远离你们而达于狂人之胜境。"④ 这种狂放人格与庸俗实用人格形成鲜明的对立。凌叔华写于 1928 年的《疯了的诗人》则塑造了一种狂逸人格。主人公回家看望病中的妻子，却和妻子一起染上了"疯病"，在后花园与小狗交朋友，与小猫赏明月，养育蝴蝶来美化生活。尽管世人叹息他们发疯了，而他们却悠然自得，以回归自然的童心、真心来对抗人世间的冷眼、白眼。无论狂放人格还是狂逸人格，癫狂的诗意修辞关注的都是审美人格对现实功利的超越与解构。

这种对疯狂的诗意赞赏带有明显的"佯狂"性质，叙述者与癫狂人物之间并没有不可逾越的距离，叙述者因此也便可以用"我本楚狂人"姿态进行"自言"。而对于试图从原始"癫狂"中挖掘改造"阉寺性"人格的因子的沈从文而言，却面临着一个重要的修辞难题：在现代的理性世界里，癫狂者不能言说自身。因此他不得不为癫狂寻找一个代言者。而

① 鲁迅：《摩罗诗力说》，《鲁迅全集》第 1 卷，人民文学出版社 2005 年版，第 87 页。

② 孟真（傅斯年）：《一段疯话》，《新潮》第 1 卷第 4 号，1919 年 4 月。

③ 郭沫若：《湘累》，载谢冕、钱理群主编《百年中国文学经典》第 1 卷，北京大学出版社 1996 年版，第 465 页。

④ 高长虹：《高长虹文集》上，中国社会科学出版社 1989 年版，第 1 页。

这种理性的代言，也从深层展现了癫狂叙事的审美认同的困境。

　　"对于沈从文而言，'癫狂'这个词语指陈一种自然的态度、诗意的声音，借此日常礼仪和情感方式得以逾越。"① 《山鬼》中的 "癫子"无疑就是这种追求自然适意的审美生活的代表。在小说中，叙述者虽然没有进入癫子的内心世界，但大体介绍了癫子的性格特征。这位 "比常人要任性一点，要天真一点"② 的 "癫子" 总有着无端而来的哀乐，为了看桃花与好看的牛以及木人戏等美的东西总是不辞劳苦，管理地方一切的 "神同人，对于癫子可还没能行使其权威"③。通过叙述者的介绍，人们得以认识这种无视权威与惯例的审美人格。

　　《山鬼》中的癫子由于与世隔绝而自得其乐，对他而言不存在与现代理性进行对话的困窘。而一旦与现代文明交接，这种审美的 "癫狂" 也就必然成为现代话语的一部分。寻找理性的代言人，也就成为癫狂得以言说的前提。在沈从文对湘西奸尸案的三次叙述中，可以清晰地看到沈从文寻找癫狂代言人以解决其修辞困境的努力。

　　"商会长年纪极轻的女儿，得病死去埋葬后，当夜被卖豆腐的年轻男子从坟墓中挖出，背到山洞中去睡了三天，方又送回坟墓去。到后来这事为人发觉时，这打豆腐的男子，便押解到我们的衙门来，随即就地正法了。"④ 这一事件在他 1930 年 8 月 24 日创作的《三个男人和一个女人》（以下简称《三》）、1931 年 4 月 24 日的《医生》及 1931 年 8 月的《清乡所见》中重复出现。在《三》中，沈从文通过瘸腿士兵的代言，从侧面表述了失踪的豆腐铺老板对死去女人的钟爱。《医生》补充了《三》中没有明白说出的部分，正面描述了 "疯子" 的爱美之心。在《清乡所见》中，沈从文则直接试图为 "癫子" 翻案，不仅从外表上认为 "癫子" "毫不糊涂"，而且补充了 "癫子" 沉默背后的话语："不知道谁是癫子。"⑤

　　从上述改造中，无疑可以见出作者对 "癫子" 的同情与欣赏，同时

---

　　① 王德威：《批判的抒情——沈从文的现实主义》，《现代中国小说十讲》，复旦大学出版社 2003 年版，第 153 页。

　　② 沈从文：《山鬼》，《沈从文全集》第 3 卷，北岳文艺出版社 2002 年版，第 343 页。

　　③ 同上书，第 345 页。

　　④ 沈从文：《清乡所见》，《沈从文全集》第 13 卷，北岳文艺出版社 2002 年版，第 304 页。

　　⑤ 同上书，第 305 页。

也可以看到作者对"癫子"保持的理性的距离。这种保持距离的审美观照的实现，不仅依靠对故事的改造，更依赖于代言者的存在。

在《三》中，沈从文为了让失踪了的盗尸者得以"发声"，同时也避免对盗尸者进行直接的伦理判断，特别为盗尸者设置了一个"代言人"——瘸腿士兵。后者虽然动了盗尸的念头，但却因豆腐铺老板抢先一步而没有实现。通过这位"行将疯狂"[①]但终究没有疯狂的士兵，沈从文交代了"死而复生"的传说，使这一事件"离去猥亵转成神奇"[②]。

到了《医生》中，相信吞金自杀的女人得到男人偎抱七天后就能够复活的盗尸者正面出场。为了让癫狂者获得一个代言人，沈从文不惜削弱故事的逻辑性，让一位相信人能死而复生的青年同时也相信现代医术，以至于医生被莫名其妙地带到山峒，又被莫名其妙地放出来。无疑，沈从文希望通过这位代言者——医生，使《三》中失踪的"疯子"获得表现的机会，由此，作者特意渲染了青年爱美的言行。然而，医生对疯子的代言却面临双重困境：一方面是其对疯子言行的理解与把握，无疑存在扭曲与阉割的情况。在峒中，医生的话语相对于疯子的沉默并没有优势，而到了峒外，疯子的沉默却可以被他任意阉割阐释。另一方面，医生的代言面临着一个完全功利化的语境，在这一语境中，人们关心的只是如何处理医生的"遗产"，而不是关心医生如何存活。在这种语境中，医生关于"疯子"的叙述成为不可靠叙述，整个 R 市的人"都说医生见了鬼"[③]。

《医生》中医生对癫狂的理性转述，凸显癫狂的话语困境。在这种代言中，一方面是对癫狂的展示，另一方面则是对癫狂的扭曲与遮蔽。因此，到了《清乡所见》中，比较可靠的叙述者"我"干脆自己跳出来，直接为"癫子"代言。在凸显"癫子"自己的言说"美得很，美得很。"之后，补充了癫子沉默背后的话语"不知道谁是癫子"。然而，这种"代言体"的"内心独白"，同样具有双重性，一方面是对"癫子"的认同与肯定；另一方面则是始终与"癫子"保持距离。

---

① 沈从文：《三个男人和一个女人》，《沈从文全集》第 8 卷，北岳文艺出版社 2002 年版，第 33 页。

② 同上书，第 34 页。

③ 沈从文：《医生》，《沈从文全集》第 7 卷，北岳文艺出版社 2002 年版，第 67 页。

对于试图通过建立"美和爱的新的宗教"① 来成为"人性的治疗者"② 的沈从文而言，这种爱美的癫狂无疑存在合理成分，因此，他竭力为这种"疯狂"辩护："若有人超出习惯的心与眼，对于美特具敏感，即自然将被这个多数人目为'痴汉'。若与多数人庸俗利害观念相冲突，且成为疯狂，为恶徒，为叛逆。"③ 然而，这种原始的癫狂中的反社会性，显然连沈从文自身也难以完全认同。因此，他试图为这种癫狂寻找一种代理机制。通过这种癫狂的话语代理机制，沈从文试图在展现癫狂的审美意义的同时，过滤其反社会性。这一理性对癫狂的代言，划定了审美认同的边界。它虽然使癫狂的审美性得以部分彰显，但同时也遮蔽了审美的情感内涵。而这种理性的审美认同，终究能够走多远？这是沈从文不曾解决的难题。

三　距离调控：写实修辞与伦理认同的困境

尽管沈从文注意到癫狂的超功利性与反社会性的双重性，但他的诗意修辞与鲁迅的寓言修辞一样，关注的是癫狂的意义，而不是癫狂对于主体的影响。因此，诗意修辞与寓言修辞都存在着对癫狂价值的某种颠倒，也就是癫狂者在价值上实际上高出常人。而癫狂的写实修辞则试图直面癫狂本身，关注癫狂给主体带来的痛苦与毁灭，从而消解癫狂的这种价值优势，凸显癫狂叙事的伦理意义。

从五四时期开始，意在"揭出病苦，引起疗救的注意"④ 的人生派作家，就将疯癫者视为"被侮辱与被损害的"群体中的一员纳入创作视野。乡土作家许钦文的《疯妇》、蹇先艾的《乡间的悲剧》、台静农的《新坟》以及鲁迅的《白光》等作品，以冷静的笔触，真实书写了种种乡间

---

① 沈从文：《十四　美与爱》，《沈从文全集》第 17 卷，北岳文艺出版社 2002 年版，第 362 页。

② 沈从文：《五　给某教授》，《沈从文全集》第 17 卷，北岳文艺出版社 2002 年版，第 195 页。

③ 沈从文：《十四　美与爱》，《沈从文全集》第 17 卷，北岳文艺出版社 2002 年版，第 360—361 页。

④ 鲁迅：《我怎么做起小说来》，《鲁迅全集》第 4 卷，人民文学出版社 2005 年版，第 526 页。

悲剧。沙汀的《兽道》、郭沫若的《地下的笑声》以及解放区草明的《疯子同志》等作品继承这一路向。在这些写实型的癫狂叙事中，作者以人物的疯狂与死亡，批判乡土中国扭曲的社会制度与社会伦理。然而，在上述作品中，癫狂与其他疾病以及死亡并没有本质区别，作者在人物命运与社会不公之间建立了一种直接的对应关系，没有赋予癫狂多少独立的修辞价值。这种直线式的批判使得叙事呈现出一种单一的伦理判断。而张爱玲与路翎笔下的癫狂叙事在故事伦理与叙述伦理①两个层面的两极反应，凸显出癫狂叙事中伦理认同的复杂性与深刻性。这对 20 世纪 40 年代出现的文坛奇才，所处的时空环境各异，却不约而同地将笔触伸入癫狂叙事。虽然二人对癫狂的理解不同，叙事风格各异，但他们对癫狂进行现实观照时所面临的相似的修辞困境，从深层展现出写实型癫狂叙事的伦理认同焦虑，折射出癫狂叙事的时代使命。

在故事伦理层面，二人对癫狂的原因理解各不相同。在张爱玲看来，过度认同现实伦理可能产生癫狂，《金锁记》中的曹七巧就是典范。这位"有一个疯子的审慎与机智"②的曹七巧，在实用理性与现实伦理的指引下，一步一步走进"没有光的所在"③。她先是屈从伦理权威，克制了自己朦胧的感情，成为患骨痨的姜二爷的妻子；然后是为了物质利益，理智地克制了自己的情欲，拒绝了三爷的虚情假意；最后则是利用自己的伦理权威，伤害自己最亲近的人。通过对伦理权威的屈从与利用，她控制了自己的情欲，同时也使她披上了黄金的枷锁，以黄金奴役自己伤害亲人，成为张爱玲笔下唯一"极端病态"与彻底"疯狂"④的人物。

而路翎则正好相反，癫狂不是因为对现实伦理的认同，而是因为对现实伦理的反抗。在路翎看来，反抗失败后的绝望与崩溃才是真正的癫狂之因。《英雄的舞蹈》中的张小赖在充满着"非常古旧的英雄的气氛"的小镇上说了十几年书，在茶馆里生动地演绎着古代的英雄们的事迹，培育并维持古镇的英雄气氛；但是这种英雄气氛却敌不过"伤风败俗"的"何日君再来"，他的英雄传奇不再能挽留住顾客，他由此而"愤怒、欢笑而

---

① 参见伍茂国《现代小说叙事伦理》，新华出版社 2008 年版，第 4 页。

② 张爱玲：《金锁记》，《张爱玲文集》第 2 卷，安徽文艺出版社 1992 年版，第 122 页。

③ 同上。

④ 张爱玲：《自己的文章》，《张爱玲文集》第 4 卷，安徽文艺出版社 1992 年版，第 173 页。

发狂，和这个失望做着殊死的搏斗"①，最后在疯狂状态中死在台上。在《财主底儿女们》上卷这部曾被誉为"现代中国的百科全书"②的作品中，路翎"往人生的细微处与人的意识的幽暗处探究"③，以浓墨重彩的油画风格描述了另一个始终试图颠覆现实伦理的疯子——蒋蔚祖。他始终试图在人世间寻找真情，但总是收获失望。在父亲那里，他收获的是父权的专制，在妻子那里，他收获的是肉欲与背叛，在姊妹那里，他收获的则是赤裸裸的利益算计。在这些人世间最亲密的伦理关系中，他都是作为一种工具而不是主体存在。因此，他以疯狂洞穿这个世界的虚伪与丑态："这是禽兽的世界！禽兽的父母！禽兽的夫妻！"④正是在疯狂中，蒋蔚祖以自己的本真对抗世界的异化，以情感否定工具理性与社会认同。路翎以一个"灵魂奥秘的探索者"⑤与拷问者的姿态，通过蒋蔚祖的疯狂与自杀反思生存的意义。"只有一个真正严肃的哲学问题，那就是自杀。判断人值得生存与否，就是回答哲学的基本问题。"⑥在整个生存的荒诞处境中，疯狂与自杀一方面说明了生存的失败，另一方面则彰显了生存的意义与激情。

张爱玲与路翎在故事层面对癫狂原因的理解，在某种意义上，正好构成对立而互补的两极。曹七巧的认同现实伦理与蒋蔚祖的否定现实伦理，无疑凸显出人物的伦理认同困境：过于认同与过于否认现实伦理，都可能导致癫狂。然而，正是通过这一对立的两极，张爱玲与路翎切入了同样的命题，那就是对现实伦理本身的批判：当认同或否认现实伦理都可能导致癫狂时，那这种现实伦理的合理性何在？在这种批判背后，潜含着更深层的命题：如何现实伦理是病态的，什么样的伦理认同才是"正常"？个体如何才能保持"正常"？

这一问题可能也是作者试图在叙述伦理中解决的问题。"伦理植根于

---

① 路翎：《英雄的舞蹈》，载谢冕、钱理群主编《百年中国文学经典》3，北京大学出版社1996年版，第400页。

② 《财主底儿女们（广告选登）》，《路翎研究资料》，张环等编，十月文艺出版社1993年版，第74页。

③ 范智红：《世变缘常——四十年代小说论》，人民文学出版社2002年版，第119页。

④ 路翎：《财主底儿女们》，《路翎文集》第1卷，安徽文艺出版社1995年版，第184页。

⑤ 杨义：《路翎——灵魂奥秘的探索者》，《文学评论》1983年第5期。

⑥ ［法］加缪：《西绪福斯神话》，郭宏安译，《加缪文集》，译林出版社1999年版，第624页。

叙事本身"①，作者对视角的选择，对叙述者与人物之间的距离的调控，潜在地决定了读者的阅读角度以及读者与人物的距离，从而影响读者的伦理判断。正是通过对视角与距离的调控，张爱玲与路翎引导了读者的伦理判断。在这方面，张爱玲与路翎在表面的对立之下，同样构成一种深层互补。

在《金锁记》中，叙述者始终与人物保持着较大的距离，主要关注人物的外在言行，而很少突入到人物的内心活动。这种冷静客观的叙述语调，拉开了读者与人物的距离，将读者置于一个旁观者的位置。在这样的位置上，读者很容易得出曹七巧的疯狂变态全然是咎由自取这样的伦理判断。而这可能并不是作者的本意。因此，在作品的最后，作者通过叙述干预，表现出自己具有多重意味的伦理判断。一方面，叙述者为曹七巧定性："三十年来她戴着黄金的枷。她用那沉重的枷角劈杀了几个人，没死的也送了半条命。"② 另一方面，叙述者却试图进入人物的内心，让她流出最后"一滴眼泪"。"黄金的枷"这一比喻已经表现出作者对曹七巧的双重判断：她是伤害者也是受害者，是奴役者也是被奴役者；而后面的情感突入，更是对人物寄予了一定的同情。这种叙述干预，在一定程度上消解了全文由冷峻客观的叙述语调积累起来的伦理判断，拉近了叙述者—人物—读者之间的距离，从而将读者对人物的憎恶引向更深广的社会文化内容。

与张爱玲冷静客观的叙述相反，路翎以近乎癫狂的热情，深入癫狂者的内心世界。有研究者指出，他的短篇小说大多是一些"表现内心意识的'独幕剧'"③，而他的长篇小说，可以说就是"内心意识的多幕剧"。他在小说中，力图展示的是始终个体内在的激烈冲突，而不是外在的动作冲突。癫狂无疑是这种"心理剧"最集中最突出的表现。通过突入到人物的内心世界，路翎拉近了叙述者—人物—读者之间的距离，渲染了蒋蔚祖的合理性，使读者对蒋蔚祖产生深切的同情。然而，作者也并没有忘记通过客观的叙述，展现蒋蔚祖的局限性。在某种意义上，蒋蔚祖的癫狂潜

① ［美］詹姆斯·费伦、玛丽·帕特里夏·玛汀：《威茅斯经验：同故事叙述、不可靠性、伦理与〈人约黄昏后〉》，载戴卫·赫尔曼主编《新叙事学》，马海良译，北京大学出版社 2002年版，第 47 页。

② 张爱玲：《金锁记》，《张爱玲文集》第 2 卷，安徽文艺出版社 1992 年版，第 124 页。

③ 范智红：《世变缘常——四十年代小说论》，人民文学出版社 2002 年版，第 116 页。

含于他自身的性格之中，他的精神分裂是他无法承担自己的命运的结果。从小到大，他都安于富足家族的庇护，满足于父亲的安排，而很少独立面对生活。这种独立意志的缺失，使得在众人眼中"好像蒋蔚祖是小孩子"①。这种不成熟的意志使得他可以安于一种权威的统治，却难以承担在两种对立的权威之间进行选择所产生的后果。在变异的亲情—父权与变异的爱情—肉欲之间，独立意志的缺失使得他无法承担任何一种选择所产生的责任：当他试图倒向爱情（肉欲）的怀抱，亲情（父权）是一个挥之不去的阴影，而当他试图与亲情（父权）和解时，爱情（肉欲）又促使他逃离。他于是只能不停地在二者之间奔走逃亡，陷入一种精神分裂。

路翎的激情与张爱玲的冷静这一对立的两极，潜在凸显癫狂叙事中修辞距离的伦理困境。如冯雪峰所言："疯子发疯的唯一理由，是以他自己的真实，恰恰碰撞着社会的真实。"② 在癫狂之中，不仅有着社会的影响，而且有着自身的因素，癫狂产生于个体与社会之间的对抗。因此，作者—叙述者与人物之间的距离的调节，不仅是一个修辞问题，更是一个影响读者反应的伦理问题。张爱玲与路翎在叙述距离控制方面，也存在一种风格与效果的对立。张爱玲的客观叙述，拉开了叙述者—人物—读者之间的距离，从而可能产生一种阅读的偏颇：对人物的憎恶大于同情；而路翎的主观叙述拉近了叙述者—人物—读者之间的距离，也可能产生另一种偏颇：对人物的同情大于批判。这种对立凸显作者对人物的认同困境。然而，在更深的层面，二者同样构成互补。对癫狂人物憎恶—同情—批判三位一体的伦理判断，可能才是作者的本意。

在癫狂叙事中，存在着双重认同问题：首先是故事层面的个体与社会之间的认同问题，其次则是叙述层面作者与人物之间的认同问题。由于癫狂人物这一特殊性，癫狂叙事中的双重认同之间从来就不可能一致，而是始终存在各种裂缝。这些裂缝使癫狂叙事构成所有叙事中最为明显也最为独特的复义结构。在癫狂叙事中，一方面存在着一个癫狂者的故事，另一方面必然存在一个正常人的故事；一方面存在一个作者的故事，另一方面必然存在一个读者的故事。这种复义结构使得癫狂叙事包含多种可能。选择这一存在明显复义结构的方式进行叙事，也折射出作者的认同焦虑。由

---

① 路翎：《财主底儿女们》，《路翎文集》第1卷，安徽文艺出版社1995年版，第73页。

② 冯雪峰：《发疯》，《雪峰文集》，人民文学出版社1983年版，第127页。

五四时期的寓言化癫狂叙事，到 30 年代的诗意化癫狂叙事，再到 40 年代的写实化癫狂叙事，① 不同时期的作家通过不同的方式涉及了当时的认同命题，同时以不同的修辞策略舒缓了自己的认同焦虑。20 年代的寓言化癫狂叙事折射出全盘反传统大潮中文化认同的困境，30 年代的诗意化癫狂叙事反映出审美认同的局限，40 年代写实化癫狂叙事则映射出伦理认同的悖论。这种癫狂叙事的认同焦虑，不仅是作家个体的焦虑，更是一种时代的焦虑。"确认自己不只是一个心理行为，而且是一个社会行为。重建新的意识结构是和重建新的社会结构同步的。对于近代中国人来说，重新确认自己不是个人成长过程中的自然事件，而是一种集体命运。"② 现代癫狂叙事在某种意义上，是现代人认同境遇的一种隐秘的集体隐喻。由寓言型修辞中作为先觉者的癫狂，到诗意化修辞中作为高蹈者的癫狂，再到写实化修辞中作为毁灭者的癫狂，癫狂叙事从不同向度切入了时代的认同命题，丰富与深化了现代叙事的文化与心理内涵，展示了现代叙事的包容性与开放性。在这一意义上，癫狂叙事也是一种时代症候，指出了一个时代对认同困境的可能认识深度。在新中国成立以后的几十年中，随着理性对叙事的支配地位的巩固，癫狂逐渐被排除出叙事的视野。这种排除不仅意味着癫狂的沉默与理性的胜利，意味着认同焦虑症的痊愈，同时也意味着文学叙事的单向度的产生。对照中国当代文学前三十年的"理性"叙事，癫狂叙事无疑为现代文学叙事的解读提供了一个另类视角。

原载《文学评论》2011 年第 6 期

---

① 这种论述主要依据各修辞类型的主流以及成熟程度，而不是基于单纯的时间观念；同时，各修辞类型之间也存在着种种交叉，这里并没有展开论述。

② 汪晖：《死火重温》，人民文学出版社 2000 年版，第 404 页。